펠리시아의 여정

FELICIA'S JOURNEY
by William Trevor

세계문학전집
195

William Trevor : Felicia's Journey

펠리시아의 여정

윌리엄 트레버 장편소설

박찬원 옮김

문학동네

제인에게

일러두기

1. 번역 대본으로는 *Felicia's Journey*(William Trevor, Penguin Books, 2010)를 사용했다.
2. 주석은 모두 옮긴이주다.
3. 본문 중 고딕체는 원서에서 이탤릭체로 강조한 부분이다.

차례

1

그녀는 계속 멀미를 한다. 화장실에서 어떤 여자가 말한다.

"신선한 바람을 쐬면 좀 나을 거예요. 갑판에 올라가지 그래요?"

갑판은 춥고 그녀는 바람에 귀가 얼얼하다. 난간 너머로 토하고 나자 상태가 나아져, 다시 아래로 내려가 화장실에 가기 전 앉은 자리로 돌아간다. 여행을 위해 고른 옷들은 초록색 쇼핑백 두 개에 들어 있고, 돈은 핸드백에 있다. 쇼핑백은 초크스에서 돈을 주고 사야 했다, 하나에 50펜스씩. 초크스라는 이름이 찍혀 있고 가장자리에는 켈트식 무늬가 둘려 있다. 그녀는 환전소에서 아일랜드 지폐를 영국 돈으로 바꾸었다.

승객은 많지 않다. 어린 학생들이 중심을 잃은 척 새된 소리를 질러대면서 그녀가 웅송그리고 앉은 곳을 끊임없이 스쳐지나간다. 구석자리에는 한 가족이 조용히 앉아 있는데, 다들 눈을 감고 있다. 나이 지긋한 여자 둘과 사제 한 사람은 영국 경마장 이야기를 나누고 있다.

저녁 배다. 그녀는 아침 배 시간에 대지 못했다. "아일랜즈 아이*야." 배가 부두를 떠난 지 얼마 되지 않아 한 아이가 외쳤고, 펠리시아는 비로소 안도했다. 어젯밤이 마치 일 년 전 같다. 지난밤 그녀는 증조할머니와 함께 쓰는 침실에서 살그머니 쇼핑백을 들고 나와 뒷마당 창고로 가서는 아버지가 냉상을 만들 생각으로 대충 쌓아둔 오래된 나무판자들 뒤에 숨겨놓았다. 아침이 밝자 펠리시아는 증조할머니가 잠에서 깨기 전에 창고로 가 부엌에 불이 켜지기를 기다렸다. 그것은 아버지가 헤버린스 상점에서 〈아이리시 프레스〉 한 부를 사서 돌아왔다는 표시였다. 다음에 그녀는 뒷길로 빠져나와 광장으로 향했는데, 일곱시 사십오분 버스가 오려면 이십오 분이 남아 있었다. 아버지나 오빠들이 나타날까봐 내내 신경을 곤두세웠고, 마침내 버스가 움직이자 한 손으로 얼굴을 가린 채 가늘게 뜬 눈으로 창밖을 흘깃 쳐다보았다. 식구들은 아직 돈이 없어진 것을 모를 거라고, 심지어 그녀가 남긴 쪽지도 아직 못 봤을 거라고 거듭 되뇌었지만 전혀 안심이 되지 않았다.

펠리시아는 잠시 잠들었다가 다시 화장실로 간다. 여자 둘이 셔츠 단추를 풀어 헤친 채 롤온 타입 디오더런트를 서로 주고받으며 바르고 있다. "미안해요." 토한 후 펠리시아가 말하자 여자들은 괜찮다고 대답한다. 이젠 속에 남은 것도 거의 없겠지, 펠리시아는 생각한다. 하루종일 먹은 게 별로 없기 때문이다. "물 좀 마셔요." 그중 한 여자가 말한다.

---

* 더블린 근교 호스 북쪽에 위치한 아이리시해의 섬.

"이십 분 후면 도착해요." 다른 여자가 괜찮으냐고 물어서 펠리시아는 괜찮다고 대답한다. 펠리시아가 양치질을 한 뒤 칫솔을 세면대 가장자리에 놓자 옆에 있던 여자가 그 칫솔을 집어든다. "어머나, 미안해요!" 펠리시아가 항의하자 여자가 사과한다. "배에서 그냥 주는 건 줄 알았어요."

이렇게 엉뚱한 시간에 나다니다니 아주 개답군, 아버지는 아침식사 준비를 도와야 할 그녀가 나타나질 않으니 그렇게 말했을 것이다. 요즘 걔가 늘 이런 식이야. 아버지는 할머니의 아침을 가지고 침실에 들어가서야 쪽지를 발견했을 것이다. "얘가 떠나버렸어." 아버지는 오빠들에게 말했겠지만 오빠들은 채석장으로 가봐야 해서 제대로 얘기할 시간도 없었을 것이다. 그녀는 아버지가 경찰을 찾아갔을지 궁금하다. 고심 끝에 결국 그러지 않았겠지만 그래도 예측할 수 없는 사람이니까. 어쨌든 옆집에 가서 퀴글리 부인에게 낮 동안 노인을 좀 돌봐달라고, 열두 시에 크림 크래커와 캔 수프 반 통을 주라고 부탁해야 했을 것이다. 펠리시아가 육가공공장에서 일하던 시절 퀴글리 부인이 늘 하던 대로.

안내 방송이 나온다. 승객들이 부산해지며 가방을 챙기고 안내에 따라 지정된 위치로 모여든다. 하선하도록 문들이 열리자 차가운 바람이 사납게 들이닥치고, 작은 무리는 도교渡橋를 향해 움직인다. 저녁에 집으로 돌아온 아버지와 오빠들은 쪽지를 식탁에 놓고 부엌에 둘러앉았을 테고, 아버지는 자신이 특히 모진 대접을 받기라도 한 양 처량하게 고개를 설레설레 저었을 것이다. 마치 자신에겐 항상 모든 일이 최악으로 흘러갔다는 듯이. 오빠 하나가 맥그래튼 스트리트로 가서 에이든에게 말하겠다고 했을 테고, 그게 둘 중 누구였든 돌아오는 길에 마일스 브레이디의 술집에 들렀을 것이다. 아버지는 스토브 앞에서 무표정한 얼굴로 할머니의 저녁을 짓고, 그러고 나선 자신들의 식사를 차렸을 것이다.

펠리시아는 다른 승객들과 함께 가구도 없이 휑하고 음울한 건물에 들어서면서 다시금 초조함을 느끼고, 그곳에서 보안담당자는 그녀에게 질문을 던진다. "신분증 있습니까?" 그가 묻는다.

"신분증이요?"

"이름이 뭐죠?"

펠리시아가 이름을 말한다. 그가 운전면허증이 있는지 묻는다.

"운전할 줄 몰라요."

"신분을 증명할 만한 다른 게 있습니까?"

"없는 것 같아요."

"편지 같은 것도? 어떤 종류든 서류 없어요?"

그녀는 고개를 젓는다. 그는 그녀에게 영국 거주민인지 묻고 그녀는 아니라고, 아일랜드에 산다고 답한다.

"여기는 방문한 거군요, 맞나요?"

"네."

"방문 목적은 뭡니까?"

"친구를 만나려고요."

"여행지는 어디입니까?"

"버밍엄 지역이에요. 버밍엄 북부."

"잠시 가방을 열어봐도 되겠습니까? 옆으로 조금 비켜서주시겠어요?"

그는 그녀가 가져온 옷과 여벌 신발을 헤집어본다. 핸드백에 든 지폐를 발견하면 돈에 대해 운운할 줄 알았는데, 그는 아무 말도 하지 않는다.

"그럼 친구분 주소를 적어두겠습니다." 그가 말한다. "주소를 알려주시겠습니까?"

"주소는 몰라요. 이제부터 그 사람을 찾아야 하거든요."

"친구분은 당신이 오는 걸 모르나요?"

"그 사람은 몰라요."

"찾을 수 있겠어요?"

"찾을 수 있을 거예요, 그 사람 직장에 가면."

그가 고개를 끄덕인다. 아버지와 비슷한 연배에 특징 없는 얼굴이다. 그는 앞을 여미지 않은 검은 코트 차림이다.

"그럼 아일랜드 주소를 적어야겠군요." 그가 말한다.

그녀는 문득 떠오른 도시, 마운트멜릭에서 왔다고 말한다. 그리고 지어낸 주소를 댄다. 세인트메리스 테라스 23번지.

"됐습니다." 보안담당자가 말한다.

세관에서는 아무도 그녀를 멈춰 세우지 않는다. 그녀는 기차가 어디에서 출발하는지를 묻고 안내를 받는다. 좀더 자세히 물어서 버밍엄행 기차는 두시 십오분이 되어야 떠난다는 걸 알게 된다. 이제 막 자정이 지난 참이다.

펠리시아는 대기실에서 잠시 눈을 붙인다. 꿈을 꾼다. 스카단스에서 고기를 사는데, 스카단 씨가 엄청나게 크게 자른 간을 저울에 탁 올려놓고는 자신이 직접 수송아지에서 꺼냈다고 말하는 꿈. 거짓말이야. 꿈속에서도 그녀는 그 말이 사실이 아님을 안다. 스카단 씨는 허풍을 잘 떨기로 유명하다. 그리스도교형제단 청년 하나가 가게에 들어오자 스카단 씨가 그 일은 수치스럽다고 말하는데, 그녀는 무슨 이야기인지 알 수 없다. "언젠가 밤에 내가 산책을 하러 나갔더랬지." 그가 그리스도교형제단에게 말한다. "저 아래쪽 옛날 가스공장으로 말이야." 그제야 그녀는 무슨 이야기인지 알아차린다.

출발 시간이 한참 남았는데 기차가 들어온다. 펠리시아는 그 기차가 맞는지 확인하고, 여정이 시작되자 다시 잠든다. 검표원이 깨워 눈을 뜬 그녀는 잠에 취해 잠시 멍한 상태로, 자신이 있는 곳이 어디인지 알지 못한다. 그녀가 기차표를 찾느라 핸드백을 뒤지는 동안 남자는 잠자코 기다린다. 어머니의 차분한 얼굴이 그녀의 의식 속에 걸려 있다, 또 다른 꿈의 잔여물로.

"고맙습니다." 남자는 그렇게 말하며 지나간다.

어머니에 대한 꿈도 사라졌다. 내용은 기억나지 않지만 꿈이 기억을 휘저어놓았다. "퀴글리 부인을 불러와, 어서." 오래전 그날, 증조할머니가 그녀에게 말했다. "그리고 킬갈렌 신부님도 빨리 오시라고 해라." 노인은 어머니의 입술에 찻잔을 대고 있었고, 어머니의 눈은 반쯤 감겨 있었다. 뺨은 시멘트빛이었다. "퀴글리 아줌마! 퀴글리 아줌마!" 여섯 살이던 그녀는 옆집 우편함을 두드렸다. 그러고는 킬갈렌 신부의 다급한 걸음을 따라잡느라 메인 스트리트와 광장에서 달음질쳐야 했는데, 집에 도착하니 퀴글리 부인과 할머니가 어머니를 침실로 옮겨둔 상태였다. 그곳에서 킬갈렌 신부는 낮은 목소리로 무어라 속삭였고, 그리스도교형제단에 있던 오빠들이 돌아왔으며 에이든이 수도원 정원으로 아버지를 데리러 갔다. 아버지가 어머니 얼굴 위로 시트를 끌어올렸고, 그가 어머니 곁에 머문 마지막 몇 분 동안 그들은 부엌에서 기다렸으며 에이든은 울음을 터뜨렸다. 교과서가 든 책가방이 그녀가 떨어뜨린 자리에 그대로 놓여 있었다. 덮개에 분홍색 신을 신은 미니 마우스가 그려진, 광택나는 하늘색 가방이었다. "유감스럽구나." 퀴글리 부인이 성호를 그은 후 앞치마를 벗으며 말했는데, 앞치마에 그려진 꽃이 이제 너무 요란해 보였다. "주여, 감사합니다." 킬갈렌 신부가 제시간에 도착할 수 있었던 것을 다행스러워하며 말했다. "내가 또 한 사람을 앞세웠구먼." 할머니가 말했다.

기차가 크게 흔들리며 철로에서 덜컹거리다 거의 멈출 듯 느려지더니 다시 속도를 내기 시작한다. 펠리시아가 눈을 뜬다. 어둑한 들판의 농가들, 저장탑들과 우뚝한 헛간들 사이로 희뿌옇게 동이 터온다. 이윽고 근처 도로 위로 자동차가 슬금슬금 모여들더니 긴 줄을 이루고, 이른아침의 무표정한 얼굴들이 기차역에 나타난다. 철탑과 안테나가 지평선을 어수선하게 채우고 새들은 쓰레깃더미를 뒤진다. 황량한 시골 풍경이 길게 이어지는 법이 없다.

기차에 사람들이 들어찬다. 말없이 신문을 읽고, 어쩌다 눈이 마주치면 곧 시선을 돌린다. 모든 것이—사람과 집과 차, 철탑과 안테나—전부 자리잡을 만큼 넉넉한 공간은 없다는 듯 다닥다닥 붙어 있다. 역이 아닌 곳에서 기차가 멈출 듯하자 사람들 얼굴에 초조함이 떠오른다.

조니도 일하러 갈 것이다. 펠리시아는 그를 그려본다. 다른 사람들과 마찬가지로 서두르는, 하지만 태평하고 걱정 없는 그를. 그는 그런 사람이니까. 그녀가 본 그의 마지막 모습, 그녀가 아직 광장에 있다는 것을 모르고 버스에 오르던 그날 오후의 옆모습과 그의 느긋한 표정을 펠리시아는 오래도록 간직하고 있다. 저멀리서, 속삭이는 메아리처럼, 낮게 웅얼거리는 그의 목소리가 들려온다.

2

힐디치 씨 본인은 인식하지 못하지만, 그는 십여 년 넘게 124킬로그램을 유지하며 500그램 정도도 찌거나 빠지는 일이 거의 없었다. 오십사 년 전 조지프 앰브로즈라는 이름으로 세례를 받은 힐디치 씨는 두껍고 동그란 안경을 쓰고 비둘기색 머리카락을 짧게 유지하며, 늘 조끼를 받쳐 입은 양복 차림에 줄무늬 넥타이는 매듭을 작고 단단하게 만들어 매고, 하루에 두 번씩 광을 낸 구두를 신고 곧잘 기분좋은 미소를 짓는다. 종종, 그의 얼굴 여기저기 달라붙은 살집이 뒤로 밀리며 잘 관리한 이가 드러날 때면 안경 뒤로 흐릿했던 눈동자에 반짝 생기가 돈다. 그의 목소리는 가냘프고 높다.

힐디치 씨의 손은 자그마해서 몸의 다른 부분들과 동떨어져 보인다. 그는 날렵하고 섬세한 손가락으로 손목시계에 배터리를 넣을 수도 있고 생닭을 조리할 때 깔끔하게 묶을 수도 있는데, 후자는 이 세상 무엇보다 먹는 일을 즐기는 힐디치 씨에게 유용한 재주다. 식사시간에 충분히 먹지 못했다는 생각이 들 때가 잦고, 그럴 때면 그는 바운티 바나 마스, 혹은 비스킷 한 봉지를 즐겨 먹는다. 음식 예찬, 그는 이 행위를 혼자 그렇게 부른다.

힐디치 씨는 예전엔 송장送狀을 담당했지만, 지금은 어울리게도 구내식당 매니저로 일한다. 십오 년 전, 전임자가 은퇴하자 공장 운영진은 그를 불러 전직을 제안했다. 그도 잘 알다시피 사규에 따라 공석은 가능하면 내부에서 채워져야 했고, 식사와 식료품에 관심이 많은 그가 눈에 띄었던 것이다. 그로서는 고작해야 급식에 대한 간단한 강좌만 들으면 되는 일이었다. 컴퓨터가 점차 사무실 직원들을 대체하고 있음을 느끼던 그로서는 제안을 받았을 때 주저할 이유가 없었다. 오랜 기간 충직하게 일한 대가로 돌아오는 것은 정리해고일 테니까.

힐디치 씨는 듀크 오브 웰링턴 로드 3번지, 관목숲에 빙 둘러싸인 단독주택에 혼자 산다. 1979년에 그의 어머니가 이 집에서 세상을 떠났다. 아버지가 누구인지는 끝내 알 수 없었다. 어머니가 죽고 홀로 남은 그는 어머니가 평생 모아온 가구를 경매에 부쳤고, 그때부터 3번지를 오로지 자신의 것으로 만들었다. 주말이면 골동품 경매장을 찾아다니며 크고 작은 물건들로 자신의 취향에 맞게 집을 채워나갔다. 거대한 마호가니 장식장과 서랍장, 벽난로 위에 놓을 상아 장식품, 중고 인도 양탄자, 정교한 액자에 담긴 낯선 이들의 사진 등으로. 남아프리카전투 장면을 새긴 메조틴트판 스무 개가 계단 벽을 장식하고, 널찍한 복도에는 대리석과 마호가니로 만든 우산꽂이가 눈에 가장 잘 띄는 위치를 놓고 사슴뿔과 경쟁하고 있다. 듀크 오브 웰링턴 로드 3번지는 힐디치 씨가 사들인 것을 전부 수용할 수 있을 만큼 넓다. 1867년 차茶 무역상이 설계해 지은 이 집은 천장이 높은 현관홀에서부터 부엌과 뒤편의 식료품 저장실까지 깊숙이 뻗어들어가고, 홀의 문 양쪽으로 널찍한 응접실들이 자리잡고 있다. 위층 역시 공간이 여유롭다. 침실 네 개가 일층 층계참과 연결되고, 그 위로 침실 네 개가 더 있다. 천장은 석고세공 몰딩과 돌림띠 장식으로 화려하다. 이제는 사용하지 않는 호화로운 장식의 가스램프들이 여전히 벽에 달려 있다. 힐디치 씨가 정기적으로 먼지를 떨어주며 오랜 세월 관심을 쏟은 덕분에 램프의 도드라진 장식이 흐릿하게 빛을 발한다. 새로운 것을 더 기르지는 않지만, 봄과 여름이면 관목숲을 돌보고 잡초도 제거한다. 가을에는 낙엽을 쓸고 때로 나무울타리를 손보기도 한다.

힐디치 씨의 사생활은 한편으로는 평범하고 예상 가능하지만 다른 한편으로는 비밀스럽다. 공장 동료들은 그를 외모에서 느껴지는 것처럼 본질적으로 사람 좋고 유쾌한 인물로 생각한다. 퉁퉁한 풍채에서는 그가 오래 사는 일에 무관심하다는 것을 엿볼 수 있고, 미소 짓는 모습에서는 외향적인 인생관을 알 수 있다. 그러나 홀로 있을 때면 힐디치 씨는 종종 그의 내면 깊이 존재하는 다른, 더 어두운 면에 가닿곤 한다. 더는 미소가 필요치 않을 때 그는 우울한 사람이 된다.

하지만 2월 어느 수요일 아침, 힐디치 씨는 무척 신나는 일이 기다리고 있음을 안다. 이 주에 한 번 수요일마다 공장 점심에 칠면조 파이가 나오는데, 지난번 칠면조 파이가 나온 지 이 주가 지난 것이다. 그는 그 생각을 하며 아침식사로 달걀과 소시지와 베이컨을 기름에 익히고 마더스 프라이드 빵을 두툼하게 썰어 굽는다. 식탁에서 와이셔츠에 조끼 차림으로 아침을 먹는 동안에도, 개수대에서 설거지를 하는 동안에도 그 생각이 떠나지 않는다. 그후 아주 잠깐이나마 그 기대되는 점심식사 생각이 물러난다. 그는 천장에서 빨래 건조대를 내려 사용한 행주를 건 다음 다시 올려놓는다. 〈데일리 텔레그래프〉를 들고 화장실을 갔다가 곧 현관을 나와 문을 이중으로 잠근다. 그의 작은 녹색 자동차가 마당의 자갈 깔린 진입로에서 기다리고 있다. 길가로부터 집을 가려주는 관목숲이 안개 낀 아침에 축축해진 채 물방울을 떨구고 있다.

힐디치 씨는 습관대로 천천히 차를 몬다. 그는 절대 빨리 운전하는 법이 없고 그럴 필요도 느끼지 않는다. 지금 지나는 이 지역의 사람으로서, 그는 자신이 태어나고 자란 고장이 변화하는 모습을 지켜봐왔다. 무엇보다 지속적이고도 근본적인 변화는 1950년대 십 년 동안 일어났다. 그 시절 이 지역으로 온 공장 근로자들이 쓸 집과 편의시설을 마련하기 위해 상당한 규모의 재개발이 이루어졌고 도시가 확장되었다. 그 공장들은 과거 이 지역을 특징지은, 경공업에 속하는 제조공장들과는 달랐다. 지금은 어디에나 평범하고 비슷비슷하게 생긴 건물들이 있고, 상가와 사무실이 즐비한 곧게 뻗은 거리가 직각으로 교차하며 바둑판 무늬를 이룬다. 널찍한 인도 역시 1950년대에 만들어졌는데, 그 가운데에는 관목과 꽃을 심은 화단이 길게 놓였다. 새 도시를 건설한 건축가들은 아케이드를 세우고 싹이 돋기 시작한 식물을 올렸으며 가로등에 꽃바구니를 매달았다. 그후, 길게 뻗은 화단의 흙은 척박해졌고, 헤더는 갈색으로 말라비틀어진 가지만 남긴 채 죽었으며, 버려진 맥주캔들과 인스턴트식품 용기들만이 그 사이에서 제 빛깔을 드러내고 있다.

꽃이 만개했던 아케이드는 철제 뼈대를 드러내고, 매달아둔 꽃바구니에는 녹이 슬었다. 하지만 우체국에서 주차 빌딩으로 가는 길에 세워둔, 느리게 걷는 남자와 여자와 어린이의 모습이 정형화된 조각상의 매끈한 갈색 콘크리트 표면은 페인트 스프레이 그래피티 덕에 생동감을 띤다. 저층짜리 사무실 건물들 거리의 어느 체인점 외벽은 무늬만 모자이크로 장식되어 있다. 낯익은 로고들이—상점, 은행, 주택금융조합—시선을 확 잡아끈다.

이 고장은 도시이며 그렇게 알려져야 한다는 것이 힐디치 씨의 생각이다. 이곳은 규모로 보나 인구로 보나 도시지만 대성당이 없다. 예전에 누군가가 지적한 대로—그가 기억하기로는 윌프 삼촌이다—대성당이 있고 없고는 도시의 자격을 말할 때 거론되는 조건이다. 대신 이곳에는 예배당 여섯 군데가 있다. 각기 다른 교파에 속한 교회가 네 군데, 시너고그와 모스크*가 한 군데씩이다. 1981년 완공된 레저 센터도 하나 있는데, 힐디치 씨는 그곳에 발 한번 들여보지 않았으며 세금 낭비라 여긴다.

그는 지금 그 앞을 지나 중심가를 빙 둘러가다, 아침 이 시간대에는 여지없이 차량이 막히기 마련인 로터리에서 참을성 있게 기다린다. 이후에는 길이 수월해지고 차는 몇 분 후 공장의 노란 정문 안으로 들어선다. 그는 아스팔트포장 위로 그의 차번호가 쓰인 자리에 주차하고는 급할 것 없는 걸음으로 자기 사무실로 향한다. 적재 구획 건너편, 한때는 커다란 사무실이던 곳을 파티션으로 분리한 모퉁이 공간이다. 예

---

* 각각 유대교와 이슬람교에서 예배 장소로 쓰는 회당.

전에 파티션이 세워지기 전에도 그는 그 자리에서 송장 담당 직원으로 일했고, 다른 직원 일곱 명도 각각 책상 하나씩을 차지하고 사무실을 같이 썼다.

오늘 수요일—지금까지는 칠면조 파이라는 약속 외에는 힐디치 씨에게 전혀 특별할 것 없는 그런 하루—정오 직전, 그는 점심 메뉴를 전부 시식하기 위해 주방으로 향한다. 그는 파이로 시작해 얇고 바삭한 껍질을 먹은 뒤 고기를 먹고, 그러고 나서는 그레이비소스를 조금 맛본다. 선택할 수 있는 다른 메뉴는 채소와 함께 다진 소고기 캐서롤이다. 그는 캐서롤도 성실히 맛본다—그리고 구운 감자와 으깬 감자, 방울양배추와 파스닙도. "훌륭해요." 힐디치 씨는 요리사들에게 찬사를 보낸다. "아주 좋아요." 그는 산딸기잼을 올린 찐 푸딩과 커스터드, 애플 크럼블을 먹는다. 그런 뒤에는 요리별로 계산된 인건비, 전기세, 재료비 등을 종합한 원가 출력지를 자세히 살핀다. 그가 맡은 일은 손실을 피하는 것이며—전임자는 제대로 해내지 못했다—그는 그 일을 지난 십오 년 동안 잘해와 공장 구내식당 회계에 변화를 일으켰고 그 공로에 대한 인정도 받고 있다.

"훌륭해요, 아주 훌륭하네요." 그는 숫자들을 훑어본 후 그렇게 말하면서 여전히 입안을 감도는 산딸기잼의 감미로운 맛을 느낀다. 칠면조 파이 다음 코스로 꼭 산딸기잼 푸딩을 선택해야겠다고 생각하며 미소 띤 얼굴로 서류를 돌려준다. 그는 기름투성이인 널찍한 주방을 천천히 조금 더 돌아보며 대부분 파트타임 여성인 주방 직원들에게 상냥하게 말을 건다. 그러고는 식욕이 돋아 구내식당으로 향한다. 매일같이 구내식당에 제일 먼저 도착하는 것은 기분좋은 일이다. 그렇게 함으로써 그의 위상이 돋보이고, 윗사람이든 아랫사람이든 간에 공장 직원 모두가 이 휴식시간을 주관하는 사람이 힐디치 씨라는 사실을 인식하게 되는 것 같아서다. 관리자들을 위한 식당이 따로 있고 그도 그곳을 이용할 수 있지만 절대 그러지 않는다. 두 군데 모두 음식은 동일하다.

한시 십 분 전, 작업장에서 벨이 울리고 곧 직원들이, 남녀 할 것 없이, 어린 여직원, 견습생 할 것 없이 도착한다. 그들은 쟁반을 들고 긴 배식대 앞에 줄을 서며 서로를 향해 소리치거나 농담과 가벼운 음담을 주고받는다. 힐디치 씨는 앉은 곳 가까이 지나가는 사람들 한 명 한 명에게 미소를 지어 보인다. 그들은 모두 작업복 차림이고, 몇몇은 〈선〉이나 〈데일리 미러〉를 팔에 끼고 있다. 그는 직원들이 자신을 신뢰한다고 느낀다. 그들은 힐디치 씨가 최종적으로 책임지는 음식을 신뢰하는데, 그 신뢰란 경험에서 우러나기에 그는 마음이 흡족하다. 송장 담당으로 남아 있었더라면 지금 그의 존재는 어땠을지 상상도 할 수 없다. 때가 되어 송장팀 팀장은 되었겠지만, 그런 직함이 존재한다는 사실도 그와 가까운 직원들만 겨우 알 것이다. 관리자 식당의 자리나 그 자리를 거절하는 사치 같은 것은 생각조차 할 수 없었을 것이다.

"눅눅했다가 또 금방 추웠다가." 한 남자가 투덜거리며 지나간다. "도대체 어느 장단에 맞춰야 할지 모르겠어요, 힐디치 씨."

"엉망이지." 힐디치 씨가 미소로 답한다. "그래도 최소한 이제 낮은 길어질 걸세."

"맛있는 식사 하세요, 힐디치 씨." 여자 한 명이 쟁반을 들고 지나가며 상냥하게 고개를 살짝 숙인다.

"자네도, 아이리스."

그들이 자주 쓰는 표현이다. '맛있는 식사 하세요.' 텔레비전에서 배운 말일 거라고 그는 생각한다. 힐디치 씨는 텔레비전이 없다. 언젠가 임대한 적이 있지만 켜는 일이 전혀 없었다. 사람들이 하는 그 인사말에 그는 때로 모든 식사가 맛있다고 대답하기도 하는데, 별것 아닌 그 한마디를 사람들은 항상 재미있어한다.

구내식당이 더 부산해진다. 이제 배식대에 늘어선 줄에서 나누는 인사며 이야기는 들리지 않는다. 접시와 칼과 포크가 쟁반 위에서 딸그락거리고, 쟁반을 테이블에 내려놓는 소리 역시 요란하다. 흡연구역에서는 담배에 불이 붙는다. 차와 커피를 마시기 위한 또다른 줄 하나가 길게 생겨난다. 테이블에 신문이 펼쳐진다.

힐디치 씨는 이 모든 광경을 바라보는 일이 좋다. 구내식당에서는 새로 추파를 던지는 일이 시작되거나, 또는 계속 이어진다. 어린 여직원들이, 때로는 여인네들이 젊은 견습생에게 눈길을 보낸다. 힐디치 씨가 알기로는 유부남인 남자들도 한 번씩 자신의 운을 시험해본다. 이런 종류의 수작뿐만 아니라 내연관계를 오래 이어온 커플도 몇 있다. 힐디치 씨보다 몇 살 많은 광택 파트의 프랭크라는 남자는 매일 인도 여자 하나와 함께 앉는다. 도색 파트의 애넷은 젊은 케빈을 위해 늘 같은 구석 테이블에 자리를 맡는데, 케빈은 못해도 그녀보다 열다섯 살은 어릴 것이다. 무슨 사이인지, 혹은 다른 때에도 공장 밖에서 이런 통정이 이어지는지는 확실치 않다. 힐디치 씨 생각에 다들 알고는 있지만 이 사람들의 배우자를 만났을 때 한 마디라도 발설하는 사람은 아무도 없을 것이다. 공장은 다른 세상이다. 그리고 그 안에 있는 그의 구내식당도 마찬가지다.

그는 푸딩을 다 먹은 다음 차 마시는 줄에 서서 옆 사람들과 함께 날씨 이야기를 좀더 나눈다. 그러고는 주방으로 돌아가 입구에 잠시 서 있다가 건물을 나와 적재 구획 너머에 있는 사무실로 향한다.

아스팔트 위를 천천히 걸으며 소화를 시키는데, 앞쪽에 사람 하나가 눈에 띈다. 빨간 코트에 머리에는 스카프를 쓴 여자가 비닐 가방 두 개를 들고 있다. 가까이 다가가니 둥근 얼굴에 휘둥그레 커다란 눈이 보이고, 길을 잃은 듯한 분위기다. 그가 모르는 얼굴이다. 이곳 사람이 아니다. 비닐 가방에는 녹색 바탕에 굵은 검은색 글씨로 '초크스'라고 쓰여 있다. 그가 들어본 적 없는 상호다. 역시 이곳 가게가 아니다.

"제대로 찾아온 건지 모르겠네요." 그가 막 지나치려 할 때 여자가 말한다. 힐디치 씨는 평소처럼 미소를 짓는다. 아일랜드 사람이군, 그는 생각한다.

"어디를 찾고 있나요?"

"잔디깎이 공장이요. 어떤 사람이 여기일지도 모른다고 해서요."

"미안하지만 우린 잔디깎이를 만들지 않아요."

"그럼 제가 잘못 알았네요."

"그런 것 같군요."

"제가 찾는 곳을 아세요?"

그는 고개를 젓는다. 이 근처에는 잔디깎이를 만드는 곳이 없다고 말한다.

"아."

여자는 입꼬리가 축 처진 채 불안한 눈으로 어정쩡하게 서 있다. 머리에 두른 스카프에서 빠져나온 금발 몇 가닥이 얼굴 옆으로 흩날린다.

코트 사이로 싸구려 은색 체인에 달린 작은 십자가가 얼핏 보인다. 천성적으로 호기심이 많은 힐디치 씨는 비닐 가방 안에 무엇이 들었는지 궁금하다.

"친구가 잔디깎이 공장의 창고에서 일해요. 문제는 제가 거기가 어디인지 정확히 모른다는 거예요."

"이 근방에는 확실히 잔디깎이를 만드는 곳이 없어요."

그나마 비슷하기라도 한 곳은 800미터 떨어진 산업 단지다. 그곳에는 정원용품 전시장이 있다. 프리처드 상점에 마운트필드, 필리모, 일본 상표의 풀 베는 기계가 있긴 하다.

"친구 주소가 없어요?"

그녀가 고개를 젓는다. 그녀는 이 도시의 이름과 잔디깎이라는 정보만 갖고 있을 뿐이다.

"프리처드는 상점이고 거기서 뭘 만들거나 하진 않아요."

"어쩌면 공장 부분은 제가 잘못 알고 있는 건지도 모르겠네요."

"어쨌든 산업 단지에 가봐요. 거기 가면 연락이 될 수도 있지요."

힐디치 씨는 조심성 많은 사람이라 공장에서 여자와 있는 모습이 사람들 눈에 띄기를 원치 않는다. 아무도 두 사람이 같이 있는 모습을 보지 못했다고 그는 확신한다. 아스팔트포장 구역이 내다보이는 창문은 없다. 주위에는 아무도 없고, 없었다. 그는 여자와 함께 있는 모습을 공장에서도, 공장 인근 어디에서도 보인 적이 없다. 이 구역에서는 절대 그런 일이 없어야 한다는 것이 그의 원칙이다.

"저기 노란 문으로, 아가씨가 들어온 길로 나가도록 해요." 그는 서둘러 길을 설명하며 그의 말에 상대가 고개를 끄덕일 틈도 주지 않는다. “오른쪽으로 돌아서 쭉 가면 중앙분리대가 있는 왕복 사차선 도로가 나와요. 거기서 왼쪽으로 꺾어요. 그러면 산업 단지로 가는 표지판이 보일 거예요. ‘블랙배로 산업 단지’라고.”

힐디치 씨는 고개를 끄덕여 보이며 그 만남이 이제 끝났음을 알린다. 그러고는 그녀로부터 획 몸을 돌려 가던 길을 계속 간다.

3

그날 아침 이 도시에 도착하고부터, 펠리시아는 낯선 억양 때문에 사람들의 말을 잘 알아들을 수가 없다. 심지어 그들이 되풀이해서 말해 줘도 이해하기 어려워서 때로는 포기하게 된다. 산업 단지에서 그녀는 길을 물으려 사무용품을 파는 한 건물에 들어간다. 서류 캐비닛과 회전 의자, 지류 더미, 봉투, 각종 클립, 투명테이프 등이 상점과는 달리 뒤죽박죽 쌓여 있다. 그곳에서 일하는 여자가 대답한 말의 절반은 알아듣지 못했지만 상관없었다. 연신 고개를 저으며 잔디깎이 공장은 전혀 모르겠다는 것을 몸소 보여주었기 때문이다.

산업 단지에는 앞마당에 주차장이 딸린 별 특징 없는 상업용 건물들이 끝없이 늘어서 있다. 회사 이름이 강렬하게 시선을 끈다. 도요타, 포드, 토이저러스, 내셔널 타이어 앤드 오토케어, 퀵피트, 자누시, 르노 트럭, 파이프와이즈, 레디백, 소니, 코멧. 브리타니아 스캐펄딩 옆으로는 모터웨이 이그조스트, C&S 루핑, 딥 드릴링 서비스와 투모로스 클리닝 투데이가 있다. 조금 더 멀리 보이는 네거리에는 올파츠 비히클 디스맨틀러스와 오케이 블라스트 앤드 스프레이가 길을 사이에 두고 나란히 자리잡고 있다.

산업 단지의 콘크리트 도로는 길고 반듯하다. 그저 걷는 즐거움을 위해 그곳을 거니는 사람은 아무도 없다. 개를 데리고 산책하다 다른 개와 마주치는 곳이 아니다. 어디를 둘러보나 구입과 판매, 매입과 처분, 현금 할인 등을 내붙인 사업체뿐이다. 펠리시아는 두 시간쯤 헤매고서야 프리처드 정원용품점과 파티오 센터를 발견한다.

"회전식을 생각하시나보죠?" 판매원은 그녀의 물음에 그렇게 답하고, 그녀는 이곳이 공장인지, 잔디깎이가 이곳에서 만들어지는지 묻는다.

"애프터서비스 센터가 매장 안에 있긴 해요. 매년 정기점검을 받으시는 게 좋은데, 어쨌든 고객님께서 선택하시기 나름이죠. 전기식으로 하실 거예요?"

"전 친구를 찾고 있어요. 잔디깎이 공장의 창고에서 일해요."

남자의 태도가 달라진다. 그는 도와줄 수 없겠다고, 맥이 빠져 무뚝뚝해진 말투로 심드렁하게 말한다.

"제가 만난 어떤 사람이 여기 오면 공장이 어디 있는지 알려줄지도 모른다고 해서요."

"여기서 파는 기계를 만드는 공장은 전국 곳곳에 있어요. 죄송해요. 다른 손님을 도와드려야 해서요."

한 부부가 재봉용 줄자로 정원 가구 크기를 재고 있다. 그들은 직원에게 온실에 놓을 만한 것을 찾고 있다고 말한다. 펠리시아는 그곳을 나온다.

폭스바겐 전시장의 남자가 인내심을 가지고 그녀를 대해주지만, 인근에 잔디깎이 공장이 있다는 얘기는 들어보지 못했다고 말한다. 그러다 그녀가 떠나려는 순간 뒤늦게 생각났다며 40킬로미터 떨어진 도시의 이름을 댄다. 그는 그녀가 자신의 말을 잘 알아듣지 못한다는 사실을 알아차리고는 안내책자 귀퉁이에 도시 이름을 써준다. '칠푼이', 그녀의 아버지가 쓰는 표현이다. '나사 빠진 인간'도. 펠리시아는 이 남자도 그런 생각을 하고 있는 건 아닐까 궁금해진다.

다른 사람들도 도움이 되지 않는다. 그녀는 산업 단지 안을 계속 걸어다니면서 길이란 길은 모두 살펴보고, DIY 상점과 브리타니아 스캐펄딩에도 들어가 물어본다. 오케이 블라스트 앤드 스프레이에서 여자 하나가 약도를 그려주지만, 막상 화살표를 따라가자 철물점이 나오고 그마저도 닫혀 있다. 그녀는 프리처드 정원용품점과 파티오 센터로 되돌아가며 판매원이 지금은 바쁘지 않기를 빈다. 그는 아까보다 더 짜증을 내며 그녀를 무시한다.

그녀는 지칠 대로 지쳐 사차선 도로변 풀밭을 터벅터벅 걸어 도시로 돌아간다. 바로 옆에서 대형트럭들, 자동차들이 끝없이 줄지어 지나가며 순간순간 우르릉하는 엔진소리가 점점 크게 다가오고 그새 짙어진 안개에 헤드라이트 불빛이 번득인다. 그녀가 걷고 있는 풀이 듬성듬성한 이 길은 군데군데 시커먼 잿빛이고, 사방에 쓰레기가 널려 있다—구겨진 담뱃갑이며 비닐봉지, 깡통과 빈병, 꾸깃꾸깃한 신문, 종이 상자 등. 펠리시아는 아침나절 차 한 잔과 과일케이크 한 조각을 먹은 것 말고는 온종일 아무것도 먹지 않았지만 허기가 느껴지지 않는다. 그렇더라도 도시에 도착하자마자 그날 밤 지낼 곳을 찾아야 한다는 것을 안다. 쇼핑백 두 개를 들고 다녀서 팔이 아프고 발에는 두 군데 물집이 잡힌데다 한쪽 뒤꿈치가 까져 화끈거린다. 쉽지 않을 줄은 알았다. 출발하기 전에도 그건 알고 있었다. 다른 걸 기대한 것도 아니었다. 일이 이렇게 된 까닭은 주소를 확실하게 챙기지 않은 자신의 어리석음 때문이니 그녀의 잘못이다. 다른 누구를 탓할 수도 없다.

그러나 그 모든 것에도 불구하고 그녀는 이곳에, 그 사람과 더 가까이 있지 않을 수 없었다. 에이든의 결혼식 날, 코니 조의 신부 들러리가 되어 가을꽃으로 만든 꽃다발을 들던 그 순간만 해도, 펠리시아는 그의 존재를 거의 알아차리지 못했지만, 그후 그날은 특별한 날로 자리잡았다. 그날 갑자기 그가 나타났고, 모든 것이 시작되었기 때문이다. 구세주성당에서 그녀는 자신의 어깨가 볼품없다고, 카멀이 인상을 부드럽게 만들어준 화장도 효과가 없다고, 머리카락도 보나마나 다 맥없이 처졌을 거라고 생각하고 있었다. 망사와 레이스로 감싼 상체는 굴곡 없이 밋밋했고, 카멀의 조언대로 면솜을 브래지어 안에 넣어 모양을 더 봉긋하게 만들지 않은 것이 후회스러웠다. "맙소사, 넌 정말이지 볼품없어." 열두 살 때 카멀이 그렇게 말하곤 했는데 열일곱 살이 되어 오빠의 결혼식에 선 그날도 그녀는 여전히 스스로 그렇게 느꼈다. "네, 서약합니다." 에이든이 제단에서 킬갈렌 신부에게 대답했고, 코니 조 역시 똑같이 대답했다. 그러고 나서 그녀와 코니 조, 그리고 옷깃에 에이든의 것과 비슷한 카네이션과 아스파라거스 잎을 꽂은 신랑 들러리 모스 맥과

이어는 계단에서 대머리 사진사를 향해 미소를 지어 보였다. 그들은 어깨에 색종이 조각이 들러붙은 채로 성당에서 나와 광장에 있는 히키스 호텔로 걸어갔고 이어 킨코라 라운지로 안내되었는데, 그곳에선 이미 코니 조의 어린 여동생이 펩시콜라를 주문하고 있었다. 학생들의 결혼식에 참석하는 것을 기꺼워하는 베네딕트 수녀님이 벽을 따라 놓인, 테두리가 금박으로 된 진홍색 의자에 앉아 있었다. 불룩한 진홍색 부분은 때가 탔고, 의자 다리의 금박은 군데군데 닳거나 벗어졌다. 스피커에서 배리 매닐로의 목소리가 나직하게 흘러나왔다.

펠리시아가 사차선 도로를 걷는 동안 그 10월 오후의 얼굴들이 머릿속에 앞다투어 나타난다. 대화의 파편들이 울려퍼진다. 수녀원장과 다른 수녀들이 베네딕트 수녀님 옆으로 모여든다. 신랑 아버지가 수녀원 정원사라 특별히 초대를 받은 것이다. 케이크를 준비한 아티 슬래터리가 풍만한 아내와 함께 케이크 가까이에 서 있다. 의당 모든 장례식과 결혼식에 참석하는 베글리 노인은 첫 음식이 나오길 기다린다. 신부 아버지의 초대를 받은, 비번인 브린 경사와 트랙터 수리공 포가티가 프론트 바에서 로비를 가로질러 킨코라 라운지로 온다. 투스크린 리츠와 댄스타임 디스코를 운영하는 로건 씨가 지역에서 가장 잘나가는 사업가이자 미혼자답게 흰 줄무늬가 들어간 양복에 파란 나비넥타이로 말쑥하게 차려입고 나타난다. 입구에서 손님을 맞는 코니 조의 어머니는 딸이 미장공과 기우는 결혼을 했다는 생각을 숨기지 못하는 표정이다. 코니 조는 펠리시아의 친구로, 둘은 수녀원 학교 시절부터 가깝게 지냈다. 펠리시아는 아버지의 연줄 덕분에 특혜를 받아 그 학교에 다녔다. 가끔 수녀 중 누군가가 화를 낼 때면, 펠리시아는 그들이 봐줘서 학교에 다닐 수 있음을 상기했다. 수녀들이 항상 엄격한 것은 아니었지만, 여전히 성인의 이름을 자신의 이름으로 삼고 숭상하는 전통을 지키는 수녀들이 펠리시아에게는 그렇게 보였다. 나중에 좀더 가까워지자 그렇지 않은 수녀들도 있음을 알게 되었다. 안토니 익시다 수녀님, 이냐시오 로욜라 수녀님, 프란시스 하비에르 수녀님, 베네딕트 수녀님, 유스티나 수녀님이 그런 사람들이었다.

"채석장은 어때?" 팀 보 가건이 펠리시아의 쌍둥이 오빠들에게 물었다. 괜찮아, 라고 그들은 대답했고, 그걸로 끝이었다. 결혼식 파티라고 해서 다른 때보다 더 말을 많이 하는 법은 없었다. "잘 지내, 펠리시아?" 스몰 크롤리가 한쪽 입꼬리로 말을 뱉으며 물었는데, 그는 미국 깡패들이 그런 식으로 말한다고 믿었다. 그러면서도 시선은 카멀에게 가 있었다. 그가 관심 있는 사람은 카멀이었기 때문이다. "잘 지내, 카멀?" 그가 마침내 용기를 내어 카멀에게 묻자 카멀의 사촌인 로즈가 킬킬거리며 웃었다. "에이든, 언제든 자네가 원한다면," 코니 조의 아버지가 말했다. "맥그래튼 스트리트에 있는 자전거와 유모차 상점에 자네 자리가 있어."

팀 보 가건이 피아노로 스콧 조플린 곡을 치려다가 여기저기 반대가 일자 단념했다. 디저트로는 트라이플*을 나누어주었다. "아, 아냐, 아냐, 너 근사해, 펠리시아." 코니 조가 그녀를 안심시켰고, 카멀과 로즈도 정말이라고 그 말에 동의했다. 스몰 크롤리가 엄지손톱에 성냥을 그으며 포가티가 아침 내내 어떤 농부의 밭에서 트랙터 시동을 걸려고 애

* 셰리주나 와인에 적신 스펀지케이크 위에 커스터드, 과일, 생크림 등을 층층이 쌓아올린 디저트.

를 썼고, 그에게서 휘발유 냄새가 풍기는 이유도 바로 그 때문이라고 했다. "곧 케이크가 나옵니다." 코니 조의 어머니가 발표하자 킨코라 라운지에서 오가던 대화는 잠시 중단되었다. 케이크를 자르자, 박수가 터지고 술잔과 찻잔이 높이 들어올려졌다. 로비에서는 어린아이들이 엘리베이터 문을 열었다 닫았다 했다. "얼른 오세요! 얼른 오세요!" 아이들은 계단을 향해 외쳤다. 모르는 여자가 펠리시아에게 데시 플린이 남은 치킨샐러드를 침대 안에 넣었다고 말했다. "두 사람이 밖에 나갈 때까지 색종이는 뿌리지 말아주세요." 신부와 신랑이 나갈 준비를 마치자 호텔 사장 히키 씨가 사정조로 말했다. "색종이는 거리로 나가서 뿌려줘요, 친구들." 모두들 에이든과 코니 조 뒤를 따라 호텔 밖으로 나갔고, 두 사람이 코니 조의 아버지가 그들을 위해 빌려놓은 차에 오르자 환호를 보냈다. "브레이." 팀 보 가건이 알고 있다는 듯이 말했다. "둘은 브레이로 갈 거야."

차가 광장을 한 바퀴 돌았다. 손님들은 다시 호텔로 들어갔다. 바로 그때였다, 조니 라이서트가 인도 위로 지나간 것은. 바로 그때, 그는 걸음을 멈추고 구경하다 신부 들러리 드레스를 입은 그녀를 보았다. 살아 있는 한, 이 순간은 결코 힘을 잃지 않으리라. 그후 펠리시아는 거듭 되뇌었다. 회전문으로 들어가던 아버지의 등, 허옇게 센 머리 그리고 리본으로 장식한 웨딩카에 탄 오빠와 친구를 다시 한번 보려고 몸을 돌린 순간 마주친 지나가던 남자의 시선. 그가 미소를 지어 그녀 역시 미소로 답하던 순간. 나중에 펠리시아는 생각했다. 바로 그때 알았다고, 그것이 사랑의 시작임을.

그 사랑에 이끌려 오게 된 이 도시의 외곽에 이르렀을 때도, 그 순간은 여전히 생생하다. 검은 피부의 점원들이 작은 상점의 문을 닫고 있다. 신문가판대가 입구에서 치워지고 진열된 채소가 안으로 옮겨진다. 이 외딴 상점들 사이사이에 있는 집들은 칙칙하다. 콘크리트는 대부분 빛이 바랬고 부실한 창문틀은 페인트칠 사이로 녹슨 철제 부분이 드러나 있다. 쓰레기가 널린 풍경이 이어진다. 도로에서 바람에 실려왔거나 쓰레기통에서 쏟아진 것들이 상점 앞마다 자리를 조금씩 차지하고 쌓여간다.

"운이 없었나보군요?" 목소리가 들려와 돌아보니 펠리시아가 길을 물었던 뚱뚱한 남자가 차에서 미소를 짓고 있다. 차는 인도 가까이 붙어 그녀와 보조를 맞추며, 그녀가 걸음을 멈추면 함께 멈춘다. 차체가 둥그런 구형의 작은 녹색 차인데, 남자가 그 차에 들어앉을 수 있다는 것이 상상하기 힘들 정도로 너무나 자그마하다. 그는 모자를 썼다. 차 내부가 어두워 얼굴 윤곽이 뚜렷하게 드러나지 않는다.

그녀가 고개를 젓는다. 그의 말은 다른 사람들이 하는 말보다 알아듣기가 수월하다. 산업 단지에서 말귀를 알아들으려 몹시 애를 쓴 탓에 그녀는 더욱 지쳐 있다.

"네, 거기 없었어요." 어떤 남자가 다른 도시의 이름을 적어주었다고 말하며 그녀는 코트 주머니에서 자동차 영업사원이 준 안내책자를 꺼낸다. 그가 책자를 보고는 고개를 끄덕이더니 그 남자가 한 말이 아마 맞을 거라고 한다. 톰슨 캐스팅스가 있는 도시인데, 자기도 그녀가 가고 나서 오 분쯤 뒤에 톰슨이 생각났다고. 하지만 오늘밤 그쪽으로 가는 버스는 없을 거라고.

"그래서 여기서 묵을 생각이에요."

"갈 데가 있어요?"

"묵을 곳을 찾아보려던 참이었어요."

그가 말을 걸기 직전 그녀는 비싸지 않은 숙소를 알아봐야겠다고 마음먹었다. 그날 지나다가 버스터미널을 보았고, 거기 사람들은 알 것 같아 거리의 누군가에게 터미널 가는 길을 막 물어보려 할 때 그 차가 옆으로 다가온 것이다.

"마슈링." 뚱뚱한 남자가 말한다. "거기에 숙소가 많아요."

그녀가 마슈링이 어디냐고 묻자 그가 말한다.

"곧장 가서 오른쪽 두번째 길에서 꺾어요. 그리고 왼편으로 끝까지 내려가면 마슈링이에요. 마슈링 크레센트와 마슈링 애비뉴가 나올 거예요. 걸어서 십 분 거리죠."

그녀가 고맙다는 인사를 하자 그는 고개를 끄덕이고 미소를 짓는다. 차창 손잡이를 돌려 창문을 올리면서 고개를 돌릴 때 어둠 속에서 그의 안경이 번득인다.

"이번에도 감사해요."

펠리시아는 계속 걸어 마침내 그가 얘기한 길에 접어든다. 길을 따라 언덕을 내려가니 마슈링 크레센트가 나오고, 창문들에 대부분 하룻밤 숙소를 제공한다는 표지판이 붙어 있다. '숙박과 저녁식사 및 아침식사 제공, 11파운드'라고 쓰여 있다. 그녀는 작은 장식문을 밀어 열고는 가꾸지 않은 좁다란 정원 사이를 가로질러 들어간다. 그러다 문이 닫혔는지 확인하려고 흘깃 뒤돌아본다. 마슈링 크레센트 끄트머리에 차체가 둥근 녹색 차 같은 것이 보이지만, 그녀는 자신이 잘못 본 것이리라 생각한다.

그날 밤, 열두시 오 분 전, 힐디치 씨는 천천히 침실로 향하는 계단을 오른다.

월프 삼촌은 제일차세계대전 후 아일랜드로 갔다. 무장봉기를 진압하기 위해서였고, 극적일 것 없는 그만저만한 군대 이야기 한두 가지를 가지고 돌아왔다. 그는 십이 년쯤 전 여든여덟의 나이로 세상을 떠났는데, 그 나이에도 여전히 프랑스와 벨기에에서의 소규모 접전들이며 아일랜드에서의 폭동 단속 등 군대 시절 이야기를 들려주곤 했다.

힐디치 씨는 어린 시절 월프 삼촌의 이야기를 듣다가 입대하고 싶은 마음이 생겨났고, 그 소망은 자라면서 점점 더 커졌다. 그러나 막상 때가 되자 시력과 발 때문에 받아들여지지 않았다. 너무나도 오랫동안 원한 일이고, 어떤 규정이 적용되는지 몰랐기에 어쩌면 병참 부서나 취사장은 그다지 까다롭지 않을지도 모른다고 생각하며 거듭 지원했다. "자넨 안 돼." 검은 콧수염을 날카롭게 기른 좀 건방져 보이는 모병관이 냉정한 얼굴로 말했다. 그때 그가 느낀 실망감은 시간이 지나도 옅어지지 않고 그대로 남았다.

생각이 이렇게 돌아가다니 재미있군, 힐디치 씨는 생각한다. 생각이 계속 맴도는 어떤 소녀의 얼굴과 함께 시작된 것도, 그러고 나서 월프 삼촌에게로, 그 모병관에게로 미친 것도 재미있네. 그 소녀는 19번지로 들어갔지.

4

한밤중에 펠리시아가 잠에서 깨어난다. 꿈은 사라지는 중에도 조각조각 남는다. "조개껍데기를 가져왔단다." 베네딕트 수녀님이 말하고, 사내아이 하나가 성체축일 행렬 앞으로 뛰어나오고, 누군가 창가에서 손을 흔든다. 오빠들이 운전하는 '플래너건 채석장'이라고 쓰인 화물차 한 대가 행렬이 지나쳐가는 마일스 브레이디의 술집 앞에 주차되어 있다. 알드릿스 주유소를 지나가는데 환한 햇빛 속에 휘발유 증기가 보이고 한 남자가 주유기에서 차에 기름을 넣고 있다. "낮게 나는 천사들." 프란시스 하비에르 수녀님이 말한다. 어쩌면 꿈속에 나왔던 것도 같지만 꿈에서 처음 들은 말은 아니다. 프란시스 하비에르 수녀님은 아프리카 이교도들 사이에서 일한 빈민구호수녀회 이야기를 할 때면 늘 그렇게 말했다. 수녀원장님도 성녀 우르술라가 신앙을 공고히 하기 위해 여성 동지들과 길을 떠나 세상을 향해한 이야기를 들려줄 때면 그 표현을 썼다. "너는 순결을 지키며 사는 삶에 대해 한 번도 생각해보지 않았니, 펠리시아?" 언젠가 수녀원장님이 불쑥 물었다. 나중에 카멀과 로즈에게 그 이야기를 해주었더니 그들은 펠리시아에게 수녀의 얼굴이 있다고 말했다.

사람들은 바다에 가면 그녀에게 조개껍데기를 가져다주었는데, 그녀의 어머니가 세상을 떠났기 때문이다. 그녀는 조개껍데기를 침실 서랍장 위에 진열해놓았다가, 방을 함께 쓰던 증조할머니가 자꾸 실수로 건드려 떨어뜨리자 서랍 한 칸에 다 넣어두었다. 그녀가 처음으로 직접 바다를 본 것은 이번 여행을 떠나면서였다. "바다, 바다, 열린 바다……" 하루는 수업시간에 그렇게 읊고 나자 다음 구절이 기억나지 않았다. 그녀는 부끄러워서 얼굴을 붉힌 채 그 자리에 그대로 서 있었다. 전날 저녁엔 완벽하게 외웠는데.

펠리시아는 어둠 속에서 눈을 감아보지만 잠이 오지 않는다. 여행의 장면들이 세세하게 떠오르며 잠을 방해한다—멀미, 화장실에서 그녀의 칫솔을 집어든 여자, 보안담당자의 질문, 기차, 그리고 또다른 기차, 공장이 어디 있는지 묻고 다닌 일, 뾰족한 얼굴의 숙소 주인이 텅 빈 식당으로 셰퍼드 파이와 과일 통조림을, 뒤이어 차를 내온 일. 그때, 전날의 피로와 좌절을 덜어주는 조니가 나타난다. 그의 잿빛이 감도는 초록색 눈, 검은 머리카락, 단정한 턱 끝, 도드라진 광대뼈. 그녀는 공장 사람들 무리 속, 톰슨 캐스팅스에서 나오는 이들 중 제일 앞에 있는 그를 본다. 마치 그녀가 기다리고 있음을 예감이라도 한 듯 서두르는, 빠르고 절도 있는 움직임. "그날 난 네가 신부인 줄 알았어." 그가 초크스 앞

거리에 서 있던 펠리시아에게 다가와 그렇게 말한 건 결혼식 다음주 월요일이었다.

그녀는 그날 그 일을 다시 떠올리는 것이, 어떤 꿈이나 상상보다도 좋다. 왜냐하면 그건 진짜니까. "어머, 아뇨, 아니에요." 그녀는 고개를 저으며 말했고, 자신은 영영 신부가 될 수 없을 것 같다는 말은 덧붙이지 않았다. 초크스 쇼윈도에서 한 여자가 마네킹 옷을 갈아입히며 여름 분위기를 지우고 있었다. "조니 라이서트." 그녀가 신부 들러리 드레스를 입고 있을 때 그랬던 것처럼 다정한 미소를 지으며 그가 말했다. "내가 기억나긴 해?"

그녀는 아주 오래전, 그리스도교형제단 학교에 다니던 시절의 그가 희미하게 기억났다. 그는 그녀보다 일곱 살, 어쩌면 여덟 살 더 많았다. 그는 이제 이 동네에 살지 않았고, 어머니를 보러 가끔 오는 정도였다. "어떻게 지내요?" 그녀가 말했다.

펠리시아는 그곳에 여전히 눈을 감고 누운 채, 달리 할말이 생각나지 않아 대담하게 묻던 자신의 목소리를 듣는다. 그는 로마스니 무리에도, 스몰 크롤리 그룹에도 속한 적이 없었다. 그는 주로 혼자 다녔고, 그리스도교형제단 학교를 졸업한 후에는 더블린으로 갔다가 곧 영국으로 떠났다. 그의 말투에 영국 억양이 배어 있었다.

"잘 지내." 그가 말했다. "너는 어때, 펠리시아?"

"일자리를 잃었어요."

"육가공공장에 다니지 않았나?"

"공장이 문을 닫았어요."

그가 다시 미소를 지었다. 그가 슬리브 블룸 육가공공장이 왜 문을 닫았냐고 물어서 그녀는 설명해주었다. 다시 할말이 생긴 것이다. 여자 하나가 손을 베인 것을 보고하지 않았는데 패혈증이 생겼고, 나중에 식중독이 발생해 추적해보니 그때 가공된 간과 소고기 통조림 분량이 원인이었다. 그레넌 부인은 상처가 그냥 긁힌 정도에 불과하다고 생각했지만 쉽게 아물지 않았다. 모르텔 박사는 상처를 보고 그레넌 부인에게 진단서를 써주었는데, 아파서 결근했다가 돌아가보면 일자리가 사라져 있곤 했기 때문에 부인은 계속 출근했다. 1986년, 또다른 음식 파동—그 당시 가공육 산업 전반에 발생한 사건*—이후로 공장 사정이 좋지 않았다. 동네 사람들 중에는 어찌됐건 조만간 문을 닫았을 것이라고 생각하는 사람도 있었고, 그레넌 부인이 자신을 희생양이라고 믿는 것도 어느 정도는 타당했다. "당연히 일자리는 없어졌죠. 그냥 그렇게 된 거예요." 펠리시아는 그때 다른 여자가 자신을 위로하며 했던 말도 기억한다. "누구 잘못이었는지가 뭐가 중요하겠어?"

초크스 앞 거리에서 조니 라이서트는 그녀에게 그럼 다른 곳에서 일한 적이 있느냐고 물었고, 그녀는 없다고, 수녀원 학교를 졸업한 후로 슬리브 블룸에서만 일했다고 대답했다. 그녀는 자세히는 말하지 않았다. 지난 삼 개월 동안 일 없이 지냈으며, 적어도 인근에서는 취직될 가망이 안 보인다는 이야기는 하지 않았다. 경력이랄 게 통조림 만드는 일뿐이었고, 별다른 기술이 필요 없는 일이긴 해도 그녀는 익숙한 손놀림으로 재빠르게 일할 수 있었으며 잘못 봉해진 통조림을 찾아내는 눈썰미도 길렀다. 슈퍼마켓 계산대에서 일하려 해도 훈련을 받아야 했고,

* 1984년 영국에서 최초로 광우병으로 의심되는 소가 발견됐다. 이후 1986년 영국 정부는 광우병이 심각한 질병임을 공표했다.

작은 상점들은 비정규직을 선호했다—학생이나 나이 많은 아주머니를. 요즘에는 에린 플로어 커버링이나 병원에도 일자리가 없었다. 기다리면 저녁식사를 파는 술집 주방이나 히키스호텔에 자리가 날지도 모르지만 족히 일 년은 걸릴 것이다. "내가 이냐시오 수녀님에게 말을 해 놓았다." 아버지가 때때로 그녀를 안심시켰다. 이냐시오 수녀님은 아버지가 수녀원 정원 일을 하면서 가장 많이 맞닥뜨리는 수녀였다. 한편으로는 펠리시아가 집에 있어 편해진 점도 있었다. 그녀가 그즈음 방도 침대도 떠나지 못하던 증조할머니 곁을 지키고, 예전에는 함께 나누어 하던 요리며 청소를 도맡아 할 수 있었기 때문이다.

"일이 없다는 건 웃을 일이 아닌데." 조니 라이서트가 초크스 쇼윈도에 기대며 말했다. 그가 담뱃갑의 셀로판지를 벗기고는 그녀에게 담배 한 대를 권했다. 펠리시아는 고개를 저었다.

"그럼요, 맞아요." 그녀가 말했다. "웃을 일이 아니죠."

그녀는 일자리를 잃으면서 자유도 빼앗겼다—카멀과 로즈, 코니 조와 함께 다이아몬드 커피 독에 앉아 있을 자유, 비용 먼저 따져보지 않고 투스크린 리츠에서 저녁을 보낼 자유. 통조림공장이 폐업한 지 몇 주 되지 않아 그녀는 모아둔 돈을 다 썼고, 당연히—아버지가 분명히 했듯이—집으로 들어오는 실업수당은 전부 식비와 생활비로 들어갔다. 가족은, 특히 홀아비 가족은 힘을 합쳐야 했다.

"시히스로 와." 조니 라이서트가 말했다. "한잔 어때?"

"아뇨, 이제 가봐야 해요."

오후 세시 반이 넘었다. 아직 고기와 채소도 사지 않았다. 가족이 모두 모이는 식사시간은 다섯시 사십오분이다. 낮에는 오빠들이 채석장에서 집으로 올 수가 없고 아버지도 열두시 반에 수녀원 주방에서 식사를 한다. 네시에 그녀는 고기에 순무 반을 잘라넣고 양파도 썰어넣어 스튜를 안칠 것이다. 십오 분은 지나야 스튜가 보글보글 끓기 시작한다.

"나중에?" 조니 라이서트가 말했다. "일곱시? 일곱시 반?"

펠리시아는 숙소 침대에 누워 네, 라고 말하고 싶지만 망설이던 일을 떠올린다. 어색해하며 아무 말 못한 게 기억난다.

"일곱시 반?" 조니 라이서트가 다시 물었다.

"시히스에서, 그 말이죠?"

"시히스가 어때서, 펠리시아?"

그가 웃음을 터뜨렸고, 그녀도 속에서부터 안도감이 밀려드는 것을 느끼며 웃음을 터뜨렸다. 담뱃갑은 여전히 그의 손에 쥐여 있었다. 그는 미소를 지으며 연기를 뱉어냈다. 그가 왜 그녀에게 관심을 보인 걸까? 카멀이나 로즈, 혹은 그녀가 생각할 수 있는 다른 누구라도 조니 라이서트라면 모든 걸 다 제쳐놓고 데이트를 했을 것이다. 그녀는 친구들만큼 얼굴이 예쁘지도 않았다. 그녀는 볼품없었다.

"이따 보자." 그가 부드럽게 말했다.

그 목소리의 억양이, 그 미소 짓는 눈길이, 한밤중 그녀의 상념 속을 흐른다. 그를 뒤로하고 걸어가면서—양고기와 양기름을 사기 위해 스카단스로, 채소를 사기 위해 매카시스로 향하면서—펠리시아는 이전에 한 번도 경험하지 못한 행복감에 거의 울음을 터뜨릴 뻔했다. 그리고 그 행복감은 개수대에서 감자 껍질을 벗기고 쌀가루와 우유를 섞을 때에도, 달걀을 풀고 채소를 다질 때에도 사그라지지 않았다. 홀 저편에서 퍼즐 조각을 바닥에 떨어뜨린 증조할머니의 성마른 투덜거림과 도와달라는 외침이 들려왔다. 응급상황이 생길지 몰라서 낮에는 항상 침실 문을 열어두었다. "할머니는 어떠셨냐?" 아버지가 다섯시 십오분에 부엌으로 들어오며 처음 던진 말은 평소와 다름없었지만, 그날 저녁에는 그 똑같은 말에서 뭔가 기분좋은 신선함이 느껴졌다. 할머니를 기쁘게 해드리려고 그날 하루를 어떻게 보냈는지 자세히 이야기하는 아버지의 낮은 목소리—그럼에도 홀 건너편에서 들릴 만큼 컸지만—도 성가시게 들리지 않았다. 그는 마지막으로 베어낸 풀을 긁어모아 퇴빗더미 위에 층층이 쌓은 이야기며, 안토니 익시다 수녀님이 테이베리 열매 때문에 또 투덜댄 이야기를 들려주었다. "근데 넌 누구냐?" 노인의 친숙한 외침이 들려왔다. "나한테 원하는 게 뭐냐?"

펠리시아는 할머니 생각은 하고 싶지 않아서 생각을 다른 데로 돌리려 하지만 잘 안 된다. 그녀는—그 아름답고 뭔가 달랐던 월요일 저녁—실수로 식탁에 에이든 몫까지 차린 일이 떠오른다. 이제 에이든은 맥그래튼 스트리트에, 처갓집인 자전거와 유모차 상점 근처 아파트에 산다는 사실을 잊었던 것이다. 여섯시가 되자 채석장에서 돌아온 다른 두 오빠, 생김새만큼이나 과묵한 성격도 꼭 닮은 그들이 곧장 식탁에 앉아 음식이 나오기를 기다린다. "그래, 할머니는 계속 버텨내고 계신다." 아버지가 침실에 들어갔다가 할머니의 기氣를 안고 나오며 소식을 전한다. 노인의 존재는 그 안에 유령 하나를 다시 불러냈고, 노인의 역사는 그의 감성에 오랫동안 뿌리내리고 있었다. 칠십오 년 전, 노인의 남편이 된 지 한 달 된 이가 두 동지와 함께 아일랜드의 자유를 위해 목숨을 바쳤다는 사실은 아버지의 끈질긴 고집으로 가족 내에서 하나의 진실로 숭상되어왔다. 그 비극으로 노인은 앞으로 태어날 아이와 함께 빈곤한 처지에 놓였고, 남은 인생을 사무실과 가정집 바닥을 닦아 번 돈으로 먹고살아야 했다. 그러나 그 고생도 오랜 대의에 대한 믿음이 있어 고귀하게 여겨졌다. 노인은 뿌린 피를 명예롭게 생각하며, 태어난 딸과 사위, 그리고 딸 부부에게서 난 외아들의 아내까지 앞세우고도 살아남았다. 그리고 자신의 이성적 사고보다도 더 오래 살아남은 지금, 펠리시아의 아버지가 몸소 그 뿌린 피를 명예롭게 기렸다. 그는 저녁때 자주 그 혁명 시절 스크랩북을 들고 앉아 있곤 했다. 세 권짜리 벽지 무늬 카탈로그로, 철물점을 하는 멀틸리가 그 벽지들이 유행 지난 구식이 되자 아버지에게 준 것이었다. 펠리시아가 기억하는 한 그녀는 평생 달리아와 장미, 물방울무늬와 줄무늬, 매끈하거나 올록볼록한 면 위에 깔끔하게 오려붙인 신문 기사와 사진들, 서류 사본을 보고 또 봐야 했다. 그 모든 것이 뒷받침하는 주장 한가운데에—수집품 전체의 닻이 되는 것이라고 아버지가 그녀에게 몇 번이고 되풀이해 말한—이 지역 애국자 세 사람의 합동 부고가 있었다. 증조할머니가 몇 안 되는 소지품과 함께 간직하고 있다가 스크랩북이 더 안전하다고 판단해 거기에 보관해둔 것이다. 그다음으로 중요한 것은 패트릭 피어스*의 1916년 4월 24일자 임시정부 선언문을 손으로 베껴쓴 필사본으로, 서명 일곱 개가 모두 법원서기 같은 필체로 쓰여 있었다. 중앙우체국 전투와 보런드 제분소 사건들, 로저 케이스먼트가 바나 해변에서 독일 유보트에서 내린 일, 리버티 홀 포격을 다룬 신문 기사도 있었다. 베

* 아일랜드의 민족주의자, 시인, 혁명가. 부활절 봉기 당시 더블린 중앙우체국 앞에서 임시정부 선언문(부활절 선언)을 낭독했다.

거스 부시 병영과 멘디시티 인스티튜트 공격, 영국의 셸본호텔 점령과 패트릭 피어스와 톰 클라크 처형에 대한 기록도 있었다.* 이곳 애국자들의 미사 카드와 애도하는 이들이 보내온 편지, 관들을 찍은 사진도 한 장 있었다. 예전 형법**, 아일랜드 군대에 관한 글도 붙어 있었다. 코네마라에 있는 패트릭 피어스의 오두막을 그린 엽서 한 장, 깃대에서 펄럭이는 아일랜드 삼색기가 담긴 또다른 엽서 한 장도. 그리고 〈병사의 노래〉 가사 전문이 있었다.

펠리시아의 아버지는 이 벽지 스크랩북이 민족을 기리는 기념물이자 용감한 한 여인이 받아 마땅한, 그녀의 가치 있는 희생의 기록이라고 믿었다. 그는 붉은 잉크로 작고 단정한 메모를 남겨 이 사건들의 연속성이 보이도록 여기저기 붙였다. 얼굴을 내민 꽃들 가운데 에이먼 데벌레라***의 신성한 사상이 자리하고 있었다.

> 우리가 꿈꿔온 아일랜드는 물질적 부란 오직 올바른 삶의 기초로서만 가치가 있다고 믿는 사람들, 소박한 안락함에 만족하는 사람들, 여유시간을 영적인 것을 위해 쓰는 사람들의 고향이 될 것이다. 시골은 아늑한 농가들로 밝게 빛나고, 들판은 산업의 소리로 흥겨운 땅이 될 것이다. 튼튼한 어린이들이 뛰어놀고, 젊은이들이 체력을 겨

---

* 1916년 4월 부활절 주간, 아일랜드인들이 영국으로부터 독립을 쟁취하기 위해 무장봉기를 일으켰다. 보런드 제분소는 당시 본부로 쓰였고, 독일 해군으로부터 무기를 공급받기로 했으나 바나 해변에서 나포되어 일주일 만에 결국 진압되고 만다. 봉기를 주도했던 패트릭 피어스, 로저 케이스먼트, 톰 클라크 모두 처형당했다.

** 영국성공회에 대항하는 가톨릭과 프로테스탄트를 탄압하기 위한 법령.

*** 아일랜드 정치가이자 대통령을 역임한 인물로, 아일랜드 독립을 위해 힘썼다.

루고, 어여쁜 처자들이 웃음 짓는 땅, 난롯가에서는 노인들이 지혜를 나누는 땅이 될 것이다. 한마디로, 인간이 마땅히 살아야 할 삶이라고 하느님이 바라신 바로 그런 삶을 사는 사람들의 고향이 될 것이다.

"뭐 좀 없었어?" 아버지가 월요일 저녁에 물었다. 일자리 얘기였다.

"없었어요."

"여차하면 이냐시오 수녀님이 아직 계시니까."

슬리브 블룸 육가공공장이 영구 폐업을 발표한 날, 아버지는 근무를 마친 수녀원장을 찾아가 이야기를 했다. 나중에는 이냐시오 수녀에게도 그 건을 언급했다.

"매과이어 피그스에서는 무슨 이야기 없었어?" 그는 노인을 주려고 그레이비와 감자를 함께 으깨어 섞고는 쌀가루를 펐다.

"경리 일이에요. 로티 플린이 하게 됐어요."

"그 치과의사, 이름이 뭐였지, 하여튼 파트타임 청소부를 구한다는 구인광고가 헤버린스에 붙어 있었어."

그녀가 개수대 배수판에서 후추통을 채우는 동안 아버지는 접시마다 고기 한 덩이와 감자, 채소를 한 숟가락씩 담아 식탁으로 옮겼다. 그러고 나서 그는 노인의 쟁반을 가지고 들어갔다.

"끔찍한 상태지." 그가 돌아와서 말했다. "그 치과의 놋쇠 문패 말이야. 병원이나 변호사 사무실이나 다 마찬가지야. 한때는 아주 번쩍번쩍 광이 났는데."

열두 살 때 펠리시아는 데클런 페트릭과 사랑에 빠졌다. 그는 펠리시아보다 나이가 많았고, 이미 센트라 식품점의 포장육 카운터에서 일하고 있었다. 그녀는 혼자 센트라 식품점 안을 왔다갔다하며 통조림 수프의 라벨을 읽는 척하거나 새우 페이스트라든지 닭고기와 햄이 든 병 따위를 들었다가 마음을 바꾼 척 다시 내려놓곤 했다. 오후시간에 일하는 여자 하나가 그녀를 의심스러운 듯 주시했지만 개의치 않았다. 그녀는 데클런 페트릭에게 한 번도 말을 걸어본 적이 없었다. 그는 콧수염을 기르려 애쓰는 깡마른 소년이었고, 펠리시아는 자신이 그에게 어떤 감정을 품었는지 누구에게도, 카멀이나 로즈, 코니 조에게조차 절대 이야기하지 않았다. 하지만 거의 일 년 동안이나 매일 밤낮으로 그를 생각하며 그녀를 꼭 끌어안는 그의 두 팔을, 그의 소년다운 부드러운 콧수염을 상상하곤 했다.

"딜레이니였어, 그 치과의사 이름." 아버지가 말했다. "우리가 이름을 기억 못한 것도 이상한 일은 아니지. 문패 상태가 그 모양이라 이름을 볼 수가 없으니. 그런데 파트타임이 너한테 맞지 않겠니? 한 시간에 칠십 준다더라. 일주일에 아홉 시간이고. 생각해보면 너한테 풀타임보다 그게 더 나을 듯싶은데?"

그것은 아버지가 그녀에게 원하는 바였다. 아버지는 펠리시아가 매과이어 피그스에 취직하기에는 자격이 부족했다는 사실에 오히려 안도했다. 그녀가 파트타임으로 일하게 되면 실직 상태를 벗어나면서도 계속 집안일을 도맡아 하고 아버지와 아직 결혼하지 않은 오빠들을 위해 식사 준비를 할 수 있을 터였다. 그러나 슬리브 블룸에서처럼 풀타임으로 일하면 퀴글리 부인에게 돈을 주고 낮시간에 노인을 돌봐달라고 부탁해야 한다. 그는 이미 다 생각해놓았다. 아마 수녀님들과도 상의했을 것이다.

"그게 네게 적당할 것 같구나. 그 치과 일이 아니더라도 그런 종류의 일 말이야."

"전 풀타임으로 일하고 싶어요."

"막바지라 이런 거 아니냐. 지금 남은 자리들은 다 이렇다, 얘야."

"알겠어요." 펠리시아가 대답하자 그는 대화 주제를 바꿔 노인에게 들려준 이야기를 되풀이했다. 안토니 익시다 수녀가 테이베리 열매 문제로 그를 성가시게 했다고. 식사가 끝나고 설거지까지 마친 후 펠리시아는 침실에서 셔츠와 스커트를 갈아입고 화장을 했다. 식사 후에는 늘 정신이 또렷해지는 노인이 눈을 반짝이며 그런 그녀의 모습을 지켜보았다.

"외출하는 거냐?" 아버지가 코트를 입은 그녀를 보며 물었다. 그렇다고 대답하자 그는 더이상 관심을 보이지 않았다. 어머니에 대한 기억을 더듬어보면, 어머니라면 아마도 궁금해했을 거라고 펠리시아는 생각한다. 어머니라면 그녀가 월요일 저녁에 단지 카멀과 로즈를 만나려고 그렇게 차려입고, 귀걸이를 하고, 아이섀도와 산호색 립스틱을 바르지는 않았으리라 눈치챘을 것이다. 마일스 브레이디의 술집으로 가려고 나가던 오빠들은 그녀가 코트를 입었다는 것조차 알아차리지 못했다.

"안녕." 십 분 후 조니 라이서트가 시히스에서 그녀를 맞았다. "근사하네."

그녀는 그가 그렇게 말한 것이 좋았다. 그가 그 말을 다시 해주길 바랐다. 그녀는 눈 화장에 대해 아무것도 몰랐는데, 그가 그녀를 보자마자 근사하다고 말해준 것이다. "정말 예쁘네!" 더티 키리도 데블린스 래인에서 숨어 있다가 그렇게 소리치곤 했지만, 그저 자기한테 다가오게 하려고 지나가는 모든 여자에게 하는 말이라서 경우가 달랐다. 게다가 그는 장님이었다.

"코트 벗어." 조니 라이서트가 말했는데, 빨간색 코트에 산호색 립스틱이 어울리지 않았기에 그녀는 그 말이 반가웠다. 게다가 코트는 여기저기 해졌다. 네모와 세모 무늬가 들어간 파란색 원피스는 특별히 신경 써서 입은 것이었다. "뭐 마실래?" 그가 물었다.

"세븐업이요."

"진 좀 넣어서?"

"아뇨, 아뇨."

"같이 있어줘. 기분 좀 내고. 그런 촌스러운 거 말고 오렌지주스 넣은 보드카를 마셔봐."

그는 맥주를 마시던 중이었다. 빈 술잔 옆에 놓인 맥주병에 붙은 상표가 화려했다. 그는 분위기를 바꿀 겸 독한 술을 한잔해야겠다고 말했다. "기분 좀 내라고." 그가 또 한번 말했다.

"알겠어요."

그가 바 뒤에 있던 아들 시히에게 두 사람이 마실 술을 주문했다. 그는 이야기할 때 표정이 다채로운 편이어서 한순간 쾌활했다가도 곧 골똘히 생각에 잠긴 얼굴이 되었다. 테이블로 돌아온 그는 그녀의 향수가 마음에 든다고 말했다. '안개 속 사랑'이라는 향수였다. 그녀는 부엌 밖으로 나와 길에서 향수를 뿌렸었다. "건배." 그가 말했다.

그녀는 그가 영국 어디에서 지내는지 물었다. 런던이냐고 묻자 그는 아니라고, 버밍엄 북쪽이라고 말했다. 어떤 도시를 언급했지만 낯선 지

명이었다. 그는 잔디깎이 부품을 만드는 공장에서 창고 관리자로 일했다. 그가 담배에 불을 붙였다. 입에 풀칠이나 하는 정도야, 그가 말했다. 그것만 해도 다행이지.

"어머니를 보러 오다니 참 다정한 것 같아요."

"어머니는 한 분뿐이니까."

"그렇죠."

"아 참, 미안."

그녀는 괜찮다고 말했다. 대부분의 사람들은 사과하지 않는다. 대부분의 사람들은 잊었거나, 너무 늦게 기억해내거나, 무슨 말을 해야 할지 몰라 한다.

"할머니는 잘 지내셔, 요즘?"

펠리시아는 그렇다고 말했다. 백 세가 되는 해라고 말하자 그가 놀라며 고개를 흔들었다. 조니가 다시 미소를 지었고, 그녀는 그가 담배 피우는 모습을 바라보았다. 말버러, 테이블에 놓인 담뱃갑에 그렇게 적혀 있었다. 카멀은 커피 독과 투스크린 리츠에서 그 이상한 애프턴 메이저*를 피웠다. 로즈도 그랬고.

"영국은 어때요?" 그녀가 물었다.

"괜찮아. 익숙해지니까. 어디를 가든 시간이 좀 지나면 익숙해지기 마련이잖아."

"외로워지는 사람들도 있어요. 패티 멀로니는 돌아왔거든요."

"패티 멀로니 같은 사람들은 그럴 테지."

---

* 아일랜드산 담배.

"여기 사정이 좀 나아질지 어떨지 모르겠네요."

그도 모르겠다고 했다. 그녀는 보드 나 모나 회사가 공장을 여는데, 토탄가루를 압축하는 곳이라는 이야기가 있었다고 말했다.

"정원에 쓰는 거래요." 그녀가 설명했다. "아버지가 얘기해줬어요."

"하지만 무르지 않았어?"

"결국 보류했죠."

"한 잔 더 할래?"

"아, 아뇨, 괜찮아요."

그가 웃음을 터뜨렸다. "오렌지주스엔 비타민이 들어 있어."

"그럼 오렌지주스만 마실래요."

그가 또 웃음을 터뜨리곤 그녀와 그의 술잔을 집어들었다. 그녀는 바에 서 있는 그를, 아들 시히를 편하게 대하는 그를 지켜보았다. 카멀과 로즈가 들어올지도 몰랐다. 그녀는 그들이 오기를 바랐다. 그들이 그녀가 앉은 곳으로 오기를, 그래서 그녀가 안 된다고, 자리의 주인이 따로 있다고 말할 수 있기를 바랐다.

"댄스타임이 요즘도 금요일에 영업하나?" 그가 음료를 가지고 돌아와 물었다.

"프라이데이 디스코는 아직 하죠."

그녀는 그가 같이 가자고 얘기하리라 생각했지만, 그는 처음에는 아무 말도 하지 않았다. 그는 그녀의 입술을 바라보았고, 그녀는 키스를 한다는 건 어떤 느낌일지 궁금했다. 데클런 페트릭을 좋아했을 때도 그런 상상을 했었다. 카멀은 처음에는, 열세 살 때 우체국의 그 여드름투성이 남자와 투스크린에서 키스했을 때는 좋지 않았다고 말했다.

"디스코 가지 않을래? 프라이데이로 어때, 펠리시아?"

"요즘 디스코 같은 데 갈 돈이 없어요."

"나랑 가면 비용 걱정은 안 해도 돼."

그가 함께 가자고 말하리라 짐작했음에도 펠리시아는 당황스러웠다. 그녀는 얼굴이 달아오르는 것이 느껴져 조명에서 물러나 앉으려고 살짝 몸을 뒤로 기댔다. 마지막으로 댄스타임 디스코에 간 것은 두 달 전이었다. 하트 스토퍼스가 공연을 한 밤이었고, 스몰 크롤리가 처음으로 카멀에게 관심을 보인 밤이었으며, 로즈가 저 시골 어딘가에서 실패하고 돌아온 보좌신부와 엮이게 된 것도 바로 그날 밤이었다. 그전까지 댄스타임에 나타난 적이 없는 남자였고, 그날 밤 이후 로즈는 그를 다시는 보지 못했다.

"너와 마주치다니 참 좋았어, 펠리시아." 그가 움직이면서 테이블 아래로 그의 무릎 한쪽이 그녀의 무릎을 스쳤다. "네가 신부가 아니어서 기뻤고, 펠리시아."

여자는 남자가 왜 자신에게 끌렸는지, 왜 자신을 선택했는지 결코 알 수 없다고 카멀이 말했었다. 통통한 팔뚝이나 납작한 가슴 때문에 속상할지 몰라도 어떤 남자는 바로 그것에 끌리기도 한다고. 코니 조도 똑같이 말하곤 했다. 로즈는 남자의 마음은 절대 이해할 수 없는 거라고 말했다.

"네가 오면 좋을 텐데." 조니 라이서트가 말했다. "정말 좋을 거야."

펠리시아는 다시 잠들고, 꿈속에서 그가 그렇게 말한다. 프라이데이 디스코에서 그들은 네 시간 동안 춤을 췄고, 둘 다 다른 사람과는 추지 않았으며, 다시 입장할 수 있는 패스를 받아 두 번 시히스에 갔다. 그가 그녀의 손을 잡았을 때, 새벽 두시 고요한 거리를 함께 걸었을 때, 그녀는 그에게 사랑한다고 말하고 싶었다. 남자에게 한 번도 키스를 받아본 적이 없다고도 말하고 싶었다. 꿈속에서 그는 그녀가 철망을 넘을 수 있도록 도와, 그 옛날 가스공장 옆 들판에서 두 팔로 그녀를 품에 안으며 사랑한다고 말한다. 애프터셰이브 로션의 향기가 느껴지고, 그는 셔츠 단추를 풀어 그녀의 손을 그의 따스한 살결로 가져간다. 그의 모든 것이 부드럽다. "아름다워." 그가 속삭인다. "넌 정말 근사해, 펠리시아." 그가 다시 그녀에게 키스할 때 입술은 촉촉이 젖어 있고, 그녀가 눈을 감자 그도 눈을 감는다. 마치 두 사람이 하나가 된 것처럼 꼭 같은 순간에.

그러더니 꿈이 바뀐다. 아버지가 나라가 이따위로 돌아가고 있다고, 놋쇠 문패도 닦지 않는다며 세계적인 망신이라고 말한다. 오빠들은 잠자코 음식을 먹는다. "그런데 라이서트는 어떻디?" 로즈가 묻고 카멀이 킬킬거린다.

거의 일곱시가 다 되어 펠리시아는 잠에서 깬다. 조악한 커튼 사이로 희부연 빛이 비치며 하나밖에 없는 창문을 밝힌다. 그녀는 빛이 점점 강해지는 것을, 그림자가 의자에, 테이블에, 옷장에, 모퉁이에 자리한 탁자 위 세숫대야에 뚜렷한 형체로 드리워지는 것을 바라본다. 커튼은 오렌지색과 녹색이 섞인 소용돌이 무늬다. 모랫빛 벽엔 스카치테이프를 붙인 자국이 있고 분홍색 페인트를 바른 부분도 군데군데 벗어졌다. 아버지는 헤버린스 상점에서 〈아이리시 프레스〉를 사서 돌아오고 있을 테고, 오빠들은 무거운 아침 발걸음을 막 뗐을 것이다. 그녀가 떠나온 침실에는 이부자리와 마룻바닥 여기저기에 퍼즐 조각이 떨어져 있을 것이다. 노인이 그나마 맞춘 몇 안 되는 부분도 조각조각 흩어지고 펴즐 판은 침대와 벽 사이로 미끄러져 들어갔으리라. 이윽고 휴대용 변기를 가져와, 아버지는 혼자서 노인을 들어올려야 할 것이다. 이 시간쯤이면 늘 그렇듯 노인은 고무 시트 아래를 더듬어 연금을 넣어두는 빨래집게 주머니를 찾을 테고, 곧이어 누군가 돈을 좀 빼갔다는 것을, 어제도 그 사실을 알아차리고 경악했었음을 다시금 떠올릴 것이다. 부엌에서는 스토브 위에 베이컨이 프라이팬 가득 지글지글 익으며 하얀 에나멜 위로, 곧 달걀 프라이가 될 상자에 든 달걀 위로 기름방울을 튀길 것이다.

펠리시아는 몸을 일으켜 구석에서 세수를 한다. 잠옷을 벗고 잠시 맨몸이 되자 집에서 다른 이와 같이 쓰는 방안에 있는 것처럼 부끄럽다. 역시나 습관처럼 재빨리 옷을 입고 머리를 빗은 다음 립스틱을 바른다. 그녀는 살며시 문을 열고 화장실을 찾는다. 방으로 돌아가며 층계참을 건널 때 아래층에서 라디오 소리가 희미하게 들려온다. 몇 분 후 식당으로 내려가니 식사 일 인분이, 콘플레이크 한 그릇이 이미 놓여 있다.

뾰족한 얼굴의 여자가 들어와 잠자리에 대해 말을 꺼내고, 펠리시아는 세상모르고 잘 잤다고 대답한다. "삶은 것 괜찮아요?" 여자는 그렇게 물어놓고 대답은 기다리지 않는다. 전체적으로 푸르스름한 앞치마를 몸에 꽉 둘렀다. 여자는 콘플레이크와 토스트 접시 옆 달걀 컵에 삶은 달걀 하나를 놓고는 철망 받침대에 철제 찻주전자를 올린다. 그녀는 펠리시아에게 우유와 설탕은 알아서 넣으라고 말한다. "필요한 게 있으면 불러요." 그녀는 그 말을 덧붙이고 식당을 나간다.

펠리시아는 차를 따르고, 콘플레이크를 다 먹은 다음, 토스트에 천천히 버터를 바른다. 달걀 윗부분을 깨뜨려 껍데기를 벗긴다. 아버지는 부엌에서 팬에 들러붙은 베이컨 아래로 칼을 밀어넣어 떼어내고 있을 것이다. "이렇게 하는 거다, 펠리시아." 아버지는 몇 년 전 펠리시아 앞에서 직접 해 보이며 그렇게 말했다. 그는 빵을 잘라 튀기고 블랙 푸딩과 화이트 푸딩*을 썰 것이다. 아버지는 달걀을 뒤집어가며 익히는 것을 좋아하고 오빠들은 한쪽만 익히는 것을 좋아한다.

주인 여자가 돌아와 필요한 게 없느냐고 묻는다. 여자는 정해진 숙박비 잔액에 대해 말하고, 펠리시아는 남은 돈을 치른다.

---

* 아일랜드 전통 음식으로 소시지의 일종. 돼지 피나 쇠기름, 곡물을 넣고 만들어 검은 빛깔을 띠는 것이 블랙 푸딩, 돼지 피를 넣지 않아 연한 빛깔을 띠는 것이 화이트 푸딩이다.

5

그는 인도에 바짝 붙어 간간이 차를 멈춰 세우며 그녀가 시야에서 거의 벗어날 때까지 기다린 후 다시 천천히 뒤따라간다. 그는 그녀가 어디로 가는지 알고 있다. 이전에 나눈 대화에서 그녀가 어떻게 할 계획인지 말했기 때문이다. 물론 밤 동안 마음을 바꿨을 수도 있다. 그는 그런 경우도 겪은 적이 있다.

실지로, 그녀는 말했던 그대로 버스터미널로 향하고 있다, 그 빨간 코트에 쇼핑백 두 개를 들고서. 힐디치 씨는 몇 분 더 지켜보다 차를 몰아 그곳을 떠난다.

산이 없다. 잿빛 하늘을 배경으로 음침하고 높다란 굴뚝들이 뜨거운 구름을 토해내고 있다. 공장은 요새 같고, 탑들은 철과 부富라는 오래된 왕국을 보호하고 있는 듯하다. 테라코타 벽돌은 어디나 검게 변해 이 지역 특유의 고집스러운 색채를 띤다. 지형은 목적의 무게 아래 사라지고 자연적 특성은 억눌렸으며 원래의 윤곽은 무너졌다.

펠리시아를 태우고 이 풍경을 지나쳐가는 버스는 거의 텅 비어 있다. 쇼핑백을 든 여자들이 각자 자리를 차지하고 앉아 앞쪽 운전기사의 등을 바라보고 있다. 아이 하나가 끊임없이 울어대는데 아이 엄마가 달래도 소용이 없다. 한 남자가 신문을 넘기며 뭐라고 중얼거린다.

버스가 톰슨 캐스팅스가 있는 도시 외곽에 가까워지면서 평평한 도로변 들판이 줄어들고 바짝 맞닿아 선 공장들이 많이 보인다. 펠리시아는 그 공장 중 한 곳에 있을 조니 라이서트를, 바닥에서 천장까지 나무 서랍과 선반에 쌓인 부품을 배경으로, 멀틸리 철물점 조수들이 입는 것과 같은 갈색 작업복을 입은 그를 상상해본다. 그는 부탁받은 무언가를 찾고 있고, 때때로 하던 대로 휘파람을 분다. 그녀가 그려보는 톰슨 캐스팅스는 로스크리아 로드에 있는 퀼리스 농기계 창고 같은 곳이다.

"여기가 아닌 것 같은데." 버스터미널에서 제복을 입은 남자가 자신이 모르는 것에 짜증이 났는지 입술을 삐죽거리며 말한다. "사실 들어본 적조차 없어요."

그녀는 시내를 향해 걷는다. 떠나온 도시보다 더 오래되어 보이지만 같은 간판을 단 은행과 상점이 보인다. 널찍하던 거리가 휘어지고 꺾어지면서 점차 좁아지더니 골목과 좁다란 길들이 나타나고, 마치 도시 주변을 망치는 탑과 굴뚝에 항의라도 하듯 잘 보존된 그림 같은 풍경이 펼쳐진다. "실례합니다." 펠리시아는 내닫이 격자창문이 있는 찻집 앞에서 휠체어를 탄 남자에게 말을 건다. "나를 안으로 좀 밀어주세요, 아가씨." 남자가 말한다. "들어가서 물어봅시다."

계산대 직원이 지나가던 웨이트리스에게 톰슨 캐스팅스가 어디 있는지 아느냐고 묻는다. 웨이트리스는 고개를 젓더니 테이블의 손님들에게 같은 질문을 되풀이한다. "톰슨스." 나이 지긋한 여인이 기억을 떠올린다. "예전에 하프 스트리트에 있었지." 그러나 다른 누군가가 거기 있던 톰슨은 가죽 공방이었다고 말한다.

전자제품 가게에서, 회색 양복을 입은 쾌활한 남자가 단번에 안다고 대답한다. 톰슨 캐스팅스는 이 년 전 더 큰 어느 업체에 인수되었다고. 불경기의 또다른 희생물이죠, 남자가 확신에 차 말한다. 확실해요. 이 주변 거의 다 불경기의 여파를 피하지 못했으니 이런 이야기라면 흔해요. 그러면 지금은 톰슨 캐스팅스를 뭐라고 부르는지를 묻자 남자는 당황한다. 다시 거리로 나오지만 아는 사람이 없기는 마찬가지다.

그래서 펠리시아는 내닫이창이 있는 찻집으로 돌아가 차 한 잔을 시켜놓고 자리에 앉는다. 그나마 그곳 사람들이 그녀를 도와주었기 때문이다. 주변 테이블은 모두 주부며 회사원, 잠시 외출 나온 사람들로 가득하다. 웨이트리스들은 계산원의 재촉을 받으며 분주하게 움직이고, 계산원도 가끔 계산대를 떠나 자리를 안내한다. 펠리시아와 같은 테이블에 앉은 여자 둘이 그 자리에 없는 어떤 여자의 불행한 결혼에 대해 이야기한다. 맵시 있는 옷차림에 화장도 하고 있어서, 아마도 사십대일 그들의 나이보다 젊어 보인다.

"누군들 가스를 참아내겠어." 그중 한 여자가 테이블에 놓인 쇼트브레드에 눈길을 던지며 말한다. "끔찍해, 그 남자."

"하긴, 너는 가스를 잘 알지."

"그렇다고 할 수 있지."

펠리시아는 자신이 그곳 억양에 익숙해지고 있음을 깨달으며 그 남편에 관해 주고받는 이야기에 귀를 기울인다. 그녀의 쇼핑백은 의자 가까이, 눈을 내리깔면 보이는 곳에 있다. 그녀는 핸드백에서 지폐를 거의 다 꺼내고 몇 장만 남겨두었다. 입국 심사를 했던 보안담당자는 지폐에 관해서는 언급하지 않았다. 지폐 뭉치는 쇼핑백 맨 아래쪽에 있는 스웨터 소매 안에 넣어두었다. 도둑이 노릴지도 모를 핸드백보다 거기가 더 안전할 것이다. 코니 조가 더블린의 한 카페에서 핸드백을 내려놓았다가 다시 집으려고 보니 사라진 적이 있었다.

"그런 인간하고는 못 살아." 여자가 강한 어조로 말한다. "내가 늘 말했잖아."

"스와핑을 한대, 가스가 만나는 인간들 말이야. 한번은 그 인간들이 가스 아내에게 밥 매더와 자라고 했다지 뭐야."

"말도 안 돼!"

"가스가 베릴 매더를 좋아하니까 그랬던 거지."

"실례합니다." 펠리시아가 여자들에게 묻는다. "톰슨 캐스팅스가 지금은 뭘로 바뀌었는지 아세요?"

두 여자가 놀라서 그녀를 본다.

"뭐라고요?" 한 여자가 말한다.

펠리시아가 다시 묻고, 다른 여자가 하프 스트리트에 톰슨이 있다고 말한다.

"제가 찾고 있는 톰슨은 이 년 전에 인수됐어요." 펠리시아가 설명한다. "잔디깎이를 만드는 곳이에요. 하프 스트리트에 있는 곳은 다른 거고요."

여자들은 고개를 젓는다. 한 여자가 자기는 플리모 잔디깎이를 가지고 있다고 말한다.

"실은 제 친구가 거기서 일해요." 펠리시아가 덧붙인다. "그 사람을 찾는 중이에요."

"어디 있을지야 모르죠." 플리모를 가진 여자가 쇼트브레드 한 조각을 집으려 손을 뻗으며 말한다.

"그건 그래요."

두 여자가 자리에서 일어서자 펠리시아는 여자들의 계산서를 쓰고 있는 웨이트리스에게 묻는다. 아까 그녀를 도와준 웨이트리스와는 다른 사람이다. "하프 스트리트." 웨이트리스는 퉁명하게 내뱉고는 펠리시아가 고개를 젓는 것도 보지 못하고 서둘러 자리를 뜬다. 옆 테이블에 앉은 부부에게도 물어보지만 두 사람 다 톰슨 캐스팅스는 인수 이전에도 들어본 적이 없다고 한다. 그녀는 계산원에게 여유가 좀 생기기를 바라며, 찻집의 분주함이 가라앉기를 기다린다. 그녀는 이제 새로운 이름을 쓰는 톰슨 캐스팅스가 자신이 찾는 곳이라 확신한다. 느낌으로 알 수 있다. 그가 사는 도시와 일하는 도시가 다른 것이다. 그러지 말란 법도 없으니까. 그녀는 심지어 그가 그런 말을 하지 않았던가 생각해보기도 하지만, 그때 그들은 너무나도 많은 이야기를 나누었다. "열하루 남았어." 그가 말했고, 그 열하루 동안 두 사람은 하루도 빠짐없이 만났다. 둘은 10월의 햇살 아래 크레아 네거리까지 걸어갔고, 번스 식료품점에 딸린 작은 네거리 술집에서 손을 잡았다. 두 사람은 지름길인 맨더빌 숲을 가로질러 서둘러 돌아가곤 했는데, 그가 함께 시간을 거의 보내지 못한 어머니를 너무 오래 혼자 두고 싶어하지 않았기 때문이다.

"톰슨 캐스팅스는 인수됐어요." 펠리시아가 찻값을 내며 계산원에게 말한다. "이젠 다른 이름으로 불리는 게 분명해요."

하지만 계산원은 이전의 대화를 기억하지 못하는 듯 펠리시아를 멍하니 바라본다. "그렇군요." 그녀는 말하고, 펠리시아는 수선스러운 찻집을 벗어나 거리를 걸으며 다른 사람들에게 물어본다.

그녀는 양손에 쇼핑백 손잡이를 꽉 쥐고 핸드백은 가슴을 가로질러 단단히 멘 채, 잠시 자리에 앉는다. 두 사람은 그의 어머니와 부딪치지 않기 위해 늘 조심해야 했다. 다이아몬드 커피 독에 갔을 때도 그는 어머니가 거리를 지나다가 볼까봐 뒷자리 테이블을 골라 앉았다. 어머니가 언짢아할 거야, 그는 설명했다. 그의 어머니는 오래전 사랑에 배신당했고 그후로 사랑을 믿지 않게 되었다. 펠리시아는 그의 어머니와 이야기를 나눌 정도로 알지는 못했지만 때때로 가게에서 그녀와 마주치곤 했다. 작고 피곤해 보이는 여인, 과부이리라 어림짐작했었는데, 나중에 그가 어머니는 버림받았다고 말했다. 가느다란 허연 선이—허옇게 변한 흉터였다—왼쪽 눈 아래에서 턱뼈까지 이어졌고, 그것이 그녀에게서 가장 눈에 띄는 점이었다. 그맘때 단풍으로 물들기 시작한 맨더빌 숲을 오랫동안 거닐거나 번스에 딸린 작은 술집에서 몇 시간이고 한가로이 앉아 있을 수만 있다면 정말 좋겠다고 그가 말했을 때 펠리시아는 대답했다. "이해해." 하지만 어쩔 수 없이 두 사람의 만남은 급히 끝나기 일쑤였고 커피도 서둘러 마셔야 했다. 옛날 가스공장에서 서로의 품에 안겨 있을 때조차도 시선은 거듭 그의 시계를 향하곤 했다. "금세 돌아올 거야?" 그가 떠나던 날 그녀는 다이아몬드 커피 독에서 그렇게 물었고 그는 아마도 크리스마스에는, 하고 대답했다. "자기한테 편지 써도 될까?" 그녀가 묻자, 그는 자신은 편지를 쓰는 타입은 아니지만 주소를 주겠노라고 말했다. 조니가 다이아몬드무늬로 된 테이블 위 그녀의 두 손에 손을 포갰다. "항상 널 생각할 거야." 그는 여전히 그녀의 손을 꼭 잡고서 말했다. "항상 널 떠올릴 거야." 종업원이 볼 수 있다는 것도 개의치 않고 그는 그녀의 입술에 키스했고, 그후 그녀는 그에게 주소를 물었다. 그가 막 입을 뗀 순간, 운 나쁘게도 셰이 멀룬이 들어왔다. "잘 있었어?" 작업복 차림의 셰이 멀룬이 벽에 기대며 말했다. 그녀는 그가 가주기를, 그들이 둘만 있고 싶어한다는 것을 알아주기를 바랐지만 그는 계속 농담을 하며 웃어댔다. "콜라 하나 줘요." 마침내 그가 음료를 주문하고 카운터에 돈을 놓았다. "아뇨, 병째로 줘요." 여자가 콜라를 따르려 하자 그가 말하더니 병을 집어들고는 문 쪽으로 향하며 콜라를 들이켰다. 그는 "건배" 하고 말한 뒤 신혼여행 가는 부부의 여행가방에 들어간 딱따구리 이야기를 늘어놓았다. "맙소사, 처음 그 이야기를 들었을 때 배꼽을 잡고 웃었지 뭐야!"

그날의 셰이 멀룬을, 부러져 휘어진 코와 장난기 가득한 눈, 끊임없이 이어지던 목소리, 킬킬거리는 웃음소리를 떠올리며 펠리시아는 다시금 밀려오는 씁쓸함을 느낀다. 셰이 멀룬이 그때 그 시간에 커피 독에 들어오지만 않았어도 지금과 같은 사태는 벌어지지 않았을 것이다. 두 사람은 계속 연락을 했을 테고, 편지든 엽서든—무엇이든—주고받았을 것이다. 어쩌면 전화번호를 받았을 수도 있다. "주소 좀 적어줄래?" 다시 둘만 남게 되자마자 그녀가 말했지만 그땐 이미 버스가 올 시간이 이십 분도 채 남지 않아 만사가 어수선했다. "아, 맙소사, 벌써 시간이 이렇게 됐네!" 그가 말하며 자리에서 일어섰고, 그녀는 그때 거기서 주소를 써주리라고, 주머니를 뒤져 종잇조각을 찾은 다음 어쩌면 카운터 여자에게 볼펜을 빌릴 수도 있으리라고 생각했지만, 그는 버스를 타야 한다며 허둥댈 뿐이었다. 그는 주소를 보내주겠다고, 도착하면 제일 먼저 그리하겠다고 말했다. 잠시 후 그는 자리를 떴고 홀로 남겨진 그녀는 마치 위장의 한 부분이 떨어져나간 듯 허한, 토할 것 같은 느낌이 들었다. 그녀는 커피잔을 들고 창가 테이블로 가며 금방이라도 눈물이 나 부끄러운 꼴을 보일지도 모르겠다고 생각했다. 갖지 못한 그 주소—성가시게 굴고 싶지 않아 애초부터 주저하며 물어본—를 생명줄을 강탈당하듯 빼앗기고 말았다. 다 떠나서 종잇조각에 쓰인 그의 손글씨마저도 소중히 간직할 무엇이 되리란 걸 그때는 깨닫지 못했다. 창가에서 도헤니스 식품점이 보였다. 광장 반대편으로 버스가 서는 곳이었다. 십 분 후 그가 모습을 드러냈다. 여행가방 하나를 들고서, 그의 어머니와 함께, 팔짱을 낀 채로. 두 사람은 광장의 메인 스트리트 쪽에 있는 각반을 찬 병사 동상 아래를 지난 후 자동차 한 대가 지나가도록 잠시 멈춰 섰다가 다시 걸음을 옮겼다. 도헤니스 식품점 밖 인도에서 버스를 기다리는 사람은 그 둘뿐이었고, 일 분도 채 지나지 않아 버스가 도착해 서서히 속도를 줄이는 동안 성가신 의문이 새로이 떠올랐다. 그녀의 주소를 모르는데 그가 어떻게 주소를 보내준단 말인가? 그녀는 그에게 주소를 말한 적이, 거리 이름조차 말한 적이 없었다. 그도 가다가 이 사실을 깨닫게 되겠지만 그땐 이미 너무 늦다. "안녕히 가세요." 서둘러 커피 독을 나갈 때 카운터 여자가 말했지만 그녀는 대답을 할 수가, 몸짓으로라도 대꾸를 할 수가 없었다. 광장 건너편에서 버스는 움직이기 시작했고, 몸통이 붉고 기다란 아이리시세터 한 마리—버스 옆면에 그려진 회사 로고—가 그녀가 선 곳 가까이 스쳐지나갔다. 그의 얼굴도 잠시 거기 있었다. 검은 머리, 인도 위 회색 옷을 입은 자그만 여인에게 작별인사를 하려고 든 손. 버스 뒤편은 먼지로 잔뜩 뒤덮여 빨간색과 흰색 페인트칠이 제 빛깔을 잃고 거의 갈색으로 보일 지경이었다.

"아뇨." 그녀가 찾아온 도시의 우편배달부가 우체통을 비우다 말고 고개를 젓는다. "전혀 모르겠는데요."

그녀는 가게를 돌아다니며 묻는다. 버스정거장에서 경비원 두 명과 여자 한 명에게 묻는다. "아뇨. 잘못 알았군요, 아가씨." 버스를 기다리던 남자가 자신 있게 말한다. "톰슨은 인수되지 못했어요. 이 년 전에 완전히 파산했거든요."

"여기 잔디 깎는 기계 만드는 곳은 없나요?"

남자는 단연코 없다고 말하고, 한 시간 후 그녀는 경찰서에서 똑같은 질문을 되풀이한다. "요즘 잔디깎이 만드는 데가 있나?" 내근중인 경사가 작은 창구를 통해 말한다. 그녀에게는 보이지 않는 누군가가 한 군데를 대지만 또다른 누군가가 그건 고릿적 얘기라고, 1989년에 이미 없어졌다고 말한다. "도움이 못 되겠군요." 경사가 그렇게 말하고는 창구를 닫는다.

그는 이미 톰슨 캐스팅스가 이 년 전 파산했음을 확인해주었지만, 그럼에도 불구하고, 그리고 동료들의 대답에도 불구하고 전화번호부를 살펴본다.

"여기에는 없군요." 그가 알려준다.

두번째 전화번호부를 훑어보며 전화 두 통을 걸고 난 뒤 그는 이전보다 더 확신에 차 그녀가 찾는 곳은 이 지역에 없다고, 이 근방에서는 잔디깎이를 만들지 않는다고 말한다. 잔디깎이가 판매되기는 한다고, 전시장도 있고, 어쩌면 거기서 남는 부품을 팔 수도 있다고, 그녀가 찾는 곳이 그런 곳일지도 모르겠다고 하면서. 그녀는 전화번호가 적힌 목록을 받아 한 시간이나 공중전화 박스에 있으면서도 찾아내지 못한 것에 놀라지 않았다. 공장의 창고 관리자라고, 그는 말했다. 확실히 공장이라고 했다.

"더이상 도와줄 방법이 없네요, 아가씨." 다시 찾아가자 내근 경사가 분명히 말한다. 그는 오늘 아침 그녀가 출발했던 곳으로 돌아가는 것이 최선이라고 조언한다. 어쨌든 그곳이 친구가 말해준 도시니까.

대화를 듣던 다른 경찰이 서류를 보다 말고 고개를 들어 동의한다. 모래사장에서 바늘 찾기지. 펠리시아는 그곳을 나가면서 그들 중 한 사람이 하는 말을 듣는다.

6

네시 오분, 구내식당 사무실을 일찍 나선 힐디치 씨는 버스터미널로 차를 몰아 주차장에서 버스 내리는 사람들을 지켜볼 수 있는 자리를 찾는다. 그는 그녀가 돌아오리라 확신한다. 아무 소득이 없으면 곧 이곳으로 돌아와 다른 방편을 찾아볼 것이다. 그렇게 생각하는 것이 합리적이지만, 물론 그녀를 놓쳤을 확률도 배제할 수는 없다. 한두 시간 묻고 다니다가 다 소용없는 일이라고 빠르게 결론을 내렸을 수도 있다. 그는 하루종일 그 경우를 생각하며 초조해했다. 혹시 그녀가 돌아올지도 모르니 점심시간에 마슈링 크레센트로 가서 그곳에 차를 대고 기다릴까 고민하기도 했다. 지금 막 19번지 앞을 지나왔지만 당연히 집밖에서는 아무것도 알 수가 없었다.

오가는 버스들을 주시하며 힐디치 씨는 주차장 요금기에 동전을 밀어넣고 티켓이 나오길 기다린다. 쇼핑객들이 구입한 물건을 들고 천천히 지나가고, 젊은 여자들이 짜증을 내며 아이들에게 소리치고, 남자들은 뚱하고 화가 난 표정을 짓고 있다. 넘쳐나, 힐디치 씨는 차로 돌아가며 생각한다. 세상에 폭력적인 게 넘쳐나, 거슬리는 게 한둘이 아니라고. '안전거리 유지!' 어느 자동차 뒤창에 붙은 스티커가 무례하게 명령한다. '서퍼들이여, 일어서라!' 다른 차에 붙은 것이다. '나는 마돈나를 원한다!' 티셔츠에 적힌 메시지가 외친다. 힐디치 씨에게는 그 모든 것이 다 꼴불견으로 보인다.

버스 한 대가 들어오고, 힐디치 씨는 내리는 승객들을 바라본다. 어린 학생들, 노부부, 빈 술병이 담긴 때 탄 캔버스 가방을 메고 부품 상자를 든 도로 수리공들. 거리에서 종종 보는 머리 긴 남자도 있는데, 힐디치 씨가 생각하기에 아마 일자리를 찾아다니는 것 같다. 공장 직원들, 여자들과 남자들이 우르르 내린다. 그 사이에 아일랜드 소녀는 없다.

그는 주차장 입구에 구부정하게 선 채로 그녀를 생각한다. 외모로 보자면 베스의 수준에는 못 미치는데, 사실 베스 정도 되는 여자는 매우 드물다. 그리고 그녀에겐 확실히 엘시 커빙턴 같은 대담함도 없다. 매끈하게 빛나는 작은 무릎을 구부리고 옆으로 앉던 엘시, 체리처럼 반짝이던 그 립스틱. 엘시 커빙턴에 대한 기억은 장식 액자에 끼워진 사진처럼 그의 추억 속에 남아 있다. 영화배우 같은 분위기를 풍기던 그녀를 언젠가 카메라로 찍어두기라도 한 듯. 엘시를 보면 바버라 스탠윅이 떠오르곤 했지만, 그녀는 당연하게도 바버라 스탠윅에 대해 들어본 적도 없을 것이다. 또다른 예쁜 액자에는 베스가 말없이 앉아 있다. 그녀의 길고 검은 머리카락은 가슴 굴곡까지 내려오고, 끈을 묶은 검은 부츠는 허벅지까지 올라와 있다. 베스는 검은색을 좋아했다. 눈 아랫부분을 검게 칠했고, 얼굴과 목에 하얀 파우더를 발라 대조를 이루게 했다. 그들은 코번트리의 오언 오언에서 상체 부분이 레이스로 된 검은 드레스를 샀다. 두 사람이 함께 산 많은 옷들 중 첫번째로 산 옷이었다. 속옷도 전부 검은색이라고, 그가 묻자 그녀가 말해주었다. 세번째로 만났을 때였는데, 1984년 11월 5일 A51에 있는 해피 이터에서였고, 불꽃놀이가 있던 월요일 밤이었다.

아일랜드 소녀가 이 모든 기억을 일깨운다. 새로운 친구가 항상 그러듯 그녀가 그런 것도 당연한 일이다. 기억의 뒤안길은 늘 그곳에, 늘 그늘진 채로, 때론 완전히 어둠에 파묻혀 있고, 그러다 무언가가 그곳에 불을 밝힌다. 힐디치 씨는 그런 식으로 생각하는 것이 좋다. 그것을 기억의 뒤안길이라 부르는 것이 좋다. 물론 그렇다고 해서 크게 소리 내어 말하지는 않지만. 어떤 것은 크게 소리 내어 말하지 않는 법이고, 또 어떤 것은 심지어 혼잣말로도 말하지 않는 법이다. 그냥 그 자리에 두는 것이, 잊고 지내는 것이 최선이다. 밤이면 그는 자주 잠에서 깨어 누운 채로 그 반짝임이—엘시와 베스와 또다른 이들이 담긴, 떠도는 그 작은 스냅사진들이—돌아오기를 바란다. 자기를 보라고 손을 들어올린 엘시, 노란 스웨터를 입은 베스, 프림리 리틀 셰프의 여자 화장실에서 나오는 샤론, 마켓 드레이턴의 전자제품 가게 앞에서 그를 기다리는 게이, 차에서 담배에 불을 붙이는 재키.

그가 기다리는 그 특정한 버스는 사십 분에 한 대씩 오지만, 힐디치 씨는 기다리는 것에 개의치 않는다. 기억을 떠올리며 생긴 힘이 이미 감각 속을 부드럽게 흐르고 있기 때문이다. 언젠가 오데옹극장의 매니저가 로비에서 이브닝드레스 차림으로 베스에게 미소를 지었다. 레스터에 위치한 극장이었고, 〈돌아온 핑크 팬더〉를 보았다. 서덤의 레스트풀 트레이에서는 멀찌감치 앉은 젊은 남자가 엘시를 향해 씩 웃으며 작업을 걸었고, 그녀는 테이블 맞은편을 가리키며 함께 온 사람이 있음을 알렸다.

재키가 종교를 믿던 시기에 한번은 교회에 가고 싶어해, 두 사람은 콜빌에 있는 침례교회에 갔다. M6 고속도로에 있는 한 휴게소에서는 게이와 안면이 있는 소년을 만났다. 잘해야 150센티미터 정도인 그 소년은 한쪽 귀에 장식용 면도칼을 달고 빡빡 민 머리에 술냄새를 풍기는 땅딸막한 문제아였다. 러프버러 근처 휴게소에서 베스는 식사 내내 한 마디도 하지 않았는데 화가 나서가 아니라 그저 생각에 잠겨서였고, 그럴 권리는 어느 여자에게나 있었다. 〈Five Foot Two, Eyes of Blue〉. 베스를 생각할 때면 언제나 그 노래가 떠오르는데, 경쾌하고 짧은 리듬이 어쩐지 그녀에 대한 기억과 잘 어우러진다.

버스가 또 한 대 들어온다. 아일랜드 소녀가 타고 있다.

펠리시아는 사람들 속으로 발을 내디디며 눈으로 계속 그를 찾는다. 승강장에 색깔별로 비스듬히 줄지어 선 버스에는 목적지가 표시되어 있고 기사들은 버스 가까이 서서 대기하고 있다. 이따금 들리는 시동 소리에 늦게 온 사람들이 뛰기 시작한다. 이미 자리에 앉은 사람들은 조바심을 낸다. 프렌들리 미들랜드 레드, 미들랜드 폭스, 체임버스 코치, 타운어바웃 같은 버스 회사 이름이 여러 번 보인다.

펠리시아는 막 도착한 버스에서 친구가 내리길 바라지만, 그는 보이지 않는다. 사람들 무리 어디에도 그는 없다. 처음으로 그녀는 그냥 집으로 돌아가야 할지 고민하고, 부엌으로 걸어들어가 아버지와 오빠들을 대면하면 어떻게 될까 생각해본다. 지금쯤이면 그녀의 행적을 찾던 가족들이 그녀가 가져오려다 실수로 놓고 온 편지를 발견했을 것이다. 부칠 수 없음에도 두서없이 길게 써내려간 편지들. 매일 저녁, 그녀는 노인이 졸거나 퍼즐에 빠져 있는 동안 침실에 감도는 평온한 분위기 속에서 그가 관심을 가질 법한 이야기들을 편지에 썼다. 기술전문대의 호리시 선생이 알드릿스 주유소에서 후진하다 주유기를 박은 일이며, 에이든이—코니 조와 그녀의 부모로부터 압력을 받아—자기 일을 그만두고 지금은 맥그래튼 스트리트에 있는 자전거와 유모차 상점 일을 돕고 있다는 소식, 폰즈 외판원이 약국에서 몹시 서툴게 영업하더라는 얘기, 초크스의 다리 짧은 판매원 쿠닌이 문서를 위조하다 해고되었다는 이야기 같은 것. 그녀는 달력에 표시를 해가며 크리스마스를 기다렸다. 운이 좋으면 크리스마스에 돌아올 수 있을 거라고 그가 말했으니까. 그녀는 하루가 지날 때마다 날짜를 지워나갔고, 십구 일이 남았을 때에는 이전과 전혀 다른 편지를 쓰게 되었다…… "문제가 있어, 일이 그렇게 됐어. 지난달에 좀 늦어진다고 생각했는데 이번달이 돼도 하지 않아. 의심의 여지가 없어, 조니. 당신과 함께했던 일 때문에 좀 늦어지는 걸지도 모른다고 생각했었지만 이젠 상황이 달라. 크리스마스면 벌써 이 개월에 접어들 테고 그때는 우리가 어떻게 할지 결정해야 해, 조니……"

그 편지—그녀가 마지막으로 쓴 편지—는 다른 편지들과 함께 침대 옆 하얀 서랍장 안에 모아둔 조개껍데기 아래에 숨겨져 있다. 그 편지를 써내려간 밤, 그녀는 편지를 다 쓰고 난 후에도 잠들지 못하고 누워 자신이 쓴 다른 편지들은 몰라도 이것만은 꼭 부칠 수 있기를 간절히 바랐다. 다른 편지를 쓰는 일은—가게에 가거나 집안일을 하면서 문장을 만들었다—그녀에게 위로가 되었다. 그러나 그녀가 이제 기록으로 남긴—누구에게도 털어놓지 않았던—이 고민거리는 일단 글로 쓰고 나자 오히려 두려움이 더해졌다. 그녀는 편지를 다 쓴 후 뜬눈으로 누워서 자신이 쓴 어휘보다 나은 말을, 좀더 부드럽게 표현할 방법을 찾아보려 애썼다. 그러나 들려오는 것이라고는 한시를, 그리고 두시를, 또 세시를, 네시를 알리는 성당 종소리, 노인의 물기 섞인 가르랑거림, 움직일 때마다 삐걱거리는 침대 스프링 소리, 돌연 턱 막혔다가 다시 고르게 이어지는 숨소리뿐이었다. 더 어렸을 때 펠리시아는 증조할머니가 자다가 세상을 떠날까봐, 아침에 허옇게 미동도 없이 죽은 눈을 부릅뜨고 있을까봐 두려움에 휩싸이곤 했다.

대기중인 버스들 사이에 선 펠리시아는 그 길고 길었던 밤의 우울이 다시 밀려들자 그때만큼이나 기분이 가라앉는다—페리를 타고 있을 때나 보안담당자가 질문을 던지던 그 삭막한 방에 있을 때, 혹은 기차에서 잠이 깨어 자신이 있는 곳이 어디인지 깨닫지 못했을 때보다 기분이 더 가라앉고, 경찰관이 모래사장에서 바늘 찾기라고 말했을 때보다 더 가라앉는다. 계속 주변 사람들 얼굴을 살피며 그녀는 마지막 편지를 쓴 그날 밤 처음으로 인식했던, 벌받는 듯한 느낌을 다시금 경험한다. 심판에 대한 경고, 아무 생각 없이 누렸던 행복에 대한 경고. "그런 쪽으로는 걱정하지 마." 언젠가 그들이 맨더빌 숲을 서둘러 가로질러갈 때 그가 그녀를 안심시켰다. "내가 다 알아서 해." 그의 말에 그녀는 얼굴을 붉혔지만 그가 그렇게 말해줘서 기뻤다. "잘못된 건 하나도 없어." 그가 속삭였고, 두 사람이 서로 사랑할 때 거기에 잘못된 건 하나도 없다고 또 덧붙였다. 하지만 그 편지를 쓰던 날 밤 그녀는 어쩌면, 결국은, 잘못된 게 있었던 것 같다고 느꼈다. 고해성사에서 털어놓아야 하는 전통적인 죄, 탐욕의 죄, 참을성 부족의 죄. 게다가 그의 사랑이 그녀에게 가져다준 행복이 어째서 받아 마땅한 것이라고, 아무 대가 없이 받아도 되는 것이라고 생각했던 걸까?

만일 지금 돌아간다면 그녀는 또다시 그 침실에서 깨어날 것이다. 같은 절망 속에서 또다시 찾아오는 새벽, 여섯시를 알리는 종이 울리면 눈을 뜨는 고단함, 또다른 하루의 시작. 화요일이면 다시 그 비좁은 계단을 닦아야 하고, 주말에는 노인의 침대 시트를 갈아야 한다. 만일 지금 돌아간다면 아버지는 비난의 눈초리를 거두지 않고, 오빠들은 복수를 벼를 것이다. 코니 조는 남부끄러운 출산을 기다리는 집안에 시집온 일을 후회할 것이다. 거리에서는 사람들이 호기심어린 시선을 보내거나 냉정한 표정으로 쳐다볼 것이다. 맙소사, 이 바보야, 카멀은 그렇게 말할 것이고, 로즈는 너 천치냐, 하고 말할 것이다.

둘이 함께 있는 것만이, 둘의 사랑만이 구원을 가져오리라. 그녀는 그 사실을 너무나도 잘 안다. 크리스마스가 지나고, 그가 돌아오지 않았을 때 그녀는 그 사실을 깨달았다. 1월에 눈이 내렸을 때 그녀는 그 사실을 깨달았다. 2월 첫 주가 되어 세찬 바람이 불었을 때, 그의 어머니를 만나러 갔을 때 그녀는 그 사실을 깨달았다. "전 조니 친구예요, 라이서트 부인." 지금, 쇼핑백을 들고 선 채로 어찌할 바 모르고 주위를 두리번거리는 그녀에게 자신의 초조함이, 자신의 더듬거리던 목소리가 메아리친다.

현실로부터 동떨어져 있으면 회상이 그런 힘을 발휘하는 것일까, 그 거리감이 흘러간 시간을 강렬하게 만들어서? 빤히 쳐다보던 그의 어머니의 시선, 의심과 불신으로 가득찬 그 차가운 시선. 처음에 그의 어머니는 아무 말도 하지 않았고 당장이라도 현관문을 닫을 기세였다. 그러나 알 수 없는 호기심이 일어 그녀에게 원하는 게 뭐냐고 물었다. 문은 열려 있었다. 좁은 통로가, 부엌으로 이어지는 길이 보였다. "뭐지?" 그의 어머니가 말했다. 눈 아래 허연 흉터 줄기가 밝은 빛 속에 더 도드라졌다. 야생자두처럼 씁쓸하지, 사람들은 여인에 대해 그렇게 말하곤 했다.

버스터미널에는 사람들이 점차 빠졌지만 펠리시아는 여전히 자리 잡은 곳에, 문 닫은 음료수 판매대 옆에 서 있다. 이제 도착하는 버스는 없고 남은 몇 대만 출발을 기다린다. 그 버스들만큼이나 분명하게 그 부엌에 선 두 사람이 보이고, 그녀를 스쳐지나가는 이들의 목소리와 웃음소리만큼이나 분명하게 그의 어머니 목소리와 그녀 자신의 목소리가 들린다.

"조니의 주소를 갖고 계신가 해서요."

"조니에게서 뭘 원하는데?"

"그냥 편지를 쓰려는 거예요, 라이서트 부인."

"우리 아들은 어중이떠중이 모두한테 주소를 주는 걸 원치 않을걸."

"제게 주시는 건 괜찮아요, 라이서트 부인."

"내가 그 아이에게 직접 편지를 쓰지. 아가씨가 다녀갔다고 얘기할게."

그의 어머니는 그녀가 누구인지 알았다. 그렇게 말하지는 않았지만 펠리시아는 알 수 있었다. 그의 어머니는 그녀의 이름을 알았고, 아버지가 수녀원 정원에서 일한다는 것도, 증조할머니가 아직 살아 있으며 거의 백 살이라는 것도 알았다. 부인과 마주하는 것만으로도 부인이 모든 것을 아는 여자임을 알 수 있었다.

"그 사람은 제게 주소를 주셔도 괜찮다고 할 거예요."

"어째서지?"

"그럴 거예요, 전 알아요."

"그럼 왜 아가씨에게 직접 안 줬는데?"

펠리시아가 더듬거렸다. 부인이 자리에 앉았다. 한 손으로는 아랫배를 만졌다. 마치 그곳이 막 아파오는 것처럼.

"난 할일이 많아." 부인은 그렇게 말하고 바로 일어나지는 않았지만 이내 펠리시아가 마음을 채 진정시키기도 전에 자리에서 일어섰다. 부인은 현관으로 이어지는 통로를 향해 움직였다.

"그 사람은 괜찮다고 할 거예요." 펠리시아가 다시 말했다. 얼굴이 터질 듯 달아오르며 머리카락 뿌리까지 얼얼했다. "전 정말이지 그 주소가 필요해요."

"여기에 조니 친구들이 있어. 카헐 켈리, 셰이 멀룬 같은 청년들. 그런데 아가씨 같은 사람은 들어본 기억이 없어."

"전 그 주소가 필요해요, 라이서트 부인."

그 순간 라이서트 부인의 얼굴에 펠리시아가 처한 곤경을 알아차렸다는 표정이 떠올랐다. 부인의 입술이 아래로 처지며 차가운 눈초리에

혐오감이 깃들었다.

"우리 아들을 가만히 내버려둬." 부인이 냉정한 목소리로 말했다. "내버려두라고."

"저는 그저 연락을 하고 싶을 뿐이에요."

"그만하면 연락할 만큼 했어."

그런데 조금 전에는 부엌에서 나가려던 부인이 움직이지 않았다. 여전히 입구에 그대로 서 있다가, 잠시 후 오른손을 올려 손가락으로 얼굴의 흉터를 만졌다.

"난 몸이 좋지 않아." 부인이 말했다.

"죄송해요, 라이서트 부인."

"그래서 그애가 오는 거고. 내가 몸이 좋지 않으니까."

"몰랐어요……"

"금요일에 집세 받는 사람이 오는데 나는 그 사람이 날 쳐다본다는 걸 알아. 조니가 여기서 일자리를 구하지 못했던 때부터 난 제정신이 아니었어. 내 생애 최악의 날이었지."

펠리시아는 고개를 저으며 뭔가 할말을 찾으려 했지만 그럴 수 없었다. 벽난로 위 장식용 도자기 상자와 벽 사이에 꽂아넣은 편지와 엽서 뭉치가 보였고, 누가 보낸 것인지 짐작이 갔다. 거기 주소가 있을 것이다.

"난 알았지." 라이서트 부인이 말했다. "그 아이가 아가씨와 처음 데이트를 한 날. '바람 좀 쐬고 올게요'라고 말하더니, 돌아와선 카헐 켈리를 만나고 왔다고 하더군. 한번은 나를 보러 왔다가 돌아가는 길에 더블린에서, 어떤 아가씨와 아이스크림 가게를 나오는 걸 누가 봤대고.

그게 생각이 나서 내가 얘기를 꺼내니까 조니가 웃었어. '잘못 본 거예요'라면서. 그것들은 무슨 짓이든 할 거야." 라이서트 부인은 마치 자신이 누구에게 이야기하고 있는지 잊어버린 것처럼 덧붙였다. "그것들은 일단 남자 하나를 꽉 잡으면 말이지. 설탕처럼 달콤하게 굴다가, 곧 살무사처럼 작업을 해."

부인의 손가락이 흉터를 따라 천천히 뺨으로 내려왔다. "파리 한 마리 죽이지 않겠지." 부인이 말했다. "그 순간이 오기 전까지는 말이야. '조니는 어떻게 하고?' 내가 애아빠한테 물었지. 그 인간은 거기 서 있었어. 빗속에서 막 들어와 바닥에 물을 뚝뚝 흘리면서, 지금 아가씨가 선 그 자리 바로 옆에. '조니는 아무래도 상관없어?' 내가 말했지만 그 사람은 그저 고개를 돌렸어. 발아래에는 한가득 물이 고여 있고. '내 말 좀 들어봐.' 그가 말했어. 하지만 들을 말이 뭐가 있겠어? 떠난 사람인데, 무슨 들을 말이 있겠냐고. '돈은 꼬박꼬박 보낼게.' 그러더군. 그 사람이 생각할 수 있는 말은 그게 전부였어. 사 년의 결혼생활, 조니를 낳기 전 두 번의 유산, 그러고 나서 남편은 떠났지. '받아.' 나는 그렇게 말하고 테이블에서 빵칼을 집어들었어. '날 당신 하고 싶은 대로 해. 당신이 찾아가는 그 여자는 먼지만도 못하다고.' 나는 칼을 내밀었지만 꼼짝도 하지 않더라. 그래서 나는 그 칼을 들어올린 다음 나를 쳐다보는 그 사람을 바라보았지. 곧 칼끝이 살을 찢었고 나는 그대로 힘껏 아래로 당겼어."

부인은 그렇게 말하고는 몸을 돌려 부엌을 나갔고 펠리시아는 그 뒤를 따랐다.

"제가 편지를 드리면 좀 보내주실 수 있나요, 라이서트 부인?"

현관문이 열렸고, 아무런 대답이 없어 펠리시아는 다시 한번 부탁했다. 봉투에 우표도 붙이겠다고 약속했다. 부인은 주소만 쓰면 된다고.

"알았다." 부인이 마침내 그러겠노라 동의했다.

그러나 열흘이 가고 보름이 가도 답장이 없자, 펠리시아는 부인이 편지를 보내지 않았음을 알았다. 그의 어머니는 그녀가 미워서 편지를 보내지 않은 것이다. 조니를 빼앗겼다고 생각하니까. 다른 여자에게 남편을 빼앗겼던 것처럼. 그의 어머니는 그렇게 생각한다. 그 편지를 읽고서 아마 태워버렸을 것이다.

펠리시아는 서 있던 음료수 판매대 옆을 떠나 걸음을 옮기며 부인은 지금 그녀가 어디에 있는지 짐작할까, 만약 안다면 그녀를 더욱 미워할까 생각한다. 그의 어머니가 그에게 보내는 편지에 그녀가 찾아온 일을 언급했을까 생각해보지만 그랬을 것 같지는 않다. 뭣하러 언급하겠는가. 부인의 관심사도 아닌데다 그렇게 해서 부인이 얻을 것도 없는데. 그는 어머니가 편찮으시다는 말을 한 적이 없다. 그가 그녀를 얼마나 배려했는지 보여준다.

"아가씨 걱정을 했었어요." 들려오는 목소리, 입구에 어제 그녀를 도와준 뚱뚱한 남자의 안경 낀 얼굴이 있다. 그가 부드럽게 말하고, 펠리시아는 수심 가득한 그 표정과 갑작스러운 등장, 그리고 그가 하는 말에 어리둥절하다. 그날 하루 동안, 그는 말을 잇는다. 톰슨 캐스팅스에 대해 알아보았고, 그녀가 잘못된 정보를 받았다는 사실을 알게 되었다고. 너무나 염려스러워 여기저기 수소문한 끝에 그녀의 설명에 꼭 들어맞으며 적당한 거리에 위치한 공장 하나를 찾아냈다고 말한다. 잔디깎이를 만드는 공장인데, 엔진은 브리그스 앤드 스트래턴 것을 쓰고, 몸체 주물은 해당 공장에서 만든 것을, 칼날은 로터리형이든 실린더형이든 셰필드 것을 써서 만드는 곳이라고.

"내 생각엔 거기가 아가씨가 찾는 곳 같은데." 그가 말한다. "사무실에서 에이다에게 전화를 했더니 버스터미널에 들러보라고 하더군요. 혹시 아가씨가 돌아오는 걸 볼 수 있을지도 모른다고. 어젯밤 에이다에게 아가씨가 겪고 있는 문제를 얘기했더니 헤매고 다닐까봐 몹시 걱정을 했거든요."

그는 입구 한쪽 구석에 기대서 있고, 양옆 쇼윈도에는 신발이 진열되어 있다. 그의 목소리는 어제 그녀가 제대로 찾아온 것인지 묻기 위해 말을 걸었을 때와 달리, 그리고 차 안에서 그녀를 불렀을 때와 달리, 아주 나지막한 속삭임이다. 에이다는 그의 아내인데, 정이 많은 여자라고 그가 말한다.

"문제는 거기도 80킬로미터는 가야 한다는 거예요."

그녀가 고개를 젓자 그는 이 지역에 살면서 매일 그렇게 멀리 다니는 사람이 많다고 말한다. 그녀의 친구도 그렇게 하지 않으리란 법이 없다고. 사무실 여직원이 다 알아봤다고, 대략 95킬로미터까지는 사람들이 매일 통근을 한다고.

"오늘 아가씨가 허탕을 친 곳이나 내가 지금 말한 곳이나 다 이 지역 사람들이 일하는 곳이죠. 밤이면 다시 여기로 돌아오고요."

"네, 알겠어요. 그럴 수 있겠네요."

그가 소리 죽여 휘파람을 분다. 입술 위를 스치는 부드러운 바람, 소리는 거의 들리지 않는다. 휘파람이 멎고 그가 다시 말을 잇는다.

"내가 하고 싶은 말은," 그가 이야기한다. "아내와 내가 아침에 차로 그쪽에 갈 일이 있다는 거예요. 그러니까 내 말은 우리 조그마한 고물 자동차에 자리가 있으니 아가씨도 함께 타고 가도 좋다는 거죠." 그가 웃음을 터뜨리고, 얼굴과 목의 남아도는 살이 출렁거리다 다시 자리를 잡는다.

"아뇨, 제 생각엔……"

"물론 아가씨는 그러지 않으려 하겠죠. 당연하지. 하지만 에이다가 그래도 말은 꺼내봐야 한다고 해서요. 그런데 에이다에게도 얘기했지만 우린 아침 일찍 나서야 하거든요. 아마 아가씨는 그렇게 일찍 출발하고 싶지는 않을지도 모르지만."

"아내분은……"

"에이다는 몸이 좋지 않아요. 거기 있는 병원에 데려다줘야 해요. 전문의를 봐야 해서."

"그냥 그 공장 이름을 알려주시면," 펠리시아는 말을 꺼내다 그늘 속 통통한 얼굴에 번지는 회의적인 반응에 입을 다문다.

"그건 어려워요. 직원이 이름과 주소를 메모지에 적어주었는데, 안타깝게도 그걸 사무실에 두고 나왔거든요. 청소부가 나오는 시간에 전화해서 읽어달라고 하면 돼요. 하지만 아가씨가 일찍 출발할 생각이 없다면 전화할 이유가 없고요."

"그냥 그 도시 이름만 알려주시면……"

"그럼 거기서 온종일 사방으로 찾아다니게 될 텐데요. 거기엔 아가씨가 알아봐야 할 공장이 백오십 군데가 넘어요. 아마 이백 군데 정도 될걸요. 어쩌면 머잖아 아가씨와 또 마주칠지도 모르니 그때 내가 알려주지요. 난 이만 가봐야 해요. 에이다가 어떤지 봐야 해서." 그가 입구에서 몸을 떼더니 걸음을 옮긴다.

펠리시아가 황급히 말한다.

"차를 얻어 탈 수 있을까요?"

"에이다가 병원에 아주 일찍 가야 해서 여섯시 반 정각에 출발해요. 미안하군요."

"여섯시 반, 괜찮아요."

"마슈링에서 만나요. 크레센트와 애비뉴가 교차하는 곳에서."

그가 미소를 지으며 고개를 끄덕인다. 그는 잊지 않고 청소부에게 전화하겠노라 약속하고 천천히 걸어간다. 펠리시아는 그의 육중한 몸이 주차장으로 사라지는 것을 바라보다 그가 있던 입구 자리로 가 다시 사람들 사이를 눈으로 살피며 조니 라이서트를 찾는다.

7

집은 침묵과 어둠에 잠겨 있다. 유일한 거주자의 귀가를 목격할 반려동물도 없다. 금붕어 한 마리, 새 한 마리도. 열쇠 하나가 잠금장치를 열고 두번째 열쇠가 손잡이 열쇠 구멍에서 딸깍 소리를 낸다. 넓은 홀에 불이 켜지고 중단되었던 숨소리 섞인 휘파람이 다시 흘러나온다.

힐디치 씨는 스탠드 옷걸이에 매킨토시 코트를 걸고 팔각형 거울에 비친 자신의 모습을 한 번 힐긋 쳐다본다. 기계적으로 손을 올려 머리가 짧은 쪽을 쓰다듬는다. 그가 오랜 세월 사서 모은 초상화에 담긴 다른 집안의 선조들이 그를 응시하고 있다. 더이상 낯설지 않은, 낯선 이들의 갤러리다. 그는 부엌에서 식사 재료를 한데 모은다.

온종일 감돌던 흥분의 전율이 그 아일랜드 소녀와 다시 말을 나누고 온 지금 극도로 강렬해진다. 집에서 이토록 가까운 곳에 있던 여자는,

실제로 공장 부지에서 그에게 접근한 여자는 여태껏 한 명도 없었다. 엘시 커빙턴은 유톡시터에서, 베시는 울버햄프턴에서, 게이는 마켓 드레이턴에서 불쑥 나타났다. 샤론은 웍스턴에서, 재키는 월솔에서. 그들 모두 아일랜드 소녀처럼 멀리서 왔고, 다른 곳으로 향하고 있었으며, 대부분의 경우 아무 곳으로나 그냥 가고 있었다. 흔히 말하듯 집 앞마당은 더럽히지 않는 것이, 동네에서는 쇼핑을 하지 않는 것이 그의 원칙이고 최선을 다해 그 원칙을 지키려 하지만, 이번에는 그냥 이런 일이 일어나버린 것이다. 나무를 흔들지도 않았는데 열매가 떨어진 격이다. 인연이군, 싶어진다. 아마도 자신이 아니라 상대가 다가왔기 때문이리라. 힐디치 씨는 좋은 예감이 든다. 이번에는 특별한 관계가 될 것이다.

스냅사진 같은 기억이 다시 떠오른다. 주말이면 아무도 그가 힐디치임을, 구내식당 매니저임을 모르는 도시와 장소로 간다. 그러고는 곧 영업이 끝날 디스코텍 근방이 훤히 보이는 곳에 자리를 잡고서, 또는 혹시나 하는 마음을 품고 아무데나 차를 세우고서 차 안에서 몇 시간을 보내곤 한다. 고속도로를 오르내리다가 인접 도로에서 다른 차가 가까이 다가오면 신경을 곤두세운다. 숙소에서 아버지가 딸을 대하듯 종업원에게 말을 걸며 이런저런 제안을 해보기도 하지만 받아들여지는 경우는 별로 없다.

힐디치 씨는 자신이 세심한 주의를 기울여 지켜온 규칙을 깨게 된 이유가, 이 아일랜드 소녀가 아주 멀리서 왔다는 사실, 처음으로 외국인이라 해도 괜찮을 사람이라는 사실과 어느 정도 관련이 있지 않을까 생각해본다. 그녀는 A522에 있는 버거킹이나 포레스트 이스트 휴게소,

롱 이턴 리틀 셰프에서 보게 되는 새로운 얼굴 정도가 아니라, 뜨내기 중의 뜨내기다. 자신이 이렇게 행동하는 이유가 무엇이든 그는 앞에 펼쳐진 상황에 스스로가 한껏 들떠 있음을 느낀다. 안타까운 점은 이 관계 역시 오래갈 수 없다는 사실이 이러한 상황의 한 요소라는 것이다. 어쩌면 그래야 한다고, 그는 방울양배추 450그램을 씻으며 생각한다. 우정의 완벽함은 의당 그런 것이어서 오래 이어지면 품격을 잃는다고.

집에 오는 길에 테스코에 들러 산 스테이크를 그릴에 구울 때도, 감자와 방울양배추의 물기를 뺄 때도, 여자의 얼굴은 자연스레 그의 의식 속에 머문다. 그는 소금과 후추, 마더스 프라이드 빵 몇 조각이 담긴 작은 접시를 들고 다이닝룸으로 가 식사를 차린다. 저녁은 늘 다이닝룸에서 먹는다.

스테이크가 구워지기를 기다리며 그는 트라이플을 두 숟가락 떠서 접시에 놓고 크림을 부은 다음 흰 설탕 한 숟가락을 뿌린다. 그는 트라이플과 함께 비스킷 통—라즈베리 크림, 커피 크림, 초콜릿 다이제스티브, 무화과 롤, 킷캣 두어 개가 담긴—을 긴 마호가니 식탁으로 가지고 간다. 음악이 부드럽게 흐른다. 〈Bugle Call Rag〉.

그녀는 여전히 거리의 얼굴들을 살피며 이리저리 걷고 있다. 남자가 그녀에게 그 말을 하지 않았더라면, 그 말이 그렇게 확실하게 들리지 않았더라면, 지금쯤 그녀는 집에서 맞닥뜨려야 할 일들에도 불구하고 돌아가야 한다고 자신을 설득했을 것이다. 가족들은 지금 무슨 생각을 하고 있을까, 어떤 결론에 도달했을까 새삼 궁금해진다. 그들도 그녀가 돌아오는 것을 그녀만큼이나 끔찍하게 여길까? 문득 떠오른, 이전에는 해본 적 없는 생각이다. 그들은 그녀가 영원히 사라지기를 바라지 않을까? 라이서트 부인도 그녀가 사라졌기를, 심지어는 죽었기를 기도로 간구하고 있는 게 아닐까?

"너 라이서트와 데이트를 했었냐?" 라이서트 부인에게 우표 붙인 봉투를 건넨 지 몇 시간이 채 지나지 않아 아버지가 물었다. "얼마 전에?" 아버지는 덧붙였고, 그의 말투는 그녀를 더욱 압박할 것임을 예고했다. "10월에?"

길에서 한 남자가 그녀에게 미소를 지으며 뭔가를 묻는다. 그녀는 알아들을 수가 없어 대답하지 않는다. 아버지의 질문에도 그녀는 대답하지 않았다. 그녀는 개수대 배수판 위에서 놋쇠에 광택을 내고 있었다. 아버지는 장식품이며 재떨이에 광택이 흘러야 좋아했다. 다른 사람들의 놋쇠 문패를 볼 때 그러듯이. "결혼식 무렵이냐?" 아버지가 몰아붙였다.

"조니 라이서트를 알긴 알아요." 그녀가 말했다. 그녀는 입과 귀와 눈을 발로 가린 세 마리 원숭이를 표현한 장식품 위로 머리를 숙였다. 조금 전에는 켜져 있던 텔레비전이 어느새 꺼져 있었다.

"어쨌든 그 녀석과 데이트를 한 거냐?"

"네."

"나라면 그 녀석은 만나지 않겠다." 아버지가 말했다. "차라리 다른 사람을 만나지."

"무슨 말씀이세요?"

"라이서트에 관해 들리는 이야기가 있어." 아버지가 백발이 성성한 머리를 펠리시아 쪽으로 불쑥 들이밀었다. 심각한 얘기를 하거나 자신의 생각을 이해시키고 싶을 때 나오는 버릇이었다. "진짜란 말은 아니다. 그저 들리는 이야기가 있다는 뜻이야."

"무슨 이야기요?"

"그 녀석이 영국군에 입대했다는 이야기."

"조니는 공장 창고에서 일해요. 잔디깎이 부품 창고요."

그는 알겠다는 듯 생각에 잠겨 천천히 고개를 끄덕였다. 얼굴을 살짝 찌푸렸는데, 사실관계를 정확히 하려 애쓸 때 짓는 표정이었다. 그는 사실을 제대로 파악하고 싶어했다.

"그 녀석이 군 입대에 대해 말하지 않은 것은 어찌 보면 당연한 일이다."

"창고에서 일한다니까요."

아버지는 이번에도 천천히 고개를 끄덕였고, 말을 할 때도 침착한 어조를 유지했다. 그는 근거 없는 소문은 없다며 이렇게 덧붙였다.

"그 녀석보다 나은 청년들이 주위에 있잖니, 얘야. 아일랜드 청년들은 아일랜드에 있어야 한다."

"조니는 여기서 일자리를 못 찾아서 영국으로 간 거예요."

"영국군은 북쪽으로 파견될 수도 있어. 그 녀석이 우리 민족을 죽이게 될지도 모른다고."

"조니는 군대에 있지 않아요. 다른 사람 이야기를 들으신 거예요."

"시히스 술집에 같이 갈 괜찮은 아일랜드 청년들은 얼마든지 있다. 내가 네게 할말은 그것뿐이다."

그러고 나서 부엌엔 침묵이 흘렀다. 아버지는 의자에 똑바로 꼿꼿하게 앉아 두 손을 가만히 둔 채 정면의 허공을 응시했다. 펠리시아가 다른 놋쇠 장식품을 집어들었다.

"조니와 전 서로 사랑해요." 그 말은 몇 분 뒤 더없이 차분한 어조로 흘러나왔다. 그녀는 말을 하면서도 놋쇠에 광택 내는 일을 멈추지 않았다. "누가 뭐라 해도 어쩔 수 없어요."

반응이 없었다. 그녀가 아직 일을 다니고 있었더라면 어쩌면 슬리브블룸 육가공공장의 여자들 중 한 사람에게 자신이 처한 곤경을, 부엌에서는 말할 수 없는 그 곤경을 털어놓았을지도 모른다. 여자들이 목소리를 낮춰 그런 곤란에 대해 이야기하거나 농담하던 일이 떠올랐다. 그녀는 친구에게 문제가 생겼다고 이야기할 수 있었을 것이다. 어쨌든 그런 식으로 말을 꺼내볼 수 있었으리라. 하지만 그녀는 매일 아침 열한 시 정각에 속이 메스꺼워진다는 말을 아직 아무에게도 하지 못했다. 카멀에게도, 로즈에게도, 코니 조에게도, 베네딕트 수녀님에게도. 늘 고민을 들어주던 그들에게조차 털어놓지 못했다. 당연히 오빠들에게도 말하지 못했다. 잘 알고 지내는 누군가에게 고백한다는 생각만으로도 신경이 곤두서며 온몸에 소름이 돋았다.

그런데 그날 저녁 아버지가 조니 라이서트에 대해 비난하는 말을 더 쏟아내리라 예상하는 와중에 공장 여자들을 떠올려서인지, 그 여자 퍼리가 떠올랐다. "넌 아직 어린애다, 펠리시아." 마침내 아버지가 자리에서 일어나 부엌을 나가며 말했다. 그는 문가에서 뭔가 더 할말이 있는 것처럼 머뭇거렸는데, 때마침 오빠들이 마일스 브레이디의 술집에서 돌아와 식탁에 앉았고 매일 저녁 그 시간이면 늘 그렇듯 팬에 구운 빵에 치즈를 발라먹었다. 아버지는 문을 닫고 나갔다.

어머니에게라면 털어놓을 수 있었을까? 고백을 하고, 실수가 있었다고, 확실한 것 같다고 말할 수 있었을까? 어머니는 말을 잃고 실망을 숨기지 못하다 한동안 울기도 했을까, 그러다 마침내는 어떻게 해야 할지 알게 됐을까? 그녀 자신도 울고, 결국에는 위로를 받았을까?

그녀는 여전히 그런 생각에 잠긴 채 프라이드 오브 라이언스라는 술집으로 들어간다. 사람이 많고 시끄럽다. 술 마시는 사람들이 불쾌한 얼굴로 유쾌하게 웃고, 술잔을 든 여자 종업원들은 분주히 돌아다닌다. 바의 상판은 녹색과 회색이 점점이 박혀 있는 갈색 대리석이다. 벽에는 검은 테두리를 두른 거울 사이사이에 갓을 씌운 램프가 있고, 그 아래로는 기다란 녹색 벨벳 의자가 놓여 있다. 유리를 덮은 테이블에는 모서리마다 장식용 금속 꺾쇠가 씌워져 있다. 그녀 옆에 있는 한 테이블에는 재떨이에 립스틱 묻은 담배 하나가 타고 있다. 바에서는 한 남자가 타탄체크무늬 옷을 입은 움직이는 장난감 침팬지를 보여주고 있다.

가방을 들고 거기 그렇게 선 그녀에게 아무도 눈길을 주지 않는다. 음악이 흐르고, 연기가 자욱하다. 축구팀 색깔인 빨간색과 하얀색이 보인다. 그리고 한 무리의 젊은이들. "가자! 가자!" 그들이 노래를 시작하자, 누군가 여기서 노래는 부르면 안 된다고, 오늘밤뿐 아니라 항상 그렇다고 외친다. 흑인 여자가 즐거운 듯 머리를 뒤로 젖힌 채 바에 기대어 있다. 펠리시아는 잠시 더 머물며 그가 이곳에 없음을 확인한다.

다시 추운 거리로 나온 그녀는 들뜬 분위기에 끊겼던 생각의 실타래를 풀어간다. 어머니에게 고백을 했을까, 그녀로서는 알 도리가 없다. 이제 어머니는 너무나 멀리 있고, 너무나 어렴풋하고, 사라져버린 존재다. 그녀에게 남은 기억이라곤 마지막으로 보았던 어머니의 얼굴, 광장에서 킬갈렌 신부의 걸음을 따라잡느라 달음질치던 일, 그 순간이 왔을 때 자리에 있던 아버지, 그리고 또 한 사람을 앞세웠다고 말하던 노인, 그뿐이다. "여보시오, 아가씨." 턱수염 난 얼굴이 구걸을 한다. "잔돈 좀 있소?"

생각해보면 그녀가 속내를 털어놓은 사람이, 혹은 털어놓은 것이나 마찬가지인 사람이 퍼리였다는 것은 이상한 일이다. 보름에 한 번씩 상점을 다니며 오리알과 칠면조알을 팔던 낯선 여자에게 말이다. 중년에 미혼으로 어떤 남자에게서도 눈길 한 번 받지 못한 여자, 그럼에도 언젠가 임신했다는 소문이 돌던 여자. 갑자기 체형이 바뀌었다가 다시 원래대로 돌아왔을 때, 그녀가 사는 농장에 어린아이는 확실히 없다는 말이 들려왔다.

펠리시아가 내민 손바닥에 동전 하나를 떨어뜨린다. 사내는 그 동전을 보고는 고맙다는 말도, 다른 말도 하지 않는다. 죄를 짓기라도 한 듯 그녀는 동전 하나를 더 주고 퍼리에 대한 생각을 이어간다. 그 떠돌던 이야기가 생각나자 그녀는 주저하지 않았다. 아버지가 조니와의 연애 이야기를 꺼낸 다음날 밤, 그녀는 자전거를 타고 퍼리의 농장으로 갔다. 서리가 내린, 보름달에 가까운 달이 뜬 밤이었다. 마당에 다가가자 개들이 짖어댔다. 퍼리가 뒷문을 열었다.

"이렇게 찾아와서 죄송해요." 펠리시아가 말하며 자신의 이름을 댔다. "뭐 좀 여쭤봐도 괜찮을까요, 퍼리 씨?"

퍼리는 떡 벌어진 어깨에 큼직한 뻐드렁니가 있었다. 코도 크고 콧방울에도 살이 두둑했다. 그녀의 외모에서 가장 눈에 띄는 점들이었다. 짧게 자른 머리는 모래색이었다.

"길을 잃었어요?" 그녀는 펠리시아의 질문에 그렇게 대꾸했다.

"아니요, 아니에요. 혹시 저를 도와주실 수 있을까 해서요."

"들어와요."

그녀가 문을 잡아주어 안으로 들어가니 곧장 어수선하고 널찍한 부엌이었다. 역시나 덩치가 큰 퍼리의 오빠가 레이번 오븐레인지 옆 안락의자에 앉아 텔레비전을 보고 있었다. 그의 발치에는 고양이들이 잠들어 있었다. 짖어대던 개들은 양치기 개로, 그중 한 마리는 병에 걸렸는지 머리와 눈 주변 피부에 뭔가 문제가 생긴 것 같았다. 모두 네 마리였고, 고양이도 그만큼 많았다.

"근데 아가씨와 내가 아는 사이던가요?" 퍼리는 당황스러워했으며, 찾아오는 사람이 별로 없는 여자라면 느낄 법한 호기심까지 동해 도통 진정하지 못했다.

"아뇨, 저를 모르실 거예요. 제가 이렇게 찾아와 불편하실지도 모르겠어요."

"내가 왜 불편해한다는 거죠?"

부엌 한가운데 놓인 테이블에는 치우지 않은 접시들이 있었고, 개수대에는 냄비와 프라이팬이 수북했다. 겉으로 보이는 모든 곳이—창틀이며 선반, 테이블—어수선했다. 무릎까지 오는 긴 장화 두 켤레가 부엌 한쪽 구석의 반쯤 열린 문 옆에 놓여 있었다. 코트는 벽의 옷걸이에 걸려 있고, 성화聖畫와 달력도 보였다. 고양이 사료 그릇이 때 탄 리놀륨 바닥 여기저기에 놓여 있었다.

"세금 같은 거라면 우리는 다 냈소." 퍼리의 오빠가 말했다. 그는 텔레비전에서 눈을 떼지 않았다. 그도 퍼리처럼 다 해져 구멍난 스웨터와 카디건을 입고 있었다. 두 사람 다 바지 차림이었다.

“테이블에 앉아요.” 퍼리가 권했고, 펠리시아는 퍼리가 의심보다는 호기심을 느낀다는 것을 알았다. 여자는 듣고 싶어했을 뿐 아니라, 이미 펠리시아에 대해 어떤 간절함마저 느끼고 있었다. 텔레비전에서는 뉴스가 흘러나왔다.

“제가 여기로 찾아온 건 무례한 짓이에요.” 펠리시아가 말했다.

“어쨌든 지금 여기 와 있잖아요. 저기는 신경쓰지 말아요.” 펠리시아가 안락의자에 앉은 남자 쪽을 힐끗 쳐다보자 퍼리가 말했다. “왼쪽 귀가 먹었거든요.”

펠리시아는 그 모든 이야기를 다 쏟아냈다. 그녀는 이야기를 하는 동안 퍼리의 반응을 보고 싶지 않아서, 그녀가 기분이 상했을 때 보일 반응에 신경쓰고 싶지 않아서 눈을 감고 싶었다. 언젠가 퍼리가 더블린에 가서 약사와 상담하고 수술을 받았다는 소문이 돌았다. 슬리브 블룸 육가공공장 여자들은 아이 아버지가 그녀의 오빠라고 했다. 어떤 여자는 더블린 약사가 관련됐다는 소문을 반박하며, 사실은 아기가 아주 잔인하게 제거되어 퍼리네 땅에 묻혔다고 주장하기도 했다.

“하느님 맙소사!” 퍼리가 소리쳤다. “나한테 왜 이런 이야기를 하는 거예요?”

“제 기억으로는 몇 년 전에……”

“아가씨가 하려는 이야기는 중상모략이에요. 말하지 말아요.”

퍼리는 감정이 격앙되었음에도 소리를 낮추었다. 왼쪽 귀를 먹었든 아니든, 안락의자에 구부정하게 앉은 남자가 그녀가 소리를 지르자 홱 고개를 돌렸다.

“절 도와주실 수 있나요, 퍼리 씨?”

"사람들은 아무 말이나 지껄이지. 아무 거짓말이나 입에 담는다고. 이제 그만 집으로 돌아가요."

퍼리가 자리에서 일어났다. 그녀는 낡아빠진 옷차림으로 서둘러 마당으로 나가는 문으로 향했고, 그녀가 움직이자 양치기 개 네 마리도 몸을 일으켰다.

"내가 경찰을 찾아가지 않도록 잘 행동해." 그녀가 겁을 주었다. "지금 당장 우리집에서 꺼져."

펠리시아는 자전거를 타고 돌아오며 흐느껴 울었고, 차오른 눈물이 흘러내리며 눈앞을 가렸다. 마침내 눈물이 그치자 그녀는 자전거에서 내려 뺨의 눈물자국을 닦고 코를 풀었다. "하느님, 제발." 그녀는 기도했다. "하느님, 제발 저를 도와주세요."

하지만 어떤 도움도 받지 못했다. 대신, 집으로 돌아가자 아버지가 긴 이야기를 늘어놓았다. "자, 내 말을 들어봐라, 얘야." 그는 펠리시아를 보자마자 잔뜩 굳은 표정과 냉정한 말투로 자신에게 가장 중요한 문제이자 자신이 틀렸다고는 생각조차 할 수 없는, 자신의 전문성이 결코 무너질 수 없는 문제를 꺼내들었다. 그녀의 얼굴은 추위로 얼얼했고, 눈가는 눈물과 차가운 밤공기 때문에 쓰라렸다. 펠리시아는 듣고 있었다.

"네가 이 집에 사는 한 점령군 놈과 어울려서는 안 된다. 우리 집안은 뭐가 중요한지 알고, 늘 그래왔어. 네 증조할아버지와 애국자 동지들은 이 작은 마을을 떠나 전장의 한가운데로 갔고, 용감하게 싸우다 목숨을 잃었다. 팔 세기 동안, 한 시간도 빼놓지 않고 꼬박, 그 긴긴 세월을 아일랜드 사람들은 언어와 종교와 인간 자유의 억압을 받으며 살아야 했잖니. 칠십오 년 전 부활절 기간에 더블린 거리에서 하나의 비전이 생겨났다. 비전은 실현되지 못했고, 그 잠재력도 아직 현실화되지 못했지만. 네 주위를 한번 둘러보기만 해도 알 수 있지 않니. 게다가 영국 불한당들의 군홧발이 아직도 우리 여섯 개 카운티에 남아 있단 말이다.* 우리가 사는 곳처럼 소박한 도시의 거리들에 여전히 죽음과 고문이라는 공포가 도사리고 있어. 내 자식은 어느 누구도 절대로 저쪽 편에 서서는 안 된다."

펠리시아는 아무 말도 하지 않고, 잠시 눈을 감았다. 군인 이야기는 정말이지 터무니없었다.

"그 녀석이 돌아오긴 하겠지. 하지만 그놈과 어울리거나 하면 이 집에서 나가야 할 거다. 분명히 얘기했으니 다시 말하지 않겠다." 아버지는 잠시 말을 멈추었다가 조금 누그러진 말투로 덧붙였다. "넌 이제 시작이란다, 얘야. 조만간 일자리가 생겨 다시 일을 나갈 수 있을 게다. 어제 농민협동조합이 세워질지도 모른다는 이야기를 들었어. 농사짓는 사람에게 필요한 모든 것—고무장화, 철망, 지붕 방수포며 온갖 종류의 물건들을 팔 거라고 하더라. 육 개월 안에 육가공공장에 있던 사람들 수만큼, 어쩌면 그 두 배도 고용할 거야. 어릴 때는 조언에 따라야 하는 법이다, 얘야. 지금 내가 네게 할 수 있는 말은 그거야. 할말은 다 한 것 같으니, 그쯤 해두마."

펠리시아는 이 역시 받아들일 수 없었다. 오래전, 그녀가 이해하기엔

---

* 1921년, 아일랜드 독립전쟁으로 영국-아일랜드 조약이 승인되면서 총 32개 카운티 가운데 영국령 북아일랜드 6개 카운티를 제외한 26개 카운티가 아일랜드 자유국이라는 이름의 자치령이 되었다.

너무 어렸을 때, 아버지가 권 양의 오래된 울즐리 자동차 후드에 붙어 있던 작은 유니언잭을 재미있어하며 가리켰던 일을 기억한다. 일요일 아침, 아버지의 손을 잡고 산책을 하던 중이었다. "울즐리가 망한 건 잘된 일이야."* 아버지는 기분좋은 듯 흡족하게 말했고, 그때는 그러는 게 당연해 보였다. 하지만 지금은, 누군가 영국에서 일한다는 것만으로, 영국 억양으로 말한다는 것만으로 그 사람에게 낙인을 찍고 거짓말을 지어내고 있었다.

"마지막으로 하나만 얘기하마. 멀리 갈 것 없이 네 옆에서 주무시는 용감한 노인을 봐라. 남자들이 어떤 임무인 줄 알면서도 결연히 길을 떠났을 때 할머니는 너보다 겨우 몇 살 더 많았다. 사흘 후에는 과부가 되었지. 결혼한 지 한 달도 채 되지 않아 남편을 떠나보낸 거다. 나는 뒷골목 연애질 얘기는 듣고 싶지 않다."

그는 자신의 이야기에 고무된 채 여전히 열의에 차서 단호한 태도로 고개를 끄덕였다. 그러더니 전날 저녁처럼 자리에서 일어나 부엌에서 나갔다. 그런데 다음날 아침 그녀가 아침 준비를 하고 있을 때 그가 불쑥 말했다.

"라이서트가 너를 임신시켰냐?"

그녀는 아닌 척하지 않았다. 무엇이든 아닌 척할 필요가 없었다. 두 사람 사이에 그 단어가 나온 이상 대놓고 거짓말을 할 이유도 없었다.

"우리 둘 다 책임이 있어요." 그녀가 말했다.

"얼마나 됐냐?"

---

* 울즐리 모터스는 1920년대 초 영국에서 가장 큰 자동차 제조사였으나, 무리한 사업 확장으로 1926년 파산하고 모리스에 인수되었다.

"안 한 지 몇 달 됐어요."

"몇 달이나?"

"확실해요."

그가 성호를 그었다. 그는 프라이팬 연기 너머로 그녀를 바라보며, 목소리도 높이지 않고 창녀라고 말했다. 아내가 살아 있지 않은 것이 다행이라면서. 더러운 창녀나 다름없다고, 아버지는 격노해 그 말을 되풀이했다.

"아침이면 입덧을 해요." 그녀가 말했다.

열시면 힐디치 씨는 〈데일리 텔레그래프〉에 있는 모든 기사를 다 읽는다. 국제 기사, 금융 기사, 스포츠 기사, 지역 기사까지. 스포츠에는 흥미가 없지만, 그쪽 이야기가 대화에 유용하기 때문에 정보를 알아두곤 한다. 어떤 고등법원 판사가 한 청년의 폭로로 곤란을 겪고 있다. 여자 하나가 포드 에스코트 차 트렁크에 갇힌 채 발견되었는데, 그때까지 숨이 붙어 있었다. 뉴에이지 여행자*의 개들이 양떼를 공격했다. 한 여자가 남편의 목을 잘랐다. 그런 세세한 이야기들을 읽고 있자니 약간 우울해져, 힐디치 씨는 자리에서 일어나 손으로 돌리는 방식의 오래된 축음기 턴테이블에 레코드판을 올린다. 이 3번지 집이 그의 소유가 된 바로 그 주에 어느 경매에서 산 전축이다. 〈I Got it Bad and That Ain't Good〉을 들으며 기분이 꽤 좋아진 그는 내일 있을 일을 즐거이 상상해본다.

---

* 전통적인 사회·문화적 가치에서 탈피해 영적인 가치를 추구하는 뉴에이지운동을 지지하는 사람들. 주로 이동주택에서 생활하며 옮겨다닌다.

8

펠리시아가 일찍 왔는데도 그 둥글고 작은 차는 이미 마슈링 크레센트 끝에서 기다리고 있다. 차창에는 뿌옇게 김이 서렸는데, 그녀가 다가가자 창문 하나가 내려간다. 뚱뚱한 남자가 그녀를 보고 미소를 짓는다. 그는 마치 근처에 사는 사람들의 잠을 방해하고 싶지 않다는 듯 낮은 목소리로 속삭인다. 그는 차에서 내리지 않고 그녀에게 다른 쪽 문으로 타라고 말한다.

아직 날이 완전히 밝지 않았다. 그녀는 쇼핑백을 발치에 놓으며, 자신이 앞에 앉고 남자의 아내가 뒤에 앉는 것은 옳지 않다고 느낀다. 그러나 이미 그가 시동을 걸었기에 그 말을 입 밖에 내지는 않는다. 뒷좌석에 아무도 없다는 걸 깨달았을 때는 자동차가 달리기 시작한 뒤였다.

"부인은," 문득 불안해진 그녀가 말을 꺼낸다.

"에이다는 어젯밤에 데려다줘야 했어요. 미리 알려주지도 않고 갑자기 병원에서 전화가 와 간단한 수술이 오늘 아침 열시로 앞당겨졌다고 말하더군요. 그래서 수술 준비 때문에 에이다를 미리 데려다줘야 했죠."

당황스럽고 여전히 편치 않은 마음에 펠리시아는 그가 자신 때문에 두 번씩이나 가는 게 아니었으면 좋겠다고 말한다.

"에이다가 의식을 회복할 때 내가 곁에 있어야죠. 침상을 지켜야 해요. 숙소는 어때요, 괜찮아요?" 그의 목소리 톤이 높다. 전에는 알아차리지 못했던 점이다. 내내 마음을 불안하게 만드는 종류의 사람은 아니다.

"네?"

"지금 아가씨가 있는 집 어때요? 괜찮아요?"

"좋아요."

"다행이네요. 내가 마슈링으로 가라고 한 것이 잘못이었으면 어쩌나 해서요."

그녀의 옆 거대한 어깨는 운전하는 동안 움직임이 없다. 운전대 위 장갑을 끼지 않은 두 손은 창백하고, 어울리지 않게 가냘프다. 지나가는 차는 찾아보기 힘들다. 이른아침 운전하는 즐거움이죠, 그가 말하고는 덧붙인다.

"처음 아가씨를 봤을 때 곤란에 처했다는 걸 알 수 있었어요."

"그냥 먼길을 와서 그랬던 거예요."

"낯선 나라에 있기도 하고."

"네, 그렇죠." 그녀는 처음에는 사람들이 하는 말을 알아듣기가 얼마나 힘들었는지 모른다고, 그래도 자꾸 듣다보니 점점 나아지고 있다고 이야기한다.

"나도 그 문제로 아가씨 기분을 상하게 하지는 않았다면 좋겠군요." 그가 갑자기 껄껄 웃어 그녀는 화들짝 놀란다. 두꺼운 안경알 너머로 작은 두 눈이 장난기를 머금고 반짝인다. 그녀 쪽으로 돌린 얼굴에서는 여기저기 붙은 살덩어리들이 이목구비를 흐리고, 가지런한 이가 미소를 짓고 있다. 그에게서 이른아침의 기분좋고 상쾌한 비누향이 풍겨와 그녀는 안심이 된다. 셔츠 소매도 구김 없고 깨끗하다.

"친구를 찾으면 곧 모든 게 다 잘 풀리겠군요. 돌아가는 상황을 알게 되면 곧 말이에요."

"네."

"이름을 물어봐도 되겠어요?"

그녀는 이름을 말한다. 그는 자신의 이름은 알려주지 않고, 대신 "그런 이름은 처음 듣는데"라고 대꾸한다. "펠리시티라는 이름은 여기도 있지만."

"아버지가 펠리시아라는 이름을 찾아서 붙여줬어요. 아버지가 들어본 적 있는 어떤 여자의 이름이래요."

1916년 바리케이드를 쳤던 여인으로 결국 그 자리에서 죽음을 맞았다. 아버지의 앨범에는 이 여인에 대한 신문기사와 군복을 입고 냉철한 얼굴을 한 여인의 사진이 있다.

"좋은 이름이군요." 그는 혁명가 여인에 대한 이야기는 무시하며 말한다. "펠리시아는 매력적으로 들리는 이름이에요."

"네, 그런 것 같아요."

"난 아가씨 나라에 한 번도 가본 적이 없어요, 펠리시아. 친척 한 사람이 그 나라에 대해 자주 이야기하곤 했지요. 아름다운 나라라고, 그렇게 들었어요."

"괜찮은 곳이에요."

"어떤 일을 해요, 펠리시아?"

"육가공공장에서 일했어요. 얼마 전에 공장이 문을 닫았지만요."

"실업자가 되는 건 끔찍한 일인데. 그럼 정확히 말해 지금은 실업자인 거군요?"

"네, 맞아요."

"다른 식구가 있어요, 펠리시아? 아버지와 어머니도 아직 계시고?"

"아버지는 계세요. 증조할머니도요. 오빠도 셋 있는데, 둘은 쌍둥이예요."

"증조할머니? 연세가 굉장히 많겠네?"

"곧 백 살이세요."

"아이고야, 세상에!"

차창 밖으로 지나쳐가는 풍경은 이제 펠리시아에게도 익숙하다. 잘 경작된 들판, 흐릿한 잿빛 속 젖은 풀밭, 평지가 이어지는 단조로움을 깨고 우뚝 솟은 굴뚝들, 공장의 벽돌 벽.

"그럼 노인께서는 보어전쟁도 기억하시겠군."

펠리시아는 보어전쟁이 언제였는지 모르지만 어쨌든 고개를 끄덕인다. 예전엔, 적어도 프란시스 하비에르 수녀님이 역사 수업을 하는 동안에는 알았겠지만 관심이 없어 곧 잊어버렸다. 증조할머니도 외국 전쟁에 관심이 없기는 마찬가지일 것이다.

"친척 두 사람이 보어인들과 싸우러 갔지요." 그가 자기 얘기를 한다. "군인 집안이거든요."

"그렇군요."

"나도 군 경력이 있고요. 군인의 피가 흐른달까."

"지금은 군에 안 계시고요?"

"에이다가 처음 병이 났을 때 전역했죠. 에이다를 보살펴줘야, 내가 군에서 임무를 수행하며 해줄 수 있는 것보다 더 잘 보살펴줘야 했으니까요. 아직 군대 일을 돕고 있긴 하지만, 지금은 그냥 사무직이에요."

"저와 마주쳤던 공장은……"

"아, 아뇨, 아뇨. 그렇지 않아요. 거긴 친구를 만나러 들른 건데요. 실은, 친구에게 에이다가 입원한다는 이야기를 하러 갔었어요. 사람들은 그런 걸 알고 싶어하지요. 지금은 군에서 회계장부 정리하는 일을 맡고 있어요. 덕분에 그나마 바깥출입을 한다고, 에이다가 말하죠."

펠리시아가 다시 한번 고개를 끄덕인다.

"집에만 있으면 사람이 너무 가라앉아요, 펠리시아. 넓은 집에서 장애인 아내를 돌보면서, 사실상 간호만 하며 지내다보면 축 처지거든요."

"부인분이 장애인이세요?"

"그렇게 생각하는 것이 최선이죠. 에이다를 위해서도 최선이고, 스스로 그렇게 말하기도 하고, 나를 위해서도 최선이고. 솔직하고 냉정하게 보자면 결국 그런 셈이에요. 부정할 일도 아니고 속일 일도 아니고. 이해가 가요, 펠리시아?"

"네, 이해해요."

"사실을 직시하면 헤쳐나갈 수 있다. 내 아래 있던 선임하사관이 했던 말인데, 최고의 남자였어요. 군에 있다보면 온갖 사람들을 다 만나거든."

"네, 그렇겠죠."

"이제 거의 다 왔어요, 펠리시아. 떨리겠군, 그렇죠?"

다시 그 미소를 짓고 있다. 두꺼운 안경알 너머로 분명하게 보이는, 그녀를 향해 반짝이는 작은 눈. 친절한 사람이야, 펠리시아는 불안해하면서도 그렇게 생각한다. 어제 내근중이던 경사, 결국은 짜증을 내던 그 경사보다 친절한 사람이라고. "맙소사, 저 여자 또 왔네." 행여 경사가 정보를 좀더 찾았을까 싶어 경찰서로 돌아갔을 때 그가 중얼거리는 소리를 들었다.

"이런 상황에선 누구라도 긴장될 거예요, 펠리시아. 이 친구라는 사람은 남자친구인가요?"

"네."

"음, 그렇군요. 남자친구라면 어디 있는지 알고 싶은 게 당연하지."

"네."

"가족이 받아들이지 않는 거로군요, 그렇죠? 남자친구를 인정하지 않나?"

"아버지가 반대하세요."

"그러면 불편한 상황이겠군요. 이야기를 나누다보니, 뭔가 성가신 문제가 있다는 게 느껴지더군요. 가족 문제일지도 모른다고 생각했어요."

그녀는 아버지 이야기를 한다. 조니가 영국군에 있다고 믿는 일이며, 북아일랜드 분쟁 때문에 증조할머니가 결혼한 지 한 달 만에 과부가 된 일, 그래서 집안에 그 특별한 과거에 대한 감정이 늘 존재한다는 이야기도.

"만일 그이가 군인이라면 저한테 그렇다고 말했을 거예요."

"물론 말했겠지요. 그런데 그 친구가 안정적인 직장도 있고 허황된 사기꾼도 아닌데 가족이 왜 걱정을 하죠? 그리고 펠리시아가 그 친구를 선택했고, 그 친구도 펠리시아를 선택했는데 왜 가족이 끼어드는 거예요?"

"우리 아버지는 쓸데없는 고집이 세요."

"무슨 말인지 알아요, 펠리시아. 군에서 내 아래 있는 젊은 신병들 중에 비슷한 고민을 겪는 친구들이 있었거든. 여자친구 문제나 서먹서먹한 가족들 사이의 문제로 골치를 썩는 이들이요. 나는 그 불쌍한 친구들의 아버지가 되어줬지, 무슨 말인지 알 거예요. 그 친구들을 집에 데려오면 에이다는 식탁 가득 차와 파이, 케이크를 차려주곤 했어요. 우리는 아이가 없고 그건 에이다에게나 내게나 큰 아픔이라. 남자친구 좋아하죠, 그렇죠?"

"네."

"그 친구도 분명 펠리시아를 좋아할 테고."

대화는 한 시간 정도 더 이어진다. 펠리시아는 군대와 지나치는 인근 공장들에 대해, 그리고 어떻게 고속도로가 영국의 면면을 바꿔놓았는지, 어떻게 새로운 도시들이 이 지역에 세워졌는지, 파키스탄과 서인도제도 사람들이 정착하기 시작하면서 환경이 얼마나 달라졌는지, 번영하던 몇몇 지역은 어쩌다 빈곤의 나락으로 떨어졌는지에 관해 이야기를 듣는다. 여덟시 십 분 전, 그 작은 녹색 자동차는 한 공장의 주차장으로 조심스럽게 천천히 들어선다.

"정말 너무나 감사해요." 펠리시아가 말한다.

"아직까진 병원에 안 가봐도 돼요." 자동차는 계속 조심스레 움직이며 주차장 구석자리로 향한다. 그는 경영진 지정 자리나 주차가 금지된 자리에 차를 세우지 않도록 조심해야 한다고 알려준다. 안 그러면 어디선가 갑자기 거들먹거리는 주차관리인이 나타나 온갖 험한 소리를 쏟아부을 수도 있다고. "여기 있으면 도착하는 사람들이 다 보여요." 뚱뚱한 남자가 덧붙인다. 대부분은 차를 타고 올 테고, 여덟시 반 직전에는 아마 버스도 두어 대 올 거라고. 만일 어쩌다 친구를 놓치더라도 언제든 경비초소에 가서 문의할 수 있다고.

"저 때문에 병원에 못 가시면 안 되죠."

"에이다도 내가 펠리시아를 도와주길 바랄 거예요. 젊은 아가씨가 헤매고 다니는 건 이쪽 동네에선 권할 일이 못 되니. 가끔 충격적인 이야기가 들리곤 하거든요."

"정말 친절하시네요."

"아내는 항상 젊은 아가씨가 헤매고 다니는 걸 걱정해요. 말했었죠, 잔디깎이를 만들 만한 공장을 좀 찾아보라고 한 것도 에이다였다고. 에이다의 생각이었어요. 글쎄, 자기도 여자여서 그랬던 게 아닌가 싶고."

"부인께서 괜찮으셨으면 좋겠어요."

"나는 들어가서 잠깐 몇 마디만 나누게 될 거예요. 병원에서는 수술 전에 환자를 신경쓰이게 하는 것을 안 좋아하거든요. 안정을 깨뜨리지 않는 편이 좋다고 보는 거겠죠. 무슨 말인지 알 거예요, 펠리시아, 환자가 방문객 때문에 안정을 취하지 못하면 화장실에 가고 싶어질지도 모르고."

"네."

"수술 전엔 그런 일이 없길 바라죠. 슬프게도 그런 경험을 해봐서 알아요."

그녀는 고개를 끄덕이지만, 공장에 도착한 지금은 그가 하는 말의 겨우 절반 정도만 귀에 들어온다. 밤에 아버지가 또다시 그녀를 창녀라고, 더러운 개 같은 년이라고 부르는 꿈을 꾸었다. 꿈에서는 어머니도 살아 있었는데, 어머니는 두 주먹으로 그녀를 때리며 그런 짓을 했다는 사실을 믿을 수가 없다고, 죽었어야 하는 건 바로 그녀라고 말했다. 꿈에 가파른 세인트조지프 힐 꼭대기에 넓게 자리한 수녀원과 각반을 찬 병사 동상이 있는 광장, 그리고 여름 열기 속 가게 바깥에 축 늘어져 있는 채소도 보였다. 삼종기도를 알리는 종소리가 들리고, 토탄 연기가 지독했다. 아버지는 뒷골목에서 키득거리는 웃음소리가 들리기 시작하면 고개를 들고 살 수 없을 거라 말했다. 카멀과 로즈가 커피 독에서 그 일에 대해 이야기하고 있었다.

"이제 오는군." 차들이 도착하자 옆자리에서 그가 말한다. 그는 펠리시아에게 창문을 내리면 더 잘 보일 거라고 이야기해준다.

남자친구가 실제로 나타나는 일이 불가능한 건 아니다. 불가능하지는 않지만 그럴 가능성은 거의 없다. 어제 그는 이 공장에 전화를 걸어 창고 부서 직원과 이야기를 나눴는데, 그 사람은 부서의 유일한 직원일 뿐 아니라 여자였다. 남자친구가 한다는 창고 관리는 분명 소매 직판점이나 판매 후 고객 서비스 같은 일일 것이다. 아니면 그녀가 공장에 대해 잘못 알았거나 남자친구가 거짓말을 한 것이다. 어쩌면 그녀 아버지가 군대에 대해 한 말이 사실일지도 모른다. 십중팔구 그녀는 새파란 건달과 엮였고, 그 건달은 절호의 기회를 노리고 있다가 기회가 오자마자 낚은 것이다.

운전대 뒤에 비좁게 끼어 앉아 있다보니 등허리 아래가 슬며시 아파오는 것을 느끼며 힐디치 씨는 도착하는 자동차들과 공장 안으로 들어가는 남녀 직원들을 바라본다. 사람들은 인사를 나누고, 이름을 부르고, 무리를 짓는다. 여덟시 이십분이 되자 버스들이 도착한다.

"그 사람은 여기 없네요." 버스에서 사람들이 모두 내린 뒤 여자가 몹시 상심한 목소리로 말한다. "벨은 울렸는데, 그 사람은 없어요."

"저쪽으로 건너가봐요, 가서 경비초소에 물어봐요. 야간근무일 수도 있으니. 지각일지도 모르고. 혹시 모르는 일이니까. 나중에 후회하는 것보다 확실히 하는 게 낫잖아요?"

그녀가 자리를 비운 사이 그는 그녀가 차에 두고 내린 쇼핑백 두 개를 뒤진다. 두번째 쇼핑백 맨 안쪽에서 남색 스웨터 소매에 집어넣어둔 지폐 두 뭉치를 발견한다. 그는 잠시 망설이다 그 돈을 재킷 안주머니에 넣는다.

"아니네요." 그녀가 돌아와 말한다. "여기서 일하지 않아요. 여기엔 그 사람이 설명한 것 같은 그런 창고도 없대요."

"유감이군요, 펠리시아. 정말 유감이에요."

그녀가 갑작스럽게 울음을 터뜨리자 안쓰러운 마음에 힐디치 씨의 얼굴이 찌푸려지며 작은 눈 주위로 살이 밀려 올라온다. 흐느끼는 중간중간, 연락이 두절되고 남자친구가 주소도 전화번호도 남기지 못한 사연과 자기가 매달리고 강요하는 것으로 보일까 두려웠다는 이야기가 들린다. 그녀는 숫기가 없었다고 말하고, 그는 엘시 커빙턴을 떠올린다. 엘시도 사람 많은 곳에 들어갈 때면 늘 가슴이 두근두근 뛰어 힘들어 보였다.

"네, 네." 그가 공감해준다. "지독한 고통이지요, 숫기가 없다는 거."

남자친구의 어머니가 주소를 알려주기 꺼렸다고, 달리 주소를 아는 사람도 없는 것 같다고 말한다. 정말 너무나도 속이 상한다고, 만일 그녀가 주소를 달라고 졸랐더라면 그는 곧바로 주었을 거라고, 당연히 그랬을 거라고 그녀는 주장한다.

어림없는 소리, 힐디치 씨는 속으로 그렇게 대꾸하며 시동을 걸고 천천히 주차장을 빠져나간다. 그는 이 지역에 종합병원이 어디 있는지 알고 있다. 언젠가 혹여 야간근무 간호사 하나가 피곤한 나머지 태워주겠다는 제안을 받아들이지 않을까 하는 기대감을 안고 가본 적이 있다. 내내 걸어다니느라 완전히 녹초가 된 그들 중 몇 명은 경계심을 내던지고 나이든 남자의 도움과 조언을 필요로 할지도 몰랐다. 차를 주차한 뒤 그가 말한다.

"잠깐 들어가서 어떤지 보고 올게요."

그녀가 한 번 썼던 것으로 보이는 휴지에 코를 푼다. 어린 샤론도 이미 쓴 휴지를 몸에 지니고 다니는 끔찍한 버릇이 있었다. 화장할 때 쓴 화장솜과 반쯤 피운 담배도.

"전 이제 그만 가볼게요." 그녀가 말한다. 눈언저리가 거의 선홍색이다. 다시 눈물이 흐른다. "전 괜찮아요." 그녀가 말한다.

"내 말 듣고 잠깐 기다려요, 펠리시아. 오 분이면 돼요, 에이다의 경과가 어떤지만 듣고 올 거니까. 그러고 나서 차 한잔하면서 어떻게 할지 생각해보자고요."

입술 사이로 보이는 그녀의 이가 침으로 번들거린다. 게이는 두 앞니가 벌어져 그 사이에 침이 고이곤 했다. 당연히 모든 게 다 만족스러울 수는 없는 법이다.

"폐를 끼치고 싶지는 않아요."

"전혀 폐를 끼치는 게 아니에요, 펠리시아. 절대 아니고말고요."

그는 병원 안내데스크에서 방문객 화장실이 어디 있는지 묻고, 알려준 방향으로 간다. 전화기를 발견한 그는 구내식당 사무실에 전화를 걸어 밤중에 뇌졸중을 일으킨 이웃을 돕느라 좀 늦게 출근할 거라고 말한다. 그러고는 천천히 주차장으로 돌아간다.

그녀는 다시 그 공장으로 가 확실히 알아봐야 하리라. 경비에게만 물을 것이 아니라 여러 곳에 더 물어봤어야 했다. 다시 차에 타지 말았어야 했다. 혼자 알아서 하겠다고 말했어야 했다. 그랬더라면 이제 어떻게 해야 할지 생각할 수 있었을 것이다. 그러나 쌓여만 가는 실망감은 이번에 느낀 실망감까지 더해져, 그녀의 의지에 족쇄를 채우는 절망의 목걸이가 된다. 지친 그녀는 남자가 자신에게 친절하게 대해주었음을 생각한다. 그녀가 할 수 있는 최소한의 일은 그의 배려를 받아들이는 것이다. 어쨌든, 그렇게 찾아다니는 일이 무슨 소용이 있겠는가? 끊임없이 묻고, 끊임없이 도와줄 수 없다는 말을 듣고, 헤매고 다니며 거리의 얼굴들을 살피는 일이 무슨 의미가 있겠는가?

또다시, 노인이 격노하며 야단하던 소리가 들려온다. 그녀가 증조할머니의 고무 시트 아래를 뒤져 빨래집게 주머니를 꺼냈다 다시 넣었을 때의 그 외침이. "그거 가만히 놔두지 못해!" 몽롱하고 흐릿한, 혼몽한 저 깊은 곳에서 터져나온 꾸짖음이었다. 지금쯤이면 그들은 도헤니스 식품점 앞에서 그녀가 더블린행 버스를 탔다는 이야기를 들었을 테고, 지금쯤이면 라이서트 부인이 일주일 전 자기가 새벽 미사에 간 사이 누군가 부엌 창문을 넘어들어와 창틀과 깔끔한 싱크대 위에 진흙 발자국을 남기고 갔다는 얘기를 여기저기 퍼뜨렸을 것이다. "일요일에 에어쇼에 갔어요." 바지선이 그려진 엽서에 그렇게 쓰여 있었는데, 그의 손글씨는 둥글린 원이며 점이며 t자의 가로선이며 모두 단정하게 기울어져 있었다. 줄 쳐진 연습장 종이에 쓰인 짧은 편지들은 하나같이 상단에 주소가 없었다. 지금 돌아가면 킬갈렌 신부가 그녀를 부를 테고, 수녀원장님 역시 그녀를 불러, 두 사람 모두 그녀의 수치인 아이의 생명을 지키려 할 것이다. "지옥에 떨어질 년!" 아버지는 그렇게 말하며 그녀를 맞을 것이다.

뚱뚱한 남자가 다시 차에 올라타자 차가 삐걱대며 흔들린다. 좁은 공간에 그의 숨소리가 요란하다.

"미안해요." 그가 걸어오느라 힘들었는지 쉰 목소리로 낮게 말한다.

펠리시아가 돌아보자 그의 단춧구멍만한 두 눈이 멍하니 허공을 바라보고 있다. 그는 차를 출발시키려 하지 않는다. 그녀는 가까이에 있는 그의 손이 떨리는 것을, 그가 손을 진정시키려 운전대를 꽉 잡는 것을 지켜본다.

"뭐가 잘못됐나요?" 그녀가 자신의 괴로움에서 빠져나와 묻는다. "무슨 일 있으세요?"

"뭐 한잔 마셔야겠어." 그가 중얼거리며 주머니에 손을 넣어 차 열쇠를 꺼낸다. "우리 둘 다 따뜻한 음료를 한잔 마셔야겠군."

9

버디스라는 카페다.

전기 수리공이 사다리에 올라서서 천장 바로 아래 두꺼비집을 손보고 있다. 천장은 갈색인데 군데군데 더 짙은 갈색으로 둥그렇게 물들어 있다. 차와 커피, 음식이 나오는 카운터 뒤에는 반라의 모델이 도발적인 자세를 취하고 있는 피렐리사社 달력이 일렬로 죽 걸려 있다. 노인 한 사람이 구석자리에 앉아 담배를 피우며 『선』의 스포츠 기사를 읽고 있다.

"난 커피를 마셔야겠어." 힐디치 씨가 부탁한다. "미안하지만 커피로 좀 가져다줄래요?"

그는 눈을 감고 그녀가 돌아올 때까지 뜨지 않는다.

"뭐가 잘못됐나요?" 그녀가 묻는 소리가 들린다.

"에이다가 과히 좋지 않아." 그가 여전히 눈을 감은 채 조용히 말한다. "응급수술을 했다는군, 오늘 아침 다섯시에. 많이 안 좋아."

"아, 걱정이네요."

"난 조금만 있으면 괜찮아질 거예요." 처음으로 베스를 데리고 A361 도로에 있는 해피 이터에 갔을 때, 그는 계산대 여자가 베스를 그의 딸이라고 생각하는 것을 눈치채고는 아버지라면 결코 하지 않을 방식으로 베스의 무릎에 잠시 손을 올렸다. 계산대 쪽을 흘깃 보니 여자는 여전히 그들을 바라보고 있었는데, 이제 그들의 관계를 달리 판단하는 듯한 표정이라 그는 쾌감이 일었다.

"걱정이네요." 지금 함께 있는 소녀가 되풀이해 말하고, 힐디치 씨는 눈을 뜬다.

"이런 충격을 받으면 혼자 있고 싶지 않지. 우리 둘 다 충격을 받았네, 펠리시아."

카페 안이라 단추를 푼 그녀의 빨간 코트가 뒤로 젖혀지면서 처음으로 그는 그녀가 입은 다른 옷을 본다. 남색 치마에 빨간 니트 스웨터다. 머리카락은 축 처져 있고, 눈언저리의 붉은 기는 조금 가라앉았다. 목에는 작은 십자가 목걸이를 하고 있다. 가톨릭이군, 출신을 생각하면 당연한 일이지. 힐디치 씨는 생각한다.

"임신했나보군." 그가 부드럽게 말한다.

"네."

두 사람은 아무 말 없이 앉아 있다. 그는 어느 모로 보나 구운 베이컨 샌드위치만큼 맛있는 것은 없다고 생각한다. 이런 카페에는 없을 때도 있는데, 오늘 아침 그들은 운이 좋았다. 손으로 '베이컨 샌드위치'라고 쓴 종이가 붙어 있다.

"뭘 좀 먹어야지, 펠리시아."

"배가 안 고파요."

우울할 때는 한두 입 가득 먹는 것이 위로가 된다고, 커피만 마시는 것보다 그편이 낫다고 그가 차분하게 설명한다. 그들은 다시 아무 말 없이 앉아 있다. 그는 그녀가 사 온 커피를 다 마신 뒤 좀더 마시려고 자리에서 일어선다.

"전 차를 시켰어요." 그녀가 말한다.

"커피가 아니고?"

"지금은 커피가 받지 않네요."

"아, 그렇지. 당연해." 그는 힘겹게 걸음을 옮겨 카운터로 간다. "베이컨 샌드위치 두 개." 그는 키 작은 인도 여자에게 주문한다. 난쟁이만하군, 그는 생각한다. "내 여자친구는 차, 나는 커피." 그는 여자에게 미소를 지어 보인다. 그는 자신의 미소가 아일랜드 소녀에게는 보이지 않는다는 것을 안다. "맛있어 보이는군요, 여기 베이컨 샌드위치는."

반응이 없다. 종종 그들은 반응을 보이지 않는다. 그는 1파운드 54펜스를 세어서 내며 언젠가 극장에서 인도 여자 옆자리에 앉았던 일을, 말을 걸어보려 했지만 여자가 거친 태도로 자리를 옮겼던 일을 떠올린다. 지금 주문을 받는 이 여자보다 젊고, 혼자 온 여자였다. 그렇지 않았다면 결코 접근하지 않았을 것이다. "차에 설탕을 넣었나요?" 그가 묻는다. "내 여자친구는 설탕을 한 스푼 넣는 걸 좋아하거든요."

카운터에 작은 설탕봉지 하나가 놓이고, 인도 여자는 마침내 슬쩍 관심을 보인다. 인도 여자는 그의 미소에는 여전히 답하지 않지만 빨간 스웨터를 입은 여자에게 눈길을 던지고, 아주 짧게 스치고 지나가는 순간—그는 확신한다—그들의 관계에 대해 생각한다. 그는 여자가 추측하는 바가 옳다고 확인해주듯 고개를 끄덕인다. 자기들은, 약혼녀와 그는, 하루 나들이를 나온 것이라고 그가 이야기한다.

"친구를 찾을 수 있을 거야." 테이블로 돌아온 그가 말한다. "만일 공장에서 못 찾아도 숙소가 있는 지역에서 찾을 수 있을 거라고 어젯밤 에이다가 말하더군."

"전 어쩌면 길에서 마주칠지도 모른다고 생각했어요. 이 도시가 이렇게 클 줄은 몰랐어요."

"물론 몰랐겠지. 충분히 이해가 가, 그건."

"제가 살던 도시는……"

"더 작겠지, 물론 그럴 거야." 힐디치 씨는 이해한다는 듯이 고개를 기울인다. 당연히 영국 도시만하지는 않을 거라고, 그러니 이렇게 클 거라고는 예상 못했을 법하다고 말한다. 그는 이 소녀도 가톨릭이니 신앙심이 깊을까 생각해본다. 재키가 그랬던 것처럼 이 여자도 신앙심이 깊다면 많은 것이 설명된다. 그녀는 다시 한번 그의 아내를 걱정한다.

"조금 더 같이 있어줄 수 있겠어? 아내가 지금 잠들었다고, 병원에선 내가 가는 편이 좋겠다고 하더군. 친구가 차에서 기다리고 있다고 했더니 친구와 함께 있는 편이 더 좋을 거라고 했어." 힐디치 씨는 희미한 미소를 지어 보인다. "솔직히 말하자면, 여기 이렇게 친구와 앉아 있는 것만으로도 기분이 나아지는군."

그는 또다시 침묵이 흐르게 둔다. 첫입을 먹기 전에 맛있는 음식을 바라보는 일이 좋다. 자신의 그런 면을 처음 깨달은 것은 겨우 대여섯 살 즈음이었다. 그 기억을 떠올리면 즐겁다. "어서 먹으렴." 어머니는 재촉하곤 했다. "굼벵이처럼 굴지 말고."

"이 얘기를 해야겠군, 펠리시아. 이 일은 느닷없이 일어난 일이 아니야. 분명 충격적인 일이지만, 그래도 느닷없는 일은 아니지."

그녀가 고개를 끄덕인다. 그녀가 뭔가 말하려다 생각을 바꾸는 것이 보인다.

"'못 나올지도 몰라요'라고 어젯밤 가는 길에 아내가 말하더군. 아내는 이미 몇 달 전에 이 일을 받아들였어. 우리 모두 언젠가 받아들여야 할 일이지, 펠리시아."

그녀는 다시 한번 고개를 끄덕이고는 무슨 말을 해야 할지 모른다. 어느 소녀라도 그럴 것이다. 표정이 바뀔 때면 거의 드러나지 않을 만큼 아주 작은 보조개가 한쪽 뺨에 생겼다 사라지곤 한다.

"아기를 낳을 거라니 기뻐, 펠리시아. 그 사실이 내게 도움이 되는군."

"도움이요?"

"또다른 생명이 오는 거니까. 에이다가 병원에 들어가는 시점에 펠리시아가 여기 왔고, 내가 얘기를 했더니 에이다는 당신을 염려했어. 아일랜드에서 온 어린 아가씨야, 라고 설명했더니 아내가 어떻게 생겼는지 묻더라고."

그녀는 그 말에 아무 대답도 하지 않는다. 그는 바삭하게 구운 샌드위치를 베어 물며 쫄깃한 베이컨과 짭짤한 맛을 음미한다.

"아기를 원하지 않나, 펠리시아?"

"그 사람을 찾을 때까지는 어떻게 해야 할지 모르겠어요."

그녀는 또다시 차오르는 눈물에 힘겨워하다가 이내 마음을 가라앉힌다.

"아기 아버지가 우리가 찾고 있는 그 젊은이인가, 펠리시아?"

"네."

"솔직히 말하면 이런 일일 거라고 생각했어."

"이 일로 신경쓰이게 하고 싶지 않아요."

"다른 사람 문제에 신경을 쓰다보면 내 걱정을 잠시 잊게 돼, 펠리시아."

"네."

"무슨 말인지 알겠어?"

"네."

"병원에 다시 들렀다가 데려다줄게."

그녀는 그럴 필요 없다고 말한다. 다시 공장에 가서 착오가 없었는지 확인해볼까 한다고. 그가 고개를 젓는다.

"착오가 있었던 것 같지는 않아."

인도 여자가 새된 목소리로 통화를 하고 있다. 전기 수리공도 구석자리 노인도 그들을 전혀 신경쓰지 않는데, 하긴 저런 사람들은 관심도 없을 것이다. 게다가 그녀의 몸 상태가 겉보기에는 거의 드러나지 않는다. 표가 나긴 하지만 주의를 기울여야 알 수 있는 정도다. 그녀가 덩치가 더 컸더라면 얘기가 달라지니 인도 여자도 알아차리고 더 많은 추측을 했을 것이다.

"에이다는 내가 펠리시아를 계속 보살펴주길 바랄 거야."

"괜찮으시겠어요?"

그가 고개를 젓는다. 이런 상황에서는 괜찮을 수가 없다고, 누구도 그럴 수 없는 법이라 말한다. 베이컨 샌드위치 두 개를 다 먹은 그는 종이 냅킨으로 손가락 끝을 닦는다.

"내가 지금 걱정되는 건 펠리시아의 몸 상태야. 그렇게 쇼핑백을 들고 걸어다니는 건 도움이 안 될 거라는 생각이 드는군."

놀랍게도 그녀는 대화의 흐름을 따라오지 못한다. 그녀는 주소를 받지 못한 이야기를 다시 시작하며 다 자신의 잘못이라 말한다. 매달리며 강요하고 싶지 않았다는 말을 되풀이한다.

"무슨 말인지 알아. 어떤 기분인지도 알고, 나도 겪어봤으니까. 내 아래 있는 젊은 병사들 가운데 감정적으로 너무 괴로워하다 그만 충격에 빠진 친구들도 있었지. 그들을 보는 일은 끔찍했어—그렇게 괜찮고 순수한 젊은이들의 애끓는 모습을 보는 일이란."

"아기만 아니었다면 고향에서 그 사람을 기다렸을 거예요."

힐디치 씨가 이해한다는 듯이 고개를 끄덕인다. 그는 잠시 침묵을 지키다 말한다.

"유산시킬 생각인가, 펠리시아? 거기선 그게 가능한가?"

"어려운 일이에요."

"물론 여기선 할 수 있어. 그 문제는 언제든 처리할 수 있지." 그가 잠시 말을 멈춘다. "오래된 사이인가? 애인과?"

그가 머잖아 그리될 거라고 생각했던 대로, 하나씩 하나씩 이야기가 쏟아져나온다. 힐디치 씨는 무심하게 그 결혼식 광경을 어렴풋이 떠올려본다. 이 여자의 세 오빠 중 막내오빠가 자기보다 나은 집안 사람과 결혼을 하고, 사제가 결혼식을 주재하고, 호텔 라운지에는 사람들이 모여 있다. 신랑 신부가 차를 몰고 떠난 후 그 새파란 건달이 우연히 그 거리를 지나가며 문제가 시작된다. 댄스홀에서의 미소, 시골길 산책, 숲속의 가을 단풍, 카페 테이블 아래 마주잡은 두 손. 그러다 남자는 곧 가방을 들고 떠나고, 여자는 홀로 남아 자신을 돌봐야 한다.

"그 사람 어머니가 우리 얘기를 듣고 오지 말라고 한 게 아니라면, 조니는 크리스마스에 돌아왔을 거예요. 도대체 부인이 조니에게 뭐라고 한 건지."

"그러게. 그런 어머니들을 알아. 나도 겪어봤거든."

"그 사람은 부인이 당한 일 때문에 늘 어머니를 보호했어요."

힐디치 씨는 이야기에 귀를 기울이며 상황을 제대로 그려보기 위해 더 많은 사실을 쏟아내도록 부추긴다.

"그 친구에 대한 인상이 좋아지는군." 어떤 상황인지 훤히 그려지자 그는 말한다.

"저도 그 사람 주소가 없지만 그 사람도 제 주소를 몰라요. 우리 둘 다 잊은 거예요. 그 사람이 알고 지내는 이들—카헐 켈리나 셰이 멀룬 같은 사람들에게 전화할지도 모른다고 생각했어요. 그들을 통해 제게 소식을 전할지도 모른다고요."

"그 친구가 그런 생각을 못했다고 해서 비난할 순 없지."

"난 어떤 일로도 그 사람을 비난할 맘 없어요."

"내 말은, 그때 그런 생각이 들지 않았다는 게 놀랍다는 거야."

그의 어머니에 대한 이야기가 더 이어졌는데, 듣기로는 세상 물정을 아는 여자 같다. 낯선 이야기는 아니군, 하고 힐디치 씨는 귀기울이며 생각한다. 몇 가지 소소한 차이가 있기는 하지만 그들 대부분은 비슷한 이야기를 털어놓는다. 엘시 커빙턴은 그와 우연히 만나기 전, 손목을 그은 적이 두 번 있는 것 같았다. 그녀는 청소년 우울증이라고 말했지만, 당시 이미 이십대 중반을 넘긴 나이였다.

"힘든 시간을 보냈군." 그는 그렇게 말하며 예전에 같은 말을 브링클로 근처 듀드롭에서 재키에게 한 일을 떠올린다. 등에 벌겋게 맞은 자국이 있던 재키는 어떤 남자가 혁대로 때렸다고 말했다.

"이렇게 온갖 얘기를 다 하려던 건 아니었어요. 더구나 이런 시기에……"

"고민은 털어내는 편이 좋아, 펠리시아."

그는 그녀가 그럴 수 있어 기쁘다고 덧붙인다. 이제 신문에 싫증이 난 노인의 시선이 그들을 향하고 있다. 고민을 안고 있는 두 사람, 그가 다시 이야기를 이어간다. 일이 돌아가는 게 참 신기하다고, 에이다처럼 다른 사람을 잘 돌보는 이가 없다고 그가 말한다. "'마음의 준비를 하세요.' 아내가 내게 충고했었지—아, 육 개월 전이었을 거야."

그러나 여자는 듣고 있지 않다. 여자의 마음은 다른 곳에 가 있는데 이런 상황에선 충분히 이해할 수 있는 일이다. 그는 여자가 무슨 생각에 빠져 있는지 알기에 넌지시 말한다.

"내가 좀 알아볼 수 있어, 펠리시아. 그 사람이 어디 있을지."

여자가 고개를 젓는다. 계속 하던 말이다, 폐를 끼치고 싶지 않다고. 그는 말한다.

"내 사무실에 있는 여직원이 아주 유능해. 우리가 머리를 모으면 그가 어디 있는지 알 수 있을 거야. 문제없어."

"어떻게요?"

"직원이 미들랜드 지역에 있는 잔디깎이 공장에 일일이 전화를 해보면 돼. 코번트리. 너니턴. 더비. 킹스 브롬프턴. 어디든지. 거기다 주민등록, 지방세등록, 주택등록도 있지. 친구 이름을 물어봐도 될까?"

"이름이 조니예요. 라이서트."

"철자가 어떻게 되지, 펠리시아?"

그녀는 불러주고 그는 받아 적는다.

"하지만 이렇게 폐를 끼칠 순 없어요. 더구나 부인께서……"

"에이다도 이렇게 하길 원할 거야. 마음이 바다처럼 넓은 사람이니까. 나야말로 어찌해야 할지 모르겠군."

"아마 괜찮을 거예요. 다시 병원으로 돌아가시면 그쪽에서도 이렇게 말할 거예요."

"병원에서 뭐라고 말할지는 알아, 펠리시아."

다른 사람들이 있는데도 그는 개의치 않고 운다. 흐느낌이 나지막이 흘러나오고 안경테 뒤로 잠시 눈물이 비친다. 에이다는 고집이 세긴 하지만 마음이 여린 사람이라고 그가 낮게 중얼거린다. 그의 의식 속에서 얼굴 하나가 깜박인다. 넘치는 살덩이 속에 파묻힌 윤곽, 맹한 눈빛. 의자 커버를 만들기 위해 3번지에 왔던 여자, 그의 어머니가 에이다라고 부르던 여자.

"내가 병실에 돌아가는 일을 자꾸 미룬다고 나를 비난하지는 마, 펠리시아. 지금 당장은 거기서 그 사람들을 마주하기 힘들어서 그래."

그가 코를 푼다. 안경도 벗어 닦는다. 병원에선 잠깐이면 된다고, 그가 말한다. 병원에 들렀다가 그녀가 원한다면 다시 공장으로 돌아갈 수도 있다고.

그는 카운터로 가 커피 한 잔과 비스킷 한 통을 가지고 온다. 그녀는 다시 한번 그에게 폐를 끼칠 수 없다고 말하고, 그는 또다시 그녀가 오히려 도움이 된다고 답한다. 두 사람은 곧 버디스 카페를 나와 병원으로 돌아간다.

그는 병원의 직원용 카페테리아에서 시간을 보낸다. 그곳 비스킷이 카페에서 파는 비스킷보다 낫다. "아직 안정을 취해야 한다는군." 차로 돌아온 그는 그렇게 말한 뒤 공장으로 차를 몰고, 그녀가 헛수고로 끝날 문의를 하는 동안 차 안에서 기다린다.

그러고 나서 다시 그의 근거지로 돌아가는 길, 그는 갑자기 길가에 차를 세운다. 더이상은 못하겠다고, 그가 중얼거린다. 그 텅 빈 집을 마주할 자신이 없다고 말한다. 그는 안경을 닦고 앞유리 너머를 바라보며 여자가 말하게 하려, 잠시 함께 지내자고, 함께 그녀의 친구를 찾아보자고 말하게 하려 애를 쓴다. 그는 이미 할말을 준비하고 있다. 동네에서 젊은 아가씨와 함께 있는 모습을 보이는 일은 그에게 좋지 않을 것이라고, 그러니 동네 외곽에 이르면 뒷좌석에서 몸을 웅크려주면 고맙겠다고. 특히 에이다가 병원에 있는 상황이니 그렇게 하는 것이 좋겠다고. 하지만 여자는 텅 빈 집을 마주할 자신이 없다는 그의 말에 여전히 아무 반응을 보이지 않는다. 아예 아무 말도 하지 않는다.

"내겐 힘든 일이야." 그가 낮은 소리로 말하고는 다시 차를 몰며, 상황을 더 악화시킬까봐 웅크리라는 부탁은 하지 않는다. 그는 여자가 아무 말 않는 것이 유별난 일은 아니라고 속으로 생각한다. 그러나 듀크 오브 웰링턴 로드 3번지 진입로에 들어서고—대낮에 여자를 차에 태우고 집에 오다니 전에는 한 번도 시도하지 않았던 모험이다—차가 멈추자마자 여자가 문손잡이에 손을 뻗는다. 고민을 안고 있는 두 사람, 그가 입을 열지만 여자는 고개를 저으며 또 한번 이런 시기에 폐를 끼칠 수 없다고 말한다. 그러고는 마치 종종걸음치는 토끼처럼 가버린다.

10

일곱시 십분, 프릴 달린 빨간 잠옷으로 검은 나신을 감싼 채 잠에서 깬 캘리거리는 탬셀 플루잇이 가버렸다는 사실을 새삼스레 깨닫는다. 탬셀 플루잇은 떠났고 돌아오지 않을 것이다. 캘리거리는 그런 침울한 생각을 하며 침대에 누워 있다 일어나 그녀의 방과 공동욕실, 화장실의 벽을 닦는다. 어떤 괴로움에 시달릴 때면, 그 괴로움이 자신을 옭아맬 때면 무언가를 닦는 것이 그녀의 버릇이다. 문지르고 씻어내는 동안 더디게 흘러가는 시간이 위로가 된다. 다시 평안해질 것이다.

그녀가 일을 하는 동안 '모임의 집' 사람들이 나가는 소리가 들린다. 한 사람씩, 또는 여러 명이 함께 그날의 사역을 하러 가는 것이다. 이윽고 그녀는 지난 칠 개월 반 동안 사역을 함께했던 탬셀 플루잇 없이 혼자 집을 나서는데, 오늘 아침 그녀가 맡은 구역은 새로 생긴 브루넬 단지다.

“필요 없어요.” 캘리거리가 초인종을 누른 첫번째 집에서 나이든 백인 여인이 대꾸한다.

“물론 그러시겠죠.” 캘리거리가 고개를 저으며 달래듯 말한다. “물론이고말고요, 부인.”

“대체 무슨 일이에요?”

“보통은 어린 친구 탬셀 플루잇 양과 함께 온답니다. 자메이카 여자가 혼자 다니면 안 좋게 보시는 경우가 가끔 있어서요. 하지만 오늘은 탬셀 플루잇 양이 같이 못 왔어요. 혹시 성경을 읽으시는지 여쭤봐도 될까요?”

“뭐요?”

“성경 말이에요, 부인. 오늘 제가 부인께 성경을 가져왔어요. 이를테면, 죽고 나서 또다른 세계가 있다고 생각하시나요?”

“사회보장국에서 나왔어요?”

캘리거리는 아니라고 답한다. 그건 아니지만 자신이 보장할 수 있는 무언가를 가지고 왔노라고 말한다—마음과 정신의 안정을 보장하고 목적의식을 보장하는 것.

“그럼 죽고 어쩌고는 무슨 말이에요? 우리 모두 죽기 마련이고, 그거야 당연한 거지.”

“제가 오늘 아침 찾아온 이유는 바로 그 이야기를 하기 위해서랍니다.”

“〈글로리아 라이브〉가 끝나가고 있어요. 댁이 초인종을 눌렀을 때 난 글로리아를 보고 있었다고.”

노인은 등이 약간 굽었고 자그마한 체구에 주름이 쪼글쪼글 잡혔으며 머리도 희끗희끗하다. 노인은 성경은 필요 없다고 말한다. 만일 성경이 필요하면 가게에서 살 거라고. 캘리거리는 그 말을 무시한다. 그녀는 말한다.

"바쁜 세상이니 죽고 난 뒤의 미래를 생각할 기회가 늘 있는 건 아니랍니다."

노인은 고개를 젓는다. 〈오늘의 요리〉가 곧 시작한다고 말한다.

"제가 좀 들어가도 될까요?" 캘리거리가 환한 미소를 활짝 지어 보인다. "하루 중 십 분만 제게 내주세요, 부인."

어제는 물침대 파는 남자가 왔었다고 노인이 대답한다. 자신은 물침대를 원하지 않는다고. 물침대가 뭔지도 모른다고. 노인은 얘기 잘 들었다고 말하며 문을 닫으려 하지만, 캘리거리가 팔꿈치로 그러지 못하게 막는다.

"죽는 사람에게 도래할 미래란 멋진 것이에요. 이것이 바로 오늘 아침 제가 부인께 가져온 메시지랍니다. 우리 하느님 아버지의 목적은 지상낙원을 세우는 것입니다. 우리 하느님 아버지는 무한한 생명을 약속하십니다. 오로지 순종하기만 한다면 말이죠. 저는 부인께 물침대 얘기를 하려는 게 아니에요."

"집을 잘못 찾아온 것 같네요. 여긴 5번지예요. 내 이름은 크림스고."

"크림스 부인, 부인께 메시지가 전해진 것은 우연이 아니랍니다. 제가 여기 온 것은 사람들을 모으기 위해, 부인과 또다른 좋은 사람들을 모으기 위해서예요. 잠시만 생각해보세요, 부인. 우리는 아침이면 잠에서 깨어 하루 일을 점검합니다. 우리 모두 그렇게 하죠, 크림스 부인.

부인도 저도, 그리고 세상의 모든 인간들이 다. 그리고 밤이면 우리는 그날 하루를 되돌아봅니다. 우리 인생의 매일 밤, 하루가 밤의 어둠 속으로 사라져요. 하지만 그 하루의 밝음이 없었다면 우리는 머리를 숙이지 않을 거예요."

"나는 성경이 필요 없어요."

"저는 성경을 파는 게 아니에요, 부인. 제게 주어진 과업은 사람들을 모으는 것이지요. 저는 부인께 '우리 강가에서 모입시다'*라고 말씀드리고 있는 거예요."

"〈오늘의 요리〉 놓치겠네."

"그럼 우리 우선 〈오늘의 요리〉를 보도록 해요, 크림스 부인. 한 마디도 하지 말고 그냥 〈오늘의 요리〉를 보자고요. '하늘은 나의 보좌요'가 오늘의 구절이에요. '땅은 나의 발판이니, 나의 발 둘 곳을 영화롭게 할 것이라.'** 부인은 많은 것을 얻으실 거예요, 크림스 부인."

마지막 말에 바라던 효과가 나타나 크림스 부인의 작은 거실이 영화로워지고 그동안 텔레비전에서는 요리가 시작된다. 프로그램이 끝나자, 캘리거리는 어떻게 크림스 부인이 죽음이라는 피할 수 없는 운명으로부터 자유로워질 수 있는지 설명하고, 크림스 부인은 감옥에 있는 아들 로드 이야기를 꺼낸다. 부인에게는 손주가 스물두 명 있는데, 모두 아들 하나가 아내 셋과 낳은 자식들이라고 밝힌다. 로드는 처복이 없다고, 부인은 회상에 젖어 울면서 털어놓는다. 이번 복역은 하지도 않은 일로 십팔 개월 선고를 받은 거라고.

---

* 찬송가 제목.

** 「이사야」 66장 1절, 60장 13절.

"제가 로드와 이야기를 해볼게요." 캘리거리가 제안한다. "아드님에게도 이 메시지를 전해드릴게요."

"자식이 스물둘이나 있는데 로드한테 신경쓰는 놈 하나 없어. 복도 지지리 없지."

"제가 아드님에게 읽을거리를 갖다줄게요." 캘리거리가 약속한다. "편지와 물건도 가져다주고, 로드도 제가 인도할게요. 우리 교회는 모든 사람을 가족처럼 생각한답니다."

크림스 부인은 손주가 스물두 명이라는 말을 되풀이한다. 하는 일도 제각각이라고. "자동차 정비에, 컴퓨터 일에, 페이리스 상점에, 버스 일까지. 쓰레기 치우는 녀석도 있고."

"손주분들에게도 제가 오늘 부인께 가져온 메시지를 전해주세요. 제가 남겨두고 가는 말들을 읽으면 하느님 아버지께서 모든 것을 새롭게 만드신다는 사실을 알게 되실 거예요. 부인은 부인의 영생을, 부인의 아드님과 손주들은 그들 자신의 영생을 발견하게 되겠지요. '하느님이 세상을 이처럼 사랑하사 독생자를 주셨으니 번개가 하늘을 밝히듯 인간의 세상도 밝혀지리로다.*'"

"불쌍한 로드는 스크럽스 교도소에 있어."

"제가 스크럽스로 갈게요. 망설일 이유가 없죠."

그러나 크림스 부인은 이 제안에 그다지 관심을 보이는 것 같지 않다. 부인이 애매하게 고개를 젓는다. 헨리 켈리의 게임쇼가 시작할 시간이다. 그녀는 게임쇼를 가장 좋아한다.

---

* 「요한복음」 3장 16절을 응용한 것.

"댁에 남는 방들이 있네요." 캘리거리가 미소를 머금은 채 부드럽게 말하며 눈을 마주치려 애쓴다. "봄이 되면 우리 기도 기념제에 사람들이 많이 오거든요. 아주 멀리 세계 곳곳에서 사람들이 오기 때문에 침대와 침구며 화장실과 부엌 그런 것들이 필요하답니다."

크림스 부인이 텔레비전 볼륨을 높이는 바람에 하루이틀 뒤 다시 오겠다는 캘리거리의 약속은 시끌벅적한 소리에 묻힌다. 거리로 나와서도 게임쇼의 요란한 소리가 계속 들려오더니 갑자기 멈춘다. 볼륨을 낮춘 것이다. 그 집에 방이 많던데, 캘리거리는 중얼거리며 자신의 과업을 이행하기 위해 계속 길을 간다.

그날 아침 내내 무표정한 얼굴들이 활기 넘치는 그녀를, 그녀의 미소와 눈에 감도는 생기를 빤히 쳐다본다. 그녀는 탬셀 플루잇에게 상대가 어떻게 대접하든 쾌활해야 한다고 가르쳤다. 두 사람의 미소가 한 사람의 미소보다 나은 법이지, 그렇게 말하곤 했던 그녀지만 오늘 아침에는 외로움을 느낀다. 집집마다 돌아다니며 '모임의 교회'에서 메시지를 전하러 왔다고 설명하지만 되돌아오는 것은 그녀의 어리석음에 대한 질책뿐이다.

기분이 착 가라앉은 바로 그때, 인도 위 외딴 의자에 빨간 코트를 입은 여자가 쓰레기 휘날리는 한가운데 오도카니 앉아 있는 모습이 그녀의 눈에 띈다. 캘리거리는 멀리서 녹색과 검은색이 섞인 쇼핑백 두 개와 피곤으로 굽은 어깨를 살펴본다. 여기 행복하지 못한 사람이 있군, 캘리거리는 속으로 생각하며 여자를 모임으로 인도하기 위해 성큼성큼 걸어간다.

사흘 동안, 힐디치 씨는 누구나 실수를 할 수 있다는 사실에 대해 곰곰이 생각한다. 누구나 우정을 맺을 때 너무 빨리 진도를 나가려 할 수 있다. 열망이었다고, 열의가 과했다고 판단한다. 그는 언젠가 데버넘스 백화점의 커피빈에서 마주쳤던 여자, 그가 다시 만나자고 말했을 때 그러지 않는 편이 낫겠다고 말하던 여자를 떠올린다. 그리고 대번트리에서 왔다던 서맨사도. 차 시동이 걸리지 않아 그가 도와주었던 여자. 이런 실수는 주교도 저지를 수 있다던 윌프 삼촌의 말을 생각한다. 너무 빨리 진도를 나가는 것은 인간이라면 충분히 할 수 있는 실수다.

3번지에는 전혀 필요성을 느끼지 못해 전화를 놓지 않았고 사무실에서 하자니 사람들이 들을까 염려되어, 힐디치 씨는 점심시간에 공중전화 박스에서 올드 힌리 로드에 있는 군부대에 전화를 건다. 수화기 저편에서 들리는 목소리는 사무적이고 냉랭하다.

"문의하는 분은 누구십니까?"

힐디치 씨는 가족의 친구라고 말한다. 사적인 일인데, 응급상황이 발생했다고, 젊은이의 아버지가 철도 건널목을 건너다 신호 고장으로 사고를 당했다고 말한다.

"문의하시려는 내용이 뭡니까?" 딱딱하고 무심한 어조의 목소리가 묻는다.

"병원에 있는 아버지가 의식이 없어서 가족들은 이 젊은이가 어느 병영에 있는지 확실히 모릅니다. 그래서 이 지역에 있는 모든 병영에 전화를 걸어보는 중이에요."

"이름과 계급이?"

"라이서트, J. 졸병이라더군요."

"네?"

힐디치 씨가 이등병이라 말하자 기다리라고 한다. 십 분 가까이 흐르는 동안 그는 동전투입구에 거듭 돈을 넣는다.

"여기에 라이서트가 있습니다"라는 말이 들린다. "근무시간 후에 소식을 전하도록 하겠습니다."

"죄송합니다만 소식은 가족이 직접 전하는 게 나을 것 같습니다. 이제 어디 있는지 알았으니 우리 쪽에서 바로 연락을 취하도록 하겠습니다."

힐디치 씨는 기분좋게 미소를 지으며 수화기 속으로 친밀함을 투사하지만 상대편 수화기는 더이상 소통하려는 노력 없이 그대로 내려진다. 그는 반환된 동전을 꺼내고 공중전화 박스에서 나온다. 여자가 자신을 곤경에 빠트린 그 건달을 우연히 마주칠 확률이 전혀 없다고는 할 수 없고, 계속 그렇게 이리저리 헤매고 다니면 마주치지 못할 이유도 없다. 그럼에도 그의 위치를 알아놓는 것은 어쨌거나 위안이 된다. 말 그대로 한발 앞선다는 거니까.

삼십 분 정도 여유가 있어서, 나중에 장을 보지 않아도 되도록 힐디치 씨는 천천히 테스코 주차장으로 차를 몬다. 카트를 찾고 크롬으로 도금된 회전식 입구를 통과해 냉장식품 쪽으로 향한다. 거기서 튀김옷을 입힌 대구, 고기경단, 완두콩, 브로콜리, 감자튀김 네 봉지, 딸기와 바닐라 아이스크림 두 통을 고른다. 그리고 신선육 코너로 가서 돼지갈빗살과 닭고기, 최상급 스테이크를 집은 후 신선채소 코너에서 셀러리와 당근, 감자를 좀더 담고, 비스킷 진열대에서 버번 크림과 커스터드 크림, 레몬 페이스트리, 초콜릿 웨이퍼, 초콜릿 통밀비스킷을 골라

담는다. 미스터 키플링의 프렌치 팬시와 맥비티의 당밀케이크뿐만 아니라 미스터 키플링의 베이크웰 슬라이스도 할인중이기에, 그는 마음껏 고른 다음 계산대 근처에서 대용량 감자칩과 필리어스 포그 쿠르통 몇 봉지, 바운티 바 여섯 개들이 한 팩도 집는다. 그는 거칠게 앞쪽으로 끼어드는 여자에게 미소를 지으며 정말 괜찮다고 말한다.

구입한 것들을 주차장에서 차 트렁크에 넣은 후 그는 바운티 바 하나를 먹으며 구내식당 사무실로 돌아간다. 점심시간이 거의 끝났지만 주방에는 그가 미리 부탁한 대로 따뜻한 음식이 그의 몫으로 보관되어 있다. "귀찮게 해서 미안하네." 개먼*과 파슬리소스, 크림에 버무린 감자, 소스를 얹은 콜리플라워가 담긴 접시가 자기 앞에 놓이자 말한다. "볼일이 좀 있었거든. 계산을 맞추려면 늦게까지 일해야겠군."

그는 그럴 생각이 없다. 어쩌면 여자를 볼 수 있을지도 모르니 마슈링 근처로 내려가볼 생각이다. 점심을 먹으면서도, 사무실 칸막이 안으로 돌아와서도, 억눌렀던 분노가 서서히 그의 방어벽에 스며들기 시작하는 것을 느낀다. 여자가 3번지에서 황급히 나가는 모습을 본 사람이 있을 수도 있다. 그는 그녀를 위해 규칙을 깼고, 그래서 그렇게 된 것이다. 고마움의 표시는 거의 없었다. 180킬로미터나 운전을 해 올라갔는데도, 차를 사주었는데도, 그리고 칠십오 년 전에 과부가 된 여자에 관한 온갖 쓸데없는 이야기를 잠자코 다 들어주었는데도 말이다. 게다가 남자친구가 거짓말한 것을 알게 되었는데도 그는 왠지 흡족하지가 않다.

---

* 돼지 뒷다릿살 또는 옆구릿살을 소금에 절이거나 훈제해서 만든 햄.

힐디치 씨는 그 군인을, 말쑥하게 군복을 입고 쾌활하게 오후 작업을 하는 그를 상상하고 만다. 그리고 근무시간이 끝난 후 병영 안 휴게실에서 테이블에 발을 올린 채 동료들과 쉬고 있는 그와, 그 칼날 같은 콧수염의 모병관이 평발과 시력을 이유로 불합격시키기 전 자신이 한때 선망했던, 그런 종류의 동지애를 상상해본다. 그 새파란 건달은 여전히 두 다리를 앞으로 뻗어 발목을 꼰 채 낄낄거리며 그가 만난 애처럼 안달난 계집들이라면 흔해빠져 널리고 널렸다고, 하등 신경쓸 필요 없다고 말한다. 그의 동료 하나는 『빅 원스』*를 보다 고개를 들고 어느 여름날 저녁 스컨소프 웨이에 있는 술집 플라이트 오브 버드 뒤에서 뚱뚱한 간호사와 처음으로 섹스했을 때를 떠올린다. 또다른 동료가 자신의 첫 경험은 열세 살 때 배관공의 아내였다고 말한다.

여섯시 십오 분 전, 힐디치 씨는 마슈링으로 내려가 차를 세우고 한동안 기다린다. "정말 감사해요." 여자가 종종걸음으로 떠나며 한 말이었다. "부인께서 괜찮으시길 바랄게요."

여섯시 십분, 그는 실망감을 안고 다시 차를 몬다.

철제 난간 같은 건 필요 없습니다. 동물들 모두 행복한 사람들과 함께 평화롭게 지내기 때문입니다. 사자와 양도 친구가 되죠. 저기 밝은 빛깔의 새들이 노니는 모습을 보세요! 새들의 아름다운 노래를, 하늘을 가득 채우는 아이들의 웃음소리를 들어보세요! 꽃내음을 맡고, 시냇물 흐르는 소리에 귀기울이고, 태양의 따뜻한 손길을 느껴

* 성인 잡지.

보세요! 오, 바구니에 담긴 과일의 맛, 그것이 지상에서 키워낼 수 있는 최고의 것이기에, 이 영광된 정원에서 보고 즐길 수 있는 모든 것과 마찬가지로 진정 최고의 것이기에……

행복한 사람들, 꽃과 동물과 과일이 안내책자 표지에 선명한 색채로 그려져 있다. 플라밍고가 느긋하게 거닐고, 토끼는 꽃은 건드리지 않고 풀만 뜯어먹는다. 어린아이 하나가 백조를 안고 있고 저멀리 호수에는 요트가 떠다닌다.

"자, 여기가 지상낙원이랍니다." 흑인 여자의 검지가 부드럽게 쏟아져내리는 폭포와 기린들, 그리고 앵무새에게로 펠리시아의 시선을 이끈다. 흑인 여자는 키가 크고 날씬하며 손에는 반지를 여러 개 끼고 귀걸이도 하고 있다. "이곳이 그분이 계신 곳이자 그분이 약속하신 땅이랍니다." 그녀가 말한다. "하느님 아버지 말이에요."

"네." 펠리시아가 수긍한다.

"우리와 함께 가요, 아가씨. 대홍수 들어봤어요? 노아의 방주는? 그런 거 들어봤어요?"

"네, 들어봤어요."

"대홍수는 증명된 사건이에요." 흑인 여자가 다시 한번 말한다.

"네, 알겠어요."

주변에 사람이 많지 않다. 거센 바람이 쓰레기를 가게 입구 쪽으로 날려보낸다. 날이 더 추워진 것 같다.

"어디 살아요?" 흑인 여자가 위압적으로 묻는다. "거기 남는 방 좀 있나요?"

펠리시아는 자신은 이곳 사람이 아니라고 답한다. 민박집에서 묵고 있다고. 펠리시아는 쇼핑백을 쥐며 가야 한다고 말한다.

"어디로 가는 거죠, 아가씨? 그렇게 서둘러 하느님 아버지를 떠나 어디로 가는 거예요?"

"사람을 찾고 있어요."

시간이 늦었다. 또다시 낯선 지역에서 새로운 민박집을 찾아야 한다. 더 많이 돌아다닐수록 찾는 사람과 마주칠 확률이 높아진다. 그녀가 설명하지만 흑인 여자는 무슨 말인지 이해하지 못한다. 여자는 귀를 기울이지 않는다. 그녀는 죽은 사람에게 행복이 기다리고 있다고 말한다.

"아가씨, 우리는 기적 속에 살고 있어요. 이 정원을 봐요. 나무에는 열매가 맺혀 있고 온갖 나라 사람들이 다 보이지요. 마실 과즙과 미소 짓는 아이들도 보이고요. 봐요, 아가씨, 하느님 아버지께서는 모든 것을 한자리에 모이게 하신답니다."

"저는 오늘밤 묵을 방을 구해야 해요."

"내가 방을 내어줄 수 있어요, 아가씨. 돈은 안 내도 돼요. 탬셀 플루잇 양이 떠났고, 나도 그녀가 우리에게서 영원히 떠났다는 것을 마음으로 인정했답니다. 자메이카 출신 여자가 혼자 다른 사람들 집 초인종을 누르면 그다지 환영받지 못하죠."

다시 한번, 과일과 플라밍고, 얌전한 토끼가 있는 천국이 그려진 안내책자가 펠리시아에게 건네진다.

"아뇨, 정말 괜찮아요. 죄송해요."

"해야 할 일이라는 게 뭐죠, 아가씨? 하느님 아버지의 일보다 더 중요한 일이라는 게 도대체 뭐예요?"

"사람을 찾고 있어요."

"모임의 집에는 아주 다양한 사람들이 머문답니다. 머리를 누일 베개가 필요한가요? 그렇다면 우리가 베개를 줄게요, 아가씨. 난 아가씨가 바람을 맞으며 이렇게 앉아 있는 것을, 곧 다가올 밤의 먹이가 되는 것을 보고 싶지 않아요."

펠리시아는 피곤하다. 그녀는 그 나무의자에 앉아 있다 깜빡 잠들어 꿈까지 꾸었다. 그들은 또다시 시히스에 있다. 크레아 네거리까지 걸어갔을 때, 그가 처음으로 그녀를 데리고 간 뒤편의 따뜻하고 작은 바. 라이서트 부인을 만나러 가서 펠리시아는 고집을 부렸어야 했다. 전부 다 얘기하고, 제대로 된 주소를 받을 때까지 자리에서 일어나지 말았어야 했다. 부인에게 소리를 지르고 한바탕 난리를 피웠어야 했다. 어쨌든 이 아이는 라이서트 부인의 손주가 아닌가.

"나와 같이 가요, 아가씨." 흑인 여자가 단호한 태도로 명령하듯 말하고, 펠리시아는 그 여자를 따라나선다. 다른 곳을 찾는 것보단 그편이 간단하니까. "캘리거리라고 해요." 흑인 여자가 자신의 이름을 밝힌다. "안 멀어요."

여자는 펠리시아를 재촉해 텅 빈 거리를 지나 한 줄로 늘어선 벽돌집 가운데 하나로 향한다. 여자는 앞장서서 이층으로 올라가 다락방으로 들어간다. 벽에는 안내책자 표지와 비슷한 그림들이 붙어 있다. 여닫이창 양쪽으로 옷걸이용 못이 두 줄 박혀 있고 원피스, 스커트, 코트 등 캘리거리의 옷이 걸려 있다. 신발도 한쪽 벽을 따라 가지런히 줄지어 정돈되어 있다. 바닥에는 속옷과 다른 소지품들로 불룩한 여행가방 하나가 놓여 있다. 다락방의 가구라고는 등받이가 곧은 의자 두 개와

긴 테이블, 그리고 좁다란 침대뿐이다. "난 끊임없이 옮겨다니며 지내요." 캘리거리가 이야기한다. "하느님의 메시지가 인도하는 곳에 있는 모임으로 간답니다."

그녀는 저녁거리로 참치와 샐러드를 준비하고, 함께 음식을 다 먹고 난 뒤에는 차를 내린다. 두 사람은 차를 마신 다음 에나멜 대야에서 설거지를 한다. 캘리거리는 찻주전자에서 찌꺼기를 꺼내 층계참에 있는 작은 변기에 찻잎을 버린 뒤 설거지한 물도 함께 쏟아버린다. 아래층에 있는 방들에서는 아무런 소리도 들려오지 않는다.

"오늘밤에는 모임의 집이 조용하네요." 캘리거리가 말한다. "사람이란 사람은 모두 나가 돌아다니고 있거든요."

"여기 사람들이 많이 사나요?"

"흑인, 백인, 아이, 노인, 젊은이 다 있죠. 모두 모이라는 부름을 받은 이들이에요."

시간이 흐르고 사람들이 돌아온다. 현관문을 쾅쾅 두드리는 소리가 자주 들린다. 인사를 나누는 목소리들. 찬송가를 연주하는 피아노 소리. 음식 하는 냄새가 캘리거리의 다락방까지 올라온다.

"사랑! 기쁨! 평화!" 밤색 파카를 입은 남자 한 사람이 그렇게 외치며 미소로 펠리시아를 환영한다. 한 시간쯤 후에 캘리거리가 펠리시아를 아래층의 가구 하나 없는 커다란 방으로 데려갔을 때다. 다른 사람들도 다가와 그녀와 악수를 한다. 캘리거리가 말한 대로 흑인이며 백인, 노인, 젊은이 할 것 없이 다 있다. 펠리시아는 지금 사람들이 모여 있는 그 방, 모임의 방이라 부르는 그곳에 그녀를 위한 침낭을 깔아주겠다는 이야기를 듣는다. 애그니스라고 불리는, 손톱을 연한 색으로 칠하고 단정한 검은 머리를 한 여자가 자신은 치과에서 일하고 있지만 할 수만 있다면 메시지를 전하는 일에만 전념하고 싶다고 말한다.

"더이상 슬픔은 없을 거예요." 애그니스가 단언한다. "분노의 외침도 고통도 없을 거예요. 우리가 여기 함께 모였을 때, 죽는 자에게 미래가 기다리고 있음을 모두가 다시 알게 될 때에는요."

매일 저녁 사람들이 이 모임의 방에 모여 그날 하루의 경험을 나눈다고, 그녀가 이어 이야기한다. 에티오피아 노인이 펠리시아에게 자신의 경험을 들려주는데 대부분은 초인종 누르기에 대한 것이다. "아가씨가 우리들 사이에 있게 된 것은 우연이 아니야." 노인이 덧붙인다. "왜냐하면 그 어떤 일도 기쁨의 정원에서 시작된 계명에 의하지 않고서는 일어날 수 없는 법이거든. 아담이 지상낙원에서 쫓겨나고 나서 흙바닥에 계명이 새겨졌어. 가까이에서 들여다보면 뱀의 침이 보이지." 노인의 얼굴은 호두처럼 주름투성이고, 그녀를 쳐다보는 눈은 붉게 충혈되어 있다. 노인은 펠리시아에게 고개를 까딱하고는 지나간다.

"밥이라고 합니다." 다음으로 그녀에게 말을 걸어오는 사람은 밤색 파카를 입은, 머리가 벗어지기 시작한 키 작은 남자다. "침낭은 우리 거예요." 그가 말한다. "루시와 제 거죠. 그리 오래전 일은 아니지만 우리가 새내기였던 시절부터 또다른 새내기들을 위해 가지고 있었던 거예요. 우리는, 루시와 나는 이 방에서 만났어요. 이 집에서 결혼했죠. 아이들은 위층 우리 방에서 태어났고요. 예쁜 아이가 둘이에요. 아이들이 침낭을 가지고 내려올 겁니다."

"모두들 당신이 우리에게 와줘서 기뻐하고 있어요." 키 큰 여자 하나가 펠리시아를 다독인다. 여자의 숨결이 마치 향기라도 나는 것처럼 달콤하다. 여자는 얼굴을 펠리시아의 얼굴 가까이 들이밀며 분명한 자신감을 드러낸다. "나는 숲속에서처럼 길을 잃었다가 메시지를 받고 내 앞에 '길'이 열리는 것을 보았어요."

일본 남자가 히쿠쿠라고 이름을 밝힌다. 펠리시아는 이름 외에는 그가 하는 말을 전혀 알아듣지 못하는데, 달콤한 숨결의 여자가 히쿠쿠는 동양에서 온 사람들과 함께 일하며 그들에게 메시지를 전하고 있다고 설명해준다. 그는 이 모임의 집에서 소박하게 살고 있다고, 다른 사람들 모두와 마찬가지로 작은 방에서 화장실과 욕실을 나누어 쓰며 지낸다고 그녀가 말한다. 그런데 세속적인 말로 이야기하자면 히쿠쿠 씨는 백만장자 그 이상의 부자라고 덧붙인다.

중년 부부인 프리스캣 씨와 그 부인은 둘 다 테 없는 안경에 창백한 얼굴을 하고 갈색 옷을 입고 있어 외모가 비슷해 보인다. 프리스캣 씨의 갈색 양복은 꼼꼼하게 다려져 있고 셔츠는 깨끗한 새것이며 넥타이에는 회사 로고가 새겨져 있다. 프리스캣 부인은 갈색 스웨터 위에 그보다 연한 갈색 카디건을 걸치고 거기에 더없이 잘 어울리는 주름치마를 입었다. 캘리거리나 그 자리에 모인 다른 여자들과는 달리 장신구를 하나도 하고 있지 않다.

프리스캣 부인은 펠리시아에게 남편이 이글스타 보험회사의 보험청구 부서에서 일하며 은퇴를 앞두고 있다고 말한다. 부인은 그들이 발견한 신앙을 알리는 일에만 전념하고 있다고. 새로운 얼굴을 환영하는 일은 늘 기운을 북돋아준다고 프리스캣 부인이 덧붙인다.

"아기를 가졌군요." 질문하는 투도, 비난하는 투도 아니다. 프리스캣 부인이 말했고, 펠리시아가 대답을 하기도 전에 둘은 자신들의 추측에 확신을 보이며 고개를 끄덕인다.

"네." 펠리시아는 이 문제에 대한 그들의 확신에도 불구하고 자신이 뭔가 말을 하긴 해야 한다고 느끼며 대답한다.

"아내는 늘 보기만 해도 알죠." 프리스캣 씨가 부인 쪽으로 머리를 기울이며 칭찬하듯 말한다.

"여자아이겠네요." 부인이 예측하고, 프리스캣 씨는 조애나라는 이름이 예쁘다며 추천한다.

부부가 질문을 해오자 펠리시아는 자신을 옥죄는 상황에 대해 자세히 이야기한다. 그들은 그녀의 이야기를 전부 공감하며 받아들이고, 펠리시아는 나중에 방에 있는 다른 사람들과 이야기를 나누면서 프리스캣 부부에게만 이야기한 자신의 곤경을 이미 모두가 알고 있음을 느낀다. 비난의 기색 없이, 그냥 그 사실을 안다는 것이 그들의 표정에 드러난다. 모임의 집에 아기가 태어날 거야, 밥이 루시에게 속삭이는 소리가 들린다. 그들의 아름다운 두 아이처럼 또다른 아이가 이곳에서 태어날 거라는 말이. 그녀는 많은 말은 하지 않고 그저 사람들의 이야기에 귀기울이며, 이 모든 게 현실이라기보다는 꿈같다고 느낀다. 그녀는 평생 이런 사람들을 만나본 일이 없고, 이런 사람들이 존재한다는 사실조차 알지 못했다.

그들은 한 사람씩 차례로 그녀에게 잘 자라는 인사를 하고 다시금 환영한다고 말한다. 잠이 안 오면 읽으라고 안내책자를 주기도 한다. 아이들이 침낭을 가져다주고, 그녀는 고마움을 느끼며 휴식을 취한다. 걱정이 망각 속으로 사라진다.

11

힐디치 씨는 그들을 본 적이 있다. 미치광이들, 이라는 것이 그의 생각이다. 그는 거리에서 그들이 사람들에게 억지로 책자를 안기는 것을, 종교 이야기로 귀찮게 하는 것을 보았다.

어떤 식으로든 그 여자가 그들과 얽혔고 그들의 집에서 묵고 있는 것이 확실하다. 그녀가 그 집으로 들어가는 걸 보았으니까. 아일랜드 촌구석에서 온 순진한 여자아이라면 그들이 어떤 제안을 하든 쉽게 넘어갔을 것이다. 그렇게 끈질기게 달라붙으면 그녀로서는 별도리가 없지 않겠는가? 그나마 안심이 되는 점은 그녀가 묵고 있는 집이 올드 힌리 로드 부대에서 상당히 멀리, 적어도 3킬로미터, 어쩌면 그보다 더 떨어져 있다는 사실이다. 부대의 청년들은 구스 앤드 갠더나 스토트 로터리에 있는 힌리 피시앤칩스, 혹은 버더 웨이 저 아래편 퀸스 헤드를 드나든다. 힐디치 씨가 그것을 기억하는 이유는 엘시 커빙턴을 만나던 시절, 그 부대의 젊은 건달 하나가 두어 번 그녀와 데이트를 했기 때문이다. 그 지역은 도시가 아니고 이전에도 아니었다. 부대 외에는 별다른 게 없다. 그래서 주말이나 밤새 진탕 마실 날이면 사병들은 고속도로를 타고 브룸으로 내려간다.

힐디치 씨는 전축으로 〈Falling in Love Again〉을 틀고, 그다음으로는 〈Stella by Starlight〉와 〈Makin' Whoopee〉를 튼다. 오래된 78회전 음반들이다. 골동품 전축은 다른 음반은 재생하지 못한다. 힐디치 씨는 안락의자에 편히 앉아 있고, 〈데일리 텔레그래프〉는—이미 다 읽었다—옆쪽 카펫 위에 놓여 있다. 그가 도와주었던 여자의 안위를 걱정하는 가운데 노래는 한줄기 위안이 된다. '구르는 돌은 모두 혼자인 듯 느끼죠.' 도리스 데이가 노래한다. '그리운 집은 저멀리 있네.'

힐디치 씨는 이 방을 큰 응접실이라 부른다. 아무에게도 그렇게 소개할 기회가 없었기에 그 혼자서만 사용하는 표현이다. 다른 이의 선조들을 그린 유화가 인자하게 그를 내려다보고 있다. 거의 사용하지 않는 당구대가 한구석에 놓여 있고, 진열장에는 누군가가 수집한 문진들이 들어 있다. 목요일 저녁마다 태엽을 감고 매일 시간을 조정하는 커다란 괘종시계 두 개가 경쾌하게 똑딱거린다. 하나는 두꺼운 커튼을 친 창문 사이에, 다른 하나는 문 옆에 있다. 석탄이 벌겋게 타오르고 커다란 불길이 넘실대는 전기벽난로 위 검은 대리석 선반에는 도자기 잔들과 공으로 재주를 부리는 물개, 발레 댄서, 우스꽝스러운 달마티안 개들의 오케스트라, 하일랜드 소 등의 장식품이 놓여 있다. 벽지는 전체적으로 진홍색이며, 격자 울타리를 덮은 장미 덩굴 무늬다. 군사 역사에 대한 책들, 『내셔널 지오그래픽』 과월호들, 『펀치』 합본과 『월간 철도와 여행』 같은 책들이 서가를 채우고 있다.

'내 마음이 그리도 갈망할 줄은 미처 몰랐네.' 도리스 데이가 노래한다. '왜 나는 방황하고자 했던 걸까?'

노래가 끝나고, 레코드가 계속 돌면서 바늘이 나지막하게 윙윙 소리를 낸다. 기분좋은 소리군, 힐디치 씨는 생각하며 느긋하게 그 소리에 귀를 기울이는데, 한 시간 전 이 방에 들어섰을 때보다 훨씬 차분해진 느낌이다. 내일 그는 다시 한번 우연한 만남을 위해 애써볼 것이다.

펠리시아는 모임의 집에 며칠간 머물며, 아침이면 그곳을 나와 여기저기 수소문하며 돌아다니고, 거리에서 사람들 얼굴을 살펴보거나 다른 도시에 있는 공장 이야기를 듣고 찾아가기도 한다. 가보면 이미 다른 곳으로 바뀐 공장인데 사람들이 잘못 알고 알려준 경우가 잦았고, 그런 식으로 그녀는 대형 기계 임대사업소, 채굴기와 굴착기 수리소, 컴프레서와 땅 파는 드릴 제조공장에 대해 알게 된다. 잔디깎이와 관련된 곳이면 어디든 계속 찾아가는 동안 그녀는 낡은 자동차들이 분해되어 무더기로 쌓인 고철처리장을, 목재소를, 건축 현장을, 양조장을 지나친다. 그녀는 묻고, 때로는—나이가 많은 사람들에게 물었을 때—과거에 대단했던 잔디깎이 공장들 이야기를 듣게 되기도 한다. 데니스, 랜섬, 앳코가 전성기일 때의 이야기. 이젠 모든 것이 변했다고, 그런 이야기를 들려주는 사람들은 입을 모아 이야기하고 그녀의 가망 없는 사람 찾기 역시 이 변하는 세월의 일부라는 듯 고개를 설레설레 젓는다.

저녁이면 모임의 방에서 사람들이 친구를 찾았는지 묻고, 그녀는 못 찾았다고 대답한다. 그러면 아무도 말을 보태지 않고, 여전히 아무도 비난하지 않는다. 그녀는 첫날 저녁 그랬던 것처럼 캘리거리와 저녁식사를 하고, 아침에는 캘리거리가 두 사람이 마실 차를 끓이고 콘플레이크와 토스트를 차려준다. 펠리시아는 캘리거리가 자신을 대신해 하느님 아버지와 소통을 하고 있으리라고, 히쿠쿠 씨도, 달콤한 숨결의 여자도, 프리스캣 부부도, 애그니스와 밥과 루시도, 그리고 호두처럼 얼굴이 쪼글쪼글한 에티오피아 노인도 그러하리라 생각한다. 매일 저녁 사람들은 모여서 설렌 기대감으로 그녀를 반기다가, 다시금 눈에 띄게 그녀를 염려하고, 새로이 그녀의 죄를 사한다. 그 자리에서 구원받는 것은 그녀의 영혼이다. 그녀는 죄지은 자이고, 그 자리에 있는 사람들은 모두 그녀의 구원을 목격하는 증인이 된다. 모인 이들의 환하게 빛나는 사랑 속에서 아기는 메시지와 하느님께 이르는 길에 대해 알아가게 될 것이고, 죽은 이의 미래라는 유산을 물려받게 될 것이니, 이 여자아이는 조애나라 불리리라.

그 고양된 비현실적인 분위기는 결국 사람을 질리게 한다. 말없이 잠자코 있는 것이 모임의 집 사람들에게 오해를 심어주고 있다고 판단한 펠리시아는 자신이 그곳에 머물게 됨으로써 그들에게 불러일으킨 환상을 깨기 위해 최선을 다하지만 아무도 귀기울이지 않는다. 그들이 그럴수록 그녀는 자신이 기만적인 모습으로 그들의 환대를 받아들이고 있음을 깨닫는다. 그녀는 그저 필사적으로 아이 아버지를 찾아 헤매는 임신부일 뿐이다. 그뿐이다.

어느 날 이른아침 그녀는 모두에게 감사하다는 쪽지를 침낭 위에 남기고 집을 나온다. 모임의 집으로 가기 전 그랬던 것처럼, 그녀는 자신에게 없는 그 주소 근처에 우연히 있게 되지 않을까 하는 희망을 품고서 이 지역에서 저 지역으로 민박집을 옮겨다니고, 여전히 낮이면 사람들이 말해준 공장들을 찾아다닌다. '여러분 모두 제게 잘해주셨어요'라고 그녀는 모임의 집을 떠나며 남긴 쪽지에 썼지만, 거리에서 히쿠쿠 씨를 얼핏 보게 되자 그런 식으로 떠난 것에 죄책감을 느낀다. 차체가 둥그런 작은 녹색 차를 얼핏 보았을 때도 그녀는 죄책감을 느낀다.

마침내, 어느 오후 그녀가 갑자기 그곳에 나타난다. 힐디치 씨는 안내견을 데리고 있는 한 부부에게 길을 묻는 그녀를 보며, 간절하게 고대해온 만남이지만 신중하게 자제한다. 그 부부가 가고 나서 길을 건너가 인사를 하면 되는 일이다. 만일 얼굴이나 다른 것 때문에 이 지역 사람이 그를 알아보더라도 그저 길을 알려주는 것으로 생각할 뿐 그다지 큰 의미를 두진 않을 것이다. 그러나 여기가 집 근처라는 사실은 여전하고, 사람 일은 모르는 법이니까. 두 사람이 거리에서 딱 붙어 걸을 수는 없는 일이다. 게다가 그녀가 울음을 터뜨리거나 친해 보일 만한 행동이라도 한다면? 밝은 대낮에 거기 서 있는 일이 안전한 것이 되려면, 그 안내견 부부가 도와줄 수 없었던 길 안내를 그가 해주는 것처럼 행동해야 하는데 고작 그 일이 분이 그에게 얼마나 도움이 되겠는가? 망설이던 힐디치 씨는 그녀가 쇼핑백을 들고 거리에 서 있는 모습에서 그 종교 모임을 떠났음을 알아차리고 이만하면 됐다고 결론 내린다. 참을성 있게 기다리면 조만간 그녀가 찾아올 것이다. 그가 도움을 제안한 바 있으므로.

그녀는 공중화장실에서 문을 잠그고 둘 중 더 무거운 쇼핑백에 들어 있는 물건들을 더듬으며 가진 돈의 대부분을 숨겨둔 스웨터를 찾는다. 핸드백에 든 지갑에는 2파운드 73펜스가 남았다.

그러나 스웨터 소매에는 아무것도 없다. 그녀는 착각했다고 생각하며 다른 쇼핑백을 뒤진다. 거기에도 아무것도 없자 그녀는 다시 처음에 뒤진 쇼핑백으로 돌아간다. 허둥지둥 쇼핑백 두 개에 든 것을 모두 화장실 바닥에 쏟아부은 뒤 남색 스웨터를 펼쳐보고 다른 옷들도 모두 털어본다. 돈은 어디에도 없다.

그녀는 침착하려 노력한다. 어쩌다 스웨터 소매에서 지폐가 빠져 처음 묵었던 방에서, 혹은 모임의 집에서, 혹은 다른 숙소에서 그녀가 가방에서 뭔가를 꺼낼 때 같이 빠져버린 것일까?

"아무것도 없었는데." 마슈링 크레센트의 뾰족한 얼굴을 한 여주인이 그곳을 다시 찾은 그녀에게 말한다. "없어진 게 뭐죠?"

펠리시아는 돈이라고 말한다. 있던 자리에서 꺼내 어딘가 두고는 기억을 못할 수도 있다.

"돈 같은 건 없었어요."

"제가 한번 봐도 괜찮을까요? 그냥 확인만 하려고요."

"아가씨가 떠난 날부터 매일 방 정리를 했어요. 내가 직접 청소를 했죠."

펠리시아는 일이 이렇게 되어 가진 돈이 거의 없다고 이야기한다. 자신은 그저 아무것도 놓고 나온 것이 없는지만 한번 확인하고 싶다고.

"아무것도 놓고 간 것 없어요." 여자는 단호하다. 펠리시아는 그곳을 떠난다.

그녀는 다른 민박집에도 들러보지만 성과가 없다. 그녀는 놀라지 않는다. 왜냐하면 이제 와 생각해보니 그 돈은 다른 사람 손을 타지 않고서는 감춰뒀던 자리에서 결코 저절로 빠질 수 없고, 그녀는 그 민박집들에 하룻밤 넘게 머문 적이 없어 낮에 쇼핑백을 놓고 나온 적도 없기 때문이다. 모임의 집에서만 쇼핑백을 두고 다녔는데, 신앙심 깊은 사람들만 있으니 그 지폐 뭉치가 안전할 거라고 생각했다.

"그러니까 우리에게 돌아온 건가요, 아가씨?" 그녀가 초인종을 누르자 캘리거리가 예전처럼 미소 짓지 않고 좀 뻣뻣한 태도로 인사를 건넨다. "다시 왔네요."

"친구를 찾으러 가야 했어요."

"그런데 그 친구가 당신에게 말했겠군요. '난 도와줄 수 없어'라고. 아기를 가져 몸도 무거운 여자에게 그런 말 하는 사람을 친구라고 할 수 있나요?"

"그 사람은 몰라요."

"아가씨, 남자들은 늘 다 알고 있어요."

안으로 들어오라는 소리도 없고, 캘리거리에게서 어떠한 동정심도 느껴지지 않자 펠리시아는 갑자기 몹시 지친다. 돈을 잃어버린 일은 공장을 찾지 못한 일만큼이나 엄청난 낭패다. 게다가 그 돈은 그녀의 돈도 아니다. 만일 지금 돌아서서 집으로 가고 싶다 해도 돌아갈 수 없다. 남은 돈은 단 하룻밤 묵기에도 모자란 액수다.

"여기 있는 동안 돈을 잃어버렸어요."

"돈?"

"제 쇼핑백에 돈이 들어 있었거든요."

"지금 무슨 말을 하는 거지?"

"옷과 함께 넣어뒀거든요. 깊숙이 숨겨뒀는데 없어졌어요."

"이 집에서는 아니야. 그럴 리가 없지."

"없어졌어요."

"도둑맞았다고? 지금 누군가 훔쳤다고 말하는 거야?"

"아, 아뇨. 그런 뜻으로 한 말은 아니에요. 낮에는 여기 두고 다녔고 제가 제정신이 아니었다는 얘기를 하는 거예요. 그냥 한번 찾아볼 수 만……"

"아무 말 말고 얼른 가요. 돌아와 고작 이런 말이나 늘어놓다니."

"전 이제 돈이 거의 없어요."

"나에게 돈을 좀 달라는 얘기야?"

"어쩌면 여기서 제가 실수로 꺼내놓았을지도 몰라요. 어쩌다 흘렸을지도 모르고. 그냥 방을 한번 볼 수만 있다면 좋겠어요."

대꾸도 하기 싫은 듯 캘리거리는 그냥 문을 좀더 열어주고는 앞장서서 비어 있는 모임의 방으로 들어간다. 그러나 어디에도 돈이 있을 만한 곳은 없다. 열어볼 서랍장도 없고, 나무 바닥엔 카펫도 깔려 있지 않기에 펠리시아는 하릴없이 라디에이터 뒤편만 들여다본다.

"이제 나가요. 우리들에게, 우리의 진정한 믿음에 등을 돌리더니 이젠 아예 도둑 취급하는군."

두 뺨 위로 눈물이 흐르고, 펠리시아는 고개를 흔들며 등을 돌린 것이 아니라고 말한다. 모두 그녀에게 친절했다고, 모두 안쓰러워하며 호의를 보여주었다고. 그렇게 급하게 떠난 것을 부끄럽게 생각한다고 말한다. 모든 것이 그녀의 잘못이다. 돈이 제자리에 있는지 매일 확인했어야 했다. 돈을 똑같이 나눠 반은 스웨터에, 반은 핸드백에 넣었어야 했다. 흐느낌을 자제하려 아플 정도로 손가락을 단단히 접어 두 주먹을 꽉 쥔다.

"어떻게 해야 할지 모르겠어요."

캘리거리는 괴로워하는 펠리시아가 진정되기를 기다린 후, 곧 사람들이 그날의 만남 소식을 가지고 돌아올 것임을 상기시킨다. 사람들이 다 모이면 무슨 일이 있었는지 알리고 혹시 돈이 어딘가 놓여 있어 누군가 안전하게 치워둔 것은 아닌지 물어보겠다고 한다.

기다리는 동안 그들 사이에 침묵이 흐른다. 사람들이 모두 돌아오고, 펠리시아에게 인사를 한 후—이전처럼 따뜻하게는 아니었다—캘리거리는 한자리에 모인 그들에게 이야기를 꺼낸다. 그들은 펠리시아를 바라보는 시선에서 실망감을 거두지 못한다. 에티오피아 노인의 충혈된 눈에도, 뚫어지게 바라보는 히쿠쿠 씨의 가는 눈에도, 다정함이라곤 조금도 남아 있지 않다. 다른 이들의 얼굴도 상처 입은 듯 일그러진다. 애그니스의 아름다운 얼굴이 혐오감으로 구겨진다. 아무도 입을 열지 않는다. 표정의 변화가 전혀 없는 캘리거리의 얼굴은 흑단으로 깎아 놓은 것만 같다.

더이상 할말이 없어서, 펠리시아는 그 집을 나온다.

12

힐디치 씨는 구내식당의 1월 지출과 매출액을 계산하며, 2월에 쓸 여윳돈이 남기를 바라는 마음으로 월 지원금을 조금씩 분산시킨다. 네 시가 되자 자판기 영업사원이 와서 구입을 부추기는 말들을 늘어놓기 시작한다. 구내식당에 음식 자판기를 설치하면 직원을 쓰지 않아도 된다는 것이다. 주방 바로 앞에 기계를 놓아서 조리한 음식을 곧장 기계 안에 넣을 수 있다고. 동전을 투입하면 원할 때 원하는 방식으로, 아주 뜨겁게든 차갑게든 음식이 나온다고. 음료수도 마찬가지여서 필요한 재료—차, 커피, 초콜릿, 청량음료를 기계에 넣기만 하면 되는데, 매일 십 분이면 할 수 있다고 말한다. "손해볼 게 없어요, 힐디치 씨." 영업사원이 장담하지만 힐디치 씨는 지금의 방식을 바꿀 생각이 없다. 그는 옛날 방식이 좋다. 구내식당 직원들을 보는 일이, 모자 아래로 묶은 여자들의 머리, 줄지어 선 이들의 북적거림과 수선스러움, 김이 피어오르는 프라이팬, 듬뿍 담긴 으깬 감자, 배식통에서 기분좋게 한 스푼 더 뜬 방울양배추를 보는 일이 좋다. 그는 이런 오래된 방식을 더 선호하지만 그럼에도 한가로운 오후면 언제나 구내식당 영업사원을 만날 준비가 되어 있다. 그런 식으로 잠시 일을 제쳐두고 비스킷 한 접시와 차 한 잔을 하는 것이 좋다. 그러고 나면 그날 하루가 견고해지는 것만 같다. 내일은 콜먼스 머스터드의 영업사원이 오기로 되어 있다.

이렇게 지나가는 날들은 또다른 방식으로 견고해진다. 즉 추측을 하고 의문을 품었다가 안심하는 과정을 거쳐 생각을 확고히 하는 것이다. 알지 못하는 요소는 그녀가 핸드백 안에 돈을 얼마나 가지고 있으며 얼마나 더 버틸 수 있느냐 하는 것이다. 거슬리는 것은 그녀가 거리를 헤매고 다니다 남자친구와 마주칠 위험이 있다는 점이다. 거기다, 언제라도 그녀가 아버지의 예리한 의혹이 결국은 사실일지도 모른다는 생각을 할 수 있다. 아무나 붙잡고 물어도 다들 군부대가 어디인지 알려줄 것이다. 자판기 영업사원이 방문했던 날 저녁, 차를 몰고 집으로 향하며 힐디치 씨는 다시금 단호히 고개를 젓는다. 그 모든 것이 다 감수해야 할 위험이라고. 보다 중요한 것은 그녀가 여전히 가까운 곳에 있고, 그럴 가능성이 높다는 점이다.

그러나 그날 밤, 현관문을 잠그고 뒷문도 걸어잠근 힐디치 씨는 계단을 오르며 전부 다 놓쳐버린 게 아닌가 싶어 초조해진다. 그가 그녀를 본 그날 이후 그녀는 찾던 사람과 우연히 마주쳤을 수도 있다. 바로 지금 이 순간 남자가 거짓말을 했었노라 다 털어놓으며 기만적인 변명으로 그녀를 달래고 있을지도 모른다. 바로 지금 이 순간 그녀는 다시 한번 임신하고 있는지도 모른다.

그는 화가 치밀어 격렬하게 칫솔질을 한다. 아플 정도로 아랫잇몸을 문지르며 요즘 세상이 돌아가는 꼴을 생각한다. 전도한답시고 돌아다니는 미치광이들이 젊은 아가씨를 유인하지 않나, 거짓말쟁이 건달이 여자를 이용해먹지 않나, 온갖 일이 다 있다. '의사가 내 섹스 라이프를 망가뜨렸다! 가슴 수술한 열네 살짜리 엄마가 말하다' '바람둥이 목사가 복수심에 불타 내 친구와 소파에서 섹스를 했다!' '악마 숭배 의식에 바쳐진 아이들!' 그런 기사 제목들이 힐디치 씨 기억 속을 질주한다. 구내식당이 깔끔하게 정돈된 모습을 좋아하는 그가 신문을 치우다 본 것이다. 거의 매일같이, 아기의 살에 대고 담배를 비벼 끄는 인간들이 있다. 매일같이 구십 먹은 여자들이 강간과 폭력의 피해자가 된다. 순전히 장난삼아 불붙인 휘발유를 우체통에 넣는다. 자동차가 도난당하고 텔레비전이 도난당한다. 회사 임원들이 직원 연금을 모터 요트 사는 데 쓴다. 마약 중독자들이 부츠*에서 약을 산다. 십대 여자애들이 도시 공터에서 불태워진다.

힐디치 씨는 물로 얼굴을 식힌다. 마음을 가라앉히고 침대에 누워 18번 교차로 근처 레기스 코너에 있는 웰컴 스푼에서 보비와 보낸 저녁을 떠올린다. 두 사람은 몇 시간, 어쩌면 세 시간 정도 함께 앉아 있었고, 그녀는 아일랜드 여자가 그랬던 것처럼 고민을 다 털어놓았다. "이 이야기의 반도 믿지 못하실 거예요." 보비가 말했다. 그녀는 아버지가 떠난 후 어머니가 받아들인 남자에게 학대당했던 이야기를 했다. 그

* 의약품, 생활용품 등 다양한 물건을 판매하는 드러그스토어.

녀가 육 개월을 지낸 보육시설에서도 주말마다 벨트 달린 코트를 입은 남자들이 찾아와 같은 짓을 했다고. 보비의 예쁘장한 얼굴과 함께 힐디치 씨는 잠에 빠져든다.

다음날 저녁, 직장에서도 듀크 오브 웰링턴 로드 3번지에서도 먼 곳으로 나온 힐디치 씨는 그를 알아볼 사람이 없는 슈퍼마켓으로 차를 몬다. 머리망과 팬티스타킹, 여자 속옷, 탤컴파우더, 그리고 얼굴에 바르는 크림을 구입한다. 이미 어느 토요일 자선바자회에서 겉옷 몇 벌과 모자 두 개를 사두었다. 식사를 한 후 그는 산 물건들을 집안 여기저기에 정리해 넣는다. 코트와 스커트, 원피스는 옷장에 넣고, 속옷을 서랍장에 넣을 때는 구기고 심지어 조금 찢는 수고까지 한다. 로션병들을 반쯤 비우고 튜브에 든 크림은 반쯤 짜낸다. 탤컴파우더와 립스틱, 눈화장에 쓰는 제품은 화장실 수납장에 넣는다. 그리고 부엌 천장에 달린 건조대에 스타킹을 넌다. 쌓인 영수증과 그의 이름이 적힌 봉투며 서류들, 오래된 수표책과 은행 내역서는 안전한 곳으로 치운다.

어머니가 죽자 힐디치 씨는 조문카드를 보내온 옷장수에게 어머니 유품을 팔았는데, 나중에야 신발을 넣어둔 박스를 미처 보지 못했음을 알았다. 그는 언젠가 다음에 처분해야겠다고 생각하며 바깥 창고에 두었다. 그는 그 신발들을 부엌 식탁에 올려놓고 곰팡이를 닦은 다음 옷장 옆에 한 줄로 늘어놓는다.

"국민건강보험 번호가 필요합니다." 직원이 유리 뒤편에서 말해 알아듣기 힘들다. 그는 되풀이해 말한다.

"여기 보험 번호가 없어요."

직원이 그녀 뒤편을 가리키며 신청서 양식이 있는 곳을 알려준다. 그는 거주지를 꼭 써야 한다고 말한다.

"전 여기에 주소가 없어요. 돈을 도둑맞았고요."

"복지수당을 신청하려면 주소가 있어야 해요."

찢어진 옷에 허리까지 머리를 기른 중년 남자가 이 대화를 듣다가 펠리시아더러 소용없다고 말하고, 목줄을 채운 개를 데리고 있는 여자도 그 말에 동의한다. 여자는 콧구멍 한쪽에 옷핀을 매달고 있다. 머리는 양옆은 다 밀고 가운데는 분홍색과 파란색으로 물들인 모히칸 스타일이다.

펠리시아가 구세군 호스텔에 머물고 있다고 하자, 그들은 그곳은 주소가 될 수 없다고 말한다. 복지수당을 못 받아도 잃는 건 없다고 남자가 말한다. 만일 자신이 다시 시작한다면 복지제도나 그곳 컴퓨터와는 완전히 거리를 두고 살 거라고. 일단 서류를 작성하면 영원히 괴롭힘을 당한다는 것이다. 하루 일당을 벌면 그 절반은 늙은 연금 생활자들 틀니를 사는 데 빼앗기게 된다고 말한다.

"음악 하나요?" 펠리시아가 고개를 젓자 여자가 덧붙인다. "이런, 유감이네."

그날 저녁 펠리시아가 호스텔에 도착했을 때는 이미 만원이다. 그녀는 스퍼드유라이크*에서 가진 돈으로 차 한 잔을 산 후 같은 테이블에 앉은 사람들에게 버스터미널이 밤새 열려 있는지 묻는다. 그들은 잘 모른다고 한다. 다시 거리로 나오니 당구장 바깥에서 배회하던 남자 두

* 구운 감자 요리가 주 메뉴인 패스트푸드점.

명이 말을 건다. 그들은 이름을 묻고, 그녀가 이름을 말하자 어디서 왔냐고 묻는다. 남자들은 만남을 주선해줄 수 있다고 말하지만, 그녀는 무슨 뜻인지 이해하지 못한다. 그녀는 겁을 먹고 빠르게 걷는다.

"이 길에서 꺼져." 그녀가 어떤 가게 입구에 쇼핑백을 잠시 내려놓자 밤 불빛에 얼굴이 녹색으로 보이는 여자가 명령한다. "꺼지라고."

여자는 덩치가 크고, 인조 모피 코트에 하트 모양 귀걸이를 하고 있다. 펠리시아는 그냥 잠깐 쉬려는 거라고 말한다.

"그럼 딴 데 가서 쉬라고."

"혹시 버스터미널이 밤새 열려 있는지 아세요?"

"버스터미널은 왜 물어?"

"오늘밤을 날 곳이 필요해서요."

차 한 대가 그들 가까이 멈춘다. "거래할까, 자기?" 여자가 차창을 내리는 운전자를 향해 히죽거린다. 그리고 고갯짓으로 펠리시아를 가리키며 덧붙인다. "얘는 이 일 하는 애가 아냐." 남자가 차 문을 열자 여자가 옆자리에 탄다.

"어때?" 다른 차가 다가와 또다른 목소리가 묻는다.

"아뇨." 펠리시아가 말한다.

그녀는 계속 걸어 낯익은 거리에 다다르는데, 그곳은 밤인데도 오가는 차가 많다. 옷가게 쇼윈도에 옷이 진열되어 있고, 대머리 마네킹들이 짐짓 과장된 자세를 취한 채 공연히 뾰로통한 표정을 짓고 있다. 주택금융조합에서는 주택대출 이자율을 내걸었다. 마분지로 만든 남자와 여자가 머리에 지붕을 인 채 앞으로 걸음을 내딛고 있다. 그들은 8.25퍼센트로 유혹한다. 스포츠용품과 스키복은 가구나 신발과 경쟁하듯 시선을 끈다. 세탁기와 전자레인지가 세일중이다. '모든 카메라 가격 인하!' 그리고 또다른 문구. '올림푸스! 미놀타! 프락티카!' 피자랜드에 환하게 불이 밝혀져 있고, 창가 테이블에는 빈 자리가 하나도 없다. 빨간 베레모를 쓴 여자가 같이 있는 사람에게 뭔가 다급하게 얘기하자 머리를 하나로 묶은 남자가 고개를 끄덕인다. 테이블 하나에 여덟 명이 모여 앉은 곳도 있다. 아이를 데리고 있는 부부가 아이에게 화가 난 몸짓을 한다. 아이가 음식을 먹지 않아서다. 모자를 쓴 남자 하나는 혼자 앉아 있다. "난 켄터키를 먹으러 갈래." 길에서 누군가 옆을 지나가며 말한다. "켄터키가 낫겠어."

켄터키 프라이드치킨 가게 바깥에는 상자들이 버려져 있고, 창문 안에서는 염소수염을 기른 샌더스 대령 할아버지가 그 정직한 눈길을 하고서 보증한다. '손가락까지 핥게 될 만큼 맛있어요.' 대형 카세트 플레이어에서 나오는 시나 이스턴의 목소리가 마이클 잭슨 목소리에 묻힌다. 환한 네온사인이 반짝인다. '코카콜라는 생활의 한 방식.' 허공에 그렇게 쓰여 있다.

여자 두 사람이 기부금 모금통을 흔든다. 서인도제도 사람이 양손으로 뭔가 손짓을 하며 혼잣말을 한다. 훌리건 한 무리가 보행자들을 옆으로 밀쳐내는 시늉을 하며 사람들 사이를 뚫고 지나간다. 오락실에서 남자들과 아이들이 우울한 얼굴로 게임을 하고 있다.

펠리시아는 길을 가면서도 이리저리 시선을 돌려 사람들을 살펴본다. 버스터미널에 도착한 그녀는 자리를 잡고 앉지만, 한 시간 뒤 더이상 들어올 버스도 나갈 버스도 없다는 이야기와 함께 나가달라는 말을 듣는다. 기차역을 찾아가 대기실 나무의자 위에 몸을 누이지만 결국 그곳에서도 나가라는 이야기를 듣는다.

그녀는 어느 상점 입구에 머문다. 여느 입구와 달리 중앙에 기둥이 있어 길에서는 보이지 않는 널찍한 공간이고, 기둥에는 시계가 진열된 쇼윈도가 있다. 그녀는 타일 바닥에 웅크리고 앉는다. 신발 한 짝 밑창에 구멍이 났다. 그녀는 가방을 뒤져 신발을 갈아 신고는 그냥 그곳에 머문다. 조용하기 때문이다.

마침내 그녀는 다시 길거리를 돌아다니고 가끔씩 인도 위 벤치에서 쉬다가 너무 추워지면 또 길을 나선다. 택시 기사들이 대기하는 다리 아래 한 노점에서 오래되어 4펜스로 할인하는 소시지 롤을 산다. 안개로 공기가 눅눅하다.

이미 몇 시간 전 이 도시의 노숙자들은 제각기 밤을 보낼 자리를 찾아갔다—건물 입구나 실수로 열어둔 지하도, 버려진 자동차, 허물어버린 집의 버려진 정원 등으로. 마치 구더기가 벽돌의 갈라진 틈 사이로 들어가듯 거리의 사람들은 묘지와 공사장, 뒷골목과 안마당 등 하룻밤의 거처로 기어들어가 쓰레기통을 가까이 당겨 담을 쌓고 근처에 있는 무엇으로든 지붕을 만든다. 어떤 이들은 비계를 타고 올라가 아직 타일을 깔지 않은 공간을 보호하기 위해 쳐놓은 방수포 아래 한 모퉁이를 차지한다. 또다른 이들은 한때 식기세척기나 냉장고가 들어 있었을 종이 상자 안에 들어가 자리를 잡는다.

그렇게 보이지 않게 자리잡은 거리의 사람들은 술에 취해, 혹은 절망감에 휩싸여 잠이 들고, 꿈속에서 한때 그들의 것이던 삶으로 되돌아간다. 그들은 구걸용 문구를 곁에 둔 채, 잠에서 깬 순간의 고통을 덜어줄 넉넉히 남은 술병을 옆에 낀 채, 길에서 주운 담배꽁초를 손에 쥔 채 몸을 누인다. '집도 없고 배도 고픕니다', 그들이 판지에 쓴 호소문인데, 별다른 생각 없이 그냥 다른 사람의 것을 베껴 휘갈겨썼을 뿐 중요한 것은 돈이다. 그렇게 찾아낸 장소에 온갖 연령대의 사람들이, 남자, 여자, 아이 할 것 없이 몸을 누인다. 가족에게서 거부당한 이들은 더이상 임시변통의 베개 위에서 눈물 흘리지 않는다. 자신들의 어리석음 때문에, 또는 때 이른 탐욕 때문에 몰락한 이들은 말없이 잠을 청한다. 한때 성직자였던 남자는 이제 자신의 불명예를 곱씹지 않으며, 대신 그런 일은 절대 일어나지 않는 꿈을 꾼다. 거절당한 남편, 버림받은 아내, 우연의 희생자들은 비통함을 넘어섰고, 지금은 자신의 에너지를 온통 체온 유지에 쏟아붓는다. 정신이 불안정한 이들은 한밤중에 어떤 목소리에서 위안을 받곤 하는데, 종종 그 목소리는 일어나 걸으라 부추기고, 그들은 그렇게 해야만 한다고 생각하기에 순순히 그 말을 따른다. 실패한 남자들은 홀로 누워 낮에는 감히 상상하지 못하는 현실을 꿈꾼다. 커다란 호텔과 공손한 웨이터, 한때 소유했던 권력, 수족 같은 비서들을. 한때 아름다웠던 여자들은 다시 아름다워진다. 거리의 사람들에게는 오만함이 없으며, 잠자는 그들의 얼굴에는 고집스러운 자부심도, 과거에 타락했다는 분명한 흔적도 없다. 절망의 단계는 이미 지나왔으며, 여자들 중에는 몰락의 과정에서 몸을 팔았던 이들도 있다. 하지만 트고 갈라진 얼굴, 때에 찌든 손톱, 이젠 그 일조차 할 수 없다. 남자 서넛이 이 거리에서 카드 세 장으로 하는 도박 게임을 하던 시절이 있었다. 헝클어진 수염, 엉겨붙은 머리, 때가 앉아 시커메진 피부, 이젠 우연히 지나가다 그들에게 돈을 거는 사람도 있을 리 없다. 꿈속에서 그들은 때로 상처를 치유하고, 사랑을 받고, 목소리와 헛것이 전부 사라지고, 그래서 내일이면 망각에 저항하는 힘을 발견하게 되는 그런 환상을 본다. 노숙자 생활을 자처하는, 나름의 이유가 있어 예전의 안정된 생활로 돌아가려 하지 않는 사람들도 있다. 그들은 거리가 자신이 있을 곳이라 느낀다.

"잘 곳을 찾아, 아가씨?" 절름발이 여자가 펠리시아에게 말을 건다. 여자는 넝마로 가득한 유모차를 밀고, 코트 허리띠에는 비닐봉지를 주렁주렁 매달아놓았다. 얼굴은 붉고 울룩불룩한데다 눈도 온통 충혈된 상태다. 흰 머리카락 한 줌이 턱 아래 묶은 털목도리 아래로 삐져나와 있다. 입가에는 딱지가 앉았다.

"자리잡을 데가 없어?"

"호스텔이 꽉 찼어요."

"그럴 테지."

"돈을 도둑맞았어요."

"아일랜드 사람 맞지?"

"네."

"나도 클레어 카운티에서 왔어. 오래전이지."

"저는 사람을 찾고 있어요."

절름발이 여자는 그 말에는 관심을 보이지 않는다. 여자는 사십일 년 동안 거리를 떠돌며 살아왔다고 말한다. 사십일 년 이 개월 하고도 하루. "계속 셈하고 있어. 셈을 하면 정신이 맑아지거든."

혼자인 것보다 동행이 있는 편이 안전한 듯해 펠리시아는 여자와 함께 걷고, 앞으로 나아갈수록 주위는 조용해지고 어두워진다. 그들이 걷는 속도는 느리다. 쓰레기통을 하나씩 뒤져 남은 음식을 꺼내 긁어먹고, 병에 남아 있는 것도 다 마신다. "내가 몇 살로 보여?" 그렇게 멈춰 서서 여자가 던진 질문에 펠리시아는 모르겠다고 답한다.

"여든둘이야, 아직 정정하지. 난 안 가본 데가 없어. 리버풀, 플리머스, 선원들이 있는 항구도시는 다 가봤지. 언젠가 한번은 글래스고에 있었어. 난 글래스고의 온갖 부류들과 다 알고 지냈지. 여왕의 사촌도 알았다니까. 멋지고 사려 깊은 남자였어. 제복을 입은 모습이 멋졌는데."

어느 공터 가장자리를 따라 걷다보니 거리를 벗어나 운하의 예선로에 다다른다. 그들 아래 경사로가 끝나는 곳에 물이 있고, 관목과 잡초 사이에 물가로 내려가는 좁은 길이 나 있다. 저 아래 수로에 쉬기 좋은 곳이 있지, 하며 절름발이 여자는 유모차의 넝마 더미를 뒤진다. 여자는 몇 가지를 들어올려 보여주며 이불로 쓰기 좋다고 말하고, 펠리시아는 헤집는 과정에서 올라온 악취에 몸서리를 친다.

"리나가 나왔어요!" 근처 어딘가에서 누군가 외치고, 잠시 뒤 안개 속에서 두 사람의 형체가 나타나더니 그중 한 사람이 손을 흔들며 다시 한번 리나가 나왔다고 소리친다. 문득문득 희미한 달빛이 구름 사이로 비춰와, 펠리시아는 가까이 다가오는 이들이 앳된 얼굴에 금발머리를 짧게 깎은 야윈 청년과 성냥개비 같은 다리를 가진 앙상한 중년 여자임을 알 수 있다. 남자는 플란넬 바지에 털실로 짠 스웨터, 그 위에 한쪽 주머니가 찢어진 트위드 코트를 걸치고 지저분한 셔츠 칼라에 넥타이를 매고 있다. 여자는 오렌지색으로 염색한 머리 위로 흰 머리가 자라나고 있고, 해골 같은 얼굴에 튤립 모양으로 튀어나온 관능적인 입술은 립스틱으로 반짝인다. 남자의 턱과 입술 위에는 까칠하게 솟아난

수염 그루터기가 보이고 얼굴 양쪽으로는 부드러운 수염이 자라고 있다. 안개 낀 어스름한 빛 속에서 여자의 옷이 누더기처럼 보인다.

"잘 있었어, 조지?" 절름발이 여자가 리나가 돌아온 것을 반긴 후 묻는다. 주고받는 이야기에 따르면, 리나는 그날 아침 여덟시에 풀려나 거룻배를 타고 조지가 기다리던 플라워스 앤드 캐슬로 왔다. 그들은 발리 와인*을 마시고 있었다. "난 가겠어. 안 올 거면 말고." 절름발이 여자가 갑자기 위협하듯 말하고는 펠리시아의 대답도 기다리지 않고 비탈진 길 풀숲으로 사라진다. 유모차 바퀴가 울퉁불퉁한 길 위에서 요동치며 덜커덩거린다.

"밤을 지낼 곳이 없어요?" 야윈 청년이 펠리시아에게 묻는다. "곤란한 상황인가요?"

"오늘밤을 날 곳이 없어요."

혼자보다는 사람들과 함께 있는 편이 나아, 펠리시아는 그들 두 사람과 있기로 하고 절름발이 여자와 왔던 길을 같이 되돌아간다. 그들은 처음에는 궁금해한다. 펠리시아는 잔디깎이 공장을 찾고 있다고, 친구가 거기서 일한다고 말한다. 그녀는 그의 생김새를 설명한다. 짧게 깎은 검은 머리, 중간 키, 녹색에 가까운 눈인데 어쩌면 사람들은 회색이라고 말할지도 모르겠다고. 조니 라이서트예요, 그녀는 말한다. 그리고 스웨터 소매에 넣어두었는데 없어진 돈에 대해서도 이야기한다.

"뻔하지." 펠리시아의 이야기에 아무런 감흥도 느끼지 못한 리나가 대꾸한다. "잠시 한눈을 팔거나 눈만 감아도 코 베어간다니까."

---

* 영국의 에일맥주 중 하나. 장기간 숙성해 만들고, 알코올 도수가 높다.

길을 걸으며 리나는 이야기를 많이 한다. 감옥의 사회복지사 한 명은 오래되어 썩은 배추 같았다고. '미스 쓰레기'라고 불린 복지사도 있었다고. 리나 자신은 이번에는 운이 좋아 감방 동료가 괜찮았다고 말한다. "그 여자가, 필시가, 밖에 나오면 같이 살자는 거야. 복지수당을 어떻게 해먹는 방법이 있다나. 나는 누구 집에도 안 들어가, 펠리시아. 내가 그 여자한테 솔직히 말했지. 이제 나는 이 아이를 찾았고 다른 건 아무것도 필요 없어. 나와 조지는 함께야, 펠리시아. 무슨 말인지 알아? 난 여기서는 속임수 같은 거 부리고 싶지 않아, 이 젊은 조지와는 그러고 싶지 않다고. 그게 무슨 뜻인지 얘는 모르지."

"배고파요, 펠리시아?" 조지가 중간에 끼어든다.

펠리시아는 그토록 아름다운 목소리를 들어본 적이 없다. 그의 입에서 나오는 한 마디 한 마디는 억양이 왜곡되거나 발음이 뭉개지는 일이 없이 완벽하게 또렷하다. 리나가 거칠게 말한다.

"응, 나 배고파."

펠리시아가 음식 살 돈이 없다고 말하자 조지가 상관없다고 답하고 리나도 동의한다. 거리의 불빛 속으로 나오자 리나의 올이 다 드러난 낡은 코트의 색깔이 눈에 들어온다. 빛바랜 노란색에 모조 금단추가 달려 있다.

그들은 피시앤칩스 가게에서 감자튀김을 사 길에서 먹는다. 런던 출신이라고, 거기서 태어나 자랐다고 리나가 말한다. 그녀와 조지는 런던에서 만났고, 얼마 전 어떤 문제 때문에, 그들의 인상착의를 진술한 어떤 여자 때문에, 사는 곳을 바꿔보기로 결정했다. 런던에서 그들은 종이 상자를 덮고 잠을 잤고, 그전에 그녀는 운전자들을 상대로 매춘을 했다. 그녀는 그 일을 전혀 좋아하지 않았다. 그리고 그보다 더 전에 웨스트번 그로브에서 어떤 남자를 만났는데, 그가 부추겨 등에 눈 쌓인 산맥을 문신으로 새겼다. 그 산맥은 이제 영원히 그 자리에 있다. 충동적으로 저지른 일인데 평생 몸에 풍경화를 지니고 살게 되었다.

리나가 이야기하는 동안 조지는 말없이 있다가 문신 이야기가 나오자 동감하듯 고개를 끄덕인다. 동감을 표하는 순간 그의 눈이 작아지며 다정함이 그 부드러운, 소년 같은 얼굴 위로 퍼져나간다.

"개수대 배수판처럼 젖어서 물러터진 사람들이 있긴 하지, 치안판사 중에는." 하지만 이번에 그녀를 감옥에 처넣은 판사는 아주 다른 부류였다고, 판결 시간을 즐기는 인간이었다고 리나가 덧붙인다. 리나는 흥분해 벌게진, 격분하여 엄격하게 굴던 판사의 얼굴을 묘사한다. "본보기로 삼아 어쩌고저쩌고. 무슨 말인지 알지, 펠리시아?"

"네."

"그럼 임신한 거야, 펠리시아? 애를 밴 거군, 그렇지?"

"그래서 조니를 찾고 있는 거예요."

"만난 지 얼마 안 된 조니, 응? 잘 알지도 못하는 조니?"*

"그런 거 아니에요."

"물론 그런 거 아니겠지, 아니고말고." 리나는 잠시 가만히 있다가 덧붙인다. "난 이 아이 엄마가 아니야, 펠리시아. 내가 얘 엄마라고 생각했어? 얘는 열여섯 살이고, 얘 어머니는 저기 런던에 있지."

"차는 다임러를 몰아요." 조지가 말한다.

---

* '만난 지 얼마 안 된 조니(Johnny come lately)'와 '잘 알지도 못하는 조니(Johnny I hardly knew you)'는 모두 노래 제목이기도 하다.

"자기 엄마에 대해선 나쁜 소리를 절대 안 해, 조지는. 난 저 아이가 성자라고 불리는 걸 들었지, 펠리시아, 그것도 여러 번. 프라이스라이트나 빅터 밸류, 로코스트 같은 가게에 데리고 가도 저 아이는 무얼 훔치거나 하는 법이 없어. 평생 사탕 한 줄 안 훔쳤다고." 그녀가 감옥에 들어가 있던 내내, 조지는 구걸을 하며 돌아다니고 아무데서나 잠을 자고 차 몇 잔으로 견뎠으며, 그러면서도 아무것도 손대지 않았다. "주교들 생일에는 카드도 보내지. 누구의 생일도 잊는 법이 없어. 저애는 교육을 받았기 때문이야, 펠리시아, 무슨 말인지 알아?"

그들은 어떤 집에 도착하고, 비계로 둘러싸인 그 집에는 페인트칠을 하지 않은 합판으로 만든 임시 현관이 있다. "여긴 잠시 눈을 붙여도 돈을 받지 않아요." 조지가 문틀에서 떨어져 전깃줄에 매달린 벨을 누르며 펠리시아에게 말한다. 집안 어디선가 쿵쾅거리는 음악이 울리고 때로 망치질소리도 난다.

"어서 와요." 문이 열리며 항공 점퍼를 입은 남자가 손에 머그잔을 든 채 그들을 맞이한다. "들어와요."

그는 카펫이 깔리지 않은 복도를 지나 역시 카펫이 깔리지 않은 계단을 향해 앞서간다. 여기저기 벽지가 벗어진 벽에는 찢어진 벽지 조각들이 그대로 늘어져 있다. 복도와 계단에는 석회 부스러기, 벽돌, 나무톱밥, 전깃줄 등이 흩어져 있다. 일층 층계참은 시멘트 포대, 삽, 양동이, 콘크리트 블록으로 거의 꽉 차 있다. 닫힌 문은 용접에 페인트가 녹아내렸고, 그 문 뒤에서 들려오는 음악은 위층으로 올라가자 더 크게 울린다. 다른 방에서 간간이 들려오는 망치질소리 역시 아까보다 더 요란하다.

"이번에도 풀어주었네요, 리나." 층계참에 있는 세번째 방 문을 열며 항공 점퍼를 입은 남자가 확실히 들릴 만큼 큰 소리로 말한다. "감형, 맞죠?"

"맞아요, 콘스 씨."

갓을 씌우지 않은 알전구가 가구 하나 없는 작은 방을 희미하게 비추고 있다. 녹 묻은 매트리스 여러 개가 바닥에 빽빽하게 놓여 있고, 그중 두 개에는 사람이 있다.

"자, 여기예요." 항공 점퍼를 입은 남자가 새로 온 그들 세 사람에게 다시금 환영의 미소를 지어 보인다. "이제 됐죠?"

리나가 숙소가 좋다고 말한다. "잘 자요, 콘스 씨."

매트리스를 차지한 사람들은 젊은 남자와 여자로, 옷은 다 입고 있고 따로 덮은 것은 없다. 두 사람 다 똑바로 누워 천장을 보고 있다. 둘 다 새로 온 이들에게 말을 걸지도, 눈길을 주지도 않고 그대로 위를 쳐다보고 있다.

"화장실은 건너편이야." 리나가 펠리시아에게 알려주며 먼저 화장실로 향한다.

리나가 돌아오자 조지와 펠리시아가 차례로 화장실에 간다. 펠리시아는 화장실이 마음에 들지 않는다. 문에 걸쇠도 없고 깨끗하지도 않다. 변기에 금이 가 물이 새는 바람에 바닥이 축축하다. 체인 대신 밧줄 한 토막이 걸려 있다. 벽에 수도꼭지 하나가 튀어나와 있지만 그 아래 있었을 세면대는 떼어내서 없다. 휴지도 없다.

방으로 돌아왔지만 방도 마음에 들지 않는다. 그녀는 이 집이 마음에 들지 않는다. 리나가 코트를 벗자 그 아래 입은 꽉 끼는 검은 인조가

죽 스커트와 검은 스웨터가 드러난다. 리나는 이제 그 옷들도 벗는다. 조지는 코트와 신발을 벗었다.

"괜찮아?" 리나가 묻지만 대답을 기다리지는 않는다. "우리 친구들이 마약을 한 것 같군." 리나와 조지는 매트리스 하나에 함께 누워 조지의 코트를 덮는다. 펠리시아는 남은 매트리스 하나에 몸을 누인다. 리나가 그녀에게 불을 꺼달라고 부탁한다. 콘스 씨는 돈을 안 받아요, 조지가 다시 한번 그녀를 안심시킨다.

펠리시아는 누워서 마약한 커플의 요란한 숨소리, 음악과 망치질소리를 듣는다. 그 소리들, 그 방의 악취 속에서 잠이 들고, 또다른 소리에 잠에서 깬다. 어떤 여자가 소리를 지르고 있다. 이 집 아래층 어디선가 괴로워하는 필사적이고 발작적인 외침이 들려온다.

커플의 숨소리는 여전하다. 리나도 조지도 잠에서 깨지 않는다. 그러다 음악이 멈추고 망치질소리도 멎으며 여자의 날카로운 외침만이 남는데, 이따금 몇 마디는 알아들을 수 있다. "짐승 같은! 짐승만도 못한 것들!" 여자가 지쳤는지 외침 대신 흐느끼는 소리가 들려오고, 잠시 침묵이 흐르더니 곧 다시 음악이, 그리고 망치질이 시작된다.

펠리시아는 그후로, 어둠이 옅어지며 그 두 가지 소리가 멈춘 후에도 잠을 이루지 못한다. 그녀는 흐느껴 울며, 차라리 계속 잠들어 있었더라면 하고 바란다. 날이 밝으면 무엇을 어찌해야 할지 알 수 없다.

"차 한잔할까?" 리나의 목소리가 울음을 그치게 한다. "조지, 차 마실래?"

같은 방에 있던 두 사람이 그들이 나가는 소리에 깼는지 눈을 크게 뜨지만 초점이 없다. 한 사람이 아무 말 없이 주사기를 건네고, 둘은 스스로 주사를 놓는다.

"누가 소리를 지른 거예요?" 거리로 나와 펠리시아가 묻는다. "여자던데요?"

"스페인 아줌마." 조지는 전날 밤의 쾌활함을 잃어버린 듯 서글퍼 보인다.

"한때 가수였던 여자." 리나가 덧붙인다. "나이트클럽 가수지. 그 여자는 소음을 싫어해. 거기다 그 여자 방 천장에서는 변기 물이 떨어지지, 그런데다가 자기 전화도 고장이 났다나 뭐라나. 콘스가 음악소리와 망치질소리를 끊임없이 울려퍼지게 하고, 그걸로도 모자라 온갖 부랑자들이 계단을 오르내리게 만들었어. 그렇게 해서 그 여자를 내보내려고."

"콘스 씨는 아주 좋은 사람은 아니에요." 조지가 주저하며 말을 얹는다. "그렇게 말할 수밖에 없어요."

"난 가끔 그 여자가 나이트클럽에서 노래하는 모습을 상상해." 리나가 말한다. "그 여자 전성기 때 말이야. 예순 살쯤 되었을걸, 지금은."

"울부짖는 소리가 끔찍했어요."

"충격적이지." 리나가 동의하고, 더이상 그 주제에 대해서는 이야기하지 않는다.

그들은 차를 마시기 위해 어느 교회 앞에 줄을 서는데, 아직 문이 열리기 전이다. 많이 받지는 못해, 리나가 미리 알려준다. 차와 뭔가를 바른 빵 정도고 더 받고 싶으면 다시 줄을 서면 된다고, 저쪽에서는 알아차리지 못한다고 말한다. "좋은 아침이에요!" 이십 분쯤 지나자 여자 한 사람이 문을 열고 받침대로 괴어놓으며 그들에게 인사한다. 여자가 달고 있는 배지에 '베릴'이라고 쓰여 있다.

안에는 긴 테이블과 기다란 의자가 줄지어 놓여 있다. 한쪽 구석에 개수대가 있고 그 옆으로 냉장고와 가스스토브가 있다. 다른 여자 세 사람이 빵에 마가린을 펴바르고, 또다른 여자는 우유를 담아 줄지어놓은 머그잔에 커다란 금속 주전자로 차를 따른다. 가스냄새, 설거지한 냄새가 난다.

아침 방문자들이 발을 끌며 느릿느릿 들어온다. 대부분 남자고 모두 단정치 못한 모습이다. 다들 말이 없는 가운데 두 남자가 투덜대며 다툰다. 리나가 감옥 동료 필시에 대해, 그리고 그녀가 고안했다는 사회복지 혜택을 추가로 더 타낼 수 있는 방법에 대해 말하기 시작했다. "그만해요, 거기." 차를 따르던 여자가 말다툼하는 남자들을 향해 날카롭게 소리치며 질책한다. 여자는 여긴 노천 술집이 아니라고 명랑하게 덧붙이며, 두 남자의 싸움을 말리려 애쓴다. 하지만 남자들은 여전히 언짢다.

"필시는 절대 성공 못할 거야. 무슨 말인지 알아, 펠리시아? 불쌍한 필시는 그런 일에 재주가 없거든."

척 봐도 음식에는 관심이 없어 보이는 여자 두 사람, 음식을 제공하는 여자들보다 젊어 보이는 이들이 홀 안으로 들어온다. 그들은 그곳에 모인 사람들을 재빠르게 훑어보더니 펠리시아와 일행을 첫 목표로 선택하고 다가온다. "에이즈 단체야." 리나가 알려준다.

"혹시 주사기를 집어들고 몸을 찌르게 되면," 그중 한 여자가 겁주듯 말하기 시작한다. "찔린 자리에서 피를 할 수 있는 최대한 짜내요. 정말 세게, 나올 수 있는 한 다 나오게. 알아들어요?"

"우리는 주사 안 해요." 리나가 말한다.

"당신이 한다는 말이 아니에요." 다른 젊은 여자가 일행의 짜증스러운 말투를 그대로 이어받는다. "당신이 어쩌다 뭘 만지게 될 수도 있다는 이야기를 하는 거죠."

"손가락을 뜨거운 물 아래에 십 분 정도 대고 있어요. 그러고 나서 집에 있는 표백제에 담그고요."

에이즈 단체 여자들이 지나가고 나자, 그 여자들이 이야기를 늘어놓는 동안 나름 생각에 잠겨 있었던 듯한 어조로 조지가 말한다.

"우리는 잔디깎이 공장에 대해서는 뭘 알려줄 수 없을 거예요."

그는 그 결론을 강조하기 위해 거듭 고개를 끄덕이고, 리나도 같은 생각이라고 말한다. 그들이 알아낼 수 있는 종류의 일이 아니라고, 사실이 그렇다고 덧붙인다. 그들이 받은 음식을 다 먹고 나자 리나가 말한다.

"공원에 갈래, 펠리시아?"

공원은 멀지 않다. 그들은 거기 앉아 출근하는 사람들을 바라본다. 석탄처럼 검은 흙에서 핀 장미는 아직 새 계절의 잎을 내밀지 않았다. 몇 달 전 바짝 깎은 잔디는 여전히 자랄 기미가 보이지 않는다. 화단에는 잡초 하나 없다. 그들이 앉은 나무의자는 제이컵과 미르 에이브러햄스에게 헌정된 것이다. '다른 이들과 함께 세상을 뜨다, 1938년. 이곳에서 추모하노라.'

"내가 갖고 싶은 건, 입 벌리고 있는 그 커다란 갈색 개 한 마리야." 리나가 말한다. "돈이 생기면 제일 먼저 그 개 한 마리를 살 거야. 거리로 데리고 나갈 수 있는 순하고 다정한 녀석으로. 무슨 말인지 알아, 펠리시아?"

점잖은 부부가 팔짱을 끼고 지나간다. 은퇴한 사람들일 거야, 리나가 추측한다. 이젠 여유를 갖고 사는 거라고. 웃긴 건 너무 이른 시간이라는 점이고, 또 웃긴 건 개가 없다는 거지. "오늘은 누구 없어, 조지?" 리나가 묻자 조지가 답한다. 있다고, 오늘은 배스 앤드 웰스 교구의 주교 생일이라고.

"잔디깎이 공장과 관련해 알려줄 것이 없어 미안해요." 그가 말한다.

그가 일어서고 리나도 일어선다. 펠리시아는 그들과의 만남이 끝났음을 깨닫는다. 잊어버리지 않았다고, 조지가 말한다. 어제 배스 앤드 웰스 교구의 주교에게 다람쥐 그림이 있는 카드를 보냈다고. 그는 다시 고개를 끄덕이며 미소를 짓고는 배스 앤드 웰스 교구의 주교가 아마 바로 지금 이 순간 그 카드를 열어보고 있을 거라 덧붙인다. 그는 학교에 다니던 시절 언젠가 설교를 들은 적이 있다고 말한다. 그 설교에서 주교들은 외롭다고 했다고.

"행운을 빌어, 펠리시아." 리나가 말한다. "네 친구를 찾길 바랄게."

"내가 아는 각운을 조금 넣어봤어요." 조지가 말하고는 잠시 후 또렷한 발음으로 낭송한다.

"커다랗게 자라는 모든 나무들 가운데,
우리의 영국을 장식할 것에,
떡갈나무, 물푸리나무, 가시나무보다
더 훌륭한 것은 태양 아래 없어라."

그들은 가고, 펠리시아는 그들이 화단을 가로질러 느긋하게 걸어가는 모습을 바라본다. 조지의 말소리가 이어지다 점점 희미해지며 아무 소리도 들리지 않는다.

13

힐디치 씨는 큰 응접실에 있다. 〈Blue Hawaii〉가 흐른다. 〈데일리 텔레그래프〉가 무릎 위에 펼쳐져 있다.

초인종이 울리지만 움직이지 않는다. 그는 그녀가 가지 않을 것임을, 다시 초인종을 누를 것임을 안다. 다시 초인종이 울리자 천천히 자리에서 일어나 역시나 느긋한 걸음으로 홀을 가로지른다. 그간 품었던 모든 성가신 의혹들이 순식간에 해소되고, 현관에 이르렀을 즈음에는 말끔히 잊힌다. 〈Blue Hawaii〉는 거의 끝나가지만, 그는 아랫니 위로 부드럽게 숨을 내쉬며 노래를 이어간다. 손을 들어 목에 맨 상복용 넥타이를 똑바로 매만진 후 문을 연다.

"다시 만나는군." 그는 상냥한 미소를 지으며 말한다.

힐디치 씨는 방문객에게 집안으로 들어오라는 말은 굳이 하지 않는다. 현관에 선 채 어둠 속의 그녀를 빤히 바라본다. 어린 시절 우리처럼 만든 덫으로 쥐를 유인하려 애쓰던 일이 떠오른다. 일단 치즈를 놓고 자리를 피한다. 그리고 매일 치즈를 조금씩 더 그 철망 덫 가까이 옮겨 놓으면, 결국 쥐는 어떤 상황인지 잘 안다는 자신감 때문에 스스로 덫 안으로 들어가게 된다.

"친구 찾는 일에 운이 안 따랐나봐?"

힐디치 씨는 조금이라도 흡족해한다는 인상을 주지 않기 위해 차분히 말한다. 온갖 곳을 다 다녔다는 아일랜드 여자의 이야기를 귀기울여 들어준다. 그녀가 이야기를 하도록 내버려둔다.

"돈을 도둑맞았어요."

"도둑맞아?"

"글쎄요, 없어졌어요. 쇼핑백에 잘 숨겨놨는데 찾아보니 없었어요."

"수상한 사람들과 지낸 건가?"

그는 그 종교단체에 대한 이야기를 듣고는 어떤 종류의 광신도도 믿어서는 안 된다는 견해를 밝힌다. 그녀는 어떻게 해야 할지 모르겠다고 말한다. 다른 민박집 이곳저곳을 전전하며 지내왔다는 이야기도 한다.

"얼마나 된 거지?" 힐디치 씨가 자기 배를 두드린다. "그러니까."

"이제 사 개월 됐어요."

"거의 모르겠어. 아주 조금. 이제 막 조금 표가 나겠네."

"전에 말씀하셨잖아요—그날, 저를 도와주실 수 있다고……" 그녀는 말을 더듬다 이윽고 안정을 찾는다. "혹시……" 그녀는 다시 한번 말을 멈추고, 그는 계속해보라는 듯 고개를 끄덕인다. "혹시 선생님께서 제게 집에 갈 차비를 빌려주실 수 있을까 해서요." 그녀는 잘 알지도 못하는 사람에게 이런 부탁을 하는 것이 뻔뻔한 일이라 말하며 또 말을 더듬는다. 어디에 도움을 청해야 할지 모르겠다고 말한다.

"돌아가고 싶은 건가?"

"여기 온 게 실수였어요. 아예 오지 말았어야 했는데."

"그럼 친구는 어떻게 하고?"

"절대 못 찾을 거예요."

여자가 그 말을 할 때 힐디치 씨는 그녀가 자신감을 잃었음을 알아차린다. 확신이 서지 않더라도 거리에서 보았을 때 다시 그녀에게 다가가봤어야 했다. 이젠 너무 늦어버렸는지도 모른다. 그는 그들의 머릿속에 일단 어떤 생각이 자리잡으면 그 생각을 바로잡아주기가 쉽지 않음을 경험상 잘 안다. 찾을 수 있는 곳은 다 찾아봤다고 느낀다면, 그냥 그것으로 끝난 것인지도 모른다. 힐디치 씨는 뱃속에 어떤 서늘한 감각이, 자기 것이라 생각했던 무언가를 빼앗길지도 모른다는 느낌이 들어차는 것을 느낀다. 위험을 감지한 그는 단호하고 느릿한 어조로, 심적 동요가 드러나지 않도록 침착한 체하며 말한다.

"아이러니한 건 말이지, 만일 그 친구가 이런 상황을 다 안다면 걱정돼서 아주 돌아버릴 거야. 나도 그런 경험이 있거든. 펠리시아가 어떤 일을 겪었는지, 집안에서 무슨 난리가 났는지 그리고 낯선 나라에서 자신을 얼마나 찾아다녔는지까지 알게 되면 그 불쌍한 친구는 아마 미쳐버릴걸."

그러자 예상했던 대로 그녀가 눈물을 보인다. 이 모든 게 다 남자친구 어머니 때문이라는 이야기를 다시 들으며, 그는 왠지 모르겠으나 조금 안도한다. 그녀는 그의 어머니가 편지에 거짓말을 썼다는 이야기,

이런저런 이유를 꾸며대 크리스마스에 오지 말라고 했다는 이야기를 되풀이하고, 힐디치 씨는 잠자코 듣는다.

"확실해, 펠리시아? 그의 어머니가 그렇게 했다고 누군가에게 듣기라도 한 건가?"

"그 사람 어머니가 그런 거예요. 이젠 확신할 수 있어요."

"그럼 여기 온 후로 고향 사람 누구에게서도 소식을 듣지는 못했고?"

"제가 어디 있는지는 아무도 몰라요."

"펠리시아가 조니를 찾아갔다는 건 알고들 있고?"

"그 사람이 어느 도시에 있는지는 그의 어머니만 알고 있어요."

"물론 그 어머니는 조니에게 펠리시아가 찾아갔다는 얘기를 안 했을 거고. 당연히."

"네, 안 했을 거예요."

그녀는 다시 한번 돈을 빌려달라는 말을 꺼내며 아까 그랬던 것처럼 부끄러워한다. 그녀는 미리 계산해둔, 필요한 액수가 얼마인지 말한다. 그는 곧장 답변하는 대신 이렇게 대답한다.

"그렇게 쉽게 포기하다니 아깝지 않아? 그렇게 많은 것을 무릅쓰고 그토록 멀리서 왔는데 말이야. 무엇보다, 돌아가면 사람들이 반겨줄까?"

그녀는 아직도 쇼핑백을 바닥에 내려놓지 않고 들고 있다. "저도 조니를 찾을 수 있으면 좋겠어요." 그녀는 낮은 목소리로 말하고, 곧 흐느끼기 시작한다. "그런데 이젠 절대 못 찾을 거예요."

"내 생각에는, 그렇게 고생을 했으니 마지막으로 한 번만 더 노력을 해보면 어떨까 싶어. 내 말 이해돼, 펠리시아? 전에 말한 것처럼 사무실 여직원에게 여기저기 전화를 돌려보라고 하면 돼. 내가 한 말 기억하지, 펠리시아? 조니가 잔디깎이 공장이라고 했다면 분명 어딘가 있을 거야."

그녀는 고개를 저으며 휴지로 코를 닦는다. "제가 잘못 안 게 분명해요."

그도 천천히 고개를 젓는다. "한두 시간이면 돼, 별것 아냐. 이 여직원이 똑똑하고 빈틈이 없거든. 또 한 가지, 저녁이면 아일랜드 젊은이들이 어디서 모이는지 들었어. 블루 라이트 같은 곳 말이야. 그 블루 라이트라는 데는 가봤나?"

그녀가 가보지 않았다고 답하자 그는 한번 가보는 것이 좋겠다고, 거기랑 다른 몇 군데를 들러보면 도움이 될 거라고 말한다. 포기할 때 하더라도 확실히 알아보라고.

"이해할 수 있어, 펠리시아가 지난주에 그렇게 황급히 가버린 것 말이야. 에이다가 잠시 맑은 정신이었을 때 내가 그 얘기를 했더니 충분히 그럴 수 있다고 하더군. 이 얘기를 하는 건 내가 그 일 때문에 상처받거나 하지 않았다는 걸 알았으면 해서야."

"부인께서는 괜찮아지셨어요?"

"에이다는 죽었어, 펠리시아."

그녀의 손이 입으로 간다. 빠르고 불안정한 동작이다. "아, 정말 유감이에요." 그 말이 황급하게 튀어나오고, 다시금 약간 말을 더듬는다. "아, 맙소사, 정말 유감이에요."

"사흘 전 밤에." 그는 침묵이 흐르도록 내버려둔다. 침묵이 필요하니까. "사실," 그는 마침내 말을 잇는다. "그렇게 가는 편이 축복이지. 이게 맞는 표현이야, 펠리시아."

그는 그녀가 뭔가 대답을 하려 애쓰는 것을 느끼지만, 그녀는 적당한 말을 찾지 못한다. 그는 그녀가 무슨 생각을 하는지 안다. 곤경에 처한 사람이 자신에게 관심과 친절을 베풀어주었는데, 자신은 막상 그가 도움을 필요로 하는 순간에 등을 돌렸다고 생각하고 있다. 그날 그는 한두 시간만 함께 있어달라고 했을 뿐인데. 그가 부탁한 것이라곤 그게 다였는데.

"음, 그만 인사를 해야겠군." 그는 〈Blue Hawaii〉를 다시 듣고 싶은 충동을, 아랫니 위로 소리 없이 그 노래를 흥얼거리고 싶은 충동을 느끼며 주저한다. "아니면 뭐 음료수라도 좀 마시겠어?" 그는 곡을 감상하고 싶은 욕구를 억누르며 묻는다. "당연히 얼마든지 환영이야. 내가 차를 끓이지."

그녀 역시 잠시 주저하다 현관문으로 이어지는 계단을 오른다.

엄청나게 큰 부엌, 펠리시아는 이렇게 큰 부엌을 본 일이 없다. 목재 천장은 여러 세대를 거치며 수증기로 얼룩졌고, 한때 한 줄로 늘어서 있었을 햄 걸이에는 고리가 하나밖에 남아 있지 않다. 두 개의 장식장은 도자기로 가득차 있다. 한가운데 긴 송판 테이블이 놓여 있고, 도르래에 연결된 빨래 건조대에는 스타킹 몇 개가 걸려 있다. 등받이가 곧은 의자가 네 개 있고, 벽에는 실내용 사다리가 기대어져 있으며, 한쪽 구석에는 오래된 재봉틀과 골동품 탈수기가 있다. 냉장고와 전기스토브는 그 자리에 어울리지 않는 물건처럼 보인다.

"근처에 있어." 아직 그녀에게 자신의 이름을 밝히지 않은 남자가 전기주전자에 물을 받으며 말한다. "아일랜드 젊은이들이 모이는 곳 말이야. 내가 태워다줄 수 있어."

"지금요?"

"아직 이르지. 블루 라이트는 해산물 음식점이야. 나는 블루 라이트에 거는 기대가 커. 직감 같은 거지. 솔직히 말하자면 덕분에 내가 일어나 집밖으로 나갈 계기가 되기도 하고. 펠리시아가 차 타는 일이 싫지 않다면 말이지."

펠리시아는 건성으로 고개를 젓는다. "아뇨, 아뇨, 싫지 않아요." 그녀의 말투는 침울하다. 아무 소용 없을 것이다. 그녀에게 남은 것은 돈 빌릴 기회를 얻는 일뿐이다.

"우선 뭐 좀 먹지."

그녀는 그가 아내의 시신을 다시 집으로 옮겨왔을까 생각하고, 마치 그 생각이 표정에 드러나기라도 한 것처럼 그는 그날 아침 장례를 치렀다고 말한다. 그녀는 그가 빨래 건조대에 걸린 스타킹을 쳐다보는 것을 본다. 그는 돌아서서 아무 말 없이 건조대를 내리고 빨래를 치운다. 스타킹을 개어 서랍에 넣은 후 테이블에 간과 채소를 놓고 음식을 준비하기 시작한다. 다양한 종류의 비스킷이 담긴 깡통을 열어주며 그녀에게 기다리는 동안 먹으라고, 그리고 앉으라고 청한다.

"돈 문제는 정말 안됐어." 그가 말한다.

"네."

"그럼 한푼도 안 남은 건가?"

그녀는 지금 가지고 있는 돈이 얼마인지 털어놓고, 구세군 호스텔이 만원이라 공사중인 어느 집에서 지난밤을 보냈다고 이야기한다.

"오늘밤에 다시 구세군 호스텔에 가보려고?"

"모르겠어요."

그녀는 아일랜드 젊은이들이 모이는 식당이라고 들었다던 그곳에 들른다면 너무 늦을 거라는 말을 굳이 하고 싶지 않았다. 하지만 당근 잎을 잘라내며 생각에 잠긴 듯 고개를 끄덕이는 그의 모습을 보고 그 역시 같은 생각을 했음을 안다. 그가 말한다.

"오늘밤에는 안 가는 게 좋겠어. 내 이야기를 하느라 펠리시아를 늦게까지 잡아두었군. 미안하네."

"전 오늘밤에 가보고 싶어요."

그는 마치 그녀가 그렇게 대답할 줄 알았다는 듯 아까처럼 고개를 끄덕인다.

"아내분 일은 정말 안됐어요." 펠리시아가 말한다.

그는 그녀를 등진 채로 흐르는 물에 당근을 씻는다. 에이다는 독실한 신자였다고, 그가 말한다. 믿음이 두터운 가정에서 태어났다고. 마지막을 맞이할 때 그 점이 도움이 됐다고.

"펠리시아가 다시 돌아온 모습을 에이다가 봤다면 기뻐했을 거야. 우리가 조니를 찾으러 가는 것을 본다면 좋아했을 거라고." 그는 간을 썰며 아내의 장례식에 대해 들려준다. 아서 체이스 목사, 많은 조문객들, 길게 늘어선 화환들.

"집으로 초대하지 못해 미안하다고 내가 사과했지, 사람들과 어울릴 기분이 아니었거든. 그런데 체이스 목사가 들어와 간단히 뭘 좀 들라길래 우리 중 몇 사람은 그렇게 했어. 군에 있는 내 동료 몇 명도 왔는데 늘 에이다를 좋아했던 사람들이야. 그리고 물론 에이다와 자원봉사를 함께하던 친구들도 많이 와줬지. 그 사람들이 에이다 이야기를 할 때 아주 뭉클했어."

두 사람은 다이닝룸에서 식사를 한다. 펠리시아의 생기 잃은 시선이 널찍한 마호가니 식탁과 부엌 탁자, 내닫이창 안쪽에 놓인 키 큰 서랍장을 지나 세 벽면의 가장 눈에 잘 띄는 자리에 걸린 초상화들, 갈색 인조가죽을 씌운 의자 세트를 훑는다. 벽난로 위 검은 리본을 두른 액자에 빵이 통통한 여인의 사진이 끼워져 있다. "화장장에서 했어." 그가 말하고, 그녀는 화장장이 무엇인지 알지 못하기에 교회를 상상한다. 그가 차를 따르고 다시 한번 비스킷을 권한 뒤 그들은 먹은 접시를 정리한다. 다이닝룸을 나가기 전 잠시 사진 앞에서 걸음을 멈춘 그의 육중한 어깨가 들썩거리고, 불거진 목살도 오르락내리락한다. 그가 돌아서서 그녀에게 말을 할 때, 아내가 훌륭한 여자였다고 말할 때, 그의 단춧구멍만한 두 눈은 흐려진 안경에 가려 보이지 않는다. 그녀는 그가 그토록 친절했는데도, 아내의 수술로 걱정이 이만저만이 아닌 상태에서도 그녀를 위해 시간을 내주었는데도, 겁을 먹은 일이 다시금 부끄러워진다. 어느 누구도 그만큼 신경써주지 않았다. 그녀는 모임의 집 사람들의 그 적대적인 표정, 의심을 품은 라이서트 부인의 얼굴, 창녀라 부르던 아버지를 떠올린다. 리나와 조지도 자기네들끼리 있고 싶어 그녀를 두고 가버렸다. 말조심하라고 경고하던 퍼리도 떠오른다.

"그렇게 말해주니 고맙군." 그녀가 그렇게 가버린 일을 더듬더듬 사과하자 그녀의 은인이 답한다. "거듭 말하지만, 난 상처받거나 하지 않았어."

그 목소리가 관대하고 따스하게 들려 그녀는 기분이 나아진다.

힐디치 씨는 세심한 주의를 기울인다. 차 뒤에서 몸을 웅크리고 있어달라는 말을 꺼내면서, 아내가 죽은 뒤 얼마 되지도 않아 젊은 아가씨와 함께 있는 모습을 보이면 사람들이 색안경을 낄 수도 있으니 그러는 편이 낫겠다고 이야기한다. "미안하군." 집 근처를 벗어나자 사과하며 에이다에 대한 기억이 구설수로 모욕당하는 것을 원치 않는다고 덧붙인다. 그가 정차 구역에 차를 세우자 그녀가 앞자리로 옮겨 앉는다.

"여기저기 돌아다녔다고?" 그는 질문을 던져놓고, 운전하면서 그 종교단체에 대해서, 그리고 주교들에게 생일 카드를 보낸다는 사람을 포함해 노숙자 두 사람에 대해서 좀더 듣는다. 눌러앉은 성가신 세입자를 내보내려 애쓰는 남자와 유모차에 소지품을 담아 밀고 다니는 여자 노숙자 이야기도 듣는다. 들어보니 머리가 모자란 것 같다, 생일 카드를 보낸다는 그 노숙자는.

"밖에서 돌아다니며 거친 사람들을 만났군." 그는 그렇게만 이야기한다. "나라면 조심할 거야. 당해봐서 알잖아."

해산물 음식점은 45킬로미터는 족히 더 가야 하기에 그들은 도중에 해피 이터에 들른다. 그리고 그가 베스를 데리고 몇 번 갔던 도그 앤드 그레이프에도 들른다. 일반석에는 주크박스가 있던 것이 기억나 그는 특석에 앉는다. 중년 부부가 그들을 한두 번 쳐다봤지만, 푸들을 데려온 네 사람 무리는 일행 중 한 남자가 하는 농담에 열중하느라 그들에게 관심을 두지 않는다. "세븐업." 그녀가 말하자 그도 같은 것으로 하겠다며 감자칩 한 봉지도 주문한다. 대화가 잠시 끊겼을 때 그가 말한다.

“맬러웨이, 에이다의 성이야. 에이다 대프니 맬러웨이, 대프니는 그녀 어머니 이름에서 따왔지. 제조업을 하는 집안이었어. 대형 차량용 볼베어링 사업.”

그녀는 그곳에 앉아 세븐업에는 입도 대지 않고 찾는 얼굴이 있는지 둘러본다.

“마지막 날들 동안 우리는, 에이다와 나는 종종 결혼식 날을 회상하곤 했어. 검으로 만든 아치 아래를 걷고 물론 케이크도 검으로 잘랐어. 군부대에서 올리는 결혼식에는 동료 군인들과 하는 온갖 전통이 있지—방탄모에 샴페인을 따라 마신다든가, 동료 장교들이 신부를 껴안는다든가. 난처한 일은 안 생겨, 당연하지.”

감자칩 한 봉지를 더 가지러 바에 가면서 힐디치 씨는 중년 부부가 있는 쪽으로 친절하게 고개를 끄덕여 보인다. 여자는 시선을 돌리고 남자는 그냥 빤히 쳐다본다. 여기 있는 건 별 의미가 없군, 힐디치 씨는 생각하며 차에서 먹을 요량으로 감자칩을 주머니에 넣는다.

“블루 라이트야말로 우리가 가진 최고의 단서야.” 그는 차를 몰고 떠나며 자신 있게 예견한다. 그는 모든 여자들을 블루 라이트에 한 번쯤 데리고 갔는데, 그들이 좋아할 만한 곳이었고 특히 게이가 마음에 들어 했다. 감자튀김이 맛있긴 했지만 그 자신은 정작 그곳을 딱히 좋아하지 않았다. 그가 생각하기에는 좀 거친 곳이었고, 두 사람이 들어서자마자 시끌벅적한 사람들 한 무리가 킬킬거려 그 판단이 옳았음이 드러났다.

“없나?” 그녀가 먼저 갔던 장소에서처럼 열심히 살펴보다가 지쳐 멈추자 그가 중얼거린다. “실패인가?”

그녀가 고개를 젓는다. 그녀는 주변 사람들의 말소리에 귀를 기울이고는 낙담한 목소리로 아일랜드 사람들이 아니라고 말한다.

"이따 아일랜드 젊은이들이 올지도 몰라. 한 이십 분 더 기다려볼까?" 그는 사람들 사이를 뚫고 카운터로 가서 가자미와 감자튀김을 주문한다. 돌아오니 그녀가 테이블에 자리를 잡고 앉아 있다. 그녀는 아무것도 먹고 싶지 않다고 말하고, 그는 몸 상태를 생각해 영양을 섭취해야 한다고 이야기한다. 당연히 실망스러울 거라고, 이해한다고, 그는 말한다.

"잠깐만 기다려주겠나, 펠리시아, 내가 전화 한 통 해서 상황을 좀 알아보고 올게. 지금 막 생각난 건데, 아일랜드 사람들을 고용하는 친구 하나를 알아—여기서 1킬로미터 정도 떨어진 곳에 있는 제련소 관리자야. 아일랜드 젊은이들이 저녁에 여기 말고 다른 데로 간다면 그게 어디인지 곧바로 알아낼 수 있어."

그는 남자 화장실에서 일이 분, 음식이 식지 않을 정도만 서성댄다. 테이블로 돌아오니 그 시끄러운 무리의 남자 둘이 그녀에게 집적거리고 있다.

"무슨 일인가요?" 그가 쾌활하게 미소를 짓지만, 그들은 곧 욕설을 내뱉고 가버린다. 그는 그녀를 홀로 내버려두면 그들이 접근할 거라 짐작했고, 자신이 상황을 정리할 기회가 생길 거라 생각했다.

"일이 안 풀리는군." 그가 말한다. "저녁 먹으러 나간 모양이야."

이제 그 시끄러운 무리는 밖으로 나가고, 몇 안 되는 커플들만이 테이블을 차지하고 있다. 옷차림이 단정치 못한 여자가 바닥을 쓴다.

"얘기를 더 해봐, 펠리시아."

그는 그녀의 기분을 풀어주려고 질문을 던진다. 고향에서의 생활은 어땠는지, 애완동물은 길렀는지, 친구들은 어땠는지, 친구들 중 누구라도 그녀가 있는 곳을 알고 있는지. 그녀는 고개를 젓는다. 아무에게도 말하지 않았다고 다시 한번 단호히 말하며, 만일 아버지가 경찰을 찾아갔다면 경찰은 남자친구 어머니를 신문했을 텐데 그녀는 분명 그가 있는 곳을 거짓으로 가르쳐줄 것이라는 이야기를 되풀이한다. 이제 힐디치 씨의 상상 속에 그 부인의 모습이 선명하게 그려지지만 지금 그 여자 생각을 하고 싶지는 않다. 적당한 때에 그가 말한다.

"주제넘은 간섭일지도 모르지만, 펠리시아, 지금 본인 상태에 대해서 생각해봤나?"

그가 약간 목소리를 높인다. 그 단정치 못한 여자가 이제 제법 그들 가까이 있고, 확실히 관심을 보인다.

"물론 축복받을 만한 소식이지." 그렇게 말한 뒤 그는 다시 목소리를 낮춘다. "내 생각은 이래, 펠리시아, 조니를 찾는 일이 어떻게 되든 그것에 얽매여서는 안 돼. 극단적으로 행동해서는 안 된다는 것이 에이다가 늘 하던 조언이고, 나도 마찬가지야. 잃었다고 말하면 되는 거야, 상당히 많은 것을 해결해주는 말이지. 무슨 말인지 이해해, 펠리시아?"

"네."

"궁지에 몰렸을 때는 선택의 여지가 없다는 뜻이야, 펠리시아. 우선 조니와 얘기를 해보고 싶다는 말, 무슨 얘기인지 알아. 펠리시아나 나나 우리 둘 다 그러길 바라고 당연히 그렇게 되게끔 노력해야지. 하지만 지금으로서는 별다른 선택의 여지가 없는 것 같네."

그녀는 듣고 있는 것 같지 않다. 고향에서의 생활에 대한 질문이 그녀를 다시 그곳으로 데리고 간 듯 생각이 딴 데 가 있는 표정이다. 그는 현실적인 얘기로 그녀를 깨운다.

"뭐 좀 먹겠어?"

그녀는 차를 부탁한다. 그는 하나 남은 감자튀김에 케첩을 바른 후 그녀의 차를 가져오려고 일어난다. 카운터 뒤쪽에 있는 사람들이 자신을 기억하고 있다고 그는 확신한다. 마지막으로 이곳에 온 것이 오래전인데다 그들은 예나 지금이나 그에게 인사를 하지 않지만 그의 얼굴을 안다. 그들이 그를 기억하는 것은 여자들 때문이다. 이 여자, 그다음에는 또다른 여자, 그리고 이번엔 또 새로운 여자다, 그것도 임신중인. 짧은 순간 쾌감이 그의 안 어디선가 피어오르는 것을 느끼며 그는 플라스틱 용기를 들고 다시 테이블로 돌아간다.

고개를 돌린 모습에 그는 그녀가 눈물을 흘리고 있음을 안다. 그녀에게 주지시킨 또 한 가지는, 조니를 찾지 못하고 지금 상태로 집으로 돌아가면 조니가 나타났을 땐 분명 너무 늦어버릴 거라는 사실이다. 조니는 정기적으로 그 고약한 어머니를 보러 오니 언젠가 나타나긴 나타날 것이다.

"내 말은, 조니는 전혀 모르고 있는 아기를 이용하지 않는 편이 오히려 그와 더 잘될 거라는 얘기야. 내 생각이 틀렸을 수도 있지만 상황이 그래."

"난 그런 짓은 하고 싶지 않아요." 흐느끼는 듯한 소리가 들려오자 그는 테이블 맞은편으로 건너가 그녀 옆자리에 앉는다. 그는 그녀의 어깨를 한 팔로 감싸고, 그녀는 오빠와 관계를 가진 것이 분명한 어떤 여자의 농가에 찾아갔던 이야기를 쓸데없이 길게 늘어놓는다.

"눈물 닦아."

그가 샤론을 알기 전, 샤론은 그런 식으로 저지른 작은 실수의 흔적을 없앤 적이 세 번 있었다. 샤론은 세탁소 매니저가 돈을 대주었다며 세번째 때 갔던 장소를 말해주었다. 그 남자는 화들짝 놀라 혼이 나갔었다고 샤론이 말했다. 셰필드 웨이 위쪽 기시퍼드 클리닉. 비싸요, 샤론은 말했다.

"미안해요." 펠리시아가 손가락 사이에 두고 비틀어대던 휴지로 코를 푼다. 이제 사람들은 확실히 그들을 주목하고 있다. 카운터에서 감자튀김을 기다리는 남자와 여자, 그리고 건너편 테이블에 앉은 젊은 여자와 청년까지.

"아무 말도 하지 마, 펠리시아. 기분이 나아질 때까지 애써 말하지 않아도 돼." 힐디치 씨는 작은 두 손으로 그녀의 한쪽 손을 꼭 감싸쥐며 곁눈질로 건너편 테이블에 앉은 커플과 카운터의 커플이 아직도 자기 쪽을 보고 있음을 확인한다. 연인 간에 사랑싸움을 했나보군, 이제 그 사소한 오해가 풀린 모양이야, 하는 추측의 표정이 그들의 얼굴에 떠오른다.

"차가 따뜻할 때 마셔. 따뜻한 게 좋다고들 하잖아. 내가 이런 말을 하는 건, 펠리시아가 길에서 헤매고 있더라는 얘기를 에이다에게 한 날 에이다가 그랬거든. '혹시 임신한 거 아니야?' 여자들은 멀리 있어도 안다고 하지. 난 실제로 펠리시아와 함께 있으면서도 아무 생각 못했는데 말이야. 아무튼 요점은, 여기서는 임신 초기에 해달라고 하면 의사가 그렇게 해주게끔 되어 있다는 거야. 하지만 너무 늦게 가면 그냥 돌아올 수밖에 없지."

"사람들이 많이들 그렇게 하나요."

"물론이지."

힐디치 씨는 새로운 흥분에 사로잡힌다. 샤론이 시기를 놓쳤다고 했던 말을 떠올린다. 세탁소 매니저가 샤론을 데리고 기시퍼드에 갔을 땐 이미 이십구 주인지 삼십 주가 지난 다음이었다고. 개인병원이어야 해요, 그녀가 말했었다. 곤란한 일일 때는요. 셰필드 정도면 충분히 멀리 떨어진 곳이다.

"그런데 한 가지 문제는," 그가 말한다. "이렇게 얘기하는 게 맞는 것 같은데, 합법적이지 못한 요소가 조금이라도 있다면 아주 오랫동안 동네 진료소를 왔다갔다하게 될 수도 있어. 건강보험료를 납부하지 않은 사람이라든가. 외국인 체류자라든가. 몇 주 동안 그렇게 시간 낭비할 수 있다고."

"네?"

그녀는 듣고 있지 않았다. 그는 반쯤 눈을 감고 샤론이 묘사했던 기시퍼드에서 펠리시아와 함께 있는 자신을 그려본다. 그는 대기실에 있는 그들을, 자신이 그녀 곁에 있음으로써 분명해지는 암시를 떠올린다. 잠시 생각이 너무 앞질러나가, 힐디치 씨는 깊이 숨을 내쉬며 스스로를 진정시킨다.

"개인병원에 가면 불필요한 절차를 거치지 않아도 된다는 것이 내 말의 요지야."

"조니와 이야기해보지 않아서 어떻게 해야 할지 모르겠어요." 조니의 아이이기도 하다고, 펠리시아는 목소리를 높여 그 말을 두 번 되풀이한다. 거듭 어떻게 해야 할지 모르겠다고 말한다.

힐디치 씨의 상상 속 이미지들이 물러간다. 그녀의 몸 상태를 돌려 말하며 든 감정 때문에 당황스럽다. 사람들이 주목하고 있어 좋지만, 그 기쁨도 자신이 어설프게 처신한 것이 아닌가 하는, 그녀가 다시 한 번 그의 손아귀에서 빠져나가는 것이 아닌가 하는 두려움에 퇴색된다. 그녀가 조용해지자 그가 말한다.

"에이다가 떠나기 전 그런 말을 했다는 것뿐이고, 펠리시아 말이 맞아. 지금은 그냥 있는 게 최선이야. 이 얘기는 그만하지. 아일랜드 젊은이들이 오늘밤 여기 없어 유감이야. 그 친구들은 그냥 지나가다 괜찮다 싶으면 들르는 사람들이라는 게 문제지. 하룻밤 말썽이 있었던 곳이면 바로 다른 곳을 찾아가니까. 미안하군, 펠리시아."

"선생님 잘못이 아니에요."

그는 그녀가 계속 이야기하길 바라지만, 펠리시아는 더이상 말을 잇지 않는다.

"우울한가?"

"조금요."

"사실, 보기엔 밝아 보여. 이 말이 위로가 된다면 말이지."

그녀는 대답하지 않는다.

"내가 사무실 여직원에게 아침에 제일 먼저 알아보라고 할게. 그러고 나서 어떻게 되는지 보자고. 어때?"

"그분은 그 사람을 못 찾을 거예요."

"찾아낼 만한 사람은 그 직원뿐이야. 장담해, 펠리시아."

해산물 음식점이 문을 닫자 그들은 일어나고, 놀랍게도 아직 열려 있는 리틀 셰프에 한번 더 들른다. 이후 그들은 전에도 차를 세웠던 정차 구역에 멈춰 선다.

“불편하지 않았으면 좋겠군.” 다시 차 뒷좌석에 웅크린 채 그가 시킨 대로 얼굴에 담요를 덮어쓴 그녀에게 자신이 걱정하는 말이 제대로 전달되었는지 그는 알 수 없다. 담요는 가로등 때문에 권한 것이다. “펠리시아가 이렇게 이해해주니 정말 고마워” 하고 덧붙이며 그는 다시 쾌활한 분위기를 만들려 애쓴다.

차를 3번지 밖 자갈길에 세우고, 그는 사무실 여직원이 최우선적으로 그 일을 처리하게 하겠다고 펠리시아에게 다시 한번 말한다. 여직원은 알아낼 수 있는 한 최대한 전화를 돌려볼 것이고, 일반 사람은 연락할 수 없는 여러 공장 인사부에 문의해 자세한 설명과 함께 조니 라이서트라는 이름을 댈 거라고. 이 문제를 처음 언급했을 때 말했듯이 그 직원이 선거인 명부는 물론 찾을 수 있는 다른 명단들도 전부 확인해볼 거라고.

“우리는 저녁쯤이면 결과를 알게 되겠지. 대단하신 조니의 행방을 찾을 수 있을 거야.”

“제가 결과를 들으러 다시 올까요?” 말하는 태도에서—피곤한 목소리에서—그녀는 지금 들은 모든 이야기에도 불구하고 소식을 얻지 못할 거라 확신하고 있음이 느껴진다. 그녀는 애초에 빌리러 왔던 돈 생각을 하고 있다.

“해가 진 후에 언제든. 한 여섯시 정도?” 그가 입가로 손을 올리며 나오지도 않는 하품을 막는다. 그러고는 최대한 무심하게 말한다. “오늘 밤 있을 곳은 찾을 수 있겠지?”

“그 집에 다시 가보려고요. 콘스 씨 집이요.”

"그런 곳에선 조심해야 해, 펠리시아."

"네, 조심할게요."

쇼핑백은 현관에, 그녀가 내려놓은 그 자리, 현관 외투걸이 옆에 있다. 그는 그녀가 돈 얘기를 꺼내기 위해 적당한 말을 찾느라 애쓰는 것을 지켜보는데, 그녀는 낯부끄러워 차마 그 얘기를 하지 못한다. 당연한 일이다. 전혀 모르는 사람에게 50파운드에 가까운 돈을 달라고 부탁하는 것은 어려운 문제니까. 그는 그냥 그녀의 관심을 계속 붙잡아두기 위해서 자신이 먼저 돈 얘기를 꺼내볼까 생각하다가 그러지 않기로 결정한다.

"가기 전에 화장실은 안 들러도 괜찮겠어?" 대신 짐짓 무심하게 묻는다.

"네, 괜찮아요. 고맙습니다."

그녀는 여전히 망설인다. 뭔가 말하려 하지만 간신히 한두 마디 내뱉다가 말을 멈추고는 안녕히 계시라고 인사한다. 그는 이번엔 덜 무심하게, 염려가 섞인 말투로, 이 밤중에 헤매고 다니는 일은 현명하지 못한 처사인 것 같다고 걱정한다.

"얼마든지 괜찮아, 당연히." 그러고 나서 그가 제안한다. "여기서 눈을 붙이는 것도 말이야."

14

“좋은 아침입니다, 힐디치 씨!” 한쪽 다리가 불편한 남자가 앞마당에서 외친다. 구내식당 청소부다.

“좋은 아침이군, 지미. 날씨가 좀 나아졌어, 그렇지?”

“그래서 기분도 좋네요, 힐디치 씨.”

하루이틀 정도 내리던 가랑비가 지나가고, 이제 날은 춥지만 하늘은 맑게 갰다. 오늘은 반죽을 입힌 리솔*, 돼지고기 구이와 생선 중 하나를 선택하고, 자두와 커스터드 또는 롤리폴리 푸딩 중 하나를 고른다. 목요일 메뉴다. 그는 아마 리솔에 프렌치프라이와 으깬 콩을 곁들여 먹을 것이다. 구이가 특별히 맛있는 날도 있지만 그건 어쩌다 한 번 있는 일

* 고기로 속을 채운 뒤 파이 껍질로 감싸 기름에 튀겨낸 요리.

이니까.

“안녕하세요, 힐디치 씨.” 누군가 멀찍이서 인사를 하고, 그는 미소를 지으며 손을 흔든다.

사람들이 그에게 평소와 다름없이 인사를 하는 것이 놀랍다. 앞마당에서도, 십 분 후 주방에 들어갔을 때도, 그의 사무실과 붙어 있는 다른 사무실들의 창문을 통해서도, 아무도 그를 달리 보지 않는다는 것이 놀랍다. 힐디치 씨는 이들 중 누구도, 아직 여덟 시간도 채 지나지 않은 오늘 새벽 한시 이십분에 그가 자기 집 현관에 서서 그런 초대를 했고, 그 결과 잘 알지도 못하는 아일랜드 소녀가 그와 한집에 있게 되었음을 모른다는 사실이 도무지 믿기지 않는다. 어른이 된 후 평생 규칙에 따라 살아왔다. 깨어 있는 매 순간 사람들 입방아에 오르내리지 않도록 철저히 조심해왔다. 그런데 한순간에 그 규칙을 모두 저버린 것이다. 단 한 번도 베스나 엘시 커빙턴, 혹은 다른 여자들을 그의 지붕 아래에 들이겠다는 충동을 느낀 적이 없었다. 전에는 단 한 번도 아내에 대해 언급하거나 군대 전통에 따른, 검을 드는 결혼식 이야기를 한 적이 없었다. 그저 만나서 몇 시간 함께 보내며 눈에 띄어도 안전한 동네에서 사람들의 이목을 끄는 일, 그 이상을 필요로 한 적이 없었다.

어젯밤 리틀 셰프에서 그릇을 치우던 여자가 분명 다른 여자에게 뭐라고 중얼거렸고, 두 여자 모두 그가 아일랜드 여자에게 막 들어서던 청년을 보라고 한 후 그녀가 고개를 젓는 모습을 건너다보았다. 여자들은 그녀가 임신중이라는 사실을 확실히 알아차렸다. 아직 겉으로는 거의 표가 나지 않지만 여자들은 남자는 알 수 없는 방식으로 그 사실을 알아차리곤 한다는 것을, 그는 구내식당에서 이따금 전해듣는 이야기를 통해 알게 되었다. 그는 심지어 그녀에게 그 이야기를 하기도 했다. 여자의 통찰력을 화제로 삼으면서.

온몸을 훑고 지나가던, 한바탕 독감을 앓을 때의 고열 같은 흥분은 블루 라이트 해산물 음식점에서의 순간적인 쾌감에서 시작되어 나중에 아일랜드 소녀와 현관에 서 있을 때, 그녀가 들어올리기 전까지 그대로 놓여 있던 쇼핑백들, 그녀 목에 살짝 엿보이던 작은 금속 십자가 목걸이를 보며 더욱 강렬해졌다. 그녀를 집안으로 들인 것은 크리치 우드 휴게소에서 팜스 팬트리를 나서며 게이의 팔을 잡았던 일만큼이나 충동적인 행동이었다—그들이 처음으로 함께 외출한 때였기에 너무 성급한 행동이었다. 게다가 크리치 우드는 30킬로미터 남짓 되는 거리에 있으니 아주 먼 곳도 아니었지만, 그가 자제해보려 했어도 그럴 수는 없었을 것이다. 이 분 후, 주차장에서 스프레이 부서의 벨리스를 닮은 남자를 본 그는 뱃속에 뭔가 단단히 뭉치는 듯한 느낌을, 온기가 싸늘하게 식는 듯한 느낌을 받았다. "따님이에요, 힐디치 씨?" 이후 구내 식당에서 만났을 때 벨리스가 그렇게 말하는 모습을, 그리고 자신이 고개를 저으며 크리치 우드 휴게소에는 평생 가본 일이 없다고 말하는 장면을 상상했다. 그런데 다행히도 잘못 본 것이었다. 남자는 그가 모르는 사람이었다.

여자와 팔짱을 낀 모습으로 엉뚱한 이들의 눈에 띄는 일 정도는 이제 별것 아닌 일처럼 느껴진다. 여자를 집안에 들였다는 사실이 알려지는 일에 비하면 어쨌든 아주 사소한 일이다. 성인이 된 후 처음으로 그에게 위험이 매력적으로 느껴지고, 그는 본능적으로 자신이 무릅쓴 위험이 너무나도 크기에 그토록 매력적으로 다가오는 것임을 깨닫는다.

힐디치 씨는 또한 자신이 오랜 여정을 거쳐 지금의 목적지에 도달한 것이며, 이전의 모든 행동은 자신을 이곳까지 이끈 행동에 담긴 당당함이 부족했던 것 같다고 생각한다. 아일랜드 소녀는 큰 응접실에서 밤을 보냈다. 그는 위층에 침대가 있는 방을 쓰라고 권했지만 응접실도 괜찮다고 했다. 그는 잠자리에 들기 전 살금살금 아래층으로 내려가 소파에 누워 있는 그녀의 모습을 보았다. 지금 힐디치 씨는 어둠 속 잠든 그녀의 모습을 떠올리며 이젠 그 소파가 자신에게 전혀 다른 의미를 지니게 될 것임을 안다. 이미 여자는 그의 포크와 숟가락을 사용했고, 화장실을 썼으며, 어쩌면 수건을 적셔 온몸을 닦았는지도 모른다. "달걀이라도 한두 개 먹어." 그는 집을 나서기 전 말했다. "나중에 배가 고프면 말이야, 펠리시아." 그녀라면 뭐든 다 손을 대도 괜찮다.

힐디치 씨는 아침나절이 더디게 지나가 집중하기가 힘들다. 이 여자는 믿어도 된다는 것을 안다. 집밖으로 나가지 않는 편이 좋겠다고 말했으니 관목숲이나 뒷마당으로 나가는 일 없이 집안에 머무르리라. 도로에서 보이는 창문은 일부에 불과하지만 그럼에도 그녀는 창가에서는 주의를 기울이며 뒤로 멀찍이 물러나 있을 것이다. 특히 아래층 창가는 혹시라도 광고우편물을 배달하는 사람이 안을 슬쩍 쳐다볼 수도 있으므로 아예 가까이 가지 않을 터였다.

하지만 그럼에도, 당연히, 그는 불안하다. 이 일을 뒤로 미루는 것도, 오늘밤 다른 방향으로 차를 몰아 카페 몇 군데를 더 돌아다닌 후 함께 부엌에 앉아 야식을 먹는 것도 좋지 않을까. 하지만 그녀가 더는 질질 끌고 싶어하지 않는다는 것을 느낀다. 그녀는 단념했고 초조해지기 시작했다. 다시 한번 힐디치 씨는 기시퍼드 클리닉 대기실에 있는 자신의 모습, 그녀에게 걱정하지 말라고 말해주는 자신의 모습을 그려본다. 지금껏 그런 일이라고는 그 엇비슷한 것조차 없었다.

"건강하시죠, 힐디치 씨?" 점심시간에 구내식당에서 누군가 묻는다.

"그럼, 고마워. 자네도 잘 지내?"

뭐라고 대답하는 소리가 들린다. 힐디치 씨는 무관심을 미소로 감춘다. 으깬 콩을 퍼주는 저 아시아 여자는 그가 어제와 다르다는 것을 뚜렷이 느낄 수 있을까? 한집에, 바로 한 층 아래에 여자가 있다는 이유로 밤새 잠 못 이루고 깨어 있어야 했던 그 불안의 전율이 어떻게 그의 표정에 드러나지 않을 수 있단 말인가? "이런, 참 숫기도 없지!" 그가 여섯 살 때 어머니는 그렇게 말하곤 했다. 그 말이 떠오르자 그는 다시 한번 미소를 짓는다. 아시아 여자에게 고맙다는 인사를 하고 식판을 든다. 숫기가 없다고는 전혀 생각할 수 없다.

지금 그녀는 어쩌면 『지오그래픽』을 이리저리 넘겨보고 있는지도 모른다. 그녀는 다른 여자들과 다를뿐더러 거친 면이라곤 없다. 새처럼 단순한데, 어디 출신인지를 생각하면 당연히 그러리라 예측할 수 있다. 그럼에도, 물론, 그들은 다 똑같다. 진실이 그들을 똑바로 응시하면 그들은 눈을 피할 것이다. 베스는 진실을 잠시도 견뎌내지 못해 한두 잔씩 더 마시곤 했다. 엘시는 거리로 나갔을 즈음엔 진실에 면역이 되어 있었다. 거짓말을 더 많이 들을수록 그들은 스스로를 더 많이 속인다—재키는 이른바 그 회사 사장에 관해, 샤론은 다섯 아이의 아버지인 세탁소 남자에 대해 사실대로 말하지 않았다. 그가 보비를 처음 만났을 때 보비는 한쪽 눈에 멍이 들어 있었는데, 걷다가 문 모서리에 부딪혔다고 말했다.

"뭘 먹으면 좋을까요, 힐디치 씨?" 이름이 기억나지 않는 직원이 묻자 그는 돼지고기를 먹으라고, 껍질이 맛있다고 조언한다. "그러려고 했어요, 힐디치 씨. 저 돼지고기가 제일 맛있어 보이네요, 그렇죠?"

지금 그녀는 어쩌면 삶은 달걀을 먹고 있는지도 모른다. 어쩌면 큰 응접실에 〈Lazy River〉를 틀어놓아 멜로디가 부드럽게 부엌으로 흘러가고 있는지도 모른다. 호기심에 이끌려 이층으로 올라가 옷장에 걸린 드레스들과 그 옆 리놀륨 바닥에 놓인 신발을 보고 있을 수도 있다.

"3번 환기구가 막혔어요, 힐디치 씨." 그날 오후 늦게 누군가 말했는데, 그는 그 말을 한 사람이 남자인지 여자인지도 확실히 모른다. 어쨌든 상관없다, 그곳에서 그들은 누구나 입는 작업복에 유럽법에 따라 머리에 뭔가를 쓴 그림자일 뿐이니까.

"이것참." 그는 곤란에 처할 때면 늘 그렇듯 그렇게 대답한다. 고장난 환기구 주위로 사람들이, 이런 종류의 수리가 필요할 때면 항상 불려오는 도장 작업장의 렌과 주방 직원 대부분이 몰려드는 것을 바라본다.

"저희가 경쟁력이 있다는 걸 알게 되실 겁니다." 나중에 사무실에서 크로스 앤드 블랙웰의 영업사원이 주장한다. "전체 수익으로 보면 다른 업체들은 이런 조건을 맞출 수가 없거든요."

관심 없다. 중요한 문제도 아니다. 막힌 환기구든 저렴한 가격이든, 그런 것들이 어떻게 그의 집에서 이 방 저 방 옮겨다니는 그 여자, 아일랜드 촌구석에서 도망쳐나온 그 여자, 싸구려 금줄에 십자가가 달린 목걸이를 한 그 소녀에 비할 수 있겠는가? "잠시 실례할게요." 그는 크로스 앤드 블랙웰 영업사원에게 양해를 구하고는 구내식당 바깥에 있는 직원용 전화로 기시퍼드 클리닉에 전화를 건다. "네, 바로 일정을 잡을 수 있습니다." 차분한 목소리가 그를 안심시킨다. 샤론이 얘기한 대로 아주 친절하게 응대해준다.

사무실로 돌아오자 크로스 앤드 블랙웰 영업사원이 말한다. "생각해 보시고 언제든지 말씀만 하십시오."

"그럴게요."

그는 크로스 앤드 블랙웰 직원과 악수를 나누며 그의 이름을 기억해 보려 애쓴다.

"늘 그렇듯 만나서 반가웠습니다, 힐디치 씨."

"저도요."

그의 집에 있는 임신부는 다이닝룸 벽난로 위 검은 리본을 두른 어머니 초상화를 살펴보고, 위층의 이 방 저 방을 다니다가 마침내 몸을 씻을 것이다. 힐디치 씨는 그 이미지가 더 선명해지기를 바라며 눈을 감는다. 크로스 앤드 블랙웰 영업사원이 서류가방을 챙기는 동안 그는 개인적인 문제에 열중하고 있음을 숨기려 잠시 안경을 벗고 고개를 돌린다.

"명함 한 장 또 놓고 가겠습니다." 남자가 명함을 힐디치 씨 책상 가장자리에 놓으며 말한다. "그냥 한번 더 보시라고요."

그녀의 옷이 의자에, 욕실 수건걸이에 걸쳐진다. 어머니가 살아 있을 때 이후로 3번지에 그런 일이라곤 없었다.

널따란 부엌에는 펠리시아가 한 시간 전에 끓인 차가 차갑게 식어 있다. 그녀는 하루종일 걱정에 시달리느라 머리가 지끈거린다. 어떻게 해서든 할머니에게서 훔친, 그러나 지금은 그녀에게 없는 그 돈을 갚아야 한다. 일단 하루 한 시간 파트타임 청소부라도 자리만 있다면 할 것이다. 그리고 집으로 돌아갈 여비는 얼마가 됐든 카멀이나 에이든, 코니 조, 아니면 베네딕트 수녀님에게서라도 빌려 갚을 것이다. 어떻게든 돈을 마련할 것이다. 조니가 돌아와—아마도 성패트릭 축일이나 부활절에—그녀의 이야기를 들으면 도와줄 것이다. 조니가 돌아오면 그들은 그의 어머니의 오해를 풀어줄 것이고, 펠리시아는 모든 이야기를 하나도 빠뜨리지 않고 그에게 털어놓을 것이다. 무슨 생각으로 퍼리 양을 보러 갔는지, 폐업한다는 소문이 들리던 즈음 공장에서 전단지를 나눠준 두 여자에게 얼마나 절박한 마음으로 조언을 구했는지 전부 다. 어려움에 처한 여성 누구나 가까운 곳에서 도움을 받을 수 있습니다, 라고 그 전단지는 약속했고, 누군가 그 전단지 한 장을 실외화장실 문에 붙여놓았다. 펠리시아가 다시 보러 갔을 때도 전단지는 여전히 그 자리에 붙어 있었고 전화번호에는 밑줄이 그어져 있었다. "찾아오세요." 전화 속 목소리는 30킬로미터쯤 떨어진 도시의 주소를 알려주었다.

찻잔과 받침, 찻주전자를 씻고 나서 펠리시아는 큰 응접실에 앉아 추웠던 그날 오후를 떠올린다. 쇼핑백은 전날 밤 놓아둔 그 자리, 소파 옆에 그대로 놓여 있다. '상 수시'*, 그 여자들이 사는 단층집을 그렇게 불렀다. 넓지 않은 땅에 지어진, 자갈 섞인 분홍색 시멘트를 바른 집이었다. 두툼한 니트를 입고 안경을 쓴 여자들은 그녀를 '친구'라 부르며 아무 걱정 하지 말라고 했다. 그들은 머그잔에 커피를 담아주었고, 그녀는 지금 커피를 마실 수 있는 상태가 아니라는 말은 하고 싶지 않았

* 프랑스어로 '근심 걱정 없다'라는 뜻. 독일 포츠담에 있는 상수시궁전도 같은 뜻을 지닌다.

다. 그녀가 상황을 이야기하고 있을 때 아이 하나가 방으로 들어왔고, 그들은 아이에게 나가 있으라고 일렀다. 여자들은 바닥에 앉아 머그잔에 담긴 커피를 마셨다. "그 남자에게는 법적 책임이 있어요." 더 짙은 색 안경테를 쓴 여자가 말했다. "그 사람은 못 빠져나갈 거예요."

하지만 펠리시아는 그런 게 아니라고 말하며 처음부터 이야기를 시작했다. 자신과 조니는 사랑에 빠졌다고, 자신들에게 일어난 일을 막으려고 그가 정말 애썼다고, 그러나 그럼에도 불구하고 무언가 잘못되었다고. 펠리시아는 그 이야기를 하며 부끄러움을 느꼈다. 낯선 이들에게 그런 이야기를 꺼내는 것이 창피했고, 이야기를 하다보니 당혹스러워졌다. "그럼 그 남자는 모른다는 말이에요?" 다른 여자가 물었고, 펠리시아는 조니가 급히 떠나게 된 상황과 두 사람이 연락을 취할 방법을 나누지 못한 일에 대해 설명했다. "다른 것보다도 일단," 여자가 강경하게 말했다. "아기 아버지를 찾아야 해요. 당신에게는 분명히 그럴 권리가 있어요. 애아빠가 무슨 왕자라도 되는 것처럼 떠나버렸군요. 당신을 이용한 그 순간부터, 그 남자에게는 법적인 책임이 있어요."

펠리시아는 다시 한번 그런 게 아니라고 항변했지만, 여자는 이 일은 그렇게 봐야 한다고 주장했다. 만일 남자가 그녀에게 신경을 끄고 도처에서 여자들과 즐기고 있다면, 그건 이용한 거라고. 그가 지금 어디에 있든 법원 명령을 받아올 수 있고, 아이가 태어나면 곧 아이 아버지 봉급에서 양육비를 징수하게 된다고. 숫자도 인용되었다. 이런 식으로 버림받았다고 기록된 전국의 여성들 숫자가. 이 일의 냉혹함과 괴물 같은 이기심도 언급되었다. "그 몹쓸 인간 이름을 알려줘요." 더 짙은 색 안경테를 쓴 여자가 추궁하며 마룻바닥 저편으로 손을 뻗어 어린아이가 크레용으로 그림을 그리던 종이를 집었다. "성과 이름, 그리고 현재 있는 곳을 알 수 없다면 아일랜드 주소라도 말해줘요."

큰 응접실에서, 펠리시아는 고개를 젓고 곧 자리에서 일어난 일을 떠올린다. 그 집 현관에서 여자들은 자신도 아이가 하나씩 있는 미혼모라고 말했다. 요즘은 한부모가족이 받아들여지는 시대라고 펠리시아를 안심시키며, 한부모를 선택하는 사람들도 있다고 했다. 법원 명령이 떨어지도록 도와주겠다고, 명령이 떨어진 경우 오십 퍼센트는 잘 풀렸다고 했다.

응접실의 햇빛이 옅어지기 시작한다. 어스름이 어둠으로 바뀌고, 자갈을 밟는 자동차 타이어 소리가 들린다. 차 문이 닫히고, 열쇠 돌리는 소리가 난다. 소득이 없네, 그가 침울하게 고개를 저으며 꺼낸 첫마디다. 하루종일 여직원이 여기저기 전화를 돌렸다고. 그런데 전혀 알아낸 게 없다고. 존이든 조니 라이서트든 어디에서도 흔적을 찾을 수 없었다고.

딱히 실망스럽진 않다. 그럴 것임을 그녀도 알았다. 이럴 줄 알았다고, 예상 못한 일은 아니라고 말한다. 그러자 이제 적어도 상황은 파악한 거라고 그가 말한다. 적어도 이 일은 매듭이 지어진 것이라고. "여기 있는 건 괜찮았나?" 그가 묻는다.

"네, 괜찮아요."

"뭘 좀 먹고, 그러고 나서 어떤 작전을 펼칠지 계획해보자고." 그가 미소를 짓는다. "어떻게 해서든 집으로 돌아가야지."

그가 음식을 하고, 그들은 또다시 다이닝룸에서 격식을 갖춰 식사한다. 그는 군 시절과 그가 본 전투에 대해 이야기한다. 그녀에게 서가에 있는 잡지들, 『지오그래픽』이나 『월간 철도와 여행』에 관심이 있는지 묻는다. 그가 그녀의 이야기를 더 들려달라고 하자 그녀는 정말로 별로 말할 것이 없다고 답하지만, 그가 계속 조르자 어머니의 죽음이며 수녀원 학교에 간 일, 아침마다 카멀과 로즈, 코니 조와 함께 가파른 세인트 조지프 힐을 오르던 일, 아버지가 매일 했던, 그리고 지금도 이어가고 있는 하루 일과에 대해 이야기한다. 그의 요청에 그녀는 광장을 묘사하며 버스가 서는 도헤니스 식품점, 민중 봉기 때 목숨을 잃은 사람들을 추모하기 위해 세운 병사 동상, 투스크린 리츠 등을 설명한다. 결혼식 날, 히키 씨가 호텔 로비에 색종이를 뿌리지 말아달라고, 지저분해지는 게 싫다고 말한 일도. 에이든이 처가의 압력에 못 이겨 하던 일을 포기하고 지금은 맥그래튼 스트리트의 자전거와 유모차 상점에서 일하고 있다는 이야기, 다이아몬드 커피 독에 왔던 셰이 멀룬 이야기도 한다. 아버지는 그녀가 파트타임 일만 하기를 원했다고, 그래야 그녀가 계속 집안일과 요리를 도맡아 할 수 있고, 매일 낮에 할머니를 돌봐달라고 퀴글리 부인에게 부탁하지 않아도 되기 때문이라고 말한다. 어렸을 때 사람들이 해변에 갔다오면서 조개껍데기를 가져다주었는데 모양도 크기도 제각각이라고, 방 서랍장 위에 진열해놓았다가 이제는 그녀가 쓴 편지들과 함께 서랍 안에 넣어두었다고도 이야기한다.

그는 식사가 끝난 후에도 계속 두 사람 찻잔에 차를 따르며 이야기에 귀를 기울이고, 비스킷에 그가 그날 아침에 만든 젤리를 곁들여 먹으라고 권할 때만 잠시 이야기를 끊는다. 그러고 나서 여전히 다이닝룸에 앉은 채 말한다.

“이 주제에 관심이 없다는 건 알아, 펠리시아. 하지만 난 이 말을 다시 꺼낼 의무가 있는 것 같아. 전에도 말했듯이 예전에 내 밑에 젊은 친구들이 있었기 때문에 알게 된 것들이 있거든. 내가 기억하는 녀석들 중엔, 펠리시아, 이런 일이 일어났을 때 해결해버리고 싶어하지 않는 녀석이 단 한 명도 없었어. 이놈 저놈 할 것 없이, 단 한 놈도 예외가 없었지."

그녀는 그가 무슨 말을 하는지 이해하고 고개를 끄덕인다.

"펠리시아는 조니에게 그 질문을 하려고 여기 왔지만 대답을 얻지 못했지. 우리는 이 일을 그렇게 봐야 하는 거야. 사무실 여직원이 오늘 운이 좋아 뭐라도 건졌다면 상황이 달라졌겠지, 그럴 수도 있었을 거야. 그런데 여직원은 알아낸 게 없어. 그래서 이제 나도 펠리시아와 같은 생각을 하게 됐어. 우리는 조니를 찾지 못할 것 같군."

"조니는 돌아올 거예요, 성패트릭 축일이나 부활절에요. 하루종일 그 생각을 하고 있었어요. 제가 고향으로 돌아가면 다 해결될 거고, 우리는 다시 함께하게 될 거예요."

"하지만 자전거를 타고 그 여자를 만나러 갔다고 하지 않았나? 그땐 그걸 처리하고 싶었던 것 아니었어?"

"조니 모르게 그런 생각을 한 건 옳지 않은 일이었어요. 그땐 무엇이 최선인지 제대로 생각할 수가 없었어요."

"나도 잘 알아. 한 마디, 한 마디 무슨 말인지 다 알겠고, 마음이 바뀌었다는 것도 이해했어. 그런데 지금, 조니를 만나지 못한 상황에서 우리가 알고자 애쓰는 건, 조니라면 과연 무엇을 원할까 하는 것이지. 내 말 이해하나, 펠리시아?"

"네, 이해해요. 단지……"

"만일 조니가 돌아와 펠리시아가 아이를 가졌다는 걸 알게 되면, 자신이 덫에 갇혔다고 생각할 거야. 젊은 청년이라면 누구라도 그렇게 생각하지."

"난 그 사람을 덫에 가두려는 게 아니에요."

"내 말이 바로 그 말이야. 펠리시아도, 나도 그렇게 생각하지. 하지만 조니의 생각은 우리와 같은 선상에 있지 않을지도 몰라."

"조니와 저는 서로 사랑해요. 그 사람은 덫에 갇혔다는 식으론 생각하지 않을 거예요."

"조니가 펠리시아를 사랑한다는 사실에는 의심의 여지가 없어. 펠리시아가 내게 해준 이야기에서도 그렇지 않다고 생각할 만한 건 하나도 없었지. 요점은 펠리시아와 조니가 처한 상황이 불운에 영향을 받기가 매우 쉽다는 거야." 그는 잠시 말을 멈추고 그녀에게서 눈길을 돌렸다가 다시 말을 잇는다. "에이다가 그렇게 말하곤 했어, 펠리시아. 에이다는 마음의 문제에 상당한 통찰력을 갖고 있었거든."

"그 사람을 찾을 수 있었다면 좋았을 텐데."

"우리가 그를 찾을 수 있었다면 좋았을 거야. 솔직히 말해서 지금 당장이라도 조니가 초인종을 누른다면, 내겐 이 세상에서 그보다 기쁜 일이 없을 것 같아, 펠리시아."

"조니는 모르잖아요……"

"나도 알지, 안다고. 그저 가정해본다면 그렇다는 거야. 중요한 건 펠리시아가 여기에, 이용 가능한 의료 시설이 있는 곳에 와 있다는 사실이야. 나와 에이다에게 딸이 있었다면, 그 딸에게도 지금 내가 한 말들을 했을 거야. 내 오랜 경험에서 얻은 교훈을 알려주는 거지. 내 생각에는 확실해, 펠리시아."

그녀는 커다란 식탁에 말없이 앉아 있다. 두통이 점점 더 심해진다. 그녀는 계획을 짜보려고, 일이 어떤 식으로 전개될지 생각해보려고 애쓴다. 조니가 고향에 와 만나게 되면 이야기를 꺼내기도 전에 그녀의 모습을 보고 상황을 알아차릴 것이다. 펠리시아는 그의 얼굴을 떠올리려 애쓴다. 그녀는 그가 말을 하게 하려 애쓴다.

"오늘 오후 두시 반부터 줄곧 생각을 해봤지, 펠리시아. 여직원이 나를 보면서 고개를 저은 후부터. 나는 거기 앉아 이건 조니만의 문제가 아니라고 판단을 내렸어. 펠리시아의 아버지도 있다고, 상황이 이렇게 돼서 절망한 남자가 또 있다고 말이야. 그날 결혼한 펠리시아의 오빠와 채석장에서 일하는 두 오빠도 있고, 노인이신 증조할머니도 있고. 이건 펠리시아의 인생 전부가 걸린 문제야, 라고 생각했지."

"그걸 살인이라고 말하는 사람들도 있어요." 그녀는 수녀님들이 그렇게 말할 거라고 설명한다. 절대 그 일을 용서하지 않을 사람들도 있다고. 그녀의 어머니라면 결코 용서하지 않을 거라고.

"하지만 어머니는 이제 이곳에……"

"그렇죠."

"어떤 기분인지 이해해, 펠리시아. 나보다 잘 이해하는 사람은 없을 거야. 나는 세상을 더 많이 살았고, 행운의 여신이 펠리시아에게 보내준 어른이지. 펠리시아의 아버지와 오빠들, 노인의 체면을 지키는 일을 기꺼이 도와줄 의향이 있어. 우리는 사람들에게 고통을 주려고 이 세상에 온 게 아니잖아. 나는 내 아래 있던 젊은 친구들에게 그렇게 말하곤 했지. 분명하게 알려줬어. 너 자신만을 생각해야 할 때도 있다, 하고 말이야. 때로는 그래야 해, 그러지 말라는 말이 아니야. 하지만 다른 사람들도 있잖아. 이건 하루하루 나이를 먹을수록 점점 더 뼈저리게 느끼게 되는 일이야. 펠리시아가 겪어야 했던 일을 부정하는 사람은 아무도 없어. 하지만 펠리시아의 불운한 아버지와 할머니, 오빠들 역시 자존심을 지키기 위해 애쓰고 있다는 거지. 내가 해줄 수 있는 말은 이게 다야. 우리는 모두 끔찍한 일을 해야 할 때가 있어, 펠리시아. 때로는 그럴 용기를 내야 하는 거야."

그녀의 시선은 벽난로 위 그림 속 얼굴에, 분홍빛 뺨의 근엄한 얼굴에 꽂혀 있다. 그는 다시 한번 비스킷을 권한다. 이제 그녀를 너무나도 잘 알게 되었기 때문에 이런 조언을 할 수 있는 거라고, 그가 말한다. 그는 그저 펠리시아를 돕고 싶다는 마음뿐이라고.

"알아요."

"그러고 나서 집에 가면 돼. 그 문제는 걱정하지 마."

"빌려주시는 돈은 꼭 갚을게요. 한푼도 남김없이 다요."

"그럴 거라 믿어, 펠리시아."

이후 그들은 함께 앉고, 그가 전축으로 옛날 노래들을 들려준다. 노래 한 곡이 끝나자, 그는 자신이 그녀를 돌봐주기를 아내도 바랐을 거라며, 자신이 특별히 친절하고 인내심 강한 사람이라서가 아니라고 스스로를 낮춘다. 그녀는 그가 친절하고 인내심 강한 사람임을 알고 있다고, 자신을 돕기 위해 최선을 다하고 있다는 것을 안다고 말한다. 오늘 밤에는 그가 지난밤에 권한 대로 이층 침실에서 자겠다고.

"조니를 찾지 못해 유감이야." 그가 말한다. 그는 새로운 레코드를 건다. '내 소식이 가닿을 때까지 그저 가만있어요', 애처로운 목소리로 가

수가 간청한다.

나중에 그는 부엌에서 오벌틴*을 준비한다. 그녀에게 걱정하지 말라고, 잠 못 이루고 깨어 있지 말라고 이른다. 밤은 적이 될 수 있어, 그가 말하자 그녀는 무슨 뜻인지 이해한다. 그녀가 두통에 먹을 약이 있느냐고 묻자 그는 야단스럽게 수선을 피우며 물 한 컵을 가져다주고는 아스피린 먹는 모습을 지켜본다.

"기시퍼드에서 당장 해줄 수 있다더군." 이제 그는 그녀를 등지고 있다. 무늬 없는 하얀 머그잔 두 개에 데운 우유를 따른다.

"뭘요?"

"바로 해줄 수 있다고 했어, 펠리시아. 여직원에게 전화를 걸어보라고 했지. 월요일이면 바다를 건너 돌아갈 수 있다고 하더군—다시 자유로워지는 거야, 펠리시아. 이 모든 짐을 더는 거지. 그렇게 하는 게 맞아, 펠리시아."

그녀는 그가 내민 머그잔을 받아든다. 오벌틴을 한 모금 마시며 옷장에 몸을 기댄다. 그는 비스킷을 먹고 싶은지 묻고 그녀는 괜찮다고 사양한다.

"실수는 지우는 게 맞아. 이 일은 말하자면 그런 거야, 펠리시아."

---

* 주로 우유에 타 마시는 코코아맛 가루.

15

가운데 있는 정사각형 테이블에는 잡지가 놓여 있다. 회색과 갈색을 섞어 짠 카펫이 바닥 전체에 깔려 있다. 벽은 희고 깨끗하다.

간호사 두 명이 계속 왔다갔다 지나다니고, 한 번은 흰 재킷과 바지에 반팔 차림인 전문의도 지나간다. 미닫이형 유리 창구 뒤에는 고리타분해 보이는 접수원이 책상에 앉아 있다. 클래식 음악이 흐른다.

젊은 여자 둘이 기다리고 있는데, 한 명은 청년과 함께고, 다른 여자는 혼자다. 혼자인 여자가 『우먼』과 『헬로!』를 뒤적이고, 힐디치 씨는 머리를 알루미늄빛으로 염색한 그 여자가 사나워 보인다고 생각한다. 커플은 나지막하게 이야기를 나눈다.

힐디치 씨는 대기실에서 이미 결론이 났다고 확신한다. 그는 고리타분해 보이는 접수원에게 두 번이나 다가가 자꾸 물어 미안하다고 사과하며 합병증은 없다는 확답을 들으려 했다. 그때마다 접수원은 나가서 산책을 하거나 그냥 집에 돌아갔다가 나중에 다시 오라고, 대개 그렇게 한다고 말했다. "간호사님, 괜찮다면," 그는 두 번 모두 똑같이 대답했다. "전 여자친구 가까이 있고 싶습니다."

그녀가 안으로 들어가기 전, 그는 청년이 그들 두 사람을 보며 무슨 생각을 하는지 느낄 수 있었다. 남자는 쉰넷이거나 쉰다섯, 여자는 많아 봐야 열일곱이겠군, 청년은 그렇게 추측하는 것이다. 그가 그녀를 달링이라 부르며 걱정하지 말라고 할 때, 청년은 그가 하는 말을 한 마디도 빠짐없이 모두 듣고 있었다.

"자, 다음은 다이크 양?" 점이 있는 간호사가 말한다.

"다이크 부인이에요." 청년이 날카롭게 간호사의 말을 정정한다. 그와 함께 있는 여자는 움직이지 않는다. "어서, 넬라." 그가 역시나 날카로운 목소리로 재촉한다. "괜찮을 거야."

"그냥 예비검진이에요, 다이크 부인." 간호사가 말한다. "걱정할 것 없어요."

"좀 이따 돌아올게." 청년이 자리에서 일어서더니 문을 향해 성큼성큼 걸어간다.

"예비검진이 끝날 때까지 여기 계셔주시면 감사하겠어요, 다이크 씨." 간호사가 당부한다.

머리를 염색한 여자가 또다른 잡지 『아웃 앤드 어웨이』를 집는다. 청년이 접수창구 유리를 두드리고, 접수원이 창구 문을 밀어 열자 그는 커피가 있는지 묻는다. 여자는 잠시 눈을 감았다가 퉁명스럽게 말한다. 커피는 없다고.

"젠장, 아주 환상적이네." 청년이 힐디치 씨를 향해 말한다. "이렇게 터무니없이 돈을 받아먹으면 커피 정도는 제공해야죠."

"이 젊은 여자분들에게 뭔가를 더 해주겠지요. 개인병원이니까 잘 돌봐줄 겁니다."

"토레몰리노스에 가려고 돈을 따로 좀 모아뒀는데 이렇게 된 거예요. 넬라가 다른 데는 가려 하질 않잖아요. 공공병원에 가면 이리저리 돌린다나, 그게 싫다는 거예요. 부인분은 임신한 지 꽤 된 건가요? 그렇게 보이지는 않는데."

"아뇨, 얼마 안 됐어요." 힐디치 씨는 잠시 말을 멈춘다. "실은 아내가 아닙니다."

이제 흥미가 동하는지 머리를 염색한 여자가 잡지에서 고개를 들고 쳐다본다.

"여자친구죠." 힐디치 씨는 그렇게 말하고, 작은 키에 대머리인 두번째 전문의가 대기실로 들어와 접수창구 유리를 두드리자 청년이 다른 질문을 더 던져주기를, 그래서 전문의와 접수원의 관심도 끌 수 있기를 바란다. 하지만 청년은 더이상 말이 없고, 대머리 전문의는 열한시 십오분 예약 환자가 도착하면 곧바로 알려달라고 말한다. "시간이 빠듯해, 열한시 십오분 환자는." 의사가 서둘러 나가며 덧붙일 때 힐디치 씨는 미소를 지어 그의 시선을 끈다.

그 순간 흥분감이 솟아나 마치 피를 타고 흐르듯 그의 몸안에 서서히 퍼져나간다. 그가 뱃속 아이의 아버지라고, 모두들 당연히 그렇게 생각할 것이다. 그들 모두 본 그 여자, 십여 분 전까지만 해도 이 자리에 있었던, 창백한 안색으로 불안해하던 그 여자가 지금 이 순간, 두 사람의 경솔한 행동이 낳은 결과물을 지우고 있다. 두 사람이 연인 관계라는 것, 누구도 그 사실을 부정할 수 없을 것이다.

그가 나이 많은 남자라는 것은 그저 하나의 사실일 뿐이다. 여자들은 나이 많은 남자에게 끌릴 수도 있고, 땅딸한 남자에게 끌릴 수도 있다. 자연스러운 일이다. 이상한 일도 잘못된 일도 아니다. "이렇게 다 큰 아이의 어머니로는 안 보이네요!" 사람들은 말했고, 당시에는 입장이 반대였다. 그들이 어딘가로, 시내나 온천으로 외출을 하면 처음 보는 이들이 그렇게 말했다. 그녀가 지금 여기 있다면 재미있을 거라고 힐디치 씨는 생각한다. 그녀가 죽음에서 다시 살아 돌아온다면 재미있을 거라고.

눈을 감자 그 경솔한 행동이 힐디치 씨 앞에 떠오르며 차 안에서 일어난 일이 된다. 어둡다. 서로의 모습이 보이지 않는다. 이보다 좋을 수는 없어요, 아일랜드 소녀가 그에게 속삭인다. 영원히 그와 함께 있고 싶다고.

대기실에서, 그는 몸이 떨려 괴롭다. 증상은 경미하고 심각하지는 않다. 전에도 이런 적이 있다. 다리에서 나타난 떨림이 팔로 옮겨간다. 그는 손끝으로 무릎을 세게 누르며 떨리는 손을 진정시킨다. 잠시 쉬고 싶고 다시 눈을 감고 싶지만, 그러지 않는다. 입술까지 떨려오자 떨림을 제어하기 위해 미소를 지으며, 자신이 지금 짓는 미소가 뜬금없어 보이지 않기를 바란다.

16

시계는 그녀의 아버지 것이다. 아버지가 시계를 찾는 동안 그녀는 데이지 가운데 앉아 기다린다. 소리쟁이 이파리에 분홍색 데이지를 올리면 접시에 놓인 딸기가 되고 파티가 열린다. 비록 그녀 외엔 손님이 아무도 없지만. 민들레는 또다른 과일인데, 어쩌면 배쯤 되려나, 그녀는 알지 못한다. "귀뚜라미는 다리로 이야기를 한단다." 아버지가 돌아와 말한다.

시계는 아버지가 들여다볼 때를 제외하면 늘 줄에 연결된 채 윗주머니에 들어 있었다. 재킷을 벗을 때면 아버지는 시간을 알 수 있도록 시계를 꺼내 옆에 두었다. 그런데 시곗줄을 떨어진 나뭇가지 위에 걸쳐 놓고 그냥 와버린 것이다. "가서 찾아보자." 아버지가 부엌에서 말했다. 어머니도 거기 있었다. 모두 미사에 간 날이니 일요일이었다.

아버지는 그녀가 서 있는 곳이 너무 뜨거우니 나무 아래로 가라고 말한다. 시계는 아버지의 할아버지의 것으로, 군인들에게 죽임을 당했을 때 더블린에서 가져왔다. "오래 걸리지 않을 겁니다." 누군가가 말한다. "이제 긴장 푸세요." 아버지가 수녀원에서 일하기 전 맨더빌 집안에서 일하던 시절이다. "저기 있군." 그가 말한다. "아주 멀쩡해."

멀리서 음악이 들려온다. 한 남자가 노래를 부르고, 음악이 흐른다. "펠리시아입니다, 부인." 아버지가 말하자 키 큰 여자가 몸을 숙이며 손을 내민다. "맨더빌 부인과 악수하렴, 펠리시아." 그러나 펠리시아는 악수를 하고 싶지 않고, 여자는 웃음을 터뜨린다. 여자는 머리를 뒤로 매끈하게 빗어 넘기고 바지를 입었다. "펠리시아는 좋은 이름이죠." 여자가 말한다.

하얀 개 한 마리가 발치에서 킁킁거리자 펠리시아는 울음을 터뜨린다. 키 큰 여자가 개 주둥이에 손가락을 갖다대며 개가 물지 않는다는 것을 보여준다.

음악이 계속 흐르고, 노래하는 목소리도 여전하다. "봐라, 펠리시아." 아버지가 말하고, 그녀는 집 앞에 의자를 놓고 앉은 사람들을, 한 남자와 여자, 그리고 소년을 본다. 음악은 그곳에서 흘러나온다. "존 카운트* 야." 아버지가 말한다.

커다란 정사각형 모양의 녹색 집이다. 열린 창문 밖으로 커튼 아랫자락이 바람에 날리며 창문턱 위를 스친다. 녹색 바탕에 하얀 망사가 덧대진 커튼이다. 현관문이 활짝 열려 있고 안은 어둡다. 키 큰 맨더빌

---

* 아일랜드 출신 성악가, 영화배우 존 매코맥.

부인이 뒤따르는 개와 함께 천천히 의자 쪽으로 걸어간다. 자갈 위에서 울리던 부인의 발소리는 풀밭에 이르러 잠잠해진다. 음악이 멎자 접시와 컵이 달그락거리는 소리가 들린다.

정원 창고 안에서 아버지는 자신이 사용하는 정원용 연장들을 그녀에게 보여준다. 그는 하나하나 이름을 알려준다. 써레, 갈퀴, 전지가위, 삽, 괭이. 이곳이 그가 하루를 보내는 곳이다. 그는 창고 지붕에 있는 둥지를 가리키고는 그녀를 들어올려 녹색 점박이 알들을 볼 수 있게 해준다. "참 기묘하지?" 그가 말한다.

그들은 가지고 갈 초롱꽃을 딴다. 다시 음악소리가 들려오는데 이번에는 다른 음악이다. 재즈야, 아버지가 말한다. 미국 남부 니그로 음악이지. "흑인이라는 뜻이야, 펠리시아. 온몸이 검어."

초롱꽃이 있는 숲에서 나오자 덥다. 그녀는 머리 위의 열기를 느낀다. 한 손은 아버지의 손을 잡고 다른 손으로는 초롱꽃을 쥐고 있다. 시계 경첩이 고장났다고, 맥스위니스에서 고쳐야겠다고 아버지가 말한다. "이제 너도 다 컸으니 일요일에 같이 가줄 수 있겠지?"

그는 걷다 잠시 멈춰 서서 담뱃갑을 연다. 그는 스위트 애프턴을 좋아하지만 가끔 다른 담배를 피워보기도 한다. 담배를 많이 피우는 편은 아니고 낮에만 이따금 피우는 정도다. "담배 연기 때문에 각다귀가 들러붙지 않지." 그가 성냥불을 붙이며 말한다.

그가 어렸을 때, 그녀만큼 어렸을 때 그의 아버지가 맨발로 학교에 다녔다는 이야기를 들려준다. 그의 아버지와 어머니는 세상을 떠났지만 할머니는 아직 살아 있다. 둘은 래퍼티스 상점으로 들어가고, 아버지도 목이 말라 펠리시아의 레모네이드를 조금 마신다. 아버지는 그녀를 어깨에 태우고, 그녀는 그에게서 풍기는 담배 냄새를 맡는다. "다 끝났어요." 누군가 말하는데 아버지의 목소리가 아니고, 조명이 보이며, 담배 냄새가 아닌 제이스 플루이드 소독약 같은, 혹은 개수대가 막혔을 때 사용하는 용액 같은 깨끗한 냄새가 난다. 시트가 차갑고, 쓰라린 통증이 느껴지기 시작한다. "다 끝났어요." 누군가 다시 한번 말한다. 그녀의 손목 위에 놓인 손가락에는 검은 털이 나 있다. "이제 이 여자는 가도 돼." 또다른 목소리가 말한다.

17

그녀가 대기실로 나와 시트만큼 희고 창백한 얼굴로 그의 앞에 서 있다. 토레몰리노스에 가려고 돈을 모았다는 청년은 아무런 관심도 보이지 않는다. 이제 대기실에는 유리창 너머의 접수원 외에는 아무도 없다.

"잠시 앉아." 그가 말하고 창구로 다가가자 유리문이 열린다. 그는 현찰로 돈을 지불한다. "고맙습니다." 그가 접수원에게 말한다. "우리 둘 다 매우 감사하고 있습니다."

"여자분 몸을 따뜻하게 해주세요."

"좀 먼길을 가야 하는데, 담요를 잘 덮어주겠습니다."

여자가 고개를 끄덕이며 그를 한번 흘깃 쳐다본다. 그가 여자친구라고 말한 것을 분명히 들었을 텐데도 아기 아버지인지 묻고 싶어하는 기색이 느껴진다. 그는 여자친구라는 말을 다시 한번 꺼내지만 문장을 끝맺지 못하고 얼버무린다. 그사이 다른 적당한 말이 생각나지 않았기 때문이다. 그는 접수원을 향해 미소를 짓는다. 주교에게도 일어날 수 있는 일이라고, 월프 삼촌이 하던 말을 하고 싶어진다. 하지만 이미 유리창은 다시 닫힌 뒤다.

환한 햇빛을 받으며 길을 건너 작은 녹색 차로 향한다. "이제 안정을 취해야지." 그는 그녀를 뒷좌석에 앉히며 말하고, 그녀는 눈을 감으며 그 생각을 하지 않으려 애쓴다. 그 무엇보다도 끔찍한 죄다, 어머니는 그렇게 말했을 것이다. 하느님의 선물을 다시 그분께 던져버리다니.

"괜찮나?" 그가 묻고 그녀는 그렇다고 대답하지만 어떤 면에서도 괜찮지 않다. 펠리시아는 이제 돈을 빌려달라고 말하고 싶다. 짐이 아직 그의 집에 있지만 그냥 가는 길에 바로 기차역에 내려달라고 말하고 싶다. 가져온 짐 같은 건 아무 상관 없다. 중요한 건 집에 가는 일뿐이다.

그러나 그에게 어떻게 말하는 게 좋을지 아무리 생각해봐도 알 수 없다.

그는 달걀이 들어간 버거와 감자튀김을 주문한다. 피곤하다. 이 일 때문에 진이 다 빠져버렸다. "고마워요." 그는 창구에서 잔돈을 받으며 말한 후 다시 쟁반을 들고 주위를 둘러보며 빈 테이블을 찾는다.

그러던 중 구석 창가에 앉은 남자와 여자가 그의 눈에 들어온다. 남자의 모습이, 날렵한 얼굴선과 곱슬곱슬한 잿빛 콧수염 같은 게 어쩐지 낯설지 않다. 수염이 예전에는 새카맸는데, 힐디치 씨는 혼잣말을 하지만 여전히 그가 누구인지는 기억나지 않는다.

남자는 꼬챙이처럼 꼿꼿하게 앉아 있고 여자는 관절염이 있는지 구부정하다. 오만하게 고개를 쳐들고 있는 남자의 모습에서 다시 한번 낯익음을 느낀 힐디치 씨는 순간 그가 삼십육 년 전 자신이 선택한 삶의 기회를 박탈했던 그 모병관임을 거의 확신한다. 앞에 놓인 음식이 식어가지만, 그는 손도 대지 않은 채 계속 두 사람을 바라본다.

그들이 일어나자 그 역시 자리에서 일어나 주차장까지 그들을 뒤따라간다. 그러나 그들은 아일랜드 여자가 기다리고 있는 곳과 반대 방향으로 걸어가고, 그녀를 차에서 내리게 하려는—그녀가 자신의 팔에 매달린 모습을 보여주려는—그의 바람은 산산이 부서진다. 앉았던 테이블로 돌아오니, 누구라도 그가 되돌아올 것임을 예상했을 텐데도 쟁반의 음식들은 이미 치워지고 없다. 그는 버거와 감자튀김을 다시 주문하고 포장해달라고 한다.

뭔가, 새 같은 것이 그려져 있다. 김이 오르며 고기 냄새를 풍기는 용기에 '웰컴 브레이크'라고 쓰여 있다. "베이크웰 하나 먹겠어?" 그가 식사를 마치고 말한다.

그녀의 어깨에 비해 좌석이 너무 좁다. 달리 발을 둘 공간도 없어 바닥에 두었다. 그녀가 다시 눈을 감자, 에피 홀러핸이 놀이터 담장 위에 앉아 다리를 흔들고 있다. 늘 돌이 떨어져내리던 담장은 새로 시멘트를 발라 윗부분을 둥글게 다듬었기 때문에 이제 앉기가 편하다. 에피 홀러핸과 카멀과 로즈와 코니 조와 또다른 여자아이가 편히 앉아 있다. "출발하지." 그가 빈 용기를 쓰레기통에 버리고 돌아와 말한다.

시동이 걸린다. 깔개에 해가, 타탄무늬 사이에 밝은 점이 되어 빛난다. "괜찮나, 응?" 그가 말한다. "이제 오랜 골칫거리들은 다 해결됐어."

그녀는 설핏 잠들었다가 자신의 목소리에, 그러지 말았어야 했다는 외침에 깨어난다.

그가 백미러로 그녀를 흘낏 본다. 파리한 안색, 매만져야 할 듯싶은 머리, 희고 둥근 얼굴이 보인다.

"하느님, 용서해주세요." 갑자기 터져나온 격정적인 외침에 그가 놀라자, 그녀는 이제 목소리를 낮춰 중얼거린다.

"과일 젤리 좀 먹겠어?" 그가 어깨 너머로 봉지를 건네며 말한다. 그는 속으로 그 남자가 진짜 모병관이었을까, 아니면 감정적으로 시달린 뒤에 누구라도 겪을 수 있는 망상이었을까 생각한다.

그녀는 과일 젤리에는 손대지 않고 다시 한번 그러지 말았어야 했다고 말한다.

"집에 가서 보브릴*을 한 잔 만들어주지."

그녀는 이불을 덮고서 따뜻하다고 느낀다. 마호가니나무로 된 널찍한 침대 틀에 무늬가 새겨진 머리판이 달린, 한 면이 분홍색 꽃무늬 벽지에 닿은 채 이 방을 거의 꽉 채운 침대에 누워 안전하다고 느낀다. 침대 발치에서 1미터 정도 떨어진 곳에 창문 하나가 있고, 발을 디딜 용

---

* 소고기를 농축해 만든 페이스트 제품의 상표명. 수프나 스튜를 만들 때 사용하고, 몸을 데우기 위해 뜨거운 물에 타 마시기도 한다.

도로 놓은 깔개만이 얼룩진 마룻장을 가리고 있다. 무늬 없는 파란색 커튼이 쳐져 있는데, 그녀는 한 번도 커튼을 젖힌 적이 없다. 그래도 낮이면 커튼을 통해 햇빛이 스며든다. 다른 벽에는 육중한 액자에 담긴 음울한 분위기의 그림 세 장이 걸려 있는데, 모두 전투 장면들이다. 방에는 옷장도 서랍장도 없다.

그녀는 통증이 아까보다 심해졌고, 출혈도 여전하며 피로감까지 있음을 느낀다. 다시 한번 눈꺼풀이 아래로 처지며 잠에 빠지고, 그곳에 누인 몸이 이상하게도 길게 늘어나는 듯싶더니 발이 너무나 멀어져 아예 제자리에 없는 것 같은데다 다른 곳에도 감각이 없다. 크레아 네거리를 지나가던 차 한 대가 경적을 울린다. 조니는 아는 사람이라며 손을 흔들고, 다음 순간 그들은 맨더빌 숲으로 들어간다. 천생연분인 사람들이 있지, 그가 중얼거리며 그녀의 머리와 목에 키스를 한다. 그의 회녹색 눈이 환하게 빛난다. 그들이 다시 함께 있기에, 그를 찾아 헤매던 일도 이젠 다 끝났기에. "감자 자루를 그 위에 올릴까?" 퍼리의 오빠가 물으며 마당 너머 밭 한 모퉁이에 파놓은 구덩이를 가리킨다. "오늘 밤에 하는 게 어때?" 그가 묻는다. "누가 마당으로 올지도 모르잖아. 낮에는 그런 문제도 생각해야 해." 시신은 헛간 건초 아래에 있다. 그녀는 어둠 속에서 시신을 들고 밭까지 그의 뒤를 따라가 구덩이에 내려놓는다. 얼마 되지 않는 피부와 피가 벌써 부패하고 있다. "이 방법밖에 없어." 누군가 말하고, 삽으로 흙을 퍼 덮은 뒤 다시 뗏장을 얹는다.

그녀는 용서를 빌며 성모마리아의 옷자락을 부여잡는다. 그러나 성모마리아는 흰자도 눈동자도 없는 장님이다. 그때 성모상이 옷장 위에서 떨어지며 영원히 사라져버린다. "오, 너는 참 끔찍한 아이로구나, 펠리시아!" 수녀원장님이 노여워하며 깨진 조각들을 쓰레받기에 쓸어 담는다. 어머니가 마당을 향해 열려 있는 문가에서 콩깍지를 까며 소쿠리에 담긴 콩 위로 눈물을 떨군다. "내가 네게 그런 짓을 했다고 생각해보렴, 펠리시아." 어머니는 그렇게 말하려 하지만 흐느낌 때문에 목소리가 잘 나오지 않는다. 하지만 펠리시아는 안다. 그 말이 입 밖으로 나오지 않았어도 무슨 말인지 안다.

18

하지만 함대에 적을 공격하라는 명령은 떨어지지 않았기에, 그들은 지시받은 것도 정보도 없이 그저 항로를 따라 전진할 뿐이었다. 노이뮌스터의 독일 청취정찰부대가 젤리코 제독이 함대에 보낸 신호를 잡았고, 10:50 p.m. 셰어에게 보고했다. "구축함들이 적의 본진 선미에서 5해리 떨어진 곳에 위치하고 있습니다."

책을 앞에 펼쳐놓고 거기 적힌 역사적 사실들을 다시 한번 슥 훑으면서, 힐디치 씨는 다이닝룸에서 혼자 식사를 한다. 프라이벤토스의 스테이크와 간 파이를 가장자리까지 모두 먹고, 마더스 프라이드 두어 조각, 파인애플, 데운 연유와 차를 먹는다. 그의 주의가 따라 읽던 문장에서 벗어난다. 대기실에 있던 청년의 얼굴, 그리고 고리타분해 보이는 접수원과 전문의, 머리를 알루미늄빛으로 염색한 여자의 얼굴이 단어들을 밀어내며 끼어든다. 해피 이터 레스토랑 몇 곳, 리틀 셰프와 레스트풀 트레이, 도그 앤드 그레이프, 그리고 다른 도로변 술집들, 블루 라이트 해산물 음식점, 버디스 카페에 있던 사람들의 모습도 선명하게 떠오른다. 막바지에 이르면 늘 이렇다. 어떤 면에서는 기억을 되짚는 것이 가장 즐겁기도 하다. 그는 포크로 간과 감자, 화이트소스에 버무린 콜리플라워를 집는다. 거리를 지나던 행인 두 사람이 인도를 가로질러 차로 향하는 그들을 쳐다보았다. 그 행인들은 당연히 기시퍼드에서 어떤 일이 치러졌는지 알 것이다.

그러므로 독일 제독은 노이뮌스터의 메시지를 받고 난 후 줄곧 그 두 함대의 상대위치를 상당히 명확하게 인식하고 있었다……

또다시 힐디치 씨의 집중력이 흐트러진다. 두번째로 그녀의 격정적인 외침이 터져나왔을 때, 백미러에 비친 그녀의 눈에는 황폐함이 깃들고 손가락은 흥분해 이마를 만지고 있었다. 그때 그는 다시 한번 그 남자가 정말 그 모병관이었는지 확인하려 애쓰며, 그 사람은 구부정한 늙은 여인과 함께 있고 그로부터 고작 몇 미터 떨어진 곳에 자신은 어리고 생기 넘치는 아일랜드 소녀와 있었다는 아이러니를 생각하고 있었다. 주차장에서 그 아이러니를 그들에게도 확실히 보여주고 싶었는데.

10:50 p.m. 독일 제4정찰대가 우리 전투 함대를 뒤따르던 영국 제2경순양함 함대와 교전하게 되었다. 격렬한 포격전이 시작되고……

백미러에 비친 이미지가 생각나면서 또 한번 문장이 흐릿해진다. 몸을 세워 앉는 것은 좋지 않다고 그가 지적했을 때도 그녀는 귀담아듣지 않았다. 그녀는 살아 있는 영혼이 파괴되었다는 말을 꺼내더니 오물통 어쩌고 하는 말을 했다. 타이르려면 차를 세우는 게 나을 듯해 라이웰 휴게소로 들어섰다. 주차를 하고 그녀를 쳐다보았을 땐 이미 눈물이 분수처럼 흘러내리고 있었고 히스테리라고 부를 만한 상태였다. 그는 차에서 내려 그녀가 잠시 혼자 있게 해주었는데, 그녀 스스로 털어내는 편이 더 낫다고 생각해서였다. 하지만 그가 음식을 가지고 차로 돌아가자 곧 다시 시작되었다.

힐디치 씨는 손을 뻗어 책을 덮은 뒤 옆으로 밀어놓는다. 빛바랜 주황색 꽃무늬가 있는 그녀의 하늘색 잠옷은 원단이 너무 얇아 품위와는 거리가 멀었고, 군데군데 비치는 살결은 그녀 얼굴처럼 하얬다. 한 시간 전 그가 소시지와 빵을 가져갔을 때 그녀는 고개를 저었다. 그래도 자는 게 도움이 됐는지 이젠 좀 차분해졌다.

나일론으로 만든 잠옷인가보군, 힐디치 씨는 추측한다. 그녀가 침대에서 몸을 일으키자 잠옷의 어깨끈 하나가 미끄러져 내렸다. 납작한 두 젖가슴의 윤곽이 얇은 옷 아래 작은 모래성처럼 드러났다. 힐디치 씨는 지금 그의 머릿속에 끼어드는 생각에서 벗어나려 하지만, 부적절한 잠옷의 기억이 끈질기게 맴돈다. 다른 데로 주의를 돌리려 네모난 파인애플 위에 연유를 부어보지만 마음처럼 되지 않는다.

"외출하니?" 그의 어머니가 화장대 거울에서 몸을 돌리며 말한다. 이미 머리를 핀으로 틀어올려 밤에 쓰는 터번으로 감쌌다. "그냥 잠깐요."

그가 말했고, 그녀는 이 시간에 나가다니 놀랍다고 했다. 그는 어머니의 눈빛을 보고 그녀가 안다는 것을 알아차렸다. 어머니가 짐짓 무심하게 물으며 그렇지 않은 척하는 것이 느껴졌다.

다이닝룸에서 힐디치 씨는 레이턴 버저드의 한 중고가게에서 산 컵에 차를 따른다. 가장자리에 녹색 테가 둘러진 크림색 컵으로, 부엌 찬장에 같은 것이 두 개 더 있고 또하나는 쟁반에 놓인 채 위층에 있다. 그는 설탕을 넣고 우유를 부어 저은 다음 문가로 다가가 귀를 기울인다. 그는 방에서 멀어져 잠시 계단 아래에 선 채 다시 귀를 기울여본다. 아무 소리도 들리지 않는다. 그는 다이닝룸에서 차를 마신다.

"쇼트타임, 자기?" 거리의 여자가 묻자 그가 그러자고 대답한다. 여자는 그에게 팔짱을 끼고, 그들은 그가 차를 대놓은 곳으로 향한다. 여자는 이름이 캐시라고 했고, 그는 콜린이라는 이름을 댄다. "차를 몰고 좀 멀리 나가요." 그가 시동을 걸기 전 여자가 그렇게 말하며 가격을 언급한다. 밤 불빛 속에서도 여자의 얼굴은 아파 보였고, 숨쉴 때면 입안 가득 엉망인 치아 사이로 술냄새가 풍겼다. 여자는 좌석에 앉아 이리저리 움직이며 옷을 벗었는데, 그 순간 그는 조금 전처럼 다시 그녀와 거리로 나가 지나가는 사람들의 눈길을 받고 싶어졌다. "그냥 얘기만, 어때?" 그가 중얼거렸다. "차 한잔할까?" 그럼 1파운드 더, 라며 그녀는 야간 영업을 하는 기사식당으로 그를 데려갔고, 그곳에서 트럭 기사들이 그녀의 이름을 부르며 말을 걸었다. 그녀는 배가 고프다고 했다. 먹을 것을 사러 갔다 돌아오니 트럭 기사가 원래 그가 앉았던 의자에서 일어났다. "야, 나중에 보자." 트럭 기사가 그녀에게 말했다.

힐디치 씨는 먹고 난 빈 접시를 모아 부엌으로 가져간다. "자기 왜 그래?" 여자가 물었고 그는 아무 말도 하지 않았다. "뭐야, 이게 끝이야?" 그녀가 물었다. "이게 다야, 콜린?" 그녀에게 접근했을 때만 해도 그 역시 이게 다일 줄은 몰랐다고 말하지 않았다. 그는 아무 말도 하지 않았고, 어떤 말도 하고 싶지 않았다. "언제든지, 자기야." 그녀가 말했다.

그는 프라이벤토스 통을 쓰레기통에 버리고 개수대에서 접시를 닦는다. 찻주전자를 헹궈 건조대에 놓는다. 감자를 담았던 소스팬을 닦고, 콜리플라워 때문에 팬 안쪽에 생긴 희미한 거품 테두리를 솔로 문질러 없앤다. 남은 파인애플과 연유를 냉장고에 넣는다. 그 여자는 턱에 뭔가 문제가 있었는데, 일종의 기형이었다.

큰 응접실에서 그는 〈Besame Mucho〉를 틀고 음악소리가 집안 가득 퍼져나갈 수 있도록 문을 열어둔다. 부엌에서 소스팬들을 차곡차곡 쌓아 정리하고 건조대와 스토브의 물기를 훔친다. 서랍장 위 고리에 컵을 걸며 세 개 중 혹여 이가 빠진 것은 없는지 살핀다. 그가 기억하기로 위층 침대 옆에 있는 컵에도 깨진 부분은 없다. 전부 녹색 테가 군데군데 닳아 희미해졌고, 앞으로도 당연히 그럴 것이다.

모병 막사에서 그 모병관은 손가락으로 가느다란 콧수염을 쓰다듬으며 히죽거리는 웃음을 감추었다. 모병관은 장애가 있는 신병 지원자가 병참장교직을 문의하다니 가소롭다고 여기는 듯했고, 그러한 생각을 숨기려는 최소한의 노력조차 하지 않았다. 힐디치 씨는 시력과 발과 관련된 그 두 가지 사소한 결함 때문에 어린 시절부터 내내 당연히 하게 되리라 여겼던 직업에서 배제당했다. "당신은 내가 누군지도 기억 못할 테지." 주차장에서 그 커플을 따라가 그렇게 말할 수도 있었다.

힐디치 씨는 소스팬에 오벌틴 두 잔을 탈 수 있을 만큼 우유를 따른다. 이제 그녀가 안정을 찾았으니 그 작은 침실에서 함께 마실 수 있을 것이다. 그는 조용히 홀을 가로질러 〈Five Foot Two, Eyes of Blue〉로 레코드를 바꿔 건다.

"아침에 떠나려고요." 그날 그녀가 두번째로 그를 화들짝 놀라게 한다. 큰 응접실에서 나오니 그녀가 잠옷 위에 빨간 코트를 걸치고 맨발로 계단 아래 서 있다. 손도 대지 않은 소시지가 담긴 쟁반을 들고서.

"오벌틴 만들려고 우유를 데우고 있어." 달리 더 좋은 말이 생각나지 않는다. 그의 뒤를 따라 부엌으로 들어오는 그녀는 확실히 아까보다 진정되어 보인다. 그는 오벌틴을 만든 뒤 큰 응접실에서 마시자고 제안한다. "분위기도 좀 바꿀 겸, 응?"

그들은 전기벽난로를 사이에 두고 앉는다. 〈Five Foot Two, Eyes of Blue〉가 끝나자 〈Charmaine〉 음반을 건다.

"42파운드," 그녀가 말한다. "그 정도 빌려주실 수 있다면요."

"그 정도로는 부족할 것 같은데. 작은 문제라도 생겼을 때 돈이 모자라면 큰일이지. 물론 직접 경험해봐서 알겠지만."

"한푼도 빠뜨리지 않고 다 갚을게요. 오늘 쓰신 돈까지 전부 다요."

"오늘은 내가 낸 거야. 그럴 수 있어서 기뻐. 오늘 일은 에이다도 바라던 바였을 테고."

음악은 그들의 대화를 방해하지 않고 은은하게 흐른다. 그들은 목소리를 높일 필요가 없다. 어디로든 아직은 떠날 상태가 못 된다고, 그가 부드럽게 말한다.

"사람들과 마주할 자신이 없다고 말했었지. 차에서 나에게 여러 번 그렇게 말했잖아. 나는 펠리시아가 걱정돼."

"저는 가야 해요."

"차 안에서 펠리시아 상태가 아주 안 좋았잖아. 돌아오는 내내 말이야. 그리고 홀에서도. 홀에 서 있는 모습을 보고 어디에 도움을 청해야 하는 건 아닌가 생각할 정도였지. 그런 몸으로는 길을 떠날 수 없어."

"하지 말았어야 했어요."

"이미 끝난 일이야. 후회해봤자 소용없지. 밝은 면을 봐야지, 응? 펠리시아, 원한다면 얼마든지 3번지에 머물러도 좋아. 이제 펠리시아가 쓸 방도 따로 있고. 그날그날 하루를 잘 견디는 게 합리적일 것 같군."

"꿈을 꿨어요. 그 일이 이루어지는 내내 꿈을 꿨어요. 그리고 그후에도, 위층에서도 계속요. 내가 품에 아이를 안고 가는, 우리가 아이를 땅에 묻고 감자 자루로 덮는 꿈이었어요."

"오벌틴 좀 마셔, 펠리시아."

그녀는 돈은 한푼도 빠짐없이 갚겠다는 말을 되풀이하고, 그는 그건 중요한 게 아니라고 다시 한번 이른다. 그는 재키와 베스의 빚도 갚아주었는데 그중엔 상당히 큰 빚도 있었다. 엘시 커빙턴에겐 가구 한 벌을 사주었다. 그 모든 일이 그에게 기쁨을 주었고, 그들이 그의 곁에 머물도록 도와주었다. 그때는 그 가구가 즉시 되팔릴 거라는 사실을 알지 못했다.

"이제 집에 가야 해요. 제 상태가 어떻든 식구들과 부딪쳐야만 해요."

코트가 뒤로 젖혀져 푸른색과 주황색 잠옷이 더 많이 드러난다. 목에는 여전히 십자가가 걸려 있다.

"난 펠리시아가 좀더 머물면 좋겠어. 하루나 이틀 정도만이라도. 아까보다 안정이 됐잖아, 펠리시아. 그런 모습을 보니 좋군. 어쩔 수 없는 일이었음을 받아들인 거야."

그러나 그녀가 고개를 너무나 세차게 흔드는 걸 보자 또다시 감정이 폭발할까봐 그는 두렵다. 그녀는 눈물을 참느라 손가락을 맞잡아 비틀고, 그런 안간힘에 마디마디가 하얗게 질린다. 다시 한번 그녀는 말하기를 단념하고, 그는 다행으로 여긴다. 그는 레코드가 끝날 때까지 기다렸다가 말한다. 조용한 목소리로, 강압적이지 않은 어조로.

"어디로든 떠나기 전에 뭘 좀 먹는 모습을 봤으면 하는 것뿐이야."

그는 그녀가 앉은 데로 건너가 오벌틴 표면에 생긴 막을 걷어내고 티스푼을 잔 받침에 내려놓는다. 그는 〈Chattanooga Choo Choo〉로 레코드를 바꿔 건다.

"아버지처럼 굴어서 미안해, 펠리시아. 저절로 아버지처럼 행동하게 되는군, 펠리시아에게 애정이 생겼으니까. 처음 본 날, 펠리시아는 비탄에 젖은 얼굴에 후줄근한 모습으로 쇼핑백을 들고 서 있었지. 나는 확실히 괜찮아지는 걸 보고 싶은 거야. 그게 다야."

"전 괜찮아요."

"전혀 그렇지 않아, 펠리시아. 솔직히 말하지. 이런 모습이라면 조니는 펠리시아를 알아보지도 못할 거야. 눈은 퀭하니 푹 꺼졌지, 눈가는 온통 시커멓게 그늘이 졌지, 살이라곤 한 줌도 안 되고 말이야. 그런 모습으로는 떠나게 할 수 없고, 거리로 나가게 할 수도 없어. 또 무슨 일이 있을 줄 알고, 펠리시아. 내 말 이해하나?"

그녀는 여전히 오벌틴에 입도 대지 않았다. 무늬 있는 카펫에 놓인 맨발이 조그맣다—그나마 제일 나은 부분이군, 지금에야 발을 본 그는 생각한다.

"돌아가고 싶어요." 그녀가 말한다. 그는 사람들은 때로 자신에게 최선이 아닌 일을 하려 든다고, 때로는 타인이 상황을 더 잘 판단할 수 있다고 설명한다.

"그게 내가 하고 싶은 말의 전부야, 펠리시아. 그 말을 하지 않는다면 난 스스로를 용서 못할 테고."

'저녁식사는 식당차에 있어요, 더 좋은 건 없답니다,' 채터누가 추추 여행객이 약속한다. '캐롤라이나에서 햄과 달걀을 먹는 것보다……'

그는 침묵이 길어지게 내버려둔다. 이제 그녀의 눈에는 전에 존재했던 열정은 모두 사라지고 죽음의 그림자가 드리워져 있다. 그녀는 떠나온 집 한구석에 주저앉아 별 볼 일 없는 남자를 영원히 기다리는 여인으로 시들어갈 것이다. 블랙 앤드 탠스*는 아일랜드섬을 처리했어야 했다고, 인도적 이유로 그러지 못한 것이 유감스럽다고 윌프 삼촌은 말했다. 단어 선택에 신중을 기하며 그 모든 이야기를 하면서도 블랙 앤드 탠스 이야기는 그녀를 자극할지도 몰라 하지 않았다. 그가 말을 마쳤을 때 그녀는 마치 단 한 마디도 듣지 못한 사람처럼 지금 돌아가야만 한다고, 다른 대안은 없다고, 선택의 여지가 없다고 말한다. 그러더니 자리에서 일어나 좀비처럼 방을 나간다.

여자와 있던 남자는 모병관이 아니었다. "그러길 바라는 거지." 그의 어머니는 말하곤 했다. 뭔가를 원할 때면 잘못된 걸 얻기가 쉽다고, 그리고 때로 어머니 역시 그러곤 했다고. "글쎄, 너도 알잖니." 어머니는 모피의 여우 머리를 아래쪽으로 향하게 하고 한껏 차려입은 눈부시게

---

* 영국에서 1919년 모집한 특수 예비군 병력인 RICSR의 별칭. 아일랜드 독립 세력을 진압하며 민간인에게까지 무자비한 탄압을 펼쳤다. 1922년 해체되었다.

반짝이는 모습으로, 라벤더 향수 냄새를 풍기며 그에게 상기시켰다.

그들은 그냥 어떤 커플이었을 뿐이다. 닮은 데도 거의 없는데 그가 감정적인 상태에서 상상의 나래를 펼친 것뿐이었다. "바보야, 꿈 깨." 어머니는 그렇게 말하고는 그냥 장난이라는 걸 보여주듯 웃음을 터뜨리곤 했다.

레코드의 빈 공간에서 바늘이 울기 시작한다. 힐디치 씨는 의자에서 일어나지 않고 그 소리를 듣는다. 그의 바지 위로 장식용 전기벽난로의 불이 분홍색 그림자를 드리운다. 이곳이 집안에서 그가 가장 좋아하는 장소다. 진홍색 벽지와 남자 네 사람이 운반해야 했던 당구대의 부드러운 녹색 베이즈 천이 대비를 이룬다. 소파와 충전재가 많이 들어 푹신한 안락의자들, 문진이 들어 있는 장식장, 벽난로 위 선반의 장식품과 다른 이들의 선조를 그린 초상화, 커다란 괘종시계 두 개. 이 모든 것이 서로 조화를 이루며, 그에게 의미를 부여한다.

그러나 이번에는 그 방의 평온함도 힐디치 씨의 감정의 격랑을 가라앉히지 못한다. 몇 분이 흐른 뒤 그는 방을 가로질러 전축으로 다가가 레코드에서 바늘을 들어올린다. 아일랜드 여자가 떠나는 것은 위험한 일이다. 그는 말했지만 여자는 듣지 않았다. 그는 분명하게 말했고, 심지어 여러 번 되풀이해 말했다. 여자는 아무것도 아닌 것보다 더 못한 상태로 되돌아갈 것이다. 그녀가 왜 그 점을 보지 못하는지 이해할 수 없다.

베스 역시, 남쪽으로 이사하는 것은 어리석은 행동이라고 그가 알려주었음에도 깨닫지 못했다. 샤론이 가야 한다고 말했을 때도 마찬가지였다. 보비도 깨닫지 못했고, 게이, 엘시 커빙턴, 재키도 마찬가지였다.

힐디치 씨는 눈을 감는다. 자신을 죄어오는 혼란스러움에 스스로에게 하려는 말이 흐릿해진다. 지금 이 여자는 직장 근처에서 그에게 다가왔고, 그가 먼저 접근한 경우가 아니다. 여자는 그로 하여금 온 사방으로, 멀리 더 멀리, 그녀를 차에 태워 데리고 다니게 했고, 마치 시종처럼 지극정성 돌보게 했다. 여자는 휘발유나 기름값도 내지 않았고, 집밖에서든 집안에서든 먹은 음식에도, 난방이나 전깃불, 비누와 화장지, 그 어느 것에도 돈을 내지 않았다. 왜 그녀는 그렇게 앉아 있었을까? 왜 그녀는 몸을 앞으로 기울였다가 다시 뒤로 젖혔을까? 왜 그녀는 애초에, 점잖지 못하게 잠옷 바람으로 내려왔을까? 그는 답을 안다. 듣고 싶지 않지만 답은 이미 나와 있다. 그에게 자신이 어떻게 보이든 개의치 않는다는 뜻이다, 그를 어떤 특정한 시선으로만 바라보기 때문에. 그녀도 베스가 그랬듯 추측한 것이다. 베스는 처음으로 추측한 여자였다. 베스가 뜬금없이 남쪽으로 내려가겠다고 선언했을 때, 그녀의 눈 속에는 그녀가 추측한 모든 것이 담겨 있었다. 종국에는 그들 모두의 눈에 담겨 있었다. 그들은 그의 친구였고 그는 그들에게 잘해주었다. 그런데 눈 속에는 다른 사람이 있었다.

눈물이 흘러내리며 힐디치 씨의 뺨과 턱으로 시내를 이루더니 목으로 뚝뚝 떨어져 셔츠와 조끼를 적신다. 방안의 흐느낌은 신음으로 바뀌고, 견딜 수 없는 고통을 겪는 동물이 낼 법한 괴롭고 애처로운 소리가 된다.

19

"아니, 글로 써라." 프란시스 하비에르 수녀님이 단호하게 말한다. "네가 깨달을 때까지 오십 번."

종이 울리자 모두들 동시에 말을 하기 시작하고, 의자 끄는 소리, 뛰는 발소리가 울려퍼진다. 프란시스 수녀님이 뛰지 말라고 말한다. 목소리들이 세인트조지프 힐 위를 떠돌며 잦아들더니 마침내 고요해지고 벽시계의 째깍거림, 그리고 문이 닫히는 소리만 들린다. 칠판에는 여전히 지도가 걸려 있다. 정리해 넣었어야 할 지도들, 산과 강, 국가 들이 각기 다른 색깔로 표시된 지형도와 행정구역도다. 창문으로 아버지가 정원에서 갯개미취를 묶고 있는 것이 보인다. 그는 그녀가 자신을 바라보고 있음을 알지 못한다. 그는 그녀가 교실에 남겨진 것을 알지 못한다. 그녀는 '이스 마 리움'*이라고 쓰고, 다음 순간 파놓은 무덤 옆에 관이 놓여 있다. 어머니가 그 구덩이에 묻힐 텐데 킬갈렌 신부님은 어머니가 천국으로 갈 것이라 한다. 평화를, 킬갈렌 신부님이 말하고, 흙이 누런 목재 위에 떨어지며 털썩 소리를 낸다. 킬갈렌 신부님이 손을 올려 축복하고, 그러자 이번엔 카멀이 신부 들러리로 나타난다. "누구야?" 조니가 묻고 누군가 나이트클럽 가수라고 대답한다. 머리가 길고 까만 가수는 팔찌와 귀걸이를 하고 그 머리카락만큼이나 까맣고 반짝거리는 하이힐을 신었다. 그녀는 미소를 지으며 노래를 부르는데, 하얀 빛이 얼굴에 스치자 그 빛을 스페인의 햇살이라 부른다. "조니는 어디 있어?" 카멀이 물어 에이든은 그가 맥그래튼 스트리트에 있는 자전거와 유모차 상점에 아기 유모차를 사러 왔다고 말했지만, 그녀가 그곳에 갔을 때는 그를 찾아볼 수 없었다. 옛날 가스공장 근처도 살펴보았지만 그곳에도 그는 없었다. 날이 어두워져 그녀는 소리쳐 그를 부른다. 그는 해산물 음식점에도 오지 않고, 콘스 씨 집에도 없다. "조니!" 그녀는 그를 부르며 아이들과 함께 호텔 엘리베이터를 타고 올라가고, 아이들은 조니의 이름을 넣어 노래를 만든다. "어디 있나요, 조니! 어디 있나요!" 코니 조가 로건 씨와 와인을 마시며 웃고 있다. 로즈는 조니가 먼저 신혼여행을 가다니 희한한 일이라고 말한다. "내 손을 잡아." 스페인 여자가 노래한다. "내 인생 전부를 잡아……"

스퍼드유라이크 식당 창문을 타고 올라가 들여다보지만 거기에도 그는 없다. 그의 어머니 부엌에도 없다. 그녀는 콘스 씨 집의 문이란 문은 다 열어보는데, 방마다 사람들이 누워 있지만 그곳에도 그는 없다.

---

* 아일랜드어로 '나는 좋아한다'라는 뜻.

천장으로 위층 화장실 물이 새고 스페인 여자는 몸을 떨며 침대에 웅크리고 있으며 그녀의 주홍색 드레스는 바닥에 내던져져 있다. 이게 바로 당신에게 일어날 일이야, 퍼리가 말한다. 조니라는 사람은 당신에게 슬픔을 안겨줄 거야. 끔찍한 짓을 저지를지도 모르지, 조니라는 작자는. "세상에, 인간이 그렇게 끔찍한 소리를 내다니!" 스페인 여자가 우는 소리를 듣고 베네딕트 수녀님이 말한다.

그는 시히스에도, 맨더빌 숲에도 없다. 육가공공장에도 없다. 그녀는 초크스와 센트라 식품점과 스카단스에도 물어본다. 수녀원에도 묻지만 스페인 여자의 울음소리가 너무 커서 말소리를 알아들을 수가 없다. 스페인 여자의 울음은 엄청난 무게로 그녀를 짓눌러 쓰러뜨린다. "네 눈빛을 보면 알 수 있어." 또다른 누군가가 그녀의 침대에 앉아 그렇게 말하고, 묵직한 것이 이불을 끌어당겨서 춥다. 숨소리가 들리는데, 내쉴 때마다 뭔가 걸린 것처럼 답답한 소리가 난다.

"네가 뭘 생각하는지가 눈에 드러나거든, 펠리시아."

그녀는 잠에서 깨려, 꿈에서 벗어나려 애쓴다. 그러나 깰 수가 없다.

"불 켜지 마." 숨소리가 점점 깊어지고, 그녀의 얼굴에서 불과 몇 센티미터 떨어진 곳에서 다급하고 거친 숨결이 느껴진다. 목소리가 속삭인다. "다 망쳤어, 펠리시아. 전부 엉망이 됐어."

그녀가 눈을 뜬다. 창으로 들어오는 빛도 없고 커튼을 통해 들어오는 희미한 어스름도 없다. 그가 앉아 침대가 움푹 꺼진 통에 그녀의 몸이 그가 있는 쪽으로 쏠린다.

그가 다른 여자들 이야기를 하며, 이름을 하나씩 대고 그들을 묘사한다. 그 여자들 말고는 아무도 알지 못했지, 그가 말한다. 친밀한 유대관계 덕에 여자들은 깨닫게 된 거라고. 그는 그저 그들과 함께 앉아 있고 싶을 뿐이었는데. 그는 여자들에게 많은 돈을 썼다고, 선물에 식사에, 그들이 가고 싶어하는 곳이라면 어디든 운전해 데리고 갔다고 이야기한다. 베스, 그리고 엘시 커빙턴. 샤론, 게이, 보비와 재키. 그들이 그의 친구였다는 사실은 아주 비밀스러운 일이라고.

"내가 이 얘기를 하는 건 네가 이해했으면 해서야, 펠리시아. 다른 누구에게도 이런 이야기를 한 적이 없어. 우리도 그런 유대관계를 이어나가고 너는 내 집에 계속 머물 수 있었는데. 지금껏 내 집에 온 여자는 한 명도 없었어. 그런 일은 결코 없었지."

이젠 아무래도 꿈속이 아닌 것 같다. 그녀는 잘못한 것이 있다면 죄송하다고 말한다. 그가 집에 머무르는 문제를 언급하기에 그녀는 폐가 되지 않으려는 생각이었다고 말한다.

"잠옷 바람으로 아래층에 내려왔지."

"돈을 빌려달라고 부탁드리러 내려간 거였어요. 정말 그게 다예요."

"난 네가 여기 있는 동안 매시간 위험을 감수했어. 매일 누군가 알게 되지 않을까 걱정했지. 넌 침대에서 잤어. 화장실과 욕실도 썼고. 유리창에 어떤 그림자들이 있었을지 어떻게 알겠어."

"아무도 못 봤어요. 저는 말씀하신 대로 다 따랐어요."

"우리가 함께한 것으로 충분했어, 펠리시아. 이런저런 곳에 가 함께 앉아 이야기를 하고, 네가 내게 그 모든 이야기를 들려주고. 그런데 백미러로 보니 네 눈에도 그게 있더군."

"뭐가 있었다는 말씀이세요? 불을 켜도 될까요? 무슨 말씀인지 잘 모르겠어요."

"그런 걸 알게 되면 어떤 여자도 아닌 척하기 쉽지 않지."

버스터미널에서 그가 처음 태워주겠다고 제안했을 때 그녀가 느꼈던 불안감이 다시 인다. 다음날 아침 뒤를 돌아보았을 때 그의 아내가 뒷좌석에 없다는 사실을 알아차리고 불안했다. 아내가 예기치 못하게 병원으로 가야 했다는 설명을 듣고는 그 문제에 대해 다시 생각해보지 않았지만 지금, 불현듯, 생각하고 말고 할 것도 없이, 처음부터 아내는 존재하지 않았음을 깨닫는다.

"백미러로 네 눈을 보았을 때 난 그 생각을 밀어냈어. 받아들이고 싶지 않았거든. 그런데 네가 아래층으로 내려온 거야."

"화나셨다면 죄송해요. 화나게 할 생각은 없었어요. 그런데 지금 무슨 말씀을 하시는 건지 모르겠어요."

"아무도 널 비난하지 않아. 이런 일들은 있기 마련이지. 상황은 변하기 마련이고."

한 손이 그녀 손 위에 놓인다. 안타까울 뿐이야, 그가 말한다. 전부 망쳐버렸어, 아니, 불은 켜지 마. 그는 불빛이 싫다고 말한다.

"혼자 있게 해주세요, 부탁이에요."

"그들도 가겠다고 해서 내가 왜 그러냐고 물었지. 그런데 그럴 필요가 없었어, 펠리시아. 이해하겠어? 내가 지금 하는 말이 무슨 말인지 이해하겠어?"

"제가 떠날게요. 귀찮게 하지 않을게요. 돈 문제도 신경쓰지 마세요."

"나는 그들에게 세상 전부였어. 그들은 자기가 필요할 땐 내게 의지했지."

그녀는 그 여자들이 죽었다는 것을 깨닫는다. 이 방의, 그 거친 숨결의, 그녀의 옆얼굴에 잠시 닿았던 땀의, 그가 말하는 방식의 뭔가가 그 사실을 말해준다. 그들의 죽음으로 어둠이 더욱 숨막히게 그녀를 옥죄어오고, 역겹다못해 악취가 나는 것 같다.

"집밖까지 차를 태워주지." 속삭임이 다시 들려오고, 두툼한 입술이 가까이 있는 듯 느껴진다. "옷을 챙겨 입고 함께 차로 나가지. 여비로 챙겨줄 돈도 있어. 집에서 걸어나가 차에 타기만 하면 돼."

그녀는 그렇게 해서는 안 된다는 것을 안다. 그 여자들에 대해 확신하는 만큼 그 둥근 차 안에 들어가서는 안 된다는 것을 안다. 그는 밤이 오기를, 밤이 깊어지기를 기다린 것이다. 어둠은 그가 선택한 것이다. 그리고 차도.

"네." 그녀가 동의한다. "네, 옷 입을게요."

마룻장이 삐걱대고 그가 느릿느릿 문가로 걸어간다. 문손잡이가 딸각거리는 소리가 들리고 문이 열리지만, 불빛은 들어오지 않고 그림자도 생기지 않는다. 그가 계단을 내려가는 소리가, 여전히 어두컴컴한 가운데 아래로 향하는 육중한 발소리가 들린다.

몸이 얼어붙어, 이제 무슨 일이 일어날지 몰라 두려움에 질려, 그가 있을 때보다 오히려 더 공포에 사로잡힌 그녀는 그가 떠나간 자리에 그대로 누운 채 침대에서 일어날 힘이 남아 있기는 한가 생각한다. 그러나 이윽고 그녀는 침대에서 내려와 휘청거리며 방을 가로지른다. 조용히 문을 열고 문 바깥쪽에 열쇠가 있는지 더듬어본다. 열쇠는 없다. 그녀는 다리에 피가 흘러내리는 것을 느끼고 불을 켠 다음 침대 시트 자락으로 피를 닦아낸다. 손과 팔이 떨려 어느 동작 하나 쉽지 않다.

침대 가장자리에 걸터앉아 방을 둘러보던 그녀의 눈에 마침내 벽난로 쇠살대에서 부러져나온 쇠꼬챙이 하나가 들어온다. 쇠살대 안쪽에 빨간 주름종이 뭉치가 검댕과 돌 부스러기로 뒤덮여 있다. 꼬챙이는 제자리에서 떨어져나가 벽난로 안쪽에 있다. 손은 시커메지고 꼬챙이는 그녀를 방어하기에 너무 짧지만 그래도 없는 것보다는 낫다. 그녀는 옷을 입고 그 위에 코트를 걸친다. 저 아래, 바깥에서 자갈을 밟는 발소리가 들린다. 커튼 끝자락을 살짝 젖혀보지만 너무 캄캄해 그의 모습은 보이지 않는다. 차 문이 조용히 닫히는 소리가 들리고, 그녀는 이제 그가 차 안에서 기다리고 있음을 안다.

조심스럽게 층계참으로 나간 그녀는 여전히 꼬챙이를 한 손에 쥐고, 쇼핑백 두 개는 다른 팔 팔꿈치 안쪽에 끼고, 핸드백은 어깨에 멨다. 불 꺼진 계단을 내려가며 두세 칸마다 걸음을 멈추고 그가 집안으로 들어온 것은 아닌지 귀를 기울인다. 쇠꼬챙이가 손가락에서 미끄러져 현관 타일 바닥에 쟁그랑 소리가 울린다. 현관문 잠금장치를 찾을 수 없어 당황한 그녀는 전등 스위치가 어디 있는지 더듬어 찾는다.

20

일요일이면 종종 그러듯 힐디치 씨는 대저택을 방문한다. 그는 일찍, 입장 시간 한 시간 전에 도착해 텅 빈 주차장에 차를 세우고 오크나무 아래 풀밭에 매킨토시 코트를 펼치고 앉아 만들어 온 샌드위치를 먹는다. 참치와 달걀, 상추, 토마토, 파를 넣은 샌드위치다.

주차장은 언덕 기슭을 깎아 마련한 널따란 평지로, 나무 아래 그가 앉은 자리에서는 대정원 사이로 구불구불 길게 뻗은 아스팔트길과 저택 건물이 보인다. 붉은 벽돌과 돌로 지은 그 저택은 넓은 대지 위에 펼쳐져 있으며 탑과 굴뚝, 담장을 두른 정원도 보인다. 그가 피크닉을 즐기는 자리 가까이에는 크로커스가 지천으로 피었다. 나무껍질이 그의 등을 찌른다.

그는 멀리 보이는 입구로 들어와서 진입로를 따라 올라오는 파란 버스 한 대를 지켜본다. 버스는 언덕 가장자리에서 잠시 시야를 벗어나더니 엔진소리가 들려온 후 다시 시야에 나타난다. 주차장으로 들어온 버스는 전진 후진을 몇 번 반복하다가 마침내 자리를 잡는다. 승객들이 버스에서 내리고, 사람들의 이야기 소리가 들리기 시작한다. 파란 제복을 입은 여자가 모두 네시 반까지 기념품 가게 앞에 모여야 한다고 공지한다. 승객들은 흩어져 각기 다른 길을 따라 저택으로 향한다. 혼자 남은 운전기사가 담배에 불을 붙이고 투박한 나무 테이블 위로 신문을 펼친다.

찻길에 자동차가 하나둘 나타나더니 역시 주차장으로 들어온다. 두 번째 버스—이번에는 노란색과 회색이 섞인 버스다—가 도착하고 아까보다 많은 방문객들이 쏟아져내린다. 힐디치 씨는 그들이 기지개를 켜며 쌍쌍이 또는 무리를 지어 걸어가는 모습을 바라본다. 샌드위치를 다 먹은 그는 킷캣 포장지를 벗긴 후 같은 방향으로 걷기 시작한다.

그는 우정이 끝날 때면 늘 찾아오던 감정을 다시 느낀다. 텅 빈 것 같은, 그의 한 부분이 빠져나가버린 듯한 느낌. 그 아일랜드 여자도 이미 기억의 뒤안길에 있는 다른 여자들과 합류했다. 그녀를 생각하면 그 둥근 얼굴이, 그 휘둥그레진 눈이 그를 빤히 쳐다본다. 그 이미지는 베스나 엘시 커빙턴의 이미지만큼이나 아주 선명하고 생생하다. 그는 이별을 겪고 나면 언제나 가능한 한 빠르게 소풍을 계획하는데, 기분이 가라앉는 것을 막기 위한 노력이다. 게이가 떠난 다음날도 그는 이 대저택에 왔다.

일요일 방문객들이 저택 주변으로 펼쳐진 정원에서 관목과 화단을 살펴보고 막 돋아난 겨울 새순을 발견하는 동안 힐디치 씨도 그곳을 서성인다. 그는 사람들 무리를 따라 걷는다. 서두를 필요가 없다. "참 좋네요, 일 년 중 이맘때가." 그는 자매로 보이는 두 여자에게 말을 건다. "자연이 가만히 엎드려 있는 시기, 그렇죠?" 그 말에 여자들이 재미있어하며 미소를 짓는다. 마구간 옆 자갈 깔린 마당으로 통하는 회전문 근처에서 어른들에게 입장료 1파운드를 걷는다. 힐디치 씨는 돈을 내고 다른 사람들과 함께 그곳을 지나쳐 저택의 주방 구역으로 들어간다. 진열된 옛 조리도구들이 과거의 향취를 재현하고 있다. 식품저장고와 부엌 곁방은 깨끗하게 청소되어 있고, 구리로 만든 거대한 젤리 틀과 돔형 방충망 말고는 아무것도 없다.

"근사하죠?" 힐디치 씨는 버터를 크림으로 만드는 도구에 감탄하는 부부에게 말한다. 그의 열정은 진실한 것이다. 직업적으로 관심이 가는 것들이 많이 보이기 때문이다.

위층은 기둥을 받친 천장이 높다란 정사각형 홀로, 다이닝룸과 응접실 곳곳에 실물 크기의 하인 모형이 근엄한 태도로 한가로이 서 있다. 서재에는 책의 먼지를 떨거나 화려한 테이블 표면을 닦고 있는 모습으로 만들어진 하녀상이 있다. 저택에 살던 가족 역시 다른 시대로 불려나와 대화를 하거나 악기를 연주하고, 그러지 않으면 춤을 춘다. 다른 소녀의 머리를 빗질해주는 소녀, 창가 의자에서 홀로 책을 읽는 인물도 있다. 술이 달린 붉은 로프가 전시장과 소곤거리며 줄지어 지나가는 살아 있는 관람객들을 구분 짓는다. 향기나는 침실에는 준비된 반신욕조 옆에서 조심스레 옷을 벗는 장면이 재현된다.

시간이 흐르면서 힐디치 씨는 저택의 평온함과 경치에 줄곧 기쁨을 느낀다. 기념품점 옆 카페에서는 신발까지 내려오는 긴 꽃무늬 드레스를 입은 여자들이 그를 맞이하지만, 그들 중에 우정의 따뜻함을 감사히 여길 사람이 있지 않을까 생각하는 건 아직 이르다. 오늘은 그럴 필요도 없다.

"소풍을 나오면," 그는 같은 테이블에 앉은 사람들에게 격의 없는 태도로 말한다. "풍요로운 일요일이 됩니다, 그렇죠?"

사람들은 예의상 그렇다고 대답하고는 그의 말 때문에 끊긴 대화를 다시 이어간다. 그들이 가려고 자리에서 일어서자 힐디치 씨는 미소를 지으며 잘 가라고 인사한다.

카페의 마지막 손님인 그는 계산을 하면서 남아 있는 케이크와 스콘을 조금 산다. 주차장에 갔을 땐 이미 두 대의 버스와 차들이 거의 다 떠난 후다.

그는 운전석에 편히 자리를 잡고, 마지막으로 친구가 되었던 여자를 떠올리며 그 이미지와 함께 사그라지는 황혼 속으로 천천히 차를 몬다. 듀크 오브 웰링턴 로드에 도착하니 어둠은 이미 오래전 그를 앞질러 와 있다. 차를 자갈길로 들여놓은 후 그는 잠시 차 안에 앉아 현관문을 열고 싶지 않다고, 집안의 고요에 의지가 되어줄 힘이 조금이나마 모일 때까지는 홀 안으로 걸음을 내딛고 싶지 않다고 생각한다. 이윽고, 그는 힘을 내서 현관문으로 이어지는 네 개의 계단을 오른다.

그날 저녁 쓰레기를 버리면서, 힐디치 씨는 쓰레기통 뚜껑을 열 때 희미하게 풍기는 불탄 옷의 냄새를 맡는다. 그는 이 일에 어떤 속내도 드러내지 않을뿐더러 아무 호기심도 품지 않는다. 전날 밤 여러 여자의 옷과 액세서리를 태운 일, 쓰레기통에 그날 신문과 파라핀 반 컵을 넣고 불을 붙인 일은 그의 기억 속에 얼룩 하나만큼도 남아 있지 않다. 곰팡이나 피우다 최근에야 쓸모를 찾은 어머니 신발들을 다시 바깥 창고에 가져다놓은 일도 마찬가지다. 현관 바닥에서 쇠꼬챙이를 주워 관목숲에 던져버린 일 역시 기억에 없다.

우정이 끝나면 힐디치 씨는 늘 이런 식으로 고통을 겪는다. 어렴풋이 뭔가를 잃어버린 것 같다고 인식하고는 상실감이 너무나 커서 기억에 착란이 일어나는 거라고 여긴다—그들이 떠난 순간이 매번 너무나 고통스러워 자신의 무의식이 그와 관련된 구체적 상황을 지워버렸다고. 처음에, 베스가 떠났을 때, 그는 이 기억의 착란이 걱정되어 그 순간으로, 그 당시 상황으로 돌아가보려 무진 애를 썼다. 그러나 성공하지 못했고 그후로는 자신이 겪은 기억의 소멸을 자비의 선물로, 심지어는 자신의 비밀스러운 영역으로 받아들이기로 했다. 의문을 가지지 않는 것이 최선이라고.

저녁에 그는 식사를 마치고 큰 응접실에 앉아 자신이 보낸 하루에 대한 생각에 푹 빠져든다. 활짝 핀 크로커스, 파란 버스에서 내리던 승객들, 구리로 된 젤리 틀, 친구의 머리를 빗질하던 소녀. 그는 이렇게 수월하게 떠오르는, 꼬리를 물고 이어지다 희미해지고 그러다 다시 되돌아오는 기억과, 소리도 없는 단순한 이미지들에서 위안을 얻는다. 오늘 같은 일요일 저녁에는 전축으로 음악을 틀지 않는다. 음악을 들을 기분이 아니다. 우정이 끝날 때면 늘 그렇듯. 하루이틀은 지나야 듀크 오브 웰링턴 로드 3번지에서 다시 음악소리가 들릴 것이다. 아마 화요일이나 수요일쯤.

아홉시 반에 힐디치 씨는 현관문이 잠겼는지, 뒷문에 자물쇠를 채웠는지 확인한다. 그는 침대에 눕고 열시 오분이 되자 잠이 든다.

이어진 몇 주 동안 힐디치 씨는 직장에서 잘 알려진 모습 그대로 열심히 세심하게 맡은 업무를 수행한다. 주말이면 집을—현관과 계단, 다이닝룸과 큰 응접실을 청소한다. 뒷마당을 쓸고 앞마당 자갈밭을 갈퀴질한다. 테스코에서 장을 본다. 레코드를 걸어놓고 〈데일리 텔레그래프〉를 읽으며 휴식을 취한다.

한가로운 순간에, 또는 밤에 침대에 누웠을 때, 그는 막 끝나버린 우정이 지속되는 동안 너무나 자주 듣던 이야기의 배경으로 끌려 들어간다. 백 살 먹은 노파와 함께 쓰는 침실, 병사 동상이 있는 광장, 카페의 다이아몬드무늬 테이블. 아버지와 미혼인 쌍둥이 오빠, 수녀원 학교 친구들, 그녀를 유혹했던 남자의 어머니가 거기 있다. 힐디치 씨의 비밀스러운 일상에서 이렇게 다른 누군가의 삶의 배경으로 여행을 다녀오는 일은 전혀 새로운 일이 아니다. 베스가 떠났을 때 그는 그녀가 얘기한 포주들, 한때 그녀를 뒤쫓은 그들 생각을 떨쳐버리기가 쉽지 않았다. 게이가 떠났을 때는 그녀가 도운 도둑들이 있었다. 어렸을 때 샤론이 앓았던 농가진 피부병이 있었고, 시력을 잃은 보비의 눈도 있었다. 아일랜드 여자의 이름은 아버지가 지었으며, 혁명에 참가한 어떤 여자를 기리기 위해서라고 했다. 그 이야기를 차에서 들었는지, 아니면 버디스 카페에서 들었는지는 분명하지 않다.

"아주 맛있어요, 저 고기경단." 직원이 말하고, 힐디치 씨는 자신의 꼼꼼한 지시 아래 솜씨 좋게 준비하고 조리했으니 그럴 만하다고 생각한다.

"맛있게 먹었다니 기쁘군." 그가 고마움의 표시로 미소를 짓는다. 끝나버린 유대관계가 그의 생각 속에서 아직 아물지 않은 생채기일 때는 그런 찬사가 반갑다.

또다른 직원은 마멀레이드 푸딩에 대해 말하고, 그는 비법을 알려준다. 쇠기름은 아주 곱게 다지고, 마멀레이드와 달걀 푼 것을 물기 없는 재료에 넣어야 하는데 순서가 뒤바뀌면 안 된다고. 푸딩을 찔 것인지 구울 것인지에 따라 조리 과정과 재료의 양도 다르다고 말한다. 그는 어릴 때부터 찐 푸딩을 더 좋아했다.

여직원들이 종종 레시피를 달라고 부탁하는데, 하나같이 조리사 대신 그에게 부탁한다. 그는 이런 식으로 그들을 돕는 것이 좋다. 직원들의 가족이 구내식당 메뉴를 먹는다고 생각하면 흐뭇하다. '힐디치 씨의 푸딩' 또는 '힐디치 씨식'이라 표현할지도 모른다. 그가 그렇게 말한 적은 한 번도 없지만 아마 그럴 것 같다.

"보세요, 우리는 기적 속에 살고 있답니다. 여기 이 정원을 보세요. 나무 열매와 세계 각국의 사람들을 봐요."

액세서리로 치장하고 화장을 한 흑인 여자가 요란한 표지의 안내책자 한 권을 내민다. 여자 옆에는 단정한 옷차림의 젊은 백인 아가씨가 비슷한 유의 그림이 있는 종이 다발을 들고 서 있다.

부엌 식탁에서 구두를 닦다 말고 나온 힐디치 씨는 그럼에도 친절하게 두 여자를 맞이하지만, 고개를 저어 앞으로 나올 대화에는 관심이 없음을 표한다.

"저희는 오늘 선생님께 우리 하느님 아버지의 세계를 알려드리려고 왔어요." 흑인 여자는 그의 반응에 개의치 않고 말을 잇는다. "저는 자메이카 출신이에요. 여기는 마샤 티비츠 양이고요. 저와 제 친구가 잠시 안으로 들어가도 괜찮을까요, 선생님의 시간을 십 분 넘게 뺏지는 않을 거예요. 선생님, 성경 글에 친숙하신지 여쭤봐도 될까요?"

힐디치 씨는 성경에 그다지 친숙한 편은 아니다. 어릴 때 어머니가 일요일마다 주일학교에 보내긴 했다. 양이나 아들들을 제물로 바친다든가, 물위를 걷는다든가 하는 기이한 이야기들은 희미하게 기억났다. 하지만 아주 오래전 일인데다 그런 이야기를 다시 반추해볼 필요를 느낀 적은 단 한 번도 없었다. "예수님이라면 어떻게 하실까?" 주일학교 교사가 학생들에게 보여준 화려한 모직 천에는 그렇게 쓰여 있었다. 교사는 그 천을 액자에 넣고 보호용 유리를 끼워 장식 삼아 벽에 걸었다.

"미안하지만 난 관심이 없어요."

"저희를 들여보내주시면 제 친구가 선생님께 자기가 겪은 일을, 자기가 어떻게 모임에 들게 되었는지를 이야기해드릴 거예요."

힐디치 씨가 다시 한번 고개를 젓지만, 비디오 가게에서 구출된 이야기, 악의 없는 뱀들이 똬리를 틀고 있으며 코브라가 아이들과 장난치는 지상낙원의 약속에 대한 이야기는 계속된다.

"저는 길을 잃었다가 다시 길을 찾았답니다." 백인 아가씨가 노래하는 듯한 어조로 말한다. "성경에 쓰인 그대로요." 그러더니 그녀는 다시 비디오 가게와, 코브라가 놀잇감인 더 나은 세계에 대해 이야기하기 시작한다.

"저기," 힐디치 씨가 마침내 말을 끊는다. "난 바빠요."

"그럼 다음에 다시 올게요." 흑인 여자가 말한다. "편하신 시간에 오겠어요.”

“아뇨, 됐어요.”

“어느 날이든 십 분이면 그리 큰 희생은 아니지요. 우리 하느님 아버지께서는 우리에게 영원한 시간을 주십니다.” 흑인 여자는 입안 가득 건강한 이를 드러내며 들고 있던 안내책자를 힐디치 씨에게 내민다. “죽는 자에게도 미래가 있답니다.” 그녀가 덧붙인다. 어조에서 책자에 그 주장에 대한 자세한 글이 실려 있음을 알 수 있다.

그런데 그때, 여자가 여전히 죽는 자 이야기를 늘어놓는 동안 힐디치 씨는 그 검은 얼굴에 불현듯 호기심이 비치는 것을 알아채고 당황한다. 직업상 영업사원이 일하는 방식에 익숙하기에 종교를 앞세우는 일도 충분히 그런 부류에 속할 수 있겠다고 단정지으며, 그는 혹시 이것도 일종의 물건 파는 수법이 아닐까 생각한다. 그러나 놀랍고 경악스럽게도 그 호기심의 원인은 상업적인 것이 아니다.

“어떤 아일랜드 아가씨가 선생님 이야기를 했어요. 여기 서 있으니 이제 기억이 나네요. 좋은 사람이라고, 그 아가씨가 말하기를 도움을 준 사람이라고 하더군요. 듀크 오브 웰링턴 로드라고 말했어요. 덩치가 크고 마음도 큰 사람, 그렇게 표현했던 것 같네요.”

“나는 아일랜드 사람은 전혀 몰라요.”

“선생님은 그 아가씨가 길을 찾는 걸 도와주셨죠, 반대편으로 그냥 지나치지 않고 말이에요. 선생님 같은 분이 바로 우리 교회와 같은 생각을 가진 사람이랍니다.”

“아닙니다. 미안해요. 가봐야겠군요. 난 그런 데 관심이 없어요.”

“그 아가씨가 온갖 얘기를 다 했는데, 그러다 나온 이야기예요.” 캘리거리가 잠시 말을 멈춘다. "협잡꾼이었죠, 나중에 알고 보니."

"이제 그만 가주세요."

"그애가 우리에게서 돈을 얻어내려 했어요. 선생님께도 그랬나요?"

힐디치 씨는 현관문을 쾅 소리 나게 닫고는 눈을 감고 현관문에 기대, 그녀가 이들 집에 며칠 머물렀다고 이야기한 것을 떠올린다. 그는 바로 직전의 만남을, 흑인 여자가 문득 지금 얘기를 나누고 있는 사람이 예전에 이야기를 들은 그 남자라는 것을 깨달은 바로 그 순간부터 복기해본다. 이야기를 했다고? '어떤 아일랜드 아가씨가 선생님 이야기를 했어요.' 정확히 무슨 이야기를 뜻하는 걸까? 온갖 얘기를 다 했다고, 여자가 말했다. 그러고는 협잡꾼 어쩌고 하는 말을 덧붙였다. 그 말이 무슨 뜻이든 간에.

힐디치 씨는 잠시 이 모든 것이 실수나 오해 같은 게 아닐까 생각해본다. 아무리 상상을 해봐도 그가 우정을 맺었던 그 아일랜드 여자가 협잡꾼이라 불릴 리가 없다. 그가 알던 다른 여자들은 그런 식으로 묘사될 수 있을지 몰라도 가장 최근의 이 여자만큼은 절대 그렇게 표현할 수 없는 사람이었다. 하지만 분명 그 여자가 맞다. 그가 도와준, 무진장 애를 써가며 도와준 여자. 그 여자 스스로도 그렇게 말했고, 보아하니 다른 사람들에게도 그렇게 말한 모양이다.

그는 현관문에 기대고 있던 육중한 몸을 천천히 일으켜 홀을 가로질러서 부엌으로 향한다. 별일 아니야, 그는 자신을 다독인다. 그냥 매듭이 덜 지어진 끝자락, 그뿐이라고. 이 일이 뭔가 유다르게 보이는 것은 그저 전에는 한 번도 없던 일이기 때문이라고. 그가 잘해준 여자에 대해 나중에 누군가가 그에게 언급한 적은 여태 한 번도 없었으니까.

“그 남자, 처음엔 괜찮았는데.” 캘리거리가 동료와 함께 듀크 오브 웰링턴 로드를 걸어가며 말한다. “괜찮더니 이상하게 구네.”

캘리거리는 이런 일이 일어난 것이 염려스럽다. 그 덩치 크고 통통한 남자는 분명 모임에 나와야 할 사람이었다. 그녀는 맹세코 자신할 수 있었다. 고독하고 외로운 사람이라는 걸 누가 봐도 알 수 있었으니까. 어쩌면 그는 그 아일랜드 여자애도 전도하는 사람이었다고 잘못 생각해서, 그래서 거부한 건지도 모른다—한 번 속고 나면 두번째는 피하기 마련이니까. 캘리거리는 다시 찾아와야 할 곳이라 점찍으며 마샤 티비츠에게 그 집 주소를 적어놓으라고 말한다.

21

며칠 동안, 힐디치 씨는 아일랜드 여자와 우정을 나눈 것이 제삼자에게 알려졌다는 사실 때문에 생각이 혼란스러워질 때마다 여기에 별다른 의미가 있을 수 없다고 자신을 다독이곤 했다. 지금쯤이면 그 서인도제도 여자는 이 일을 다 잊고 그녀의 낙원에 보다 집중하고 있을 것이다. 그런 여자는, 그 안내책자를 들고 그런 이야기를 하고 다니는 여자는 남의 사생활을 캐지 않고도 하루가 충분히 바쁠 것이다.

하지만, 그럼에도, 서서히 시간이 흐를수록 불안감이 힐디치 씨를 뒤흔든다. 그는 아일랜드 여자가 처음 그에게 다가와 말을 걸었을 때, 이전에 다른 이들과 맺은 것과는 다른 유대관계가 생기리라는 희망을 느꼈던 일을 떠올린다. 결국 그녀 역시 떠났기에 특별한 유대관계를 맺지는 못했다. 그런데 지금 보니 어떤 방식일지는 몰랐지만 다를 거라는 그의 직관은 옳았던 것 같기도 하다.

잠 못 이루는 밤이면 흑인 여자의 목소리가, 그는 반대편으로 그냥 지나치지 않았다고, 아가씨가 도움을 청하자 도와주었다고 사람들에게 알리는 소리가 들린다. 흑인 여자가 그런 식으로 말하고 다니는 일도 불가능하지는 않다고, 그는 어둠 속에서 초점 없는 눈으로 생각한다. 그녀가 그 얘기를 그에게 꺼낸 만큼 그럴 공산이 꽤 크다. 밤이 깊어갈수록 서인도제도 억양과 그 억양이 실어나르는 모든 것이 점점 더 끈질겨져서, 힐디치 씨는 딴생각을 하려고, 구내식당 부서로, 주방으로, 법석대는 점심시간의 구내식당으로 생각을 돌리려고 애쓴다. 송장 담당 직원이던 시절로, 호출을 받고 갔을 때 앉으라는 말과 함께 구내식당 매니저로 임명되었다는 얘기를 듣고 놀라워하던 그 시간으로 생각을 집중하려 한다. 그러나 즐거운 마음으로 그때—그 자리에 관심이 있다고 제대로 답하기도 전에 들은 자세한 교육 과정과 보수 등—를 떠올리려 해봐도 자신의 생각이 인생의 더 이른 시기, 여전히 군과 관련된 직업을 갖고 싶어하던 때로 흘러감을 깨닫는다. "아, 카키색이 너한테 잘 어울리겠구나!" 온천에서 어머니가 농담조로 말한다. 어머니가 물을 마시고 목욕을 하는 동안 그는 앉아서 기다리거나 동네를 어슬렁거리곤 했다. 그 온천에는 벽과 천장이 맞닿은 부분에 빙 둘러 부상을 입고 셔츠를 벗은 채 누워 있는 병사들, 도움의 손길을 내미는 장교들이 조각되어 있었다. 돌에는 '무덤까지 함께하는 전우애'라는 문구가 새겨져 있었다. 온천에서 어머니는 개러드 병을 앓는다는 여자와 이야기를 나누며 '그게 어떤 병이에요?' 하고 물었다. 아니라는 사람들도 있지만, 여자는 '수지구축'*이라고 주장했다. 화장을 진하게 했는데,

입술은 자홍색에 마스카라가 번져 있고, 여드름투성이 피부에는 분칠을 한 모습이었다. "이 얘기를 들어보렴." 어머니가 권했다. "아주 흥미롭구나, 이 아주머니 얘기가!" 하지만 여자가 그 병에 대해 늘어놓는 동안, 어머니가 세상에, 저런, 하고 맞장구를 치는 동안, 그는 이야기에 귀를 기울이지 않았다. "카키색이 저 아이에게 어울릴까?" 어머니가 클래런스의 바에서 말했다. "군인이 되겠다네, 이 꼬맹이가!" 온천에서 돌아오는 기차에서 턱수염이 난 어떤 남자가 그에게 3펜스짜리 동전 하나를 주었다. "어머, 놀라워라!" 롱리지 터널을 지날 때 목과 얼굴이 진홍색으로 붉어진 어머니가 말했다. "이런, 처음인걸!"

자신의 은밀한 과거가 떠올랐음에도 눈을 감자 다시 흑인 여자가 문 앞에서 한 이야기에 사로잡히고 만다. 그는 기억 속 다른 여자들의 아름다운 초상화 가운데서 아일랜드 여자의 모습을 찾아보려 하지만 처음으로 실패한다. 대저택을 방문한 날만 해도 그녀는 얌전히 그 자리에 있었다. 그런데 지금은 마치 흑인 여자의 이야기가 그에게서 그녀를 강탈해가기라도 한 듯 아무것도 남아 있지 않다.

새벽빛이 밝아오자 힐디치 씨는 평소보다 몇 시간 일찍 몸을 일으킨다. 부엌에서 차를 끓이고 집안을 어슬렁거리며 이 방 저 방 들어가본다. 아침식사를 준비할 시간이지만 배가 고프지 않다. 잠시 후 그는 빈속으로 차를 몰고 나간다.

시간이 흐르면서 사람들이 알아차린다. 힐디치 씨도 그들이 알아차

---

* 뒤퓌트렌 수축. 손바닥 피부 아래 섬유 모세포에 이상이 일어나 손가락이 펴지지 않는 증상.

렸음을 눈치챈다. 구내식당에서 그는 양고기 프리카세와 파인애플 서프라이즈 케이크를 깨작거린다. 소고기 허벅지살은 건드리지도 않고, 수요일에 나오는 그가 가장 좋아하는 요리만 조금 먹는다. 설거지 담당 지원자들을 면접하면서도 그는 이미 들은 이름을 여러 번 되물어야 했다. 차 마실 때 곁들이는 비스킷 통도 보름이 넘도록 다시 채워놓을 필요 없이 그대로다.

어느 날 저녁에는 차를 몰고 집으로 가던 길에 휘발유가 바닥나고, 그는 곧 그 불운을 자신의 정신 상태와 연결 짓는다. 그는 거의 1.5킬로미터 정도를 걸어가 퉁명스러운 주유소 직원에게 휘발유 한 통을 빌리며 자신의 바보짓에 재미있어하는 척한다. 차로 돌아가니 순찰차 두 대에서 내린 경찰들이 그의 작은 차를 둘러싸고 있고, 그는 사람 좋은 척 자조하며 자신 때문에 빚어졌을지도 모르는 불편에 대해 사과한다. 경찰들은 화를 내며 비난을 퍼붓는다. 그는 그들을 향해 미소를 짓지만 그들은 대꾸하지 않는다. 쓸모없는 인간들, 포드나 복스홀 차 안에서 거드름 피우며 고함이나 칠 줄 알지, 우둔한 놈들. 그는 미소를 지어 보이며 그들이 차를 몰고 떠나는 것을 지켜본다.

빨간 코트를 입고 머리에 스카프를 두른 여자가 공장 앞마당에 나타난 그 순간부터 그는 그녀에게 관대했다. 귀기울여 이야기를 들어주었고 피곤한 기색조차 보인 적 없었다. 그녀에게 조언도 해주었다. 거리의 범죄자와 히치하이킹의 위험을 경고하며, 그녀를 인도하고 보호했다. 전혀 아까워하는 마음 없이 다른 여자들에게 했던 것처럼 많은 것을 베풀어주었다. 그녀는 이 모든 이야기를 흑인 여자에게 했을까? 얘기한 건 그게 다일까? 이것 말고 또 무슨 얘기를 했을까? 어떤 말을 덧붙이고, 어떤 호기심을 불러일으켰을까? 지금 대체 무슨 소문이 돌고 있는 걸까?

그는 멈췄던 길을 다시 가면서 불안해하며 현관 앞에서 오간 말을 빠짐없이 되짚어본다. 돌아와 큰 응접실에 앉아서도, 아일랜드 여자가 자신을 받아준 사람들, 지금은 그녀를 협잡꾼이라 부르는 그들 이야기를 했을 때 사소하고 별일 아닌 것으로 치부했던 일을 돌이켜본다. 그는 음악소리를 크게 높여 자신의 근심과 흑인 여자의 목소리, 그 목소리가 내뱉는 호기심어린 속삭임을 덮어버리려 애쓴다. 그날 밤 그는 또 잠을 설치며 악몽을 꾸지만, 일어났을 땐 꿈이 기억나지 않는다.

"아, 네, 변했죠." 현금지급기를 사용하던 여자가 동의하며 5파운드짜리 지폐 네 장을 핸드백 지갑에 넣는다. "변하지 않았다곤 못해요."

"잘해야 여덟 살 정도였을 거예요." 힐디치 씨가 묻지도 않은 이야기를 한다. "기차를 타고 이곳에 오곤 했지요."

"그런 거면 전혀 못 알아보죠. 당연한 일이에요."

안경을 쓴 여자는 힐디치 씨보다 나이가 많으며, 바퀴 달린 장바구니를 끌고, 회색 스타킹에 털이 북실북실한 회색 코트 차림이다. 여자의 머리카락도 회색인데다 곱슬곱슬하다.

"다시 와봐야겠다고 생각했어요." 힐디치 씨는 현금지급기에 카드를 넣지 않은 채 말을 잇는다. "그 온천에 가면 기분이 좋아질 거라고 생각했거든요."

"요즘엔 온천이랄 게 아무것도 없어요. 다들 아주 오래전에 접었죠."

"온천이 다 말랐군요?"

"애초에 온천수라는 건 없었어요, 어떤 영감이 지어낸 거지. 그 시절엔 사람들이 뭐든 그냥 믿었으니까."

"어머니도 믿으셨어요."

"이런, 그랬구먼. 그냥 사기였는데."

"어머니는 효과가 있다고 하시더군요."

"사람이 아프고 안 아프고는 마음먹기에 달린 경우가 많지요."

"아마 그렇겠죠."

"렌은 정말 그렇게 믿었어요. 다 마음먹기에 달렸다고, 그게 그이 표현이었죠."

"남편분이신가요?"

"죽었어요. 1970년에."

힐디치 씨는 카드를 투입구에 넣고 비밀번호 9165를 입력한다. 여자는 회색 장갑을 끼고 바퀴 달린 장바구니의 손잡이를 잡는다. 벽에서 40파운드만큼의 지폐가 나온다.

"참 편리해요." 힐디치 씨가 그 만남을 좀더 오래 끌고 싶어 말한다. "아주 융통성 좋은 친구죠."

"하나 단점이 있다면 돈을 너무 많이 쓰게 된다는 거죠. 저게 없다면 형편이 더 나을 거예요."

"커피 한잔하실래요?"

여자는 망설인다. 대답은 하지 않지만, 힐디치 씨가 보조를 맞추며 같이 걷자 거부하지는 않는다. 그는 그녀의 생각에 동의한다고 말한다. 현금지급기에서 언제든 돈을 찾을 수 있으니 너무 많이 쓰게 된다고. 은행이 장사를 잘하는 거죠, 그는 말하며 음료를 팔 것 같은 상점 앞에서 다시 한번 제안한다.

“난 까탈스러운 사람이 아니에요.” 여자가 대답하고는 앞장서서 문을 밀고 들어간다.

이른아침, 그는 토요일이고 하니 그 온천에 가봐야겠다는 생각이 들었다. 기분전환이 필요했고, 인생의 한 시기에 속한 장소로 소풍을 떠나고 싶었다. 그곳까지는 자동차로 두 시간이 걸렸다. 예전에는 기차를 갈아타고 기다리느라 더 오래 걸렸다.

“여기 참 좋군요.” 그는 자리에 앉으면서 진심을 담아 말한다. “저는 오전에 커피 한잔하는 걸 좋아하거든요.”

“몸을 따뜻하게 해주죠, 이런 날씨엔.”

여자는 우쭐한 기분이다. 누군가 아는 사람이 자기를 보고 있을까 싶어 주위를 둘러보는 여자의 태도에서 느낄 수 있다. 거리에서도 마찬가지였다. 여자는 자기보다 족히 열 살은 어려 보이는 낯선 남자가 누구인지 사람들이 궁금해하는 것을 즐겼다. 그가 말한다.

“아까 남편분 일에 위로를 표했어야 했는데, 미안합니다.”

“이십이 년이나 지났어요. 극복하게 되죠.”

“설사 그렇다 해도 저로서는 뭔가 표현을 해야 했는데.”

“정말 괜찮아요.”

“그래도 미안합니다.” 그리고 그 주제가 나온 김에, 그는 결혼을 한 적이 없다고 말한다.

“베라도 그랬어요. 그 아인 아예 생각이 없다더군요.”

“따님인가요?”

“여동생이었죠, 한때는. 우리는 한 번도 사이가 좋았던 적이 없고, 한 번도 생각이 같았던 적이 없어요."

커피가 나온다. 힐디치 씨는 몇 주 만에 처음으로 식욕이 이는 것을 느끼며 치즈 스콘이 있는지 묻는다. "잠을 제대로 못 자서요." 그는 미안해하며 설명한다.

"제 생각에 그애는 렌을 원했던 것 같아요. 그이를 차지할 수 없게 되자 그걸로 끝이 난 거죠. 렌을 차지할 수 없으니 아예 결혼 생각이 없어진 거고요."

대화를 더 이어가며 힐디치 씨는 묻지 않았는데도 이름을 말하고, 구내식당 매니저라는 것도 밝힌다. 지금 일하며 살고 있는 도시 이름을 대고 그곳에서 태어났다는 얘기, 그 도시는 인구가 이십오만이 훌쩍 넘고 계속 성장세라는 얘기도 덧붙인다. 그는 이런 정보를 늘어놓으며 치즈 스콘 세 개에 버터를 바르고 따뜻한 스콘 위에서 버터가 녹는 모습을 흐뭇하게 바라본다. 회색으로 차려입은 여자와 이야기를 나누기 시작한 후로는 단 한 순간도, 밤이면 잠 못 들게 하고 낮이면 그를 혼란에 빠뜨리는 그 골칫거리에 시달리지 않는다.

"그이가 항상 품었던 꿈은," 이제 여자가 이야기를 한다. "바빌론의 공중정원을 보는 거였어요."

"남편분 말인가요?"

"그이의 가장 큰 꿈이었고, 물론 그애가 그걸 이용했지요. 그런 면에서 아주 뻔뻔했어요. 관련된 글들을 읽고서요—매달아놓는 식물이든 뭐든 거기 있던 것들 이름하며."

그는 이해한다는 듯이 고개를 끄덕인다.

"저는 주방에서 일할 사람을 고용해야 하는 일이 많거든요. 너무 저

돌적인 여자는 안 뽑아요. 그것도 제 소소한 규칙에 들어가죠."

"그애가 마지막으로 한 말이 있어요. '이제 내가 그이를 차지할 거야.' 그렇게 말했죠. 끝까지 뻔뻔하게."

그러더니 곧 여자는 이제 가야 한다고 말하고, 만남이 더이상 이어질 수 없기에 힐디치 씨는 상냥하게 미소를 지으며 만나서 기뻤다고 인사한다. 그는 테이블에 그대로 앉아, 여자가 시야에서 사라지자 하나 남은 스콘에 마저 버터를 바른다. 거의 곧바로, 여자와 함께 있어 다가오지 못했던 골칫거리가 되돌아온다.

골칫거리는 이날 하루가 더디게 흘러가는 내내 힐디치 씨를 따라다니고 아주 잠깐 되돌아왔던 식욕도 다시 돌아오지 않는다. 그는 할 수 있는 한 최선을 다해 딴생각을 하려 한다. 어떤 기획력 좋은 사업가가 옛날에 이 지역 수원水源에 대해 근거 없는 믿음을 만들어냈고, 그후 몇 세대에 걸쳐 아픈 사람들을 착각하게 만들었다는 것도 믿기 힘든 이야기는 아니라고. 그는 한동안 그런 생각을 하다가 다시 자신의 은밀한 과거로 미끄러져 들어간다. "저게 공중화장실이란다." 처음 이곳에 왔을 때 어머니가 공원 울타리 옆 벽돌 건물을 가리키며 말했다. "화장실이 어디 있는지 기억해두렴, 얘야." 어머니는 옷깃에 카메오 브로치를 달고 두 줄로 된 진주 목걸이를 하고 있었다. 그녀는 수영복이 든 작은 파란색 여행가방과 늘 가져오던 샌드위치, 그리고 차를 담은 보온병을 들고 다녔다. 기차를 기다리며 역 카페에서 박하를 넣은 진을 마셨고, 갈아탈 기차를 기다리면서 또 한 잔 마셨다.

힐디치 씨는 두시에 〈원초적 본능〉을 보며 불쾌한 영화라 생각하지만 돈을 냈기에 끝까지 자리를 지킨다. 그러고 나서 거리를 걸으며 채

광창이 있는 고운 빛깔의 예쁜 주택과 테라스, 주택가와 상점 거리를 나누는 기둥들, 시청 앞 우뚝 선 빅토리아여왕 조각상 등을 보며 감탄한다. 그러나 그 무엇도, 〈원초적 본능〉을 보고 남은 기억도, 마음에 침입해 그를 괴롭히는 것과의 싸움에서 아침 시간을 함께한 일행만큼 효과적이지 못하다. 상점들이 문을 닫기 시작하자 그는 그날 하루도 실패라고 결론짓는다.

다시 차를 몰고 집으로 가는 동안, 작별을 고하던 베스가, 기억이 너무 고통스러워지기 전 그 마지막 순간이 떠오른다. 그녀는 갑자기 말을 꺼냈다. 다음날 남쪽으로 갈 생각이라고. 재키는 어느 날 저녁 늘 만나던 홈인테리어 상점 밖에서 그를 보자마자 이별을 고했다. 샤론은 아무 말도 하지 않았고 할 생각도 없는 듯했지만 그는 짐작할 수 있었다. 보비가 가장 아무렇지 않게 말했다. 엘시 커빙턴은 그가 그리울 거라고 말했다. 게이는 울음을 터뜨리며 과장된 모습을 보였는데 떠나기 전 돈을 원했기 때문이다.

그들이 거기, 문가에 그를 등진 채 서 있다가 자갈 위를 구르는 차 소리를 듣고는 몸을 돌려 그와 마주한다. 두 얼굴이 헤드라이트 불빛 속에 들어온다. 두툼한 입술을 양옆으로 당겨 웃고 있는 검고 반질반질한 얼굴, 수줍게 눈부신 빛을 바라보는 다른 얼굴. 그는 다시 돌아오겠다던 그들의 말을 몇 번 다시 떠올렸고, 그래서 초인종이 울린다 해도 누군지 확인하기 전에는 문을 열지 않겠노라 마음먹었다. 그는 천천히, 피로를 느끼며, 자동차 시동을 끄고 헤드라이트를 소등한다.

"선생님, 다시 뵈니 기쁘네요." 그가 자갈밭에 발을 딛자마자 흑인 여자가 말한다.

그는 차 문을 잠그고 돌아서서 여자의 미소 짓는 얼굴을 향해 고개를 설레설레 젓는다. 그는 미소를 짓지 않는다. 그럴 기분이 아니다. 그는 그럴 기분이 아님을 드러낸다.

"하루 중 십 분이에요, 선생님."

"난 길고 긴 하루를 보냈어요. 안녕히 가시란 인사를 해야겠군요. 다시는 귀찮게 하지 말아달라는 부탁도 해야겠고."

"마샤 티비츠 양의 이야기는 좀 생각해보셨나요? 전에 동의하셨던 대로요, 선생님?"

"난 아무것도 동의하지 않았어요."

"얼마 전 선생님을 뵈러 찾아왔을 때……"

"네, 알아요, 알아."

"우리는 이 젊은 친구의 이야기가 선생님의 불안한 마음에 어떤 영향을 주었는지 몹시 듣고 싶었답니다."

힐디치 씨는 그 말에 깜짝 놀란다. 그는 캘리거리를 뚫어지게 바라보다가 작은 눈을 깜박이며 감출 수 없는 경악을 눈빛에서 털어내려 애쓴다.

"불안한?" 뜻하지 않게 말이 새어나온다. 입이 무의식적으로 두려움에 목소리를 내준 것이다.

"선생님, 선생님께서 도와주신 그 아이는 우리 교회 사람이 아니에요. 모임의 집에 잠시 묵어간 아이죠. 그냥 스쳐지나간 사람."

"잘못 알고 있군요."

"모임의 집 사람들이 돈이라도 추렴해주길 바란 건지 도둑을 맞았다며 거짓말을 떠들어대더라고요."

"당신이 잘못 알고 있다니까요."

"교회는 지나다 잠시 머무른 것뿐인데 그 아이가 달리 말했다면 그건 사실이 아니에요. 그보다는 오늘밤 여기 있는 제 젊은 친구를 생각해주세요. 선생님 앞에 서 있는 이 친구의 기쁨을 생각해주세요."

볼품없는 아가씨다. 이마 위에 V 자를 그리며 별 특징 없이 자란 머리카락을 뒤로 빗어 넘겨 머리핀으로 고정했다. 키가 작고, 소심해 보인다.

"이 친구가 하느님 아버지의 약속을 알게 되기 전 매일 하던 일을 생각해보세요, 선생님. 카운터 너머로 팔던 그 소름 끼치는 것들을요. 참수斬首와 각종 사악한 짓들, 짐승 같은 하렘의 세계를요. 비정상적인 관습과 고통에의 열광을요, 선생님."

힐디치 씨는 그녀가 하는 말을 거의 듣지 않고 계속 키 작은 여자를 관찰한다. 이 여자도 결국 함께 생활하는 사람들을 떠나게 되지 않을까 생각한다. 여자의 얼굴에서 그것을, 그에게 익숙한 공허한 표정을 읽을 수 있다.

"곧 곳곳에서 사람들이 기도 기념제를 위해 올 거예요. 선생님, 여쭤볼 게 있는데, 혹시 댁에 남는 방이 있나요?"

"방? 대체 무슨 얘기를 하는 거요?"

"선생님, 사람들이 기쁨을 나누기 위해 이곳에 온답니다."

힐디치 씨는 그들을 밀치고 현관문을 열어 면전에 대고 문을 쾅 닫고 싶다. 당장 떠나지 않으면 경찰을 부르겠다, 남의 집 앞에서 이렇게 사람을 괴롭힐 권리는 없다, 당신들은 사유지에 불법으로 침입한 거다,

하고 외치고 싶다. 그러나 어떤 말도 나오지 않고, 앞쪽으로 움직여지지도 않는다.

"왜냐하면 미래는 쓰여 있기 때문이에요, 선생님, 확신이 담긴 문장으로요. 모두가 먹을 수 있는 과실이 나무마다 주렁주렁 열리죠. 푸른 언덕이 지평선까지 펼쳐지고 들판에는 옥수수가 자라고요. 굴속의 순하게 길들여진 여우들, 농장 헛간의 행복한 거위들을 보세요. 아이들이 뛰노는 소리, 하느님 아버지를 소리 높여 노래하는 목소리를 들어보세요. 약속된 미래예요, 선생님. 죽는 자가 맞이할 미래요."

"왜 나한테 이런 이야기를 하는 겁니까?" 다시 한번 자기도 모르게 질문이 쉰 목소리로 새어나와, 그가 채 깨닫기도 전에 던져진다. 그의 목소리가 다른 사람의 목소리, 화가 나서 고함치는 사람의 목소리처럼 들린다. 소리를 지르려던 것이 아니었는데도. "왜 계속 찾아오는 겁니까? 뭘 원하는 거냐고요?"

그는 팔꿈치로 거칠게 그들 사이를 헤치고 지나간다. 그가 자동차 열쇠를 떨어뜨리자 젊은 여자가 주워 그에게 건네고, 그때 여자의 손가락이 그의 손가락에 닿지만 그는 알아차리지 못한다.

"다시는 여기 오지 마세요." 그가 퉁명스럽게 내뱉는다. "다시는 여기서 당신들을 보고 싶지 않군요."

전혀 동요하지도 실망하지도 않으며, 캘리거리는 지금까지 들은 말을 잘 생각해보라고 조언한다. 우리들 중 누구도 죽는 자라는 운명을 피할 수는 없다고, 우리가 죄를 씻고 지상낙원을 맞이할 준비가 되었을 때 죽는 자가 우리를 기다리기 때문이라 주장한다. 그리고 마치 자신의 방문에 어떤 반대나 거친 저항도, 불편한 심기 표출도 없었던 것처럼 캘리거리가 덧붙인다.

"불안한 사람들에게 위안을 드린답니다, 선생님."

검은 손이 힐디치 씨의 팔에 놓인다. 캘리거리의 가지런한 이가 다시 드러난다. 마샤 티비츠가 수첩에 뭔가를 적는다.

"저 여자 뭐하는 겁니까? 뭘 적는 거요? 여기는 개인 주택이란 말입니다."

"주소를 적은 거예요, 선생님—듀크 오브 웰링턴 로드 3번지, 그리고 다가올 기도 기념제 때 선생님 댁에 몇 명이나 묵을 수 있을지요. 선생님, 그들과 함께 지내시면 곧 마음의 평화를 찾으실 거예요. 그때까지 저희는 선생님을 저버리지 않을 거고요."

힐디치 씨의 손이 떨린다. 너무나도 심하게 떨려 열쇠를 현관문에 제대로 꽂을 수 없다. 그는 동요하는 모습을 감추려 등을 돌리고 한 손으로 다른 손을 꽉 잡는다. 집에 사람을 묵게 해달라는 요구에 그는 대답하지 않는다.

모임의 집에 돌아온 캘리거리는 듀크 오브 웰링턴 로드 3번지에 사는 남자의 이상한 행동을 곰곰이 반추해본다. 혹시라도 있었을지 모를 오해를 바로잡기 위한 그녀의 노력에 돌아온 반응을 보면 애초에 그런 오해 같은 건 없었음을 알 수 있다. 다른 뭔가가 있다. 처음 방문했을 때 남자는 마샤 티비츠가 개인적 체험을 이야기하는 동안 말을 끊지 않았고, 이야기를 마쳤을 때 어느 정도 반발을 보인 건 사실이지만 그렇게 정도를 벗어난 건 아니었다. 사실 캘리거리의 경험상 처음에 반발이 심할수록 나중에 더 강한 확신을 갖곤 했다. 첫 만남에서 받은 인상—남자가 조만간 그녀 평생의 사업이자 프리스캣 부부가 교회와의 '연애'라고 부르는 것을 시작하리라는—마저 지금 와 생각해보니 불확실하다. 분명 더 많은 작업이 필요하다. 그녀가 제안한 동료애는 딱 잘라 거절당했을 뿐 아니라 불안감을 불러일으킨 것처럼 보인다. 캘리거리는 함께 메시지를 전하는 젊은 동행에게 인내심을 가지지 않으면 어떤 것도 이룰 수 없다고, 무관심, 심지어 욕설로 반응하더라도 속상해하거나 낙담해선 안 된다고 여러 차례 설명했다. 그러나 불안감은 상당히 다른 문제다. 돌아오는 반응이 불안감이었던 적은 없다.

"뭔가 이상해, 확실히." 그녀의 이야기를 들은 프리스캣 씨가 동의하고, 프리스캣 부인은 그녀가 처음 전도하러 다니던 시절 기이하게 행동했던 어떤 부부를 떠올린다. 그 부부는 그녀와 남편을 집으로 들인 후 장난을 쳤다고, 장난감 거미가 프리스캣 부인의 다리를 기어오르고, 프리스캣 부부가 의자를 움직일 때마다 불쾌한 소리가 터져나왔으며, 차를 내왔을 때는 찻잔 바닥이 빠져 따뜻한 차에 옷이 다 젖었다고 했다.

"아뇨, 그런 거랑은 달라요." 캘리거리가 이야기한다.

캘리거리가 조언을 구하는 과정에서 듀크 오브 웰링턴 로드 3번지 주인의 불안정함이 모임의 집 다른 신자들에게까지 전해진다. 나이 많은 에티오피아 사람이 그 이야기를 듣고, 밥과 루시, 히쿠쿠 씨, 그리고 다른 사람들도 모두 그 이야기를 듣는다. 애그니스는 그 이야기를 듣고, 자신이 아일랜드 여자에게서 그 남자 이야기와 듀크 오브 웰링턴 로드에 대한 언급을 가장 먼저 들은 사람이라고 말한다.

아일랜드 여자를 모임의 집에 머물게 한 장본인인 캘리거리는 책임을 회피하지 않고 확신에 찬 어조로 결론을 얘기한다. "그애가 이 모임의 집에 고통을 가져왔죠. 그리고 지금 제 생각으로는 그 아이가 이 남자에게도 고통을 준 것 같아요. 그애에 대해서 슬쩍 말만 꺼냈는데 그가 등을 돌려버렸거든요."

그럴지도 모른다고 프리스캣 씨가 동의하고, 거리와 문가에서 이런저런 일을 겪어본 나이든 에티오피아 사람도 경험으로 안다는 듯 고개를 끄덕인다. 밥과 루시는 이 모든 일이 슬프다고 말하며 낮은 목소리로 이야기를 나눈다.

"그는 속았고 불신에 빠져 있어요." 캘리거리가 말한다. "그 남자는 엄청나게 불안한 상태예요."

다른 사람들도 그 말에 이의를 제기하지 않는다. 그들이 머물 곳을 제공했던 임신한 아가씨에게서 마음의 상처를 입었기에 마음씨 좋은 남자 역시 고통을 겪었으리라 생각한다.

"우리는 이 문제를 처리해야 할 의무가 있어요." 갈 길을 인도받았다는 확신에 캘리거리는 더욱 힘을 낸다.

22

힐디치 씨는 단번에 그를 알아본다. 단정한 검은 머리, 녹색 빛이 도는 눈, 도드라진 광대뼈. 여러 번 들은 묘사에는 없었던 모습도 있다. 교활함이 깃든 눈, 한쪽 입꼬리를 치켜올리며 다 안다는 듯한 미소를 짓는 입, 갓 자란 콧수염.

힐디치 씨는 확신이 들 때까지—청년의 이름이 불리는 것을 들을 때까지—기다린 후 구스 앤드 갠더에서 그가 선택한 구석자리의 어둠 속으로 물러나 앉는다. 이곳은 올드 헨리 부대 근처의 술집 가운데 그가 첫번째로 들어온 곳으로, 듀크 오브 웰링턴 로드에서 이십 분 정도 거리에 있다. 구석자리에 앉아, 주문한 미네랄워터를 반쯤 마셨을 때 병사 다섯 명이 소란스럽게 들어왔다. 군복을 입지는 않았지만 머리 모양과 걸음걸이에서 군인임을 알 수 있다.

그들이 나누는 이야기의 단편들이 바를 가로질러 그가 앉은 곳으로 날아온다. 자동차 경주 이야기를 하는 것 같다. 빠진 바퀴 하나가 관중석으로 굴러갔다고. "젠장, 사람 하나가 죽었잖아." 한 병사가 말한다.

힐디치 씨는 자신이 왜 여기에 왔는지 알지 못한다. 어떤 충동이 그를 이곳으로 이끌었고, 이 대화를 엿듣도록 몰아붙인다. 이어지는, 자동차 경주 트랙에 관한 대화에 귀를 기울이며 그는 자신이 무슨 생각으로 집을 나섰는지 기억해내지 못하는데, 실은 아무 생각도 없었음을 안다. 그냥 차를 몰았던 것이다, 어디로 가는지는 생각하지 않고.

"이봐, 네가 한잔 살 차례야, 빌어먹을." 한 군인이 다른 군인에게 거친 어조로 상기시키고 다른 이들이 떠들썩하게 동의를 표한다. 술잔이 비워진다. 차례가 된 병사를 부추기느라 그들은 테이블을 두드려댄다.

적의를 품은 어머니가 막아주리라는 영악한 계산속에 연락할 방법도 남기지 않고 떠나버린 이 막돼먹은 녀석에게 속아 그녀가 겪어야 한 일을 생각하면 경악스럽다. 힐디치 씨는 함께 카페에 앉아 문을 바라보고 있을 때면 시도 때도 없이 흐르던 그 눈물을, 어느 공장에서 또 다시 원하는 결과를 얻지 못했을 때 그녀가 겪은 괴로움을, 그리고 뱃속의 아기를 지울 때 그녀가 느끼던 죄책감을 기억한다. 그녀가 공장 앞마당에 나타난 날은 수요일이었다. 그는 중요한 일이 일어난 날은 애쓰지 않아도 언제나 요일을 기억해낼 수 있다. 모병관이 다른 일을 찾아보는 게 나을 거라고 말한 날은 금요일, 전학을 간 날과 생일 선물로 스텐실 세트를 받은 날은 월요일—그날의 세탁물 냄새, 작은 빨간색 양초, 특히 거기 있던 월프 삼촌이 기억난다. 그리고 기차를 타고 온천에 간 날은 늘 토요일이었다.

"빌어먹을 호모." 군인 하나가 말한다. "브런즈윅 웨이 모퉁이에 가보면 매일 저녁 그 자리에 있어. 40파운드를 준다더군."

"빌어먹을, 아니겠지." 누군가 경멸하듯 말하더니 덧붙인다. "야, 좀 말이 되는 소리를 해라."

"농담 아냐. 제복을 좋아해, 그 호모가."

힐디치 씨는 다른 여자들은 여전히 보이는데 왜 그녀가 보이지 않는지 알 수 없고, 그로서는 그녀가 다른 방식으로 떠났기 때문이라고밖에는 달리 설명할 수가 없다. 이것이 그 흑인 여자가 그녀를 언급해 모든 걸 뒤흔들어놓은 후로 그가 줄곧 품고 있는 생각이다. 그가 여기 있는 이유는 그들이 어떻게 헤어졌는지와 관계가 있다. 그는 이제야 그 사실을 깨닫고, 또 안다. 그가 여기 있는 이유는 기억의 뒤안길에 그녀의 자리가 없기 때문이고, 금방이라도 그녀가 이곳으로 걸어들어올지 모르기 때문이다. 그는 어둠 속에서 몸을 뒤로 기대고, 병사들의 대화는 이제 귀에 들어오지 않는다. 미네랄워터 한 잔을 놓고 이 구석자리에 머물다보니 주인이 마지막 주문을 받는다며 손님들에게 집으로 돌아가야 하지 않느냐고 묻는다. 종업원이 와서 술잔을 치우고, 그 다섯 명의 병사는 그녀의 관심을 끌려고 수작을 부리다 소란스럽게 자리를 뜬다.

술집 밖, 차 안에서 그들을 지켜보던 힐디치 씨는 차를 몰고 거리를 헤매며 애타게 그녀를 찾는다, 그녀가 그랬던 것처럼.

어느 날, 구스 앤드 갠더에 간 날로부터 일주일 후, 목요일에, 힐디치 씨는 출근하지 않는다. 그는 듀크 오브 웰링턴 로드 끝에 있는 공중전화 박스로 걸어가 주방에 전화를 해 아프다고 말한다. 집으로 돌아온 그는 먹지도 않고, 하루종일 큰 응접실에 앉아 레코드를 듣는다. 레코드가 다 돌아가도 곧바로 자리에서 일어나 턴테이블에 다른 레코드를 걸지 않고 한동안 바늘이 윙윙거리는 소리에 귀를 기울인다. 빙 크로즈비와 프랭크 시나트라, 페리 코모와 앨마 코건, 넬슨 에디, 그리고 지넷 맥도널드, 이브 보즈웰, 도리스 데이, 하워드 킬이 그의 하루를 채우며, 점점 증폭되고 끈질기게 지속되는 근심의 배경음이 되어준다. 어둠이 내릴 때까지 그는 방에서 나가지 않는다. 주방에 전화를 걸러 나가던 길에 홀스탠드 위에 둔 〈데일리 텔레그래프〉는 아직도 읽지 않은 채로 그대로 있다.

아홉시에 그는 차를 한 주전자 끓이고 빵 한 조각을 굽는다.

캘리거리가 초인종을 누르지만 아무런 대답이 없다. 집 앞 자갈밭에 그 작은 녹색 차가 주차되어 있어 그녀는 의아해한다.

"아니, 여기서 조금 기다려봐요." 그녀는 벌써 발걸음을 옮기려는 동행의 섣부른 판단을 저지한다. 집주인은 산책을 나갔거나 걸어서 술을 사러 갔는지도 모른다. 캘리거리는 혹시 못 들었나 싶어 다시 한번 초인종을 누른다.

"여보세요, 계세요?" 그녀는 우편투입구에 대고 외친다.

삼 주가 흐른다. 낮이 길어진다. 힐디치 씨가 그 대저택을 다시 방문한다면 주차장 위 언덕 기슭, 크로커스가 피었던 자리에 수선화가 활짝 피고 정원 곳곳에 초록 새싹이 돋아난 풍경을 보게 될 것이다.

그러나 힐디치 씨는 대저택에 다시 가지 않는다. 그는 아프다고 전화를 건 날 이후 직장으로 돌아가지 않았다. 장을 보러 한 번 나갔을 뿐이고 그마저도 건성으로 보고 왔다. "종기를 치료하고 있습니다." 그는 상사들에게 사과의 편지를 썼고, 치료를 위해서는 엄격한 휴식과 식이요법이 필요하다고 덧붙였다. 그렇게 오래 근무하면서도 병으로 결근한 적이 단 한 번도 없었기에 이는 관대하게 받아들여졌고, 구내식당과 주방 직원들이 쾌유를 비는 카드를 보내왔다.

그는 여전히 밤에 깊이 잠들지 못한다. 체중이 좀 줄었다. 이제 얼굴은 초췌하고 남아도는 살은 처지고 늘어졌다. 만일 그녀가 흑인 여자를 다시 만난다면 무슨 얘기를 쏟아낼지 아무도 모를 일이다. 그다음 그 얘기가 어떻게 퍼져나갈지, 얼마나 많은 사람들이 그녀가 그의 집에 있었다는 것을 알게 될지 모를 일이다. 이미 주방 직원들과 구내식당 직원들에게, 온갖 사람, 온갖 곳에 다 알려졌는지도 모른다. 이제 머지않아 차 담당 여직원도 그에게 차 따라주는 일을 부끄럽게 여길지 모른다.

어느 날 아침, 새벽이 되어서야 지쳐 잠든 그는 아일랜드 여자가 마치 영토를 침범하듯 그에게 쳐들어왔다는 기이한 생각을 하며 잠에서 깬다. 희미한 인상이—너무나 순식간에 지나가긴 했지만—잊었던 어떤 일이 떠오른다. 현관 불빛을 받아 집 앞 자갈이 환하게 빛나고, 차 안에 있던 그는 그 불빛이 너무 강해 고개를 돌려야 했다.

"유감스럽게도 치료가 오래 걸립니다." 그는 며칠 후, 또다시 전날 밤 늦게까지 거리를 샅샅이 헤매고 다닌 뒤 상사들에게 편지를 쓴다. "불운한, 예측하지 못한 일입니다. 하지만 이제 그리 오래 걸릴 것 같지는 않습니다." 흑인 여자가 어디에도 없다는 것을 확인한 후 그는 듀크 오브 웰링턴 로드 끝에 있는 우체통으로 가 편지를 부친다. 낮에 집밖으로 나온 것은 보름 만이다.

"여보세요, 계세요?" 캘리거리가 우편투입구에 대고 외친다.

차는 여전히 그 자리에 그대로 있다. 창문에 커튼이 쳐져 있는 것 역시 변함없다.

"여보세요, 계세요?" 캘리거리가 큰 소리로 되풀이한다.

여전히 아무 대답이 없다.

그는 직원 중 누군가가 그의 차를 알아볼까봐 걸어서 거리를 돌아다니는데, 그것도 그를 알아보는 사람이 없을 법한 시간에만 그렇게 한다. 그는 몇 년 동안 가본 적 없는 곳으로, 이제 인도인과 파키스탄인이 사는 동네로 간다. 〈보로다 익스프레스〉는 인도의 다양한 스타들을 보여준다. 방그라 가르타, 미스 바바나, 디파 더 보이스 오브 라타 등. 코-이-누르 레스토랑은 주인이 바뀌었다. 서다 울 제품과 뜨개질 옷을 팔던 털실 가게는 이제 루팔리 부티크가 되었다.

그는 버려진 상점과 카페가 늘어선 거리를 서둘러 지나가고, 가구나 집기도 없이 텅 빈 상점의 낮게 달린 우편투입구 아래로는 광고 우편물만이 떨어진 자리에 그대로 흩어져 있다. 그가 어렸을 때 번창했던 주조공장도 지나가는데, 한 시절의 번영을 떠올리게 하는 것은 이제 아무 쓸모 없어진 마당과 삭막한 건물 외관의 검은 벽돌과 돌들뿐이다. 그는 벌써 잎이 우거진 교외를, 간이 차고에 주차된 차들을, 잠들어 있는 집을, 그 어두운 창문을 지나쳐간다. 그가 쓸데없다고 생각하는 레저 센터 근처를 지나며 한때 ABC극장이었던 크림색 타일의 빙고게임 홀도 본다. 그는 의식하지 않았지만 교회와 시너고그, 모스크, 그가 다닌 두 학교 중 한 곳, 그리고 지금은 사무실로 사용하는 웅장한 빅토리아식 옛 지역 병원도 지나간다. 이른아침이 되자, 그는 도로 건너편에서서 구세군 호스텔에 밤새 머물다 나오는 사람들의 얼굴을 하나하나 살펴본다.

그런 식으로 외출한 어느 날, 힐디치 씨는 지친 몸을 끌고 듀크 오브 웰링턴 로드로 다시 돌아가면서 마침내 자신이 찾아 헤매온 그녀가 떠났다고 결론 내린다. 그는 고개를 끄덕이며 그 생각을 소중히 품고서, 자신을 우울에서 끄집어내줄 위안이 되는 생각이라면 무엇이든 받아들이고 싶어한다. 그녀는 다시 고향에, 듣기에도 오지 같던 그 먼 곳으로 돌아간 것이다. 오직 그 동네 사람들만이 알 것이다. 한데 수백 킬로미터 떨어진 곳에 있는 이 이방인에게 그들이 무슨 관심을 가지겠는가?

그날 아침 그는 부엌에서 콩 통조림을 따 베이컨과 신선한 빵과 함께 먹으며 〈데일리 텔레그래프〉를 펼친다. 대단히 행복한 것도 아니고 그저 심경이 조금 달라진 정도지만, 그래도 그 기분을 유지하고자 마음을 다잡으며 설사 그녀가 아직 이 근처에 있다 해도 지금쯤이면 라이서트가 입대했다는 아버지의 말이 옳았다는 생각에 이르렀을 거라고 확신한다. 그녀가 라이서트를 찾아냈을 수도 있지만 분명 그랬을 것 같지는 않다. 그리고 만일 그녀의 생각이 거기까지 미치지 못했다면, 거리에서 그녀의 모습이 보였을 것이다. 그렇다면, 엄밀히 말해 이제 남은 유일한 근심은 그녀가 그 성가신 전도사들의 집에 머물며 무슨 이야기를 했느냐 하는 것뿐이다.

힐디치 씨는 처음부터 찬찬히 되돌아본다. 그녀가 그 귀찮은 전도사들의 집에서 지내기 전에 두 사람 사이에 있었던 일이라고는 그날 아침 그녀를 태우고 공장과 병원을 오간 게 다다. 그땐 얘기할 거리도 별로 없었다. 그녀가 언급한 부랑자 두 명과 함께 있었을 때도 상황은 비슷했다. 그녀가 그 사람들에게 3번지 주소를 말할 이유도, 그가 어떻게 생겼는지 이야기할 이유도 없다. 전체적으로 보면 그가 입은 타격은 생각했던 것보다 적을 가능성이 높다.

힐디치 씨는 먹은 접시들을 설거지하며 얼마 전까지 박탈당했던 행운에 신세를 졌다고, 마침내 행운이 찾아온 것 같다고 느낀다. 하지만 시간이 흐르면서 그는 다시 자신감을 잃고, 이삼일이 더 지나자 너무나도 오랫동안 그를 지배해온 불확실성의 구렁텅이로 다시 떨어진다. 식욕은 지속되지 않는다. 시간이 갈수록, 온전히 집에만 있고 싶다는 단 하나의 욕망만 남는다.

어느 날 저녁 초인종이 울리자 그는 잠깐 망설이다 안락의자에서 몸을 일으켜 레코드 바늘을 들어올린다. 그가 평안해질 수 있는 유일한 길은 무슨 말을 했는지 아는 것뿐이다. 그는 자신을 괴롭히는 혼란스러움에 떠밀려—한순간 거기 있다가 바로 다음 순간 사라지는 희망, 위안의 조그만 부스러기라도 찾고 싶어 낙담한 가운데서도 손을 뻗으며—천천히 홀을 가로지른다. 잠금장치를 하나씩 열며, 그는 아무것도 드러내지 않고도 알아낼 수 있을 거라 되뇐다. 여러 말을 할 필요가 없다. 흑인 여자가 얘기를 하게 놔두고, 여자가 실수를 하게 유도하자. 알맞은 때가 오면 무심하게 질문을 던지는 거다.

"선생님, 저희는 몇 주 동안 선생님 생각을 했답니다." 현관문을 열자마자 여자가 진지하게 말하고, 그는 여자의 얼굴에서 이 남자 모습이 엄청나게 변했다고, 옷도 예전 같지 않다고 생각하는 것을 읽는다. 셔츠 칼라는 깨끗해 보이지 않고, 저녁 일곱시밖에 안 됐는데 벌써 몸에 걸친 가운은 군데군데 해졌으며, 이 시간에 면도도 하지 않은 얼굴이라는 사실을 그녀가 알아채는 것이 느껴진다. 그녀와 동행한, 예전에도 두 번 함께 왔던 젊은 여자의 표정에는 아무것도 나타나지 않는다.

"이런저런 집안일을 하는 중이어서요." 그가 설명한다. 그는 미소를 지으려 애쓰며 이 사람들과의 일을 처리하는 자신의 태도가 쾌활하게 보이기를 바란다. "벽난로며 그런 일들요. 불 피우는 걸 좋아해서요."

집에 불을 피우는 곳들은 하나만 가스 연료이고 나머지는 전기식이지만, 그들이 그 사실을 알 리 없다. 오래전 석탄불을 피울 때는 더운 벽장에서 건조시킨 불쏘시개와 신문으로 불을 지폈다. 그럴 때면 그는 낡은 옷을 입고 낡은 장갑을 끼곤 했다. 그땐 그게 전혀 이상한 일이 아니었으니 지금도 마찬가지일 것이다.

"선생님, 귀찮지 않는다면 저희가 좀 들어가도 될까요?"

다른 때는 길모퉁이에서 설교라도 하듯 말솜씨가 유려하면서, 가끔씩 여자가 문법을 틀리는 것이 희한하게 여겨진다. 어머니는 살아 계실 때 외판원이 집에 찾아오면 집 어디에 있든 아무것도 필요 없다고 큰 소리로 외치곤 했다. "돈을 많이 절약할 수 있다고 말씀드려라, 애야." 언젠가 브러시 외판원이 말했다. "신발에 검은 왁스를 바르는 브러시도 있고, 쓰레받기용도 있지. 짧은 빗자루, 긴 빗자루, 다 있단다. 애야, 가서 어머니께 그렇게 말씀드리렴."

열린 문을 잡고 있는 동안 흑인 여자와 젊은 백인 여자가 현관으로 들어온다. 그는 자신 앞에 놓인 곤경을 인식하지만 그를 사로잡은 충동이 타고난 조심성을 앞지른다. 큰 응접실에서 그는 그들에게 앉으라고 권한다.

"어머나, 어머나." 흑인 여자가 당구대와 전축, 두 개의 괘종시계, 문진으로 가득찬 장식장, 벽난로 위 장식품을 둘러보며 감탄한다. "어머나, 어머나." 흑인 여자가 또 한번 말한다.

힐디치 씨는 인내심을 가지고 기다린다. 기도 기념제가 있었다는 이야기를 듣는다. 곳곳에서 찾아왔던 사람들은 이제 각자의 집으로 돌아갔다고. 자기가 여기 온 것은 기도 기념제 때문이 아니라고 흑인 여자는 말한다. 그녀는 우울하고 불안한 시기에 자기가 도움을 줄 수 있다고 덧붙인다. 지상낙원에 대해 말하고 모임의 집 사람들의 소명과 헌신, 과업에 대해 자세히 설명한다. 그녀가 이야기하는 동안, 힐디치 씨는 어떻게 하면 본심을 꽁꽁 숨긴 채 알고 싶은 것을 물을 수 있을까 고심하느라 여념이 없다. 젊은 여자는 얘기를 해보라는 지시가 없어 잠자코 앉아 있다.

"'목숨이 음식보다 중하지 아니하며 몸이 의복보다 중하지 아니하냐?' 선생님, 마음의 평안을 얻을 수 있다면 지금 저희가 전해드린 메시지를 가가호호 전하시겠어요? 죽는 자를 위해 기쁨의 말을 널리 알리는 일은 마음에 평안을 가져다준답니다."

힐디치 씨는 방문객을 안으로 들인 목적을 잠시 잊고 날카롭게 대꾸한다.

"왜 내게 계속 그런 이야기를 하는 겁니까?"

"그것이 오늘의 메시지이자 매일의 메시지이기 때문입니다. 믿음으로 견고하여져서 하느님께 영광을 돌리라."

"난 잘못한 게 없어요." 힐디치 씨는 그렇게 말할 생각이 아니었으나 자신이 그렇게 말하는 것이 들린다. 그는 자신이 왜 그런 말을 하는지, 그런 항변이 어디서 튀어나왔는지 알지 못한다. 자신에게 필요한 정보를 얻어내기 위한 깔끔한 방법을 찾아보려 머릿속을 헤집어보지만 전혀 답이 보이지 않아 좌절한다. 답이 없자 마음속 호소는 더욱 처절해지고, 흑인 여자는 더 많은 제안을 늘어놓으며 다시 성경을 인용한다. 함께 온 젊은 여자는 여전히 말이 없고, 힐디치 씨는 혼자 헛되이 애쓰는 와중에도 자신이, 바로 이 순간, 이 아가씨와 해피 이터에 앉아 있을 수 있었을 거라는, 여자의 슬픈 사연을 들어줄 수 있었을 거라는 딴생각을 한다. 그는 그녀에게 사연이 있다는 것을 안다. 그들 모두 슬픈 사연 한 가지씩은 갖고 있다.

"'선한 목자는 양들을 위하여 목숨을 버린다.'" 흑인 여자는 계속 이야기하고, 힐디치 씨는 공황에 빠지는 듯한 느낌을 받는다. 그의 실수였다. 힐디치 씨는 잘못된 판단을 내린 일을 자책한다. 두 사람을 집안으로 들이지 말았어야 했다. 에둘러 캐물을 수 있는 방법 같은 것은 없다. 그는 감히 아일랜드 여자의 이름을 언급하지 못하고, 다른 방식으로도 그녀 얘기를 꺼내지 못한다. 그는 그냥 문을 열고 두 사람에게 영영 꺼져버리라고 말했어야 했다.

"앞으로도 기도 기념제가 열릴 텐데 선생님 댁에는 빈 방이 많네요. 선생님께서도 그때 오는 사람들과 함께 메시지의 기쁨 속에서 앞으로 나아가실 수 있을 거예요."

방문객들이 앉았음에도 앉지 않고 서 있던 힐디치 씨는 그의 집에서 묵는 건 있을 수 없는 일이라고 말한다. 목소리에는 힘이 좀 빠졌고, 옷 아래 등쪽 피부는 열이 오르고 축축해진다. 뺨과 이마에 땀방울이 맺힌다. 안경이 뿌옇게 흐려진다. 그는 뭔가 말하려 하지만 말을 더듬고 웅얼거린다.

"그런 일은 있을 수 없어요." 이제 목소리는 쉰 듯 거칠어지고 그의 것이라 생각하기 어려운 중얼거림이 흘러나온다. 그는 고개를 젓는다. 흑인 여자가 그에게 함께 기도하자고 말한다.

"난 이런 것에 흥미가 없습니다." 그는 말을 하려 하지만 아랫입술이 떨리는 것을 느낀다. 그 때문에 말을 하기가 몹시 힘들다. 한 마디 한 마디 애써보지만 그 말들은 매번 입술의 떨림 속에 사라진다. 화를 내려 해도 그럴 수 없음을 안다.

"파르티아인들, 메디아인들, 엘람인들." 이미 무릎을 꿇은 흑인 여자가 광적인 태도로 열거한다. 젊은 여자도 무릎을 꿇는다. "메소포타미아 지역 사람들, 그리고 유대국의……"

흑인 여자는 숙인 머리 위로 두 손을 올려 꼭 맞잡는다. 젊은 여자도 비슷한 자세를 취하는데, 수선이 필요할 성싶은 구두 밑창과 살짝 위로 올라간 짧은 치마가 보인다.

"그들이 방언을 하는 소리가 들립니다. 그들의 정원에서, 사막에서, 기도하는 소리가 들립니다. 오, 하느님 아버지, 감사드립니다."

그가 집안으로 들였던 유일한 여자가 바로 이 방에서 잠옷 차림으로 머물다 갔다. 그들의 이별에서 남은 거라곤 그 사실뿐이다. 이윽고 대저택으로 오는 두 버스 중 첫번째 버스가 보이고, 샌드위치 속 참치맛

이, 입안에서 아삭거리는 상추의 식감이 떠오른다. 흑인 여자의 기도 소리를 들으며 그는 다시 파란 버스를, 그 버스에서 내리는 승객들을, 신문을 든 버스 기사를 본다.

"난 이런 것에 흥미가 없습니다." 그가 항의하고, 이번에는 그 말들이 제대로 발음되어 나온다.

그러나 흑인 여자는 계속 주절주절 무어라 말하고, 젊은 여자 역시 자신의 몫을 하는 듯 입술을 움직인다. 토끼같이 생긴 이 아이의 삶은 어떨까? 힐디치 씨는 생각한다. 이 아이는 저 흑인 여자처럼 종교적이지 않다. 생각해보지 않아도 그냥 알 수 있다. 그저 어딘가 갈 곳을, 의지할 데를 찾느라 이들에게 합류했을 뿐이다. 이 아이는 무언가로부터 도망치고 있다. 그게 눈에 훤히 드러난다. 그런데 이 아이가 이 미친 인간들과 함께 지내면서, 안내책자를 들고 허튼소리나 하며 돌아다니면서 남은 인생을 살아간다면, 대체 이 아이의 삶은 어떻게 될 것인가?

젊은 여자가 맞잡은 손을 풀고 일어난다. 흑인 여자도 마찬가지다. 그는 앞장서서 현관으로 가 문을 열고 절박한 심정으로 이들을 내보내려 한다. 그는 헛기침을 해서 목청을 가다듬는다. 입을 열자 목소리는 아직 힘이 없지만 그를 사로잡았던 공황상태는 좀 가라앉았다.

"안녕히 가세요."

"저희는 선생님의 불안을 이해해요. 처음 찾아뵀을 때 제가 이 젊은 친구에게도 그렇게 말했죠. 저희가 이런저런 추론을 해봤답니다, 선생님."

"추론이라니요? 무슨 뜻입니까?"

"그 아일랜드 아이는 선생님에게 그랬듯 우리 교회 사람들에게도 고통을 안겨주었어요. 제게 그 책임이 있지요."

"그 여자가 당신에게 대체 무슨 말을 한 겁니까?" 그 말이 경솔하게, 제멋대로 힐디치 씨 입에서 튀어나온다. 원래는 고개를 저으며 무슨 말인지 모르겠다고 말할 작정이었다. 그는 간신히 미소를 지으며 덧붙인다.

"말이 나온 김에 물어본 거예요. 어쨌든 난 그 여자에 대해서 아는 바가 없습니다. 그냥 길에서 마주친 것뿐이에요."

"저도 그랬답니다, 선생님."

"내게 길을 물어보더군요."

"저희가 그 아이에게 길을 인도해줄 수 있었을 거예요. 오늘밤 저희가 선생님을 인도했듯이 말이에요. 선생님이 저희와 함께 무릎을 꿇었고……"

"나는 무릎을 꿇지 않았어요. 제발 그만 가세요. 그 여자는 그냥 길에서 마주친 여자일 뿐입니다."

"그 아이가 우리 모임의 집 사람들을 속여 얻어내려던 돈을, 선생님께서는 선한 마음으로 내어주셨지요. 우리는 추론을 통해 그런 결론에 도달했답니다. 프리스캣 씨가 그렇게 말했고, 애그니스도 그랬어요. 낯선 사람이 초인종을 누르면 불안할 수밖에요. 이용당했으니 그럴 만도 해요."

"난 그 여자에게 돈 같은 것 준 적 없어요. 돈 문제 같은 건 없단 말입니다. 그냥 그 여자가 길을 물어봤을 뿐이라고요."

힐디치 씨는 자신의 말이 앞뒤가 맞지 않는다는 것을, 부인할수록 직전에 했던 말과 모순된다는 것을 깨닫는다. 그는 자신이 말도 안 되는 소리를 하고 있음을 안다. 또다시 그는 자신이 하는 말을 제어할 수 없다.

"어떤 여자든 길에서 다가오면 안전이 걱정되기 마련이지."

"그 아이가 떠난 건 잘된 일이에요, 선생님. 그 아이를 선생님 마음에서 떨쳐버리세요. 고통이 씻겨나갈 거예요."

"난 고통받고 있지 않습니다. 무슨 고통을 이야기하는 건지 모르겠군요."

"이제 치유되실 거예요. 이런 연유로 선생님이 모임에 들도록 우리를 보내신 거랍니다."

이제 힐디치 씨는 속이 메슥거린다. 이미 계단을 네 칸 내려가 자갈밭에 섰던 흑인 여자가 몸을 돌려 다시 계단을 오른다. 하느님 아버지께서 인도하셨다고, 더 많은 기도를 해야 한다고 여자가 말한다. 그녀는 그를 향해 미소를 짓고, 양옆으로 당겨진 검은 입술 사이로 꽉 찬, 튼튼한 이가 드러난다. 그 순간 그는 손을 뻗어 그녀를 밀어버리고 싶다고, 그녀가 계단에서 중심을 잃고 자갈밭으로 쓰러지는 것을 보고 싶다고 생각한다. 그러나 그 유혹을 물리치면서 차분한 어조로 말한다.

"다시는 여기 오지 마요. 내 집 근처엔 얼씬도 하지 말라고."

그는 문을 쾅 닫고 잠금장치를 이중으로 잠근다. 곧바로 초인종이 다시 울리지만 무시한다. 우편투입구가 달그락거리더니 그 사이로 흑인 여자의 목소리가 들려오고, 그는 신경쓰지 않는다. 의지가 사라져버렸다고, 그가 현관에 서서 혼잣말을 한다. 그들을 집에 들이고 안으로 초대했지만, 그들의 존재는 줄곧 그의 고통에 대한 조롱일 뿐이었다.

돈이 없는데 어떻게 고향으로 돌아갈 수 있는가? 이 의문이 그를 사로잡는다. 여러 다른 생각들처럼 불쑥 떠오른 생각이다. 아일랜드 여자는 여전히 거리를 헤매고 있고, 바로 그 때문에 그가 자신의 행복한 기억 속에서 다른 여자들을 보듯 그녀를 보지 못하는 것이다.

23

이윽고 힐디치 씨는 다시 직장으로 출근한다. 그렇게 하는 게 예전의 자신을 되찾을 수 있는 가장 좋은 방법이라고 생각한다. 그는 주방과 구내식당에서 환영을 받고, 자신의 작은 사무실에서 성실히 밀린 일에 전념한다. 그러나 식욕이 돌아오지 않아 구내식당 매니저로서 내내 민망하다. 그는 할 수 있는 한 열심히 설명하고, 사람들은 그가 그리 오랫동안 병석에 누워야 했던 병에서 아직 완전히 회복되지 못한 것으로 받아들인다.

그러다 어느 오후, 갑자기 그의 기억에 변화가 생긴다. 아일랜드 여자가 잠옷 차림으로 위층으로 올라간 일과 파란 버스가 대저택 앞에 도착한 일 사이에 뭔가 다른 것이 떠오른다. 계단에서 발소리가, 위층에서 문 닫히는 소리가 들린다. 기억 속에서 그는 그녀가 알고 있음을,

그런 순간이 있었음을, 그날 낮과 저녁 그녀의 눈빛에서 안다는 사실을 읽었음을 인식한다.

그 기억이 떠오른 날은 화요일이다. 3월의 마지막 날, 세시 삼십오분. 힐디치 씨는 지난달 간접비를 숙독하다 말고 문득 사무실 벽에 걸린 달력을 쳐다보는데, 그 익숙한 풍경이 눈에 잘 들어오지 않는다. 빅토리아풍 드레스를 입은 어린아이 두 명이 비눗방울을 불고 트래펄가 수프 파우더 회사의 광고 문구가 적혀 있다. 떠오르는 기억의 파편들이 트래펄가 수프 파우더 회사가 골라놓은 경치보다 더 선명하게 나타난다. 그녀가 잠옷 차림으로 다시 위층으로 올라갔을 때, 그는 그녀가 이미 아버지와 두 오빠의 부름을 따라 숨막히는 생활로, 양심의 가책으로 영원히 돌아가버렸음을 알고 눈물을 흘렸다. 전축 바늘이 레코드 위에서 거친 소리를 냈다. 전기벽난로의 불빛이 구두와 바지 아랫단을 분홍빛으로 물들였다.

"차예요, 힐디치 씨." 차 담당 여직원이다. "힐디치 씨에게 제일 먼저 가져왔답니다."

그녀가 늘 하는 말이다. 항상 그가 제일 먼저 차를 받는데, 구내식당 매니저에게 걸맞은 대우다.

"고마워요." 그는 미소를 지으려 하지만, 제대로 지었는지 확신하지 못한다.

"다시 뵈니 기뻐요." 그녀가 말하지만 그는 듣지 못해 대답을 하지 않고, 그녀는 나중에 힐디치 씨가 병을 앓아 귀가 먹은 것 같다고 말한다.

그의 눈은 벽의 비눗방울 부는 아이들에게 향했지만 제대로 보지도 않다가 곧 시선을 거둔다. 서류가 책상을 뒤덮은 가운데 접시에 받친 찻잔이 있다. 그는 손을 뻗어 기계적으로 설탕 두 덩어리를 우유가 들어간 따뜻한 액체에 넣고 젓는다. 그애는 아무것도 없는 곳으로 돌아가는 거야, 그는 큰 응접실에서 자신에게 되풀이해 말했다. 그녀의 순수함을 시들게 할 황량한 곳으로 돌아가는 거라고. 그건 누구에게든 좋은 일이라고 할 수 없잖아? 그가 그녀를 불렀지만 그녀는 듣지 못했다. 그래서 그는 드라이브를 가야 한다고 말하러 위층으로 올라갔다. 이제 전부 다 기억난다.

그는 다시 〈Blue Hawaii〉를 튼다. 〈데일리 텔레그래프〉를 샅샅이—국제 뉴스, 경제면, 본 적 없는 텔레비전 프로그램에 대한 칼럼, 가십까지 모두 읽는다. 그는 4파운드짜리 칠면조 가슴살을 구우며 다시 식욕을 돋우려 노력한다.

그러나 화요일 오후 사무실에서 떠오르기 시작한 기억 한줄기는 시간이 흐르며 세찬 급류로 변한다. 아일랜드 여자가 잠옷 차림이던 그날 밤, 그가 마지막으로 한 일은 여기저기 흩어놓았던 옷들을 쓰레기통에 넣고 태우는 일이었다. 엘시 커빙턴이 그에게 보고 싶을 거라 말했던 밤, 그는 그녀가 피치 멜바*를 먹는 모습을 바라보았고, 그런 다음 월요일이라 텅 빈 커낼 워프 선착장 옆 주차장으로 차를 몰았다. "떠날 생각이군." 그가 말하자 샤론은 웃음을 터뜨렸다.

기억이 흐르며 부서지고, 그 파편들은 현실의 일부라기보다는 잊고 있던 악몽에서 찢겨나온 조각 같다. 왜냐하면 게이가, 그녀 역시, 알아

* 바닐라 아이스크림에 복숭아와 라즈베리소스를 얹은 디저트.

차리던 그 순간—그녀의 표정, 다시 자립할 수 있을 때까지 20파운드만 빌려줄 수 있는지 물으며 그를 흘깃 보던 눈길—까지도 밀쳐둔 어떤 악몽에서 모습을 드러내기 때문이다. 그가 애써 설명을 해주려 노력했던 유일한 사람은 아일랜드 여자였다. 그녀의 순수함이 그에게서 그런 노력을 이끌어냈다. 여자들은 얼마나 다양한 이름으로 그를 불렀던가—콜린, 빌, 테리, 밥, 켄, 피터, 레이, 그때그때 떠오른 이름이었고, 그들 또한 다른 이름을 쓰고 싶어하는 여자들이었다. 다른 이름을 쓴다고 해서 문제될 건 없었고, 마찬가지로 그와 같은 지위의 남자가 근처에서 여자와 데이트하지 않는다고 해서 어떤 문제가 있는 것도 아니었다. "난 남쪽으로 갈 거예요, 빌." 베스가 말했고, 한동안 둘 다 아무 말도 하지 않았으며, 그는 계속 차를 몰았다. "우리 어디로 가는 거예요?" 베스가 물었고, 그는 시골길에 접어든 후 쓰레기처리장 쪽 길로 방향을 틀어 닫힌 철문 앞을 지나쳐갔다. "우리 어디 가는 거예요, 빌?" 그녀가 다시 물었고, 그녀의 담배가 어둠 속에서 발갛게 빛났다. 그는 깜짝 놀라게 해줄 일이 있다고 말하며, 언젠가 샌드위치와 보온병에 담은 차를 마시기 위해 멈춰 섰던 정차 가능 구역으로 향했다. 그는 담배를 주시해야 했다. 주의를 기울여야 했다. 차 안에 불붙인 담배가 있으면 어떤 일이 일어날지 모르는 법이다. 나중에 그는 곧장 3번지로 운전해 되돌아왔다, 그녀도 데리고서. 그게 최선이었으니까.

기억 속으로 스멀스멀 기어들어온 사악하고 반갑지 않은 장면들 때문에 힐디치 씨는 자신이 정신적 착란을 겪고 있다고 생각한다. 자신이 미쳐가고 있다는 것이 지금 그가 내놓을 수 있는 유일한 설명이라고. 매일 아침 그는 공장 주차장에 차를 댄 뒤 앞마당을 가로지르며 주변에 있는 직원들에게 인사를 하고, 직원들은 그 인사에 답한다. 그의 내면은 알아채지 못한 채로. 설거지 담당 여직원 두 사람이 사이가 좋지 않아 때때로 주방에서 다툼이 일어나는데, 그럴 때면 그는 늘 해온 방식으로 두 사람을 잘 설득한다. 그는 음식을 맛보고 오후에는 방문한 손님들과 이야기를 나눈다. 물리넥스 생활가전 회사에서 사람들이 찾아와 제품을 보여준다. 그가 만들어낸 정상적인 겉모습 아래에서는, 어떤 장면들이 스쳐지나가고 어떤 목소리들이 말을 한다.

하루 일과는 고역이 되고, 그는 매일 저녁 듀크 오브 웰링턴 로드 3번지로 돌아와 자신이 온전한 정신을 잃은 건 아닐까 하는 의심과 홀로 마주한다. 그는 자신의 불안이 시작된 그 순간부터 지나온 시간을 더듬어본다. 그가 처음으로 걱정에 밤을 지새웠던 일, 온천에 감으로써 모임의 집에 대한 강박관념을 떨쳐버리려 애썼던 일, 구스 앤드 갠더에 갔던 일을 떠올린다. 어째서 그가 흑인 여자가 관심을 가지는 대상이 된 걸까? 어째서 그는 먹을 수가 없는 걸까? 어째서 그는 상사들에게 거짓 편지를 썼던 걸까? 어째서 지금 망상이 그의 생각을 뒤덮은 걸까? 힐디치 씨는 다른 사람의 삶에서 그런 일이 일어났다는 이야기를 들은 적이 있고, 〈데일리 텔레그래프〉에서도 그런 이야기를 읽은 적이 있다. 정신의 정상적인 균형이 별 이유 없이 무너지기도 한다고. 그는 도서관을 찾는다. 평생 처음 있는 일이다. 그는 의학책 몇 권을 살펴보다가 마침내 찾던 정보를 발견한다.

망상적 정신이상은 광적 혹은 우울증적 증상이 선행하지 않으며, 언제나 이성적 사고능력 장애를 동반하는 것도 아니다. 초기 단계의 환자는 내성적이고 말이 별로 없으며 자신의 생각도 거의 털어놓지 않고 혼자서 곱씹어 생각하고 걱정한다. 어느 정도 이 단계에 머문 후 망상은 고착되는데, 일반적으로 불쾌한 종류다.

이 정보로는 그럼 무엇을 해야 하는지 알기가 쉽지 않다. 그는 도서관 앞 자신의 차 안에 앉아, 사람들이 차 가까이 지나가고 다른 차들이 시동을 걸고 떠나가는 동안, 악몽의 파편은 그저 악몽에 불과하다고 읊조린다. 실제로 일어난 일이 아니라고. 그의 집에는 어떤 여자도, 결코, 머문 적이 없다고. 아버지와 쌍둥이 오빠 이야기며 얼굴에 흉터가 있는 고약한 여자 이야기 같은 건 없었다고. 베스라는 사람도 아예 없었다. 희망사항이겠지만 다른 여자들도 마찬가지다. 그는 힐디치, 직원들의 사랑을 받는 구내식당 매니저다.

다시 안전하게 듀크 오브 웰링턴 로드 3번지에서, 평생을 살아온 집, 아기 때 울음을 터뜨리고, 계단에서 딩키 장난감 자동차를 갖고 놀던 그곳에서, 그는 조 스태퍼드를 따라 〈You Belong to Me〉 가사를 낮게 따라 부르며 자신을 괴롭히는 환상을 떨쳐버리려 한다. 그러나 그럼에도 그 환상은 끈질기게 지속되고, 레코드가 끝나면서 큰 응접실이 다시 조용해질 때쯤 그는 자신의 의지대로 행동할 힘도 다 빠져나가버린 듯 응접실 한가운데 선다. 그의 입술은 움직이지 않고 그에게서 어떤 소리도 흘러나오지 않는데도, 어떤 목소리가 말을 하고 있고 방안을 울리는 메아리가 있다. 그의 목소리가 이건 진짜라고 그에게 이야기한다.

어느 날 밤, 하루 만에 너무나도 많은 일이 일어난 날, 힐디치 씨는 전보다 더 단호하게 다시는 집을 떠나지 않겠다고, 필요하면 집안에 방어벽을 치고 들어앉을 거라고 결심한다. 저기 저 흉측한 조롱이 줄곧 버티고 있는데, 어떻게 그가 즐거운 삶을 계속 살아갈 수 있단 말인가? 삭막한 방들을 취향에 맞게 잘 꾸며놓은 그가, 사람들에게 존경을 받고 누구도 괴롭히지 않는 그가, 마치 극장에서 영화를 투사하듯 갑자기 빛을 밝힌 이 어둠 속에서 어떻게 주인공이 될 수 있단 말인가? 욕실 안 거울에 비친 얼굴이 그를 마주본다. 늘 보던 얼굴이지만 그는 그 얼굴에서 용기를 얻지 못한다. 그는 사진 앨범을 넘기며 포동포동한 어린아이를 본다. 정원에서 백사장용 양동이와 삽을 들고 있는 모습, 학교 운동회에서 다른 아이들과 경주하는 모습. 그의 어머니는 그와 함께 웃고, 월프 삼촌은 담배에 불을 붙인다. 쭉 뻗은 그의 두 팔에 비둘기들이 앉아 있고 어깨 위에도 한 마리가 있다. '처음 입은 긴 바지.' 어머니가 손으로 써놓았다.

장식장 안에는 딩키 자동차와 다른 장난감들, 메카노 세트, 해피 패밀리 카드놀이 상자, 핀 끝에 올려놓고 돌릴 수 있는 자이로스코프가 있다. 그는 뱀과 사다리 보드게임판 위로 주사위를 던진다. "이 꼬마 녀석이 늘 이긴다니까." 어머니가 말하고, 학교 성적표에는 그가 주의깊고 단정하다고 쓰여 있다. 작은 기념품들 사이로 그의 울프 클럽 저지셔츠에 꿰매어 단 배지도 보인다. 하나는 집안일 도우미의 상징인 빗자루 배지, 또하나는 정원일의 상징인 갈퀴 배지다.

"떠난다니 유감이군." 재키가 떠난다고 이야기했을 때 그는 인테리어 가게 밖에서 그렇게 말한 뒤 쓰레기처리장으로 차를 몰았고 닫힌 철문 앞을 지나쳐갔다. 정차 구역에 차를 세우고 서 있자니 차 한 대가 지나갔고, 그는 전에 왔을 때 차 한 대가 옆에 선 뒤 그 안에서 남녀 한 쌍이 부둥켜안는 바람에 다른 곳으로 옮겨야 했던 일이 떠올랐다. 보비와 함께 있을 때였다. "전부 다 감사드려요." 그로부터 십 분 전쯤 그녀는 말했다.

종종, 밤이나 낮에, 초인종이 울린다. 우편투입구 사이로 기도를 통해 그를 도울 수 있다고 말하는 목소리가 들려온다. 그는 아일랜드 여자나 죽는 자에 대한 언급이 있는지 귀를 기울인다. 그런 말은 들려오지 않지만, 그는 그들이 그 이야기를 교묘하게 자제한다는 것을, 그가 문을 열면 바로 앞에 그들이 있다는 것을 안다. 아침이면 그는 창문으로 현관 앞에 아무도 없는지 먼저 확인한 후 우유를 가져온다. 어두워지면 때로 생필품 몇 가지를 사기 위해 장을 보러 나가고, 돌아오는 길에는 집 앞에 기다리는 사람이 없는지 늘 세심하게 확인한다. 그는 다시 병이 도졌는지 묻는 상사들의 편지에 답장을 쓴다. 병이 도졌다고만 말할 뿐 더 자세한 이야기는 하지 않는다. 이제 그런 건 중요하지 않다.

어느 이른아침, 그는 월계수 관목 수풀 가운데 서서 발치를, 군데군데 뒤얽은 흙바닥 위 겹겹이 쌓인 오래된 잎들을 내려다본다. 손가락 하나를 쑥 넣어본다. 땅을 덮고 있는 잎들 아래 메마른 흙이 버석버석하다. 그는 자신이 얽매여 있는 지옥에서, 이미 벌레가 갉아먹어 반쯤 살이 떨어져나간 뼈들 사이로 월계수 뿌리가 뻗어들어간 광경을, 그 기형적으로 생긴 뿌리가 흙속에서 비틀린 모습을 본다. 그는 자기 자신을 본다. 자신의 얼굴을, 그다음에는 차 안에서, 매번, 여섯 살 때 철책에 다리가 낀 날 그랬던 것처럼 걷잡을 수 없이 우는 그 얼굴을. "이런, 말썽꾸러기, 말썽꾸러기!" 늦을까봐 화가 난 그녀가 소리를 질렀다. 잠시만 혼자 놔둬도 꼭 저렇게 사고를 친다니까! 몇 초 자리를 비웠다고 이제 경찰한테까지 도와달라고 굽신거리게 생겼네! "살살, 아가. 들어간 건 다시 나와야지, 그치?" 경찰은 그저 쇠창살 사이로 무릎이 들어가는지 보려고 했을 뿐이라는 그의 말에 귀를 기울여주었다. "친절하시기도 해라!" 경찰이 성공적으로 일을 마치자 그녀가 말했고, 경찰은 당연한 일을 했을 뿐이라고 대답했다. "근처 지나갈 일이 있으면 들러서 한잔하고 가세요." 그녀가 초대했다. "듀크 오브 웰링턴 로드 3번지예요."

정어리는 좀 넘어갈지도 모르겠다 싶어 정어리 통조림을 열다가 그는 손가락을 벤다. 그는 그 작은 상처를 곧장 처치하지 않고 손만 통조림 내용물을 피해 옮긴 다음 금속 위로 피가 흐르는 모습을 지켜본다. 핏방울이 개수대와 배수판 가장자리로 떨어진다. 그의 뼈가 잠겨 있는, 그의 심장을 뛰게 하고 그에게 생명을 주는 이 피를 분석해보면, 무언가 밝혀질까? 이 피는 근본적으로 다른 사람들의 피와는 다른 것일까? 베인 이 살 역시 다른 것일까? 그는 클리닉 대기실에서 젊은 아빠와 이야기를 나눴고, 어떤 남자라도 그랬을 것이다. 그는 다른 사람들과 대저택을 걸었다. 친근한 태도로 소풍을 나왔다고 말했다. 그는 그 여자가 바빌론의 공중정원과 신뢰할 수 없는 여동생 이야기를 할 때 귀기울여 들어주었다. 그가 이야기할 때 자리를 뜬 사람은 아무도 없었다. 그 여자는 그의 쾌활한 얼굴을 마음에 들어했다.

그는 육중한 몸을 이끌고 하루종일 안절부절못하며 집안을 이리저리 돌아다닌다. 한번 불운이 닥치더니 또다른 불운이 연이어 찾아왔다.

그 아이가 광신도들의 집에 머물지만 않았어도, 그는 늘 그랬던 것처럼 흡족한 마음으로 일에 몰두하며 구내식당 부서를 오갔을 것이다. 그런데 그 아이가 우연히 그곳에 가는 바람에, 흑인 여자가 그의 사생활을 캐묻고 들춰내면서 위협하고, 이와 장신구를 번득이며 온갖 허튼소리로 그를 궁지에 몰았다. 종교적인 사람에게는 육감이 있다. 그런 사례를 여럿 보았다. 종교적인 사람은 상대를 혼란스럽게 만든 뒤 그 혼란을 이용하기 때문에, 결국 상대는 하고 싶은 질문을 은근히 돌려 물을 방법을 찾지 못하고 너무 많은 말을 쏟아내게 되어 스스로 제 발등을 찍고 만다. "이 꼬맹이가 제 발등을 찍었네!" 들려오던 그 말을, 그 말의 익살스러움을 부각하던 미소를 그는 기억한다.

그리고 그 기억을 떠올리며, 처음으로 그는 그렇게 해야만 했다고 말할 수 있게 된다. 다른 방법이, 선택의 여지가 없었다고. 거리를 배회하는 그 아일랜드 아이를 생각해보면 곧바로 알 수 있다. 그 아이가 자기와 상관없는 이야기를 가는 곳마다 여기저기 퍼뜨린다고 생각해보면 곧바로 일이 달리 처리됐어야 함을 알 수 있다. 그녀를 찾아낼 수 있다면, 다시 한번 자비로운 망각을 경험할 수 있을 것이다. 그것이 순리임을, 이제 그는 안다. 그는 집을 떠나지 않겠다는 결심을 깨고 다시 한번 그녀를 찾으러 나간다. 그러나 여전히 그녀는 없다.

그는 어머니의 얼굴을 빤히 바라본다. 고인이 된 아내라고 말해야 했기에 검은 크레이프 천으로 장식해둔 사진 속 어머니의 모습은 흐릿하고 희미하다. 그를 마주보는 어머니의 눈, 자주 그랬듯 교태 부리는 미소를 살짝 짓고 있어 잔주름이 진 이목구비. "아, 정말 근사하지 않았니!" 〈오즈의 마법사〉를 보고 난 후 버스를 타려고 줄을 섰을 때 어머니가 열광하며 말했다. 수요일이었고, 10월치고는 추웠다. 집에 도착하자마자 그들은 에그인어컵*을 먹었다. 에그인어컵과 따뜻하고 맛있는 코코아를.

"무릎은 괜찮니?" 그녀가 권한 대로 한잔하기 위해 집에 온 경찰이 물었다. "다시 깨끗하게 멀쩡해졌어?" 이층에서 누가 왔느냐고 묻는 그녀의 목소리가 들렸고, 그는 그녀를 향해 지난번 그 경찰이라고 큰 소리로 말했다. "아, 참 좋네요!"라고, 다이닝룸에서 헬멧이 놓인 테이블 위로 술을 따르며 그녀가 말했다. 그녀는 아래층으로 내려오기 전 하이힐을 신었다. "건배!" 경찰이 말했고, "또 봅시다"라는 말을 남기고 떠났다. 그러자 그녀가 대답했다. 네, 안 될 거 없죠.

그녀는 앰브로즈라는 이름을 어떤 소설에서 봤다고 했다. "아, 예전에 조지프라는 사람이 있었지." 그가 어디서 나온 이름이냐고 물었을 때 그녀는 대답했다. "그냥 남자친구였어." 조지프 앰브로즈 힐디치. 어느 날 학교에서 학생들에게 이름을 전체 다 쓰라고 했을 때 그는 그렇게 썼다. "앰브로즈?" 한 남자아이가 말했다. "계집애 이름 같은데." 앰브로즈 러핏, 뉴스를 읽어주던 남자라고 그녀가 말했다. 게다가 그는 도둑이었다고. 그 소설은 로맨스 소설이었고, 그녀는 로맨스를 좋아했다. 전 국민이 여섯시 뉴스를 들으면서도 그 뉴스를 읽고 있는 남자가 두어 시간 후 온통 검은 옷을 입고 지붕 위로 올라갈 거라는 생각은 아무도 못했다고. "정말 마음에 들었어." 그녀가 말했다. "앰브로즈."

* 삶아서 으깬 달걀과 잘게 자른 토스트를 컵에 함께 담아 먹는 음식.

J. A. 힐디치. 그것이 그의 서명이 되었다. 열네 살 때였고, 그는 J와 A를 연결시켜 성姓 중간 부분을 사람들이 알아볼 수 없도록 서명하는 연습을 했다. 그가 힐디치는 누구냐고 물으면, 그녀는 입을 다물었다. 아무도 아니야, 그녀가 말했다.

문 앞에 선 브러시 외판원의 목소리를 듣고 오늘은 아무것도 안 산다고 그녀가 외쳤음에도 그는 빗자루를 펼쳐놓았다. "그 사람 정말 재미있어!" 경찰이 몇 번 더 다녀간 후 그녀가 말했다. 그리고 이렇게 말하기도 했다. "오늘밤 묵고 갈래요, 월프 삼촌? 밖에 바람이 거세네요."

롱리지 터널 안에서 그녀는 불과 몇 분 전만 해도 생판 몰랐던 남자와 함께했다. 다시 깜박깜박 불빛이 들어오기 시작하자, 그녀는 머리를 매만지며 정돈했고 남자는 몸을 숙여 바닥에서 매킨토시 코트를 집었다. 플랫폼에서 그와 그녀는 이야기를 나누었고, 그가 가고 나자 그녀는 웃으며 요즘은 객차 안에서도 안심할 수 없다고 말했다.

힐디치 소령, 언젠가 주위에 아무도 없을 때 그는 남몰래 그렇게 써본 적이 있다. 사람들이 커서 무엇이 되고 싶냐고 물을 때 그는 생각해볼 필요조차 없었다. 영화에 여자 국방군들이 나올 때면 그는 혼자서 언젠가는 그런 날이, 그 여군들 중 한 명과 검으로 만든 아치 아래를 걷게 될 날이 올 거라고 생각했다. 솔즈베리평원에서 기동훈련을 하고, 한때 교구 목사관이었던 윌트셔에 집과 정원과 자라나는 아이들이 있을 거라고.

그는 큰 응접실에서 시계태엽을 감는다. 오랜 세월 그 시계들과 함께 살았고, 피곤한 하루를 보낸 후 마음을 달래주는 시계 소리를 듣는 일이 좋았다. 그는 일렉트로룩스 청소기로 응접실과 현관과 계단, 침실을 청소한다. 욕실과 화장실의 리놀륨 바닥을 대걸레로 닦고 허브 향수를 뿌려 향이 나게 한다. 그런 일을 하는 동안에는 잠시 생각을 멈출 수 있지만, 몸을 쉬면 다시 생각이 떠오른다.

그녀는 늘 예견했던 걸까, 그가 여섯 살 때와 여덟 살 때 그리고 열 살 때, 그가 그녀 옆에 앉아서 〈덤보〉나 〈밤비〉를 볼 때, 처음으로 서명을 연습하고, 힐디치 소령이라고 썼을 때. 다른 누구도 없을 때면 자신이 그에게 의지하리라는 사실을 그녀는 늘 알았던 걸까? 보험외판원이 눈을 찡긋하며 오늘은 시간이 없다고 말했을 때, 그녀는—이미—이 집에서 무슨 일이 일어날지 예견했던 걸까? 온천의 바텐더는 아내가 단호하다고, 이제 장난질은 관둬야 한다고 말했다. 몇 달이 지나자 경찰은 더이상 집에 들르지 않았다. "아니, 돌아가는 게 낫겠어." 층계참에서 월프 삼촌은 말했다.

그녀는 예견했던 걸까, 그가 딩키 자동차를 가지고 놀 때, 혹은 그전에, 계단이 그에게 너무 가팔라 그녀가 도와주려 손을 잡던 그때. 그녀는 예견했던 걸까, 처음으로 '이 작은 둥지에 오로지 너와 엄마뿐이구나'라고 말했던 그때? 아니면 완전히 다른 이야기였던 걸까, 그를 깨워 손가락에 낀 반지들을 보여주었을 때 순간적으로 든 충동이었나? 그의 파란 줄무늬 잠옷, 그를 내려다보며 미소를 짓던 그녀 잇새의 담뱃잎, 술냄새를 풍기던 숨결. 혼자 살면서도 그 일은 결코—단 한 순간도—다른 기억들이 그런 것처럼 망각 속으로 사라지지 않고, 거기 그대로 있었다. 문신 같네, 그의 어깨 위 립스틱 자국을 보고 그녀가 말했다. 그때 그녀의 얼굴은 달라 보였다.

그는 냄비를 문질러 닦는다. 전기스토브의 에나멜 상판을 벗겨내고 둥근 링들 아래 금속판을 닦는다. 냉장고 서리를 제거하고 선반과 용기들을 씻는다.

그녀의 파우더에서는 향기가 났다. 그녀는 파우더로 코 양쪽의 모공을 살구색으로 메웠다. 그녀는 파우더만큼은 최고급을 좋아한다고 말했고, 그러고 나면 거울을 보고 앉아 퍼프로 얼굴을 두드렸다. 예전엔 피부가 참 좋았지, 그녀가 말하며 인조눈썹을 떼어냈고, 그는 거울로 그 모습을 볼 수 있었다. "남자를 만나려면 옷을 차려입어야 해!" 그녀가 말했다. 그날은 토요일이었다.

다시 초인종이 울리고, 다시 우편투입구로 대화를 시도하는 소리가 들린다. 이미 자물쇠와 이중 잠금장치로 막아놓았지만, 그래도 문 아래위로 빗장을 지르고 뒷문에도 빗장을 지른다. 그는 아래층 창문에 커튼을 치지만 자신이 집안에 있다는 사실을 숨기기 위해서는 아니다. 자갈밭에 세워진 차가 그의 존재를 알리고, 어두워지면 틈새로 불빛도 새어나온다. 그는 그냥 지금 커튼을 쳐두고 싶은 것이다. "여보세요, 계세요?" 흑인 여자의 목소리가 현관을 울리다가 로즈메리 클루니의 목소리에 묻혀버린다.

베스가 그 생각을 하는 것을 알 수 있었다. 그녀가 머릿속을 헤집어 마침내 그 생각에 가닿았다는 것을 알 수 있었다. 그리고 엘시 커빙턴, 그후 다른 여자들도. 그들은 어떤 식으로든 침범했다. 그들을 여기저기 데리고 다니고 도움이 필요할 때면 아낌없이 베풀었음에도 여자들은 그의 사생활을 침범했고, 그 아일랜드 여자도 마찬가지였다. 잠옷을 입고 거기 선 모습을 보고, 그녀는 알고 있기 때문에 그의 집도 그 자신도 존중하지 않는다는 것을 알아차릴 수 있었다. 베스가 술을 마시며 이 이야기를 누군가에게 했을 수도 있다. 엘시 역시, 그녀를 차에 태운 어떤 남자에게 말했을지 모른다. 아일랜드 여자가 떠날 때 그는 불을 켜지 말라고 말했다. 그러나 현관이 그녀 뒤에서 환히 빛났고, 만일 그녀가 가까이 다가왔다면 그녀의 눈에서 또 그것을 볼 수 있었을 것이다. 하지만 그가 고개를 돌렸기 때문에 그녀는 뛰어나가버렸고, 자갈밭을 울리던 그녀의 발소리는 그가 그녀를 위해 대기시켜놓은 자동차에서 멈추지 않았다. 차 안이어야 했다. 그는 자신의 집안에서는 그럴 수 없었다. 어떤 남자도 그럴 수 없을 것이다. 그가 그녀에게 바란 건 그저 그의 옆자리에 타는 것뿐이었다. 어떤 말도, 심지어 미안하단 말도 할 필요가 없었다.

얼마 전 영정처럼 검은 크레이프 천으로 장식해둔 사진 속 빛바랜 눈이 여전히 그를 향해 반짝인다. 애교 있게 내민 주름진 도톰한 입술. "엄마 머리를 빗겨주렴, 얘야." 희미한 목소리가 중얼거리며 부탁한다. 하얀 파우더를 바른 등 위로 숱 많은 잿빛 머리카락이 드리워져 있고, 화장대 위에는 파란 리본이 준비되어 있다.

"여보세요, 계세요?" 현관에서 목소리가 울리고, 우편투입구로 안을 들여다보려 한다.

"선생님, 괜찮으신 건가요?" 캘리거리가 염려하는 목소리로 묻고, 힐디치 씨는 마침내 우편투입구 뚜껑이 찰칵 닫히고 발소리가 멀어질 때까지 현관에 잠자코 서 있다.

"돌아와." 그때 그가 낮게 중얼거리더니 한 손을 현관문 자물쇠에, 다른 손을 이중 잠금장치에 올린다. 몇 주 전만 해도 그는 이 여자에게서 정보를 얻어보려 애썼지만, 이제 정보는 중요하지 않아졌고 그 아일랜드 아이가 아직도 배회하고 있다는 생각에 마음이 점점 더 다급해진다. 이 여자는 그를 그 아이에게 데려다줄 수 있을 것이다. 이 여자는 그 아이가 어떻게 생겼는지 아는데다 늘 거리를 돌아다니는 사람이니 근방에서 보았을 수도 있다. 그 토요일 밤 아이는 안개 속으로 걸어나갔다. 직감으로 남자의 어린 시절을 알아차리고, 그와 엮이기보다는 모험하는 쪽을 택한 것이다.

"돌아와요." 힐디치 씨가 그의 집 계단에서 외친다.

열린 문가에 그의 육중한 체구가 빛을 받으며 서 있고, 캘리거리와 마샤 티비츠는 뒤돌아 왔던 길을 되밟아간다. 그 아일랜드 아이는, 그가 말한다. 그 아일랜드 아이는 살아 있어요.

"그 아이는 피해만 끼쳤어요, 선생님." 캘리거리는 그런 아이는 두 눈을 감고도 속임수를 쓸 수 있다고 덧붙인다.

그는 그 소리가 들리는 것 같지 않다. 그의 턱과 이마가 땀으로 번들거린다. 애초에 그 아일랜드 아이를 언급해 평온을 깨뜨린 것은 그들이라고, 그가 말한다. 전에는 평화롭던 마음을 혼란스럽게 만든 것도 그들이라고. 지금 그 아일랜드 아이는 어디 있습니까?

"선생님." 캘리거리가 말을 끊지만 그는 고개를 흔들고, 두 사람을 번

갈아 보는 마샤 티비츠의 눈빛에 흥분이 감돈다. 지금 여기서 뭔가 이상한 일이 일어나고 있는 것이다.

"사실대로 말해줘요." 남자가 애걸한다. "난 구내식당 매니저입니다. 평생 이 집에서 살았죠. 난 점잖은 사람이에요. 이름은 힐디치고요."

"힐디치 씨, 저희는 선생님을 걱정하고 있답니다. 저희와 함께 무릎을 꿇지 않으시겠어요? 저희가 주님의 인도를 간청할 수 있도록 해주지 않으시겠어요?"

"그 아일랜드 아이가 당신네와 함께 있습니까? 당신네들에게 돌아간 겁니까?"

"아뇨, 아니에요. 저희와 함께 있지 않아요. 그 아이가 와도 받아주지 않을 거예요."

"그럼 그 아인 지금 어디 있습니까? 어디로 간 겁니까? 당신네들은 거리를 돌아다니고, 그 아이가 어떻게 생겼는지도 알잖아요."

"아뇨, 아무도 그 아이를 보지 못했어요, 선생님. 아무도 몰라요." 캘리거리는 아마 지금쯤이면 그 아이가 아일랜드의 자기 집으로 돌아갔을 거라고 말한다.

"그 아이에겐 돈이 없어요."

"그런 아이는 언제든 돈을 구할 수 있답니다."

"그 아이 남자친구가 구스 앤드 갠더에서 술을 마시더군요. 저기 힌리에 있는 신병들이 가는 술집이요. 막사에서 엎어지면 코 닿을 데예요."

힐디치 씨는 그곳에 갔다고 실토한다. 구스 앤드 갠더에 앉아 미네랄워터를 마셨다고.

"술은 입에도 안 대셔서인가요, 선생님? 독한 술은 마시지 않아서 미네랄워터를 드신 건가요?"

힐디치 씨는 아니라고 답한다. 그가 구스 앤드 갠더에 간 것은 충동적이었는데, 나중에 그 아이가 지나가는 군용 트럭을 봤을 수도 있겠다는 생각이 들어서였다. 그녀는 때때로 지나다니는 군용 트럭을 보며 남자친구 직업에 대해 아버지가 한 말이 터무니없지 않다는 생각을 했을 수도 있다. 그녀가 여기저기 수소문해 남자친구의 부대를 찾아냈을 수도 있다.

"힐디치 씨."

"당신은 나를 괴롭혀 약장으로 몰아붙였어요."

"오해예요, 힐디치 씨. 선생님을 어디로든 내모는 건 절대 제가 의도했던 바가 아니에요. 게다가 저는 지금 그 말이 무슨 뜻인지도 모르겠고요."

"당신이 그 아이 얘기를 꺼냈잖아요. 밤낮없이 끈질기게 그 아이 얘길 해댔지."

"힐디치 씨, 그 아이 얘길 꺼낸 건 선생님이 베푼 친절에 찬사를 보내기 위해서였어요. 여기 온 것은 선생님께 전도를 하기 위해서고요. 힐디치 씨, 저희는 다른 사람들 집에도 매일 이렇게 들른답니다. 남을 속이는 아이와는 아무 상관 없는 일이에요."

힐디치 씨는 고개를 젓는다. 그는 정어리 통조림에 베인 손가락을 보여준다. 핏방울이 배수관 위로 떨어졌다고, 그래서 피를 생각하고 찢겨 벌어진 살을 생각하게 됐다고 말한다. 그가 덧붙인 말에 마샤 티비츠는 더욱더 흥분한다.

"당신은 나를 관에 처넣기 위해 왔군요."

"아뇨, 아니에요, 선생님. 우리는 삶 속에서 함께 모인답니다, 죽음이 아니라요. 그런 건 끔찍한 생각이네요. 모든 것을 아름답게 만들어주는 기쁨이 없어서 그런 거예요. 선생님께서는 지금 온전한 상태라고 할 수 없어요. 전 이런 걸 본 적도 있고 말한 적도 있죠."

"그 아인 내게 자기 얘기를 털어놓았어요. 자기 어머니가 어떻게 죽었는지, 노파가 얼마나 오래 살고 있는지, 또 아버지가 어떤 스크랩북을 만들었는지 이야기했어요. 그 아인 내 차를 한번 더 타려고 토요일 밤 안개 속으로 걸어나왔다가 자기만 아는 이유로 차를 지나쳐 그냥 가버렸지."

그는 계속 이야기한다. 이름이 힐디치라고, 또다시 말한다. 조지프 앰브로즈, 뉴스캐스터이지만 퇴근 후에는 도둑질을 하던 사람의 이름을 딴 것이라고. 펠리시아, 그 아일랜드 아이의 이름은 그에게는 낯설게 들리지만 여성 혁명가의 이름이다. 사람들의 이름이 어떻게 지어지는지 생각해보면 참 이상하다. 사람들의 삶이 어떻게 주어지는지 생각해봐도 그렇다. 사람들에게 일어나는 일도 이상한데, 우선 그 아일랜드 아이와 자신만 봐도 그렇다. 지금 그에게 필요한 건 그 아이가 어디 있는지 아는 것뿐이다.

"힐디치 씨, 저희가 선생님께서 언제든 찾아오실 수 있도록 모임의 집으로 가는 길을 알려드리면 분명 도움이 될 거예요. 선생님 마음에 다시 평화를 가져다줄 친절한 사람들이 그곳에 있답니다."

"난 지금 그 아이 소리가 들려." 힐디치 씨의 대답에 마샤 티비츠는 더욱 재미있어한다. "자갈을 밟는 그 아이 발소리." 그날 밤 그가 다시 집안으로 들어가자, 검은 쇠꼬챙이가 타일 위 그녀가 떨어뜨린 자리에 놓여 있었다.

"힐디치 씨, 그 아이는……"

"그 아이를 내 곁에 두려고, 내가 그 아이 돈을 훔쳤어. 그랬는데도 그 아이는 가버렸지."

이 남자 미쳤군, 마샤 티비츠는 생각한다. 집집마다 돌아다니기 시작한 후로 이런 적은 처음이다. 캘리거리는 이런 일에 경험이 많기에, 지금 막 들은 이야기에 모종의 진실이 담겨 있음을 알아차리고 곧 이 남자가 겉보기와는 다른 사람이라고 생각한다. 그가 자신의 입으로 고백하자 그녀는 너무나 놀라 말문이 막힌다. 그는 가증스러운 목적으로 아이의 돈을 훔쳐 아이가 다른 사람들에게 비난을 받게 만들었다. 캘리거리는 자신이 제대로 들은 게 맞는지 확실히 확인하려 다시 한번 말해 달라고 부탁한다. 남자는 아까보다 조용해져서, 자신이 망상을 겪고 있다고 말한다. 그는 사실을 착각하곤 한다고 말하더니 갑자기 등을 돌린다.

배신, 그것이 그가 월프 삼촌에 대해 알게 된 날, 혼자 했던 말이다. 안내자이자 친구라고, 월프 삼촌은 자신을 그렇게 불렀고, 누가 그 말이 사실이 아니라고 말할 수 있었겠는가? 그는 군 생활에 관한 지식의 보고였고, 그쪽 분야에 대한 영감을 주는 사람이었다. "대대로 군인 집안이었지." 월프 삼촌은 그렇게 말했지만 지어낸 이야기였다. 모든 것이 산산조각나며 부서졌다. 그러니까 군인 가족이란 건, 그런 건 아예 없었던 것이다. 그 오랜 세월 그가 집에 왔던 것은 안내자나 친구가 되기 위해서가 아니었고 어떤 소명의식을 갖도록 격려하기 위해서도 아니었다. 정부情婦를 보러 온 것일 뿐이었고, 그마저도 재미를 못 느끼게 되자 더이상 오지 않았다. "착하지, 얘야." 그 술냄새 풍기는 거친 속삭임이, 그 특유의 목소리가 다시 들려온다.

흑인 여자의 눈에서 그것이 보이자마자 그는 현관문을 쾅 닫았다. 당연하게도 평발과 근시 때문은 아니었다. 무슨 소문이 퍼졌는지 어떻게 알겠으며, 그 모병관이 무슨 생각을 했는지 어떻게 알겠는가? 죄다 거짓말이다, 흑인 여자가 그 아이와 다시 마주친 적이 없다고 한 것은. 흑인 여자는 알고 있다. 그래서 그의 집에 찾아온 것이다. 여자의 검은 상상 속에는 립스틱 문신과 화장대에 놓인 파란 리본이, 어린 소녀의 두 손이, 영영 그렇게 작은 손으로 남게 된 그 손이 존재하고, 여인의 몸에서 벗겨져 내리는 옷들, 옷 아래 벗은 몸이 존재한다. 흑인 여자는 그 향수 냄새와 파우더 냄새 역시 맡을 수 있고, 그 냄새는 구내식당과 주방, 도색 부서와 사무실 직원들 사이에도 있다. 끊이지 않는 속삭임과 계속되는 말소리가 들리고, 그는 순종했다. "착하지, 얘야." 그 특유의 목소리, 다시는 이런 부탁을 하지 않겠다는 약속, 매번 깨지고 마는 그 약속.

나중에, 그 오랜 세월이 흐른 뒤에도, 사람들이 사생활에 호기심을 보이는 것은 절대 그의 잘못이 아니다. 아직까지 그런 일이 생기는 것도. 그는 매번 그런 일이 없기를 바랐다. 그는 매번 우정이 영원히 지속되기를, 두 사람이 서로에게 도움이 되기를, 그들이 함께 있는 모습을 보고 사람들이 잘 어울린다고 말해주기를 바랐다.

듀크 오브 웰링턴 로드를 지나가는 사람들 중 누구도, 서두르는 주부나 아이, 사업가, 인근 거리를 오가는 버스 위에서 3번지를 볼 수 있는 그 누구도 이 집이나 홀로 사는 거주자에 대해 궁금해할 이유가 없다. 그 앞을 지나는 어떤 사람도 한 공장의 구내식당 매니저가, 누구나 좋아하고 적도 없는 그가 더이상 고통을 느낄 수 없다는 사실을 알지 못한다.

그 집의 휑뎅그렁한 부엌, 힐디치 씨의 신발은 단정하게 끈이 끼워져 있고 끝은 단정하게 매듭지어져 있다. 접어 올린 바짓단 아래로 보이는 양말은 체크무늬다. 그가 평상시에 입는 파란색 서지 양복에, 조끼는 제일 아래 단추만 빼고는 다 채워져 있다. 셔츠는 깨끗하고 소맷단에는 커프스단추가 달려 있다. 넥타이는 늘 매는 줄무늬다. 안경은 제자리에 있다. 그는 한 시간 전에 면도를 마쳤다.

지금 뒷문은 빗장이 풀려 있고, 사실상 살짝 열려 있는데, 세심하게 그 상태로 둔 것이다. 어둠 속에서 작은 뒷마당의 쓰레기통을 밝히고 월계수와 매자나무 가장자리를 비추던 불이 그대로 켜져 있다. 부엌에서는 아무 소리도 들리지 않는다.

다시 새벽빛이 밝아오자 아까 문틈을 기웃거리던 고양이 한 마리가 쓰레기를 뒤지다 되돌아와 이번에는 살금살금 안으로 들어온다. 한때는 방울이 달린 목줄을 했던 이 검은 고양이는 본능을 만족시키기엔 너무나 말랑했던 애완동물로서의 삶을 이미 오래전 떠나왔다. 고양이는 이따금 이곳저곳 위로 뛰어다니며 소리 없이 부엌을 한 바퀴 돌면서 두루 살펴본다. 고양이의 녹색 마름모꼴 눈이 장식장의 도자기와 전기스토브의 흰색 에나멜 위를 지나고, 벽의 찬장과 선반, 개수대 위 수도꼭지, 나무의자들, 의자 하나가 뒤집혀 있는 테이블, 매달린 인간의 육신을 지나간다. 인간의 몸은 목재 천장의 햄 걸이용 고리 하나에 긴 전깃줄로 매달려 있다. 머리가 앞으로 기이하게 늘어졌는데, 턱 아래 살덩이가 받쳐주어 옆으로 기울지 않는다. 길고양이의 관심거리는 아니다. 고양이는 안에 우유가 조금 남아 있는 스토브 위 냄비에만 관심이 있다.

24

종이 울려 수도원 여학교 학생들이 서둘러 세인트조지프 힐을 올라간다. 수도원 입구로 들어서면서 대화는 가쁜 숨으로 이어지고, 두 발은 달음박질치고, 얼굴은 붉어진다. 베네딕트 수녀님이 교실 창가에서 그들을 기다리고, 다른 학생들은 이미 모여 있다. 멀리 밭을 가는 사람이 보이는데, 곧 올해 들어 첫 감자를 심을 것이다. 그의 모습을 보고 사라진 여학생이 떠오른 베네딕트 수녀님이 기도를 올린다.

히키스호텔에서는 사무용품 외판원이 늦은 아침식사를 하고 남은 음식을 앞에 둔 채 담배 연기에 기침을 하며 그날 장부를 확인한다. 자전거와 유모차 상점 위층에서 코니 조는 이제는 시누이가 된 친구가 다섯 달 전에 겪었던 아침 입덧을 경험한다. 플래너건 채석장에서는 뗀돌을 트럭에 싣고, 운전기사들은 트럭 옆에서 잠자코 담배를 태우며 기다린다. 협동조합 마당에서 셰이 멀룬이 지게차로 철망 뭉치를 운반한다. "와, 이 여자 정말 근사해." 스몰 크롤리가 엉뚱한 곳에서 속마음을 털어놓고, 그가 말하는 당사자인 카멀은 병원 바닥을 걸레질하며 자신이 너무 자주 근사한 여자가 되어주는 건 아닌지 걱정한다.

노파는 백 살 생일 전날 세상을 떠난다. 뻣뻣하게 굳은 시신이 침실에서 나가고 이제 그 방은 비어 있다. 다들 하필 그날 세상을 뜬 것이 아이러니라고 생각했지만, 사실이 그렇다.

어느 날 밤, 두 쌍둥이 오빠의 구둣발이 조니 라이서트의 배와 갈비뼈에 꽂히고, 그는 어둠 속 광장의 기념 동상 옆에 기절해 쓰러진다. 얼굴에는 피가 흐르고 멍든 눈은 감겨 있다. 벌을 주는 동안에도 그를 공격하는 이들의 입술에는 줄곧 담배가 물려 있었다. 말은 단 한 마디도 없었다. 정신을 잃은 청년은 그 자리에 그대로 쓰러져 있고, 마일스 브레이디의 술집에 남겨졌던 술잔들은 비워지고 다시 채워진다.

신부 들러리 옷을 입은 여자의 사진은 오래전에 사람들에게 뿌려졌다. 경찰서 한두 곳에서 사진을 자세히 살피고 실종과 관련한 구체적 정황을 기록했다. 얼마 지나지 않아 그 기록과 사진은 파일로 정리되어 치워진다.

돌아올 거라고, 그녀의 아버지는 믿는다. 죄책감이 그를 괴롭힌다. 그는 고해성사에서 그 당시 자신이 느낀 분노를 털어놓고 용서받지만, 스스로는 용서가 되지 않는다. 그는 그녀를 위해 침실을 정돈한다. 노인의 물건을 비웠기에 이제 온전히 그녀 것이 된 서랍장 위에 조개껍데기를 꺼내 진열한다. 노인의 침대를 분해하고 뒷마당 창고에 침대 넣을 자리를 마련한다. "믿음을 가지세요." 수녀원장이 수녀원 정원에서 격려한다. "언젠가 집에 들어가면 그 아이가 부엌에서 당신을 기다리고 있을 거예요." 그는 자기도 안다고 말한다. 그 아이가 돌아와 거기 있을 거라는 걸 안다고. 진짜 용서는 그 아이가 해주는 용서라고. 아이는 돌아와 용서해줄 거라고, 그 아이의 소박한 천성은 그러하니까.

라이서트 부인이 초크스에 실을, 연한 하늘색 실을 사러 들른다. 실패를 받아들고는 문가로 가져가 햇빛 속에서 살펴봤다가 마음에 들지 않아 돌려준다. 다른 물건이 더 들어올 거라는 이야기에, 그녀는 다시 오겠다고 말한다. 이제 괴로움은 끝나고 그 일에 대해 만족하게 되리라. 상점을 나서며 그녀는 스스로 다짐한다. 하루에도 몇 번씩 되새기는 말이다. 일이 그렇게 돌아가면서 아들은 교훈을 얻었다. 어떻게 보면, 그럼에도, 일이 이렇게 된 것이 최선인지도 모른다.

주방과 작업장 사람들은 하나의 결론에 도달했다. 오랫동안 그들과 일상을 함께한 자애로운 사람, 구내식당 매니저가 어떤 알 수 없는 질병으로 고통받았다는 것이다. 그는 의사들의 당혹감이 암울한 예후를 뜻한다고 믿고 스스로 목숨을 끊었다. 구내식당에서 부의금을 모았다. 화환도 보냈다. 장례식에는 많은 사람이 참석했다.

듀크 오브 웰링턴 로드 3번지 바깥에는 매물 표지판이 붙었다. "아주 좋은 물건이죠." 젊은 부동산 중개업자가 집을 보러 온 손님을 안내하며 경매가 열릴 거라고, 잡동사니들은 다 치울 거라고 덧붙인다. 집 앞 자갈밭에 주차되어 있던 고인의 자동차는 이미 처분되었다. 상속자가 없어 전부 다 국가에 귀속된다.

"글쎄, 그랬을 수도 있겠죠?" 캘리거리가 고인이 망상으로 고통을 겪었고 스스로도 인정했다고 말하자 경찰이 대꾸한다. "그런 상태가 아니었다면 이런 일을 저지르지는 않았을 사람이거든요."

"그 남자는 보기와는 다른 사람이었어요."

"그럴 수도 있겠죠. 온갖 일들이 다 있으니까요. 하지만 지금 분명한 건 그가 더이상 이 세상 사람이 아니라는 겁니다."

캘리거리는 성경 얘기를 꺼내며 경사에게 성경을 읽어본 일이 있는지 묻는다. 그녀는 안내책자 하나를 내민다. 죽는 자에게 지상낙원이 기다리고 있다고 장담하면서, 고인도 이 이야기를 꺼내자 관심을 보이며 그녀와 젊은 친구를 집안으로 초대해 더 자세한 이야기를 들었다고 덧붙인다. 그런데 사실 그는 돈을 훔친 사람이었다고. "그 아이가 지금 어디 있는지는 오직 하느님만 아실 거예요." 캘리거리가 말한다. "우리는 그 아이를 위해 밤낮으로 기도한답니다."

"계속 기도해주세요." 경사가 쾌활하게 이르며, 오늘 아침은 좀 바쁘다고 강조한다.

여자아이들은 엉망진창이 된 삶에서 도망치기 위해서, 혹은 그냥 뭔가 다른 것을 원해서 길을 떠난다. 여정중인 그들을 본 이들은 알다가도 모를 아이들이라고 말한다. 그리고 대도시나 여자를 사고파는 일이 있을 만한 큰 동네에서는 랜드로버나 폭스바겐, 도요타의 차문이 열리며 아이들을 태운다.

콘스 씨 집에 그들이 나타났다 사라진다. 그들은 상점 입구에 머물러보기도 한다. 모든 일에는 다 처음이 있기 마련이라고 말하며 노상의 잠자리에 자리잡는다. 한동안은 실종으로 처리되지만 나중에는 새로운 정체성을 갖게 된다. 밑바닥 인생, 이제 그들은 그렇게 불린다.

25

“그 아침 주는 데 문 닫았나?” 종이 상자 안에 있는 남자가 거리를 향해 묻는다.

네, 닫았어요, 펠리시아가 대답하자 남자는 불쾌한 욕설을 중얼거린 후 자선단체 건물 쪽으로 사나운 눈길을 던지는데, 그 건물은 어느 모로 보나 오래전 리나와 조지가 펠리시아를 데려갔던 곳과 비슷하다. 그 후로 그녀는 여러 곳에서 줄을 서서 아침을 먹었다.

“일찍 가셔야 해요.” 그녀가 말하지만 남자는 충고는 무시한 채 계속 혼자 욕설을 해댄다. 욕설을 멈추고는 시간을 묻는다.

그녀는 몇시인지 모른다. 얼마 전에 시계를 팔았고, 목에 걸고 있던 십자가 목걸이도 함께 팔았다. 핸드백도 팔아보려 했지만 원하는 사람이 없었다. 태퍼가 시계와 십자가 목걸이를 그가 잘 아는 믿을 만한 친구에게 파는 법을 가르쳐주었다. 그녀는 40펜스를 받았다. 꽤 괜찮게 받은 거야, 태퍼가 말했다. 그녀는 여기저기 전전하다 오게 된 이 도시에 이제 어느 정도 익숙해졌다. 강으로 가는 길을 알고, 지금 강을 향해 걷고 있자니 머릿속에 성모마리아를 보았다고 얘기하던 에피 홀러핸과 그냥 꿈이었을 거라고 말하던 카멀이 떠오른다. 아주 에피다워, 카멀이 말했다. 그 차이도 모르는 게 아주 에피답지. 흐리멍덩한 눈에 동창을 앓던 불쌍한 에피는 물건을 잘 흘리고 다녔지! "그럼, 다들 그런 꿈을 안 꿔?" 카멀이 무시하듯 말했고, 그들은 모두 수녀원 담장 위에 앉아 다리를 흔들어대며 웃었다. 당황한 에피 홀러핸은 저녁노을만큼이나 얼굴이 벌게졌다. 오래전 일이다, 그렇게 수녀원 담장에 앉았던 것도. 그건 리나와 조지보다도 훨씬 더 오래전 일이다. 그날 경찰서에서 누군가 말했듯이 고릿적 일이고, 그 말을 들은 날 역시 까마득히 오래전이다.

펠리시아는 계속되는 여정 동안 구걸을 하지 않는다. 하루 중 이맘때 사람들은 서둘러 직장으로 나가야 하기 때문에 귀찮게 군다면 싫어할 수밖에 없다. 그녀는 서두를 일이 없다. 희끄무레한 구름이 흩어지며 해가 비치고, 햇살이 그녀의 얼굴과 머리를 따뜻하게 데워준다. 운이 좀 따라준다면 지난밤 눅눅해진 옷도 마를 것이다. 역시 오래전, 그녀가 처음 가져온 쇼핑백 두 개도 조각조각 찢어졌다. 혹시라도 나중에 쓸모가 있을까 세심히 살펴봤지만 전부 버렸다. 그녀는 이제 다른 가방들을 가지고 있다. 모두 다섯 개인데, 돌아다니며 이것저것 모으는 걸 좋아해서다. 사람들이 필요 없다고 버리는 것들 중엔 놀라운 물건이 많다.

그녀는 천천히 걸으며 그 생각에 잠겨 고개를 끄덕인다. 그때, 머릿속에 로건 씨가 처음 극장을 개관했을 때, 흰 줄무늬 양복에 파란 나비넥타이 차림으로 계단에 서 있던 모습이 떠오른다. 난봉꾼, 아버지는 로건 씨를 그렇게 불렀고, 그녀는 아버지가 얘기해줄 때까지 그 말이 무슨 뜻인지 몰랐다. 영리해, 아버지는 그렇게 말하기도 했다. 로건 씨가 엔터테인먼트 사업을 판단하는 방식이 영리하다고, 그러니 댄스홀과 극장을 성공시켰다고, 하지만 오십이 넘은 나이에 아직도 혼자라고. 개관 기념 상영작은 〈우먼 인 레드〉였고, 로즈는 만일 로건 씨가 어린 신부를 찾고 있다면 자신은 거절하지 않겠다고 말했다. 담장 위에 앉은 아이들은, 심지어 카멀조차도, 그 말에 헉하고 놀랐다.

계속 돌아다녀야 한다. 그러면서 상점 쇼윈도를, 날씨가 달라질 때의 거리를, 늘 보는 얼굴들을, H. 새뮤얼 시계를, 우체국 시계와 시계탑 시계들을, 주차료 징수원, 인도를 가로막은 공사장 비계, 위험을 경고하는 적색과 백색 줄무늬 비닐 테이프, 불이 제대로 켜지는 가로등을 알아가야 한다. 자꾸 돌아다녀야 한다, 왜냐하면 그러고 싶으니까. 머릿속에 떠오르는 이런저런 생각의 파편들. "은총이 가득하신 마리아님", 처음으로 성모송을 외웠을 때 그녀는 어른이 된 기분이 들었고, 손에 닿는 묵주는 차가웠으며 손가락 사이에서 매끄러웠다. "여인 중에 복되시며……" 계단 옆 벽에 봉헌된 촛불은 꺼지는 일 없이 어둠 속 붉은 점으로, 작은 불빛으로 남아 있었지만, 너무나 익숙해 낮에는 못 본 채 지나치곤 했다. 아버지는 〈병사의 노래〉가 울릴 때면 언제나 그 자리에 멈춰 섰고, 다른 사람들이 제 갈 길을 가도 동상처럼 서서 움직이지 않았는데, 그 점에 대해서는 유독 엄격했다. 하느님의 뜻이다, 어머니가 세상을 떠난 날 아버지는 말했고, 오빠들은 소매에 퀴글리 부인이 꿰매준 검은 다이아몬드 패치를 달고 있었다. 장례식 날은 해가 환히 빛났다. 그들은 열두시, 삼종기도를 알리는 종이 울리기 전에 집으로 돌아왔다. "우리가 짊어져야 하는 십자가야." 퀴글리 부인은 후일 그렇게 말했다. "매달 기억해야 하지." 어련하시겠어, 카멀이 말했다. "매달은 무슨 빌어먹을." 그리고 로즈는 차분하게, 생계만 책임진다면 나이 많은 남자도 문제될 것 없다고 말했다.

사람들이 커피를 사서 가지고 간다. 회사원들, 막 화사하게 화장한 젊은 여성들, 긴 코트를 입고 허리끈을 뒤로 묶은 청년들. 사람들은 그녀가 어슬렁어슬렁 들어선 거리를 활기차게 걷고, 남자 하나는 그녀를 피해 걸으며 손에 든 전화기에 대고 이야기한다. 창문의 유리가 교체되고 있는데, 밴 옆면의 고정 선반에 내리지 않은 새 유리가 보인다. 일꾼 다섯 사람이 새 유리를 들어올릴 준비를 한 채 뚫린 창을 가린 합판이 치워지길 기다린다. 지나가던 택시 기사가 그들 중 한 사람에게 인사하며 큰 소리로 농담을 던진다.

"안녕, 펠리시아." 펠리시아에게도 인사하는 사람이 있다. 상점 바깥 가판대에 과일을 진열하는 인도인이다. 그는 손님을 상대하느라 바쁠 때만 아니면 그녀가 지나갈 때마다 늘 말을 건다. 어느 날 저녁 그는 물건을 정리하다 키위 몇 개를 펠리시아에게 건네며, 어차피 오늘밤이 지나면 신선하지 않을 거라고 말했다. 그녀는 그의 이름을 모른다. 지난밤 이 거리에서 그녀는 어떤 여자에게 구걸을 했고, 여자는 처음에는 싫다고 말하더니 마음을 바꿔 쇼핑백에 있던 빵 봉지를 뜯었다. 대신 이걸 받아요, 여자는 빵 네 조각을 내밀며 돈을 주면 술을 살 거라는 사실을 잘 안다고 덧붙였다. 펠리시아는 그 단정적인 말에 굳이 토를 달지 않았다. 이젠 사람들이 하는 말에 익숙해졌다. 무슨 말을 하든 개의치 않는다.

그녀는 이제 예전의 자신이 아님을 안다. 가을날 결혼식 신부 들러리도 아니고 자동차 뒷좌석에서 담요를 뒤집어썼던 아이도 아니다. 한때 그녀의 것이던 순수함은 시간이 흐르며 이제 어리석음이 되었지만 여전히 그녀에게 남아 있고, 상실을 경험한 예전의 그녀는 지금의 자신으로 이끈 사람이기에 소중하다. 또다른 아침, 눅눅한 밤을 보내고 맞는 화창한 아침에 길을 걸으며, 그녀는 자신을 감싸는 평온함을 당황하지 않고 받아들이면서 새로이 깃든 그 평온함을 기뻐한다. 쇠꼬챙이를 떨어뜨린 것은 두 손이 긴장했기 때문이다. 불을 켠 것은 현관문을 더듬었지만 걸쇠를 찾을 수 없었기 때문이다. 달아날 생각은 하지 못했다. 고통스럽지 않기를, 그 일이 일어난다면 순식간에 지나가버리기를 기도했다. 수녀원의 수련수녀는 펠리시아, 어머니가 천국에서 너를 기다리고 있을 거야, 라고 말했다. 그녀는 잠금장치를 열며 그 기억을 떠올렸다. 그런데 현관문이 열리며 새어나온 불빛이 자욱한 안개 속에서 자갈밭의 작은 녹색 차에 간신히 닿는 것이 보였다. 운전대 위에 몸을 숙이고 있던 그는 새어나온 불빛을 피해 웅크리며 얼굴을 가렸다. 그녀가 내달렸을 때 차는 뒤따라오지 않았다. 그러나 너무 급했던 나머지 스스로 깨우친 방식으로 쇼핑백을 들지 못해 손잡이줄들이 손가락을 파고들었다. 집들은 안개에 뒤덮여 있었고 가로등 불빛은 희미했다. 그녀의 발소리만 들리다가 넓은 대로에 이르자 자동차의 요란한 소리가 들리기 시작했고, 흐릿하던 헤드라이트가 안개를 뚫고 희고 노란 빛으로 쏟아져나왔다. "못 보고 지나칠 뻔했어요." 트럭 기사가 말했고 나중에 딸이 둘 있다고 덧붙였는데, 차를 세우고 보온병에 옥소 고체 수프를 풀 때 운전석 불빛에 비친 그의 머리카락은 곱슬곱슬한 잿빛이었다. 그가 그녀를 내려준 곳 근처에 있는 도시의 어떤 빌딩 앞 계단에서 그녀는 하늘이 밝아오는 것을 지켜보았다. 그때쯤 안개도 걷혔다. 한 여자가 횡설수설하며 그녀 옆에 잠시 앉았고, 거리 청소차가 천천히 지나가며 물을 뿌리고 비질을 했다. 다시 조용해지자 참새들이 노래를 했다. "우리는 한때 결혼한 사이였지." 여자가 자기 얘기를 했다. "베니 힐 말이야." 여자는 목소리가, 베니 힐과 게리 글리터*의 목소리가 들린다고 했다. "멋졌어, 그 남자들. 날 위해 무엇이든 하지."

가로등 기둥에 붙은 쓰레기통에 던져진 커피컵이 기적처럼 똑바로 서 있고, 안의 내용물도 쏟아지지 않았다. 펠리시아는 그것을 마시고, 머핀컵 안에 머핀 하나가 거의 통째로 남아 있는 것을 발견한다. "노숙자 하기엔 어려 보이는데, 아닌가?" 이틀 전 누군가 지나가며 말했고, 그녀는 그 말에 동의하고 싶어 그렇다고 대답했다. "건배." 어젯밤에는 코트와 모자 차림의 말쑥한 노인이 사람들 무리에서 빠져나와 몇 잔 마신 술에 휘청거리며 그녀가 매릴린 먼로처럼 생겼다고 말했다.

"산타 폰사." 이제 한 여자가 말한다. "환상적인 곳이야!" 한 남자의 팔에서 신문이 미끄러지며 몇 장이 흘러내린다. 누군가 큰 소리로 남자에게 신문이 떨어졌다고 외치지만 남자는 그냥 스포츠와 비즈니스 난일 뿐이라고 말한다. 펠리시아는 나중에 쓸모가 있을까 싶어 신문을

---

* 베니 힐은 영국의 희극배우, 게리 글리터는 가수다.

주워든다. "러브조이*는 봐줄 수가 없어." 또다른 여자가 말하고, 여자의 동행은 러브조이가 섹시하다고 반박한다. 어느 상점 쇼윈도에는 가발과 턱수염, 인조 콧수염이 가득 진열되어 있다. '연극 소품 구비!' 붉은색 표지판이 번쩍인다. '대형 상점!' 옛날 가스공장 옆 들판에서 그녀는 쐐기풀에 다리를 찔렸지만 개의치 않았다, 거의 느끼지도 못했으니까. 유일한 죄책감은 그녀의 아기를 빼앗아가도록 놔두었다는 것이다. 그러지 말았어야 했는데 결국 그렇게 되었다. 그녀는 이제 지금 자신이 있는 자리에서 앞을 내다볼 뿐 지난 일을 곱씹지 않는다. 지나간 일은 지나간 일이다. 한때 애인이었던 사람의 배신도 곱씹지 않는다. 그녀는 여자들을 살해한 남자를 떠나왔다. 그녀는 떠나도록 허락을 받은 것이다. 그것이 그녀가 되짚어 내린 결론이다.

강가에 이르자 그녀는 가을 햇살을 받아 따뜻하게 데워진 의자에 가 앉는다. 그녀의 눈길이 어쩌다 그녀의 옷과 손발, 쓰레기통에서 주운 신발, 어떤 여인이 준 치마에 가닿는다. 그녀는 자신의 겉모습, 혹은 그 겉모습이 말해주는 것들에 관심이 없다. 아프리카의 빈민구호회 수녀들과 건강에 해로운 정글 열기에 축축하게 젖은 하얀 수녀복이 떠오른다. 우리의 빈민구호회 수녀들을 위해 기도합시다, 프란시스 하비에르 수녀님이 말했다. 모임의 집에서 저희와 함께 무릎을 꿇어요, 캘리거리는 집집마다 돌아다니며 그렇게 간청했다. 배가 파도 위에서 심하게 흔들릴 때 성녀 우르술라는 함께 나선 소녀들을 위로하며 굳건히 타륜을 지키고 서 있었다. 빈민구호회 수녀들은 기형으로 태어난 아기들, 굶주

---

* 1986년부터 1994년까지 방영된 영국 TV 드라마 〈러브조이〉의 주인공.

려 피골이 상접한 아기들을 보살폈다. 저 화려한 색깔의 새들을 보세요! 캘리거리가 설득하려 애썼다. 저 꽃향기를 맡아보세요! 죽었지만 아무도 그리워하지 않는 그 소녀들은 지금 향기로운 꽃들 사이를 걸으며 새의 노랫소리를 듣고 있을까? 그들은 순결을 지키기 위해 여행을 떠난 성녀 우르술라와, 고향과 고향땅을 떠난 빈민구호회 수녀들과 함께 있을까? 얼굴도 모르는 그 소녀들은 수련수녀님이 말한 천국에서 지내며 성모마리아의 진짜 손가락을 만지고 있을까? 엘시 커빙턴과 베스. 샤론과 게이. 재키와 보비. 그들이 죽음의 선택을 받은 것은 그들이 더이상 거기 없다는 사실을 아무도 알지 못했기 때문이다. 어떤 문제가 그들을 희생자로 만들었을까? 그들은 자신의 운명이 다가오기 직전에 알아차렸을까? 그녀의 애도는 골똘한 생각으로 흘러간다.

그녀는 가지고 있던 가방 중 하나를 뒤져 길에서 주운 신문지를 꺼낸다. 토미 그리피츠가 올라갔고, 론 레인저가 5 대 4로 이겼다. 어느 올림픽 챔피언의 명예가 실추되었고, 축구 감독이 은퇴했다. 잠시 신문을 읽고 있으니 태퍼가 돌아온다. 있잖아, 멋진 곳이야. 분수랑 검은 사자 네 마리도 있고, 그녀는 그것들을 처음 보았다. 끝내주게 근사해, 태퍼가 말했다. 대영제국 그 끝내주던 시절의 찰스 제임스 네이피어 장군 동상도 있어.* 부하들을 어떻게 다뤄야 하는지 잘 아는 사람이었지. 존 레지널드 크리스티** 동상은 세우지 않아. 여자들을 어떻게 다루는지 잘 아는 건 좀 다른 재주니까. 저기가 그를 체포했던 곳이래, 다리를

* 영국 런던의 트래펄가광장에는 네 마리의 사자상과 분수, 전쟁 영웅을 기리는 동상이 여럿 있다. 찰스 제임스 네이피어 장군은 인도의 세포이항쟁을 진압한 인물이다.

** 영국 연쇄살인범.

가리키며 태퍼가 말했다. 그리고 저기가 그 사람이 자유의 몸으로 마지막으로 뭘 먹은 곳이기도 하고. 레이시 다이닝룸에서 베이컨과 양배추를 먹었대. 그 여자가 나이트클럽을 운영했던 곳이지, 그 경주차 선수를 총으로 쏴버린 여자 말이야. 이 도시엔 정말 볼 게 많아. 온갖 인간사를 다 볼 수 있다니까.

'레들랜드 스티틀리 지사 세 곳 매각', 비즈니스란에 실린 기사다. '미국 달러 기본 금리 동결.' 바닷바람 좋아해? 태퍼가 말했고, 그들은 그가 어느 핸드백에서 발견한 기차표로 기차를 타고 내려갔다. 저기 봐, 그가 말했다. 갈색 털 코트를 입은 두 남자가 광택이 흐르는 차에서 내려 여자 두 사람을 위해 문을 잡아주었다. 실례합니다, 선생님, 태퍼가 거품이 뜬 지저분한 녹색 바다 옆 산책로에서 말했고, 남자는 꺼지라고 대꾸했다. 따지는 건 아니고, TV에 레슬링 선수들이 나오던 시간, 한 술집에서 어떤 남자가 말했다. 따지는 건 아니고, 당신이 내 담배를 집어든 것 같은데.

전봇대처럼 키가 큰 태퍼. 몸을 숙여 손님들의 어깨를 두드린다. 이게 다 일의 일부다. 알래스카는 멋진 곳이지, 그가 말했다. 그리고 조호르바루*도. 하지만 아마도 태퍼는 감방에 있었을 것이다. 그는 늘 그런 식이다. 자기 입으로 그렇게 말했고, 아마 리나도 그렇게 말했던 것 같다. 리나의 말이 들리는 것만 같다. 그렇게 감방을 들락거리는 사람과는 연락이 끊기게 마련이다. 그녀가 태퍼를 안 지는 겨우 일주일이지만, 그때 리나와 조지를 알고 지낸 것보다는 오래되었고 케브와 외팔이

* 말레이시아의 도시.

여자를 알고 지낸 것보다도 오래되었다.

이제 햇빛이 따뜻하고 강물도 잔잔하다. 갈매기가 그녀 앞 난간 위에서 뒤뚱뒤뚱 움직이고 배들이 지나간다. 인도의 단조로움을 깨뜨리며 줄지어 선 나무에는 적갈색 잎이 무성하다. 시선이 닿는 저멀리 다리 위에 사람들이 성큼성큼 걷는 모습이 보인다. 아주 작은 형체, 실제가 아닐 수도 있을 그런 인간들의 모습. 갈매기 한 마리가 빵 부스러기를 기대하듯 그녀를 빤히 보고 다른 갈매기들은 날아가버린다. 어디선가 확성기에서 목소리가 커다랗게 들려온다. 강 위로 경적소리가 울려 퍼진다.

그녀는 배가 고프지 않다. 몇 시간 더 있으면 허기가 느껴질 테고, 그럼 그때 쓰레기통에서 버려진 것을 뒤지면 된다. 하늘은 맑은 파란색으로 고르게 칠해놓은 듯 어느 한 구석도 흐린 곳이 없다. 그녀는 자신이 앉아 있는 의자의 널을 손으로 하나하나 어루만지고, 손가락으로 매끄러운 나무판과 페인트가 벗어져 질감이 다르고 나뭇결도 드러난 자리를 쓰다듬는다. '다른 이들과 함께 세상을 뜨다, 1938년' 다른 의자에는 그렇게 새겨져 있었고, 조지는 배스 앤드 웰스 교구의 주교에게 생일 카드를 보냈다고, 그가 아는 각운으로 운을 맞췄다고 했다. 떡갈나무, 물푸레나무, 가시나무보다 더 훌륭한 것은 태양 아래 없다고. 누군가 광장에 있는 나무에 '카멀'이라고 쓰인 하트를 새겨놓았고, 로즈는 패키 이건이나 로마스니 둘 중 하나의 짓이라고 생각했다. 어쩌면 로즈는 지금쯤 로건 부인이 되어 마운트래스 로드의 호화스러운 집에 살고 있을지도 모른다. 더 이상한 일들도 일어나니까.

보름 전 이가 빠진 자리가 더이상 욱신거리지 않는다. 그녀는 혀로

빈자리를 느껴보며 혀끝으로 이가 있던 구멍을 누르고 그때의 통증을 떠올린다. "여자 치과의사가 고쳐줄 거야." 그 말을 한 이는 웨일스 사람 다보였고, 그가 길을 잘 알았기 때문에 둘이 함께 갔다. 네 치통에 신경쓸 사람은 별로 없어, 다보가 말했다. 부랑자의 입안에 치통이 생길 거라 생각하는 사람도 별로 없지. "언제든 다시 와요." 여자 치과의사가 말했다. "아픈 걸 참지 말아요."

펠리시아는 스포츠와 비즈니스난을 여러 번 접은 다음 다시 가방에 넣는다. "오케이?" 보일러를 운반하는 트럭 기사가 물었고, 그녀는 네, 라고 대답했다. 300킬로미터 넘게 태워주었으니 그녀가 낼 수 있는 값을 치르는 것이 당연했고, 그녀는 돌아가야만 했으니까. 하룻밤 하고도 아침나절 몇 시간이 걸렸고 트럭 세 대와 밴 한 대를 타야 했지만, 그녀는 그래야만 했다. 그녀는 듀크 오브 웰링턴 로드로 돌아가지 않을 수 없었다. 펠리시아는 알아야만 했고, 결국 알게 되었다. 집 앞에는 부동산 표지판이 있고, 누군가 그녀에게 이야기를 해주었다. 잠시 후 길가의 벤치에 앉아 쉬고 있는데, 그녀를 부르는 목소리가 들려왔다. "펠리시아." 캘리거리가 소리쳤고, 용서를 빌며 죽은 남자를 비난하는 그녀의 두 빰에는 괴로움의 눈물이 흐르고 있었다.

펠리시아는 머리의 스카프를 풀고 코트를 벗어 햇볕을 쬔다. 갈매기가 난간 위에서 미동도 하지 않고 반짝이는 눈으로 그녀의 움직임을 지켜본다. 바람 한줄기가 인도의 나무를 흔들고 또다시 찾아온 9월, 먼저 지친 잎들이 떨어져내린다. 잎 하나가 부드러운 바람에 실려 천천히 내려오고 그녀는 손을 뻗어 손바닥으로 그 잎을 받는다. 몇 분 동안 그 잎을, 아직 시들지 않은, 때 이르게 떨어진 잎을 바라본다. 그녀의 생각이 다시 시작된다.

몹쓸 사람, 끔찍한 사람, 인간에 대한 형편없는 조롱이었던 남자, 두껍고 동그란 안경과 몸의 나머지 부분들과는 전혀 어울리지 않던 그 작은 손, 그의 사형집행인 같은 충동. 그녀가 살아 있다는 사실이 그를 죽음으로 이끌었지만 그녀는 그렇게 말하지 않고, 잠자코 그날의 그를 비난하는 이야기를 들었다. 그가 곤경에 빠진 소녀의 돈을 훔친 것 이상으로 끔찍한 사람이라는 말도 하지 않았다. 무슨 소용이 있을까 싶어 살인이라는 말도 꺼내지 않았다. 이제 그는 자기 자신을 살해하지 않았는가. "제발 우리에게 돌아와요!" 캘리거리가 외쳤고, 그녀는 처음 모임의 집에 갔을 때 그들이 보여준 관대함과 친절을 기억함에도 고개를 저었다. 계속되는 초대에 그녀는 거듭 고개를 저었고, 그 사이사이 캘리거리가 듀크 오브 웰링턴 로드 3번지를 찾아간 이야기며, 그 집주인의 태도가 마샤 티비츠에게는 마치 미친 사람처럼 보였다는 이야기, 그가 죽은 후 경찰서에 갔는데 경사가 무시했다는 이야기를 들었다. 결국 캘리거리와 마샤 티비츠는 마지못해 자리를 떴고, 그녀의 삶에서 영원히 멀어져갔다.

다시 한번 그녀의 생각이 옮겨간다. 부엌 바닥에 쓰러진 어머니에게로, 그후 다정한 위로의 마음을 담아 사람들이 바닷가에서 가져다준 조개껍데기에게로. 녹색 점박이 알들, 존 카운트의 노래, 그 무렵 어떤 기색도 내비치지 않던 아버지의 쓸쓸한 눈. 떠나버린 남편이 안긴 치욕에 대한 답이었던 형벌 같은 상처, 아들을 향한 암癌처럼 조용한 사랑. 살인을 한 남자의 저 깊은 곳에도 다른 영혼과 다를 바 없는 영혼이, 한때는 분명 순수했을 영혼이 있었을 것이다.

그런 사색이, 한때는 생경했던 그런 생각이 펠리시아의 하루를 채운다. 그녀는 떠오르는 생각 속에서 굳이 의미를 찾지 않고, 목적 없는 여정에서도 더이상 의미를 찾지 않으며, 시간과 사람이 뒤죽박죽 섞인 가운데서도 어떤 규칙을 찾지 않는다. 그럼에도 생각은 여전히 존재한다. 혼자서, 더이상은 아이도 소녀도 아닌 것을 감사한 일이라 굳게 믿으며, 그녀는 이곳에서 저곳으로, 이 거리에서 저 거리로 돌아다닌다. 두 발을 싸매고서, 비가 와 옷에 스며들면 젖은 채로, 배수구 웅덩이에 얼음이 얼면 그녀의 몸도 얼어붙은 채로. 낮이면 구름이 종종걸음치며 흩어지거나, 꼼짝도 하지 않거나, 잿빛을 드리워 해를 가려버리거나, 아니면 단단히 뭉쳐 시커메진 모습으로 빠르게 움직인다, 마치 하늘에 떠 있는 험악한 괴물처럼. 구름이 다시, 바람을 타고 온 연기 꼬리들로, 오리털처럼 부드러운 커다랗고 하얀 솜뭉치로, 아침의 진홍빛 기다란 줄무늬들로 그곳에 나타난다. 때때로 하루종일 구름 한 점 없이 하늘이 온통 푸를 때도 있는데, 뿌옇게 안개가 낄 때든 맑고 환할 때든 가느다란 겨울나무의 배경이 되어주고, 다시 한번 여름 녹음의 배경이 되어준다. 밤이면 도시에 잔광이 어린다. 새벽이면 그녀의 고독 속에 행복이 깃든다.

손바닥에 있던 잎이 부드러운 산들바람에 다시 실려간다. 그녀를 지켜보던 갈매기가 여전히 허기진 채 있지도 않은 빵 부스러기를 찾으면서 난간 위를 거드름 피우며 걷는다. 그럴 필요가 없는 어떤 사람이 가던 길을 멈추고 멍청한 해나를 위해 구급차를 불렀다. 해나가 의식을 잃고 거리에 쓰러졌던 것이다. 여자들이 밤에 수프를 가지고 온다. 선의로, 결코 잊지 않고, 어떤 어려운 상황에서도. 여자 치과의사는 아픈 걸 참지 말라고 했다. 그 치과의사는 자신의 존재를 부랑자들의 썩은 이에, 부랑자들의 악취와 불결함에 바쳤다. 그녀의 선량함은 한 남자가 내뱉은 모든 말과 그가 한 모든 행동을 왜곡시킨 사악함보다도 더 큰 미스터리다. 새로이 떠오른 생각인데, 할 수만 있다면 그렇게 말할 것이다. 하지만 때로는 말하는 게 쉽지 않다.

얼빠진 멍청이, 아무데나 떠도는 바보. 피로감 섞인 동정 한 조각이 거리의 사람을 향해 던져지고, 눈길은 서둘러 다른 데로 옮겨간다. 다른 도시도 있을 테고, 다른 도시의 거리와 도로도 있을 것이다. 태퍼와 조지, 리나, 케브, 다보, 멍청한 해나 들도 있을 것이다. 자선단체와 보호소가, 자비와 경멸이 있을 것이다. 그리고 항상, 어디에나 산 사람과 죽은 사람을 가르는 운명이 존재할 것이다. 다시 한번 같은 사람들이 그녀의 머릿속을 떠돈다. 성자들과 빈민구호회 수녀님들, 엘시 커빙턴과 베스, 샤론, 게이, 재키, 보비, 단 하루도 나이를 더 먹지 않은 그녀의 어머니까지. 그들은 정말 향기로운 꽃들 사이에서 모두 함께, 안전하게 축복받고 있을까? 만일 그 일이 일어났더라면 그녀도 그들과 함께 있었을지 모른다. 하지만 조심스러운 회의가 들어, 그녀는 여전히 자신이 확실히 아는 것만을 선택하리라 생각한다. 그녀는 두 손을 뒤집어 다른 쪽도 햇볕을 쬐고 고개를 살짝 기울여 얼굴의 반대편도 따뜻하게 한다.

아웃사이더의 시선으로 본 주변부의 삶

작가들의 작가 윌리엄 트레버

2016년 노벨문학상이 발표되고 한 달쯤 지난 11월 20일, 윌리엄 트레버는 영국의 작은 마을 데번에서 잠든 상태로 평온하게 숨을 거두었다. 향년 88세였다. 끝내 수상에 이르지는 못했지만 그는 생전에 수차례 노벨문학상 유력 후보로 거론된 세계적인 문호였다.

다음날 〈아이리시 타임스〉는 부고를 실어, 백 편이 넘는 작품을 남기고 평단과 대중 모두의 무한한 존경과 사랑을 받은 작가의 죽음을 전했다. 〈가디언〉은 그에 대한 찬사 중 의견이 갈리는 부분은 오직 그를 '단편의 거장'으로 부를 것인가, '장편의 대가'로 부를 것인가 하는 점뿐이라며, 아웃사이더의 시선을 가진 예리한 관찰자가 남긴 섬세한 기록에 감사하며 애도를 표했다.

윌리엄 트레버는 작가들의 작가로 불리며, 여러 차례 부커상 최종 후보에 오르고 휫브레드상을 세 번이나 수상하나 명성에 비해 우리 독자에게는 비교적 늦게 알려졌다.

그는 1928년 아일랜드 코크 카운티의 중산층 프로테스탄트 가정에서 태어났다. 은행 간부였던 아버지의 근무지를 따라 자주 이사를 하면서 학교를 열세 곳이나 옮겨 다닌 후 마침내 더블린의 기숙학교 세인트 컬럼바스 칼리지에서 안정된 고등과정 교육을 받을 수 있었으며, 이곳의 교사이자 조각가인 오신 켈리에게 조형예술을 배우면서 조각가의 꿈을 키웠다. 트리니티대학교에 진학해 역사학을 전공했고, 졸업 후에는 역사 교사로 재직하며 트레버 콕스라는 이름의 조각가로 활동했다. 이 시기에 대학 시절 만난 제인과 결혼했고, 아일랜드의 경기 침체로 일하던 학교가 문을 닫자 영국으로 이주했다.

영국에서는 미술 교사로 일하며 계속 조각을 했지만 점차 지나치게 추상적으로 변해가는 자신의 작품 속에 '사람의 이야기'가 결여됐다는 생각을 하게 되고, 십대 시절 품었던 또다른 열정인 글쓰기로 관심을 돌린다("나는 사람에게 관심이 많다. 궁금하다. 사람들이 왜, 어떻게 사는지 알고 싶다"). 1958년 첫 소설 『행동 규범』을 출간했으나 큰 관심을 받지는 못했다. 이후 광고 회사에서 카피라이터로 일하며 1964년 발표한 두번째 소설 『동창생들』이 평단과 대중의 좋은 평가를 받으며 이듬해 호손덴상을 수상하자 광고 회사를 그만두고 전업 작가의 길로 들어섰다. 그리고 데번으로 이사한 후 세상을 떠날 때까지 그곳에 머물며 평생 글쓰기에 전념해 상당수의 단편소설과 장편소설 및 희곡, 논픽

션, 아동문학 등 다양한 작품을 남겼다.

선함에 관한 이야기 『펠리시아의 여정』

『펠리시아의 여정』은 1994년 발표된 장편소설로, 그해 휫브레드상을 수상하고 〈선데이 익스프레스〉 올해의 책으로 선정된 트레버의 대표작이다. 소설은 제목처럼 아일랜드의 작은 마을에 사는 소녀 펠리시아의 여정을 차분한 시선으로 따라간다. 문학에서의 전통적인 영웅담은 어리고 순진했던 주인공이 길을 떠난 후 지혜를 얻어 현명해지며 성숙하게 성장하는 과정을 그린다. 펠리시아 역시 집을 떠나 여정에 오르며 겪는 여러 일들에서 일종의 깨달음을 얻지만, 독자의 예상이나 바람과는 다른 방향이다. 세심하게 들여다볼수록 지극히 평범해 보이는 삶의 장면들이 기괴한 고딕 분위기를 띤다. 트레버의 작품에는 어떤 사건으로 인해 삶이 완전히 달라지는 경우가 자주 등장하는데, 이 작품에서도 어떤 사건을 계기로 꿈과 우울한 현실 사이에서 괴리감을 앓는 두 인물이 만나고 충돌하고 엇갈린다. 주변부 인간 군상의 우울한 삶, 실종된 소녀와 연쇄살인범, 팽팽한 심리적 긴장감 때문에 이 작품을 완성도 높은 스릴러나 장르문학으로 분류하는 비평가도 있지만, 트레버는 이 인물들의 실제 삶과 꿈속, 현재 상황과 기억 속의 과거를 오가며 "타블로이드 헤드라인에서나 볼 법한 이야기를 잃어버린 기회와 가망 없는 희망에 대한 슬프고 감동적인 이야기"(미치코 가쿠타니)로 바꾼다.

당시 화제가 되었던 사회적 사건들에서 『펠리시아의 여정』에 대한 영감을 얻었을 것이라는 의견도 있지만, 트레버는 다른 작품들에 대해서도 소재나 주제를 얻은 계기를 밝히지 않았듯("사람들은 늘 어떻게 이야기를 시작하게 되었는지 묻는다…… 하지만 그건 그렇게 단순한 문제가 아니다") 이 작품에 대해서도 실제 사건과의 관련성은 언급하지 않았다. 트레버는 "아일랜드를 떠나면서 나는 망원경을 거꾸로 들고 아일랜드를 볼 수 있게 되었다. 가장 지역적인 것일수록 가장 보편적인 방식으로 써야 하는 법이다"라고 말했다. 거리를 둠으로써 비로소 외부자의 시선을 통해 아일랜드 작은 마을에서 일어나는 일들을 알아차릴 수 있었다고 했다. 처음 영국에 정착했을 때는 아일랜드인의 시선으로 영국 작은 마을의 삶을 관찰했고, 영국에 머문 시간이 길어지면서는 아일랜드를 아웃사이더의 시선으로 그려냈으며, 그 단계를 넘어선 후에는 두 문화가 맞부딪치는 지점과 현상을 그려낼 수 있게 된 것이 아닐까 생각한다. 그리하여 아마도 순수함과 죄의식, 문화의 교차점에 대한 관심에서 이 작품을 쓰게 되지 않았을까 싶다.

트레버는 한 인터뷰에서 "이 책은 선함에 관한 이야기"라 말했다. "그런데 기이하게도 선은 우리가 악이라 부르는 것을 끔찍할 정도로 가까이에서 접한 후에야 눈에 보인다. 『펠리시아의 여정』 역시 여정의 끝에 이르러서야 주변에 선이 흐른다. 평범한 사람들이 선을 행한다. 부랑자들의 이를 치료하는 치과의사며 노숙인들에게 수프를 나눠주는 여성들이 바로 그런 사람이다." 그리고 작가도 인정한다. "그런 사람들이 마지막 서너 페이지에 가서야 나오는 것은 좀 공평하지 못한 것 같다."

작품 이해를 돕는 배경 이야기

아일랜드 독립, 아일랜드인의 영국 이주

영국과 달리 아일랜드는 로마제국의 침입을 받지 않아 고유의 켈트 문화가 형성되어 있었다. 5세기에 가톨릭이 전파되어 지금도 국민 대다수가 가톨릭 신자다. 12세기부터 잉글랜드의 침입이 시작되고 16세기에 이르러 헨리 8세가 아일랜드를 완전히 장악한 후 17세기에 들어서면서 아일랜드인과 가톨릭 탄압이 본격화된다. 이즈음 대브리튼섬에서 건너온 프로테스탄트들이 지금의 북아일랜드 지역에 정착하기 시작하는데 몇백 년에 걸친 독립운동 과정에서 가톨릭과 프로테스탄트는 협력한 적도 있지만 반목을 이어가다 결국 프로테스탄트는 친영국 진영이 된다. 무력 투쟁과 합법적인 독립 쟁취 진영 사이에도 갈등이 심화되고 결국 1916년, 아일랜드 독립의 도화선이 된 부활절 봉기가 일어난다. 펠리시아의 증조할아버지가 이때 조국을 위해 싸우다 세상을 떠났고 펠리시아의 아버지는 이 혁명의 역사를 스크랩북에 간직하며 틈날 때마다 애국심을 강조한다. "네 증조할아버지와 애국자 동지들은 이 작은 마을을 떠나 전장의 한가운데로 갔고, 용감하게 싸우다 목숨을 잃었다. 팔 세기 동안, 한 시간도 빼놓지 않고 꼬박, 그 긴긴 세월을 아일랜드 사람들은 언어와 종교와 인간 자유의 억압을 받으며 살아야 했잖니. 칠십오 년 전 부활절 기간에 더블린 거리에서 하나의 비전이 생겨났다."

오랜 세월 영국의 지배를 받았던 아일랜드가 1922년 마침내 독립해 1948년 아일랜드공화국이 되지만 두 나라의 관계는 쉽게 끊어지지 않왔다. 아일랜드의 여섯 개 카운티가 아일랜드공화국이 아닌 영국의 일부로 남아 북아일랜드가 되었고, 문화적으로도 여전히 연결되어 아일랜드어 사용을 장려함에도 거의 전 아일랜드 인구가 영어를 사용한다. 감자 기근으로 수많은 아일랜드인들이 미국, 캐나다, 호주로 이민했다고 하지만 사실 가장 많이 이주한 곳은 영국이다. 1990년대 말 영국 내 아일랜드인의 수는 미국으로 이주한 아일랜드인 수의 네 배에 가까웠다. 지리적으로 인접해 (조니 라이서트처럼) 쉽게 고향을 오갈 수 있기 때문이지만, 이들 이주 아일랜드인들은 영국에서 무시당하며 이등 시민 취급을 받아야 했다. 영어 억양에서부터 영국인과 구분되었기에 영국 국민의 정체성을 지닌 북아일랜드인들조차도 아일랜드인으로 불리며 차별받았다. 힐디치는 다른 피해자들을 생각할 때면 이름을 떠올리지만, 펠리시아만은 '아일랜드 소녀'로 지칭한다. 집으로 들이며 다른 여자에게보다 더 자주 경계를 풀고 자기 삶의 단면들을 보여준 까닭도 저멀리 아일랜드에서 온, 연고가 전혀 없는 외국인이기 때문일 것이다. 힐디치는 펠리시아가 '새처럼 단순한데, 어디 출신인지를 생각하면 당연히 그러리라 예측할 수 있다'라며 아일랜드 여자는 영국 여자만큼 지적이지 못하다는 편견을 드러낸다.

낙태와 연쇄살인범

비평가들이 작품의 핍진성과 유관한 것으로 꼽는 사회적 사건이 둘 있다. 소설의 출간 시점보다 이 년 앞선 1992년, 강간으로 임신한 열네 살 소녀가 낙태가 불법인 아일랜드를 떠나 영국에 가서 수술을 받고 태아 조직의 일부를 강간범을 특정할 증거물로 제출할 수 있는지를 청원한 사건이다. 찬반양론의 여론이 거셌지만, 대법원은 하급법원의 판결을 뒤집고 소녀의 영국행을 허락했다. 합의된 관계로 인한 혼전임신과 범죄 피해마저 여성에게 오롯이 사회적 낙인을 찍던 보수적인 아일랜드. 하지만 통계치로 입증되는 당대의 현실은 혼인관계 외 출산이 점차로 증가해 1996년에는 출생아 네 명당 한 명에 이른 상황이었다. 소설 속 펠리시아의 아버지는 아일랜드 독립운동이라는 과거에 묶여, 아일랜드공화국 국민이라는 자부심만으로 삶을 버텨내는 인물이다. 까닭에 혼전임신을, 그것도 영국군에 입대한 배신자의 아이를 임신했다는 말에 펠리시아를 창녀라 비난하는 것이다. 펠리시아는 아일랜드를 떠나서도 꿈속에서조차 자신을 '더러운 개 같은 년'이라고 부르는 아버지와 딸을 감싸주는 대신 비난하며 매질하는 어머니의 환영에 시달린다.

또다른 사건은 영국에서 있었다. 1994년 초, 무려 이십여 년에 걸쳐 열두 명 이상의 젊은 여성을 고문하고 살해해 자기 집 지하실과 정원에 묻은 살인사건의 전모가 밝혀져 사회적으로 큰 충격을 안겼다. 훼손된 유골 다수가 발견된 크롬웰 스트리트 25번지는 악마의 집과 동의어가 되기도 했다. 연쇄살인범의 정의와 특질에 대해서는 여러 이론이 있겠으나, 소설가로서 트레버는 과학적인 정의 대신 대중적인 통념을 바탕으로 힐디치라는 인물을 창조해냈다. 통념에 따르면, 연쇄살인범은 일상에서 흔하게 마주치는 지극히 평범한 사람으로 그가 살인자임을 이웃이나 동료조차 알아차리지 못한다. 성범죄자인 경우가 많고, 가출청소년과 창녀, 노숙자 등 사회적 약자를 희생물로 삼는다. 살인 전후로 여러 심리단계를 거치나 그 최종 단계는 우울증에 이른다. 살인으로도 욕망이 충족되지 않기에 극심한 우울증을 겪게 되는데, 이 우울증으로 다음 살인을 계획하거나 자수나 자살 행위가 유발되기도 한다. 힐디치 역시 몸집이 다소 비대하지만 지극히 평범해 특별히 눈에 띄지 않는 중년 남성으로, 직장에서는 성실히 업무를 수행하는 존경할 만한 동료이다. 하지만 어린 시절 어머니로부터 성폭력을 당했고 안정적인 인간관계를 경험해보지 못했으며 아버지-남성 롤 모델 없이 성장해 열망하던 일에서 실패와 거부를 맛본, 상처와 배신 속에서 몸만 비대해진 어른이었다.

대처주의가 지나간 자리—노숙자와 광우병

〈가톨릭 헤럴드〉는 부고 기사에서 가톨릭에 대한 이해가 깊은 아일랜드 프로테스탄트 작가 윌리엄 트레버를 추모하며 그가 『펠리시아의 여정』을 통해 마거릿 대처의 영국을 철저히 발가벗겼다고 평했다. 트레버가 직접 자신은 작품에서 정치를 철저히 배제한다고 밝힌 바 있듯이, 이 신문 역시 대처의 영국을 배경으로 삼았다고 해서 이 작품이 정치적인 소설인 것은 아니라고, 오히려 존재론적 관점에서 영국인의 삶의 암담함, 냉정함, 소외감을 미들랜드를 배경으로 탁월하게 묘사한 작품이라고 보았다. 대처 수상은 1990년까지 재임했으니 엄밀히 말하면 대처주의 후기 영국이라 부를 수 있을 것이다. 대처를 비판하는 쪽은 대처가 시장 원리만을 강조해 금융업과 서비스업에 초점을 맞추는 바람에 제조업이 쇠퇴했고, 제조업계 실업자들이 새로운 일자리를 구하지 못한 상태에서 사회복지까지 후퇴해 빈곤율이 치솟고 빈부격차가 더욱 심해졌으며, 불확실한 미래에 이혼이 급증하고 가족이 해체되는 등 사회가 불안정해졌다고 말한다. 이와 더불어, 1986년 영국에서 광우병이 처음 공식적으로 확인된 후 광범위하게 확산되어 영국 내에서만 1992~1994년 사이 십만 건이 넘게 보고되었고 다른 가축과 인간에게도 전이되면서 엄청난 사회경제적 파장을 불러일으켰다. 아일랜드에서도 1989년 광우병이 발견되어 소를 포함하여 많은 가축을 살처분했고 그 과정에서 축산업이 큰 타격을 입었다. 펠리시아가 다니던 육가공공장도 당시 큰 손실을 보았고, 조만간 문을 닫을 것이라는 소문 속에서 간신히 지탱하던 중 직원의 작은 실수로 인한 식중독 사건이 발생하자 그것을 핑계로 폐업을 결정한다. 펠리시아가 이때 일자리를 잃은 것도 그녀가 여정을 떠날 수밖에 없었던 한 요소였다.

펠리시아가 도착한 버밍엄을 비롯한 미들랜드의 풍경은 당시 우울한 영국 사회를 세밀하게 묘사한 것이다. 이 암울한 도시에서 펠리시아는 노숙자가 되는데, 집 없이 떠도는 이들의 문제는 비단 이 시기에만 국한된 것은 아니나, 한때 감소했던 노숙자들이 다시 급증한 시기가 1980년대부터다. 영국에서는 자정에서 새벽 대여섯시까지 거리에서 잠을 자는 이들을 '거친 잠을 자는 사람들rough sleepers'이라고 부르는데, 펠리시아도 이 정의에 포함된다. 집 없는 사람 중에서도 특히 이렇게 거리에서 노숙하는 이들의 문제를 해결하기 위해 영국 정부는 1997년 관련 기구를 설립하고 여러 구제책을 마련해 2002년까지 노숙자 수를 70퍼센트 줄이는 데 성공한다.

대저택의 상업적 개방

한편 힐디치가 방문하는 대저택도 당시 사회경제적 상황을 보여준다. 1870년 농업공황이 시작되며 잉글랜드뿐 아니라 영국 전역에서 귀족들이나 부호들이 시골의 대저택을 철거하는 일이 많아졌다. 20세기 전반에 걸쳐 법 제정 등 유적 보존을 위한 노력이 이루어졌고, 그중 하나가 대저택을 대중에게 유료로 공개해 재정적 도움을 받는 시도였다. 지금과 같은 투어 개념의 상업적 개방은 1950년대에 시작되었으며 1990년 전후로 큰 비즈니스가 된다. 이는 20세기 들어 진행된 영국 귀족의 쇠락을 일반인이 가장 직접적으로 경험할 수 있는 기회였다. 힐디치가 방문한 대저택은 버밍엄에서 당일치기로 다녀올 수 있는 거리의 워릭 캐슬을 모델로 삼았을지도 모른다. 중세시대 성城인 이 대저택은 이제 개인이 아닌 회사의 소유가 되어 관광객을 받으며 빅토리아시대풍의 정원에서 역사 재현극도 공연한다. 힐디치가 이 아름다운 정원에서 위로를 얻는 모습은 자신의 집 정원에 서서 '이미 벌레가 갉아먹어 반쯤 살이 떨어져나간 뼈들 사이로 월계수 뿌리가 뻗어들어간' 마당을, '군데군데 뒤엎은 흙바닥 위 겹겹이 쌓인 오래된 잎들'을 내려다보는 모습과 대조된다. 힐디치가 현실을 잊기 위해 가는 곳이지만 결국 정원이라는 키워드로 다른 현실들과 연결된다. 흥미롭게도 펠리시아의 아버지는 수녀원 정원사이고, 펠리시아가 조니를 찾아 헤매는 곳도 정원용품 상점이다. 힐디치가 온천 마을에서 마주쳤던 여자는 바빌론의 공중정원을 언급하고, 캘리거리 역시 지상낙원 에덴의 동산에 대해 거듭 얘기한다. 에덴의 동산은 선과 악이 동시에 존재하는 곳 아닌가.

결국 펠리시아는 아름다운 정원도 에덴의 동산도 아닌 거리에서 평온과 위안을 발견한다. 노숙자 펠리시아는 명상에 잠겨 악이 그녀에게 행한 일도, 그녀가 행한 악도 생각지 않는다. 그리고 자살한 힐디치에게도 자비로운 시선을 보낸다.

펠리시아의 여정은 계속된다

1999년 캐나다의 애텀 이고이언 감독이 이 작품을 영화화한 바 있다. 트레버의 소설을 바탕으로 큰 줄거리를 따라가지만, 결말은 상당히 다르다. 영화는 긴 여정을 마치고 마침내 정착한 펠리시아의 평온한 모습을 보여준다.

하지만 윌리엄 트레버의 소설 속 펠리시아는 아직도 긴 여정을 이어가고 있다. '다른 도시도 있을 테고, 다른 도시의 거리와 도로도 있을 것이다. 태퍼와 조지, 리나, 케브, 다보, 멍청한 해나 들도 있을 것이다. 자선단체와 보호소가, 자비와 경멸이 있을 것이다. 그리고 항상, 어디에나 산 사람과 죽은 사람을 가르는 운명이 존재할 것이다. (…) 그녀는 여전히 자신이 확실히 아는 것만을 선택하리라 생각한다. 그녀는 두 손을 뒤집어 다른 쪽도 햇볕을 쬐고 고개를 살짝 기울여 얼굴의 반대편도 따뜻하게 한다.'

옮긴이는 이 결말 또한 모든 것에서 자유로워진 한없이 평화로운 풍경처럼 느껴진다. 『펠리시아의 여정』은 결국 선함에 관한 이야기니까.

박찬원

윌리엄 트레버 연보

1928년	5월 24일 아일랜드 코크 카운티 미첼스타운에서 출생. 원래 이름은 윌리엄 트레버 콕스. 아일랜드에서는 소수에 속하는 프로테스탄트 가정에서 성장함. 은행 간부였던 아버지의 근무지를 따라 자주 이사하며 학교를 열세 번 옮김.
1942~1946년	더블린의 기숙학교 세인트컬럼바스 칼리지에서 교육받음. 이곳의 교사인 조각가 오신 켈리에게 조형예술을 배움.
1950년	더블린의 트리니티대학교에서 역사학 학사를 취득함. 대학 시절, 후에 아내가 될 제인 라이언과 만남.
1950~1952년	졸업 후 역사 교사로 재직하는 한편 트레버 콕스라는 이름으로 조각가로 활동함.
1952년	제인과 결혼함. 아일랜드의 전반적인 경기 침체로 영국으로 이주한 뒤 몇 년간 미술 교사로 일하며 조각 작업을 함. 수상도 하고 전시회도 개최했지만 자신의 조각 작품에 만족하지 못하고 글쓰기로 관심을 돌림.
1958년	첫번째 소설 『행동 규범*A Standard of Behaviour*』을 출간하나 관심을 받지 못함.
1960~1965년	광고 회사에서 카피라이터로 일하며 1964년 두번째 소설 『동창생들*The Old Boys*』을 출간함. 평단과 대중의 좋은 평가를 받음. 이듬해 이 작품으로 호손덴상을 수상한 뒤 광고 회사를 그만두고 전업 작가의 길로 들어섬. 영국 남서부의 작은 마을 데번으로 이사해 평생 그곳에서 아내 제인과 함께 지냄. 세번째 소설 『하숙집*The Boarding House*』 출간.

1966년	소설 『사랑 부서*The Love Department*』 출간.
1967년	단편집 『우리가 케이크를 먹고 취한 날*The Day We Got Drunk on Cake and Other Stories*』 출간.
1969년	소설 『오닐호텔의 에크도르프 부인*Mrs Eckdorf in O'Neill's Hotel*』 출간. 이 작품은 1970년 부커상 최종 후보에 오름.
1971년	소설 『고메즈 양과 형제의 교회*Miss Gomez and the Brethren*』 출간.
1972년	단편집 『로맨스 볼룸*The Ballroom of Romance and Other Stories*』 출간.
1973년	소설 『엘리자베스 홀로*Elizabeth Alone*』, 단편집 『계절의 마지막 오찬*The Last Lunch of the Season*』 출간.
1975년	단편집 『리츠호텔의 천사*Angels at the Ritz and Other Stories*』 출간. 왕립문학협회상을 받음.
1976년	소설 『딘머스의 아이들*The Children of Dynmouth*』 출간. 휫브레드상 수상, 부커상 최종 후보에 오름.
1977년	대영제국 커맨더 훈장(CBE) 수훈.
1978년	단편집 『그 시절의 연인들*Lovers of their Time*』 출간.
1979년	소설 『멀고 먼 옛날*The Distant Past*』 출간.
1980년	소설 『다른 사람들의 세상*Other People's Worlds*』 출간.
1981년	단편집 『도리를 벗어난*Beyond the Pale*』 출간.
1983년	소설 『운명의 장난감*Fools of Fortune*』 출간, 휫브레드상 수상. 『윌리엄 트레버 단편집*The Stories of William Trevor*』 출간.
1987년	소설 『알렉산드라극장의 밤*Nights at the Alexandra*』 출간.
1988년	소설 『정원의 침묵*The Silence in the Garden*』 출간.
1989년	단편집 『가족의 죄*Family Sins and Other Stories*』 출간.
1991년	중편 『투르게네프 읽기*Reading Turgenev*』와 『움브리아

의 나의 집*My House in Umbria*』을 묶어 『두 가지 삶*Two Lives*』으로 출간.

1992년 단편선 『아일랜드 밖에서*Outside Ireland: Selected Stories*』 『윌리엄 트레버 단편집*The Collected Stories*』 출간.

1994년 소설 『펠리시아의 여정*Felicia's Journey*』 출간. 휫브레드상 수상, 〈선데이 익스프레스〉 올해의 책으로 선정됨. 문학 훈위 칭호를 얻음.

1996년 단편집 『비 온 뒤*After Rain*』 『도니스에서 마시는 칵테일*Cocktails at Doney's*』 출간.

1998년 소설 『여름의 죽음*Death in Summer*』 출간.

1999년 데이비드 코언 상을 수상함.

2000년 단편집 『언덕의 독신 남자*The Hill Bachelors*』 출간.

2001년 아일랜드 문학상을 수상함.

2002년 소설 『루시 골트 이야기*The Story of Lucy Gault*』 출간. 휫브레드상 수상, 부커상 최종 후보에 오름. 아일랜드 펜 어워드 수상. 엘리자베스 2세 영국 여왕으로부터 명예 기사 작위(KBE)를 수여받음.

2004년 단편집 『불륜 상대*A Bit On the Side*』 출간.

2005년 소설 『재봉사의 아이*The Dressmaker's Child*』 출간.

2007년 단편집 『그의 옛 연인*Cheating at Canasta*』 출간. 기출간 단편을 새로 엮어 『육체의 비밀*Bodily Secrets*』 출간.

2008년 밥 휴스 평생공로상을 받음.

2009년 『윌리엄 트레버 단편집*The Collected Stories*』, 소설 『여름의 끝*Love and Summer*』 출간.

2010년 『윌리엄 트레버 단편선*Selected Stories*』 출간.

2016년 11월 20일 여든여덟의 나이로 세상을 떠남.

2018년 사후, 단편집 『마지막 이야기*Last Stories*』가 출간됨.

문학동네 세계문학전집 발간에 부쳐

세계문학은 국민문학 혹은 지역문학을 떠나 존재하는 문학이 아니지만 그것들의 총합도 아니다. 세계문학이라는 용어에는 그 나름의 언어와 전통을 갖고 있는 국민문학이나 지역문학의 존재를 인정하면서 그것을 넘어서는 문학의 보편적 질서에 대한 관념이 새겨져 있다. 그 용어를 처음 고안한 19세기 유럽인들은 유럽문학을 중심으로 그 질서를 구축했지만 풍부한 국민문학의 전통을 가지고 있는 현대의 문학 강국들은 나름의 방식으로 세계문학을 이해하면서 정전(正典)의 목록을 작성하고 또 수정한다.

한국에서도 세계문학 관념은 우리 사회와 문화의 변화 속에서 거듭 수정돼왔다. 어느 시기에는 제국 일본의 교양주의를 반영한 세계문학 관념이, 어느 시기에는 제3세계 민족주의에 동조한 세계문학 관념이 출현했고, 그러한 관념을 실천한 전집물이 출판됐다. 21세기 한국에 새로운 세계문학전집이 필요하다는 것은 명백하다. 우리의 지성과 감성의 기준에 부합하는 세계문학을 다시 구상할 때가 되었다.

문학동네 세계문학전집은 범세계적으로 통용되는 고전에 대한 상식을 존중하면서도 지난 반세기 동안 해외 주요 언어권에서 창작과 연구의 진전에 따라 일어난 정전의 변동을 고려하여 편성되었다. 그래서 불멸의 명작은 물론 동시대 세계의 중요한 정치·문화적 실천에 영감을 준 새로운 작품들을 두루 포함시켰다.

창립 이후 지금까지 한국문학 및 번역문학 출판에서 가장 전문적이고 생산적인 그룹을 대표해온 문학동네가 그간 축적한 문학 출판 경험을 바탕으로 새로운 세계문학전집을 펴낸다. 인류가 무지와 몽매의 어둠 속을 방황하면서도 끝내 길을 잃지 않은 것은 세계문학사의 하늘에 떠 있는 빛나는 별들이 길잡이가 되어주었기 때문이다. 우리가 자부심과 사명감 속에서 그리게 될 이 새로운 별자리가 독자들의 관심과 애정에 힘입어 우리 모두의 뿌듯한 자산이 되기를 소망한다.

지은이 **윌리엄 트레버**
1928년 아일랜드 코크 카운티 미첼스타운에서 태어났다. 트리니티대학교에 진학해 역사학을 전공했다. 역사 교사로 재직하며 조각가로 활동하다가 1954년 영국으로 이주했다. 1958년 첫 소설 『행동 규범』을 발표했다. 1964년 발표한 두번째 소설 『동창생들』로 평단과 대중의 호평을 얻고 호손덴상을 수상한 뒤, 거처를 영국 남서부의 데번으로 옮기고 전업 작가의 길에 들어섰다. 휫브레드상, 오헨리상, 래넌상, 왕립문화협회상, 데이비드 코언 상, 아이리시 펜 상 등을 받았다. 2016년 88세를 일기로 영면했다.

옮긴이 **박찬원**
연세대학교와 동 대학원에서 불문학을 공부하고 이화여자대학교 통번역대학원에서 한영번역을 전공했다. 현재 전문번역가로 활동중이다. 옮긴 책으로 『지킬 박사와 하이드』 『벤자민 버튼의 시간은 거꾸로 간다』 『프레니와 주이』 『작은 것들의 신』 『나는 말랄라』 등이 있다.

세계문학전집 195
펠리시아의 여정

1판 1쇄 2021년 5월 24일
1판 3쇄 2022년 7월 29일

지은이 윌리엄 트레버 | 옮긴이 박찬원
책임편집 김수현 | 편집 박신양 김경은 | 독자모니터 박묘영
디자인 김이정 최미영 | 저작권 박지영 형소진 이영은 김하림
마케팅 정민호 이숙재 박치우 한민아 이민경 박지영 안남영 김수현 정경주
브랜딩 함유지 함근아 김희숙 박민재 박진희 정승민
제작 강신은 김동욱 임현식 | 제작처 영신사

펴낸곳 (주)문학동네 | 펴낸이 김소영
출판등록 1993년 10월 22일 제2003-000045호
주소 10881 경기도 파주시 회동길 210
전자우편 editor@munhak.com | 대표전화 031)955-8888 | 팩스 031)955-8855
문의전화 031)955-3578(마케팅), 031)955-1916(편집)
문학동네카페 http://cafe.naver.com/mhdn
인스타그램 @munhakdongne | 트위터 @munhakdongne
북클럽문학동네 http://bookclubmunhak.com

ISBN 978-89-546-7974-9 04840
978-89-546-0901-2 (세트)

잘못된 책은 구입하신 서점에서 교환해드립니다.
기타 교환 문의 031) 955-2661, 3580

www.munhak.com

1, 2, 3 안나 카레니나 레프 톨스토이 | 박형규 옮김
4 판탈레온과 특별봉사대 마리오 바르가스 요사 | 송병선 옮김
5 황금 물고기 르 클레지오 | 최수철 옮김
6 템페스트 윌리엄 셰익스피어 | 이경식 옮김
7 위대한 개츠비 F. 스콧 피츠제럴드 | 김영하 옮김
8 아름다운 애너벨 리 싸늘하게 죽다 오에 겐자부로 | 박유하 옮김
9, 10 파우스트 요한 볼프강 폰 괴테 | 이인웅 옮김
11 가면의 고백 미시마 유키오 | 양윤옥 옮김
12 킴 러디어드 키플링 | 하창수 옮김
13 나귀 가죽 오노레 드 발자크 | 이철의 옮김
14 피아노 치는 여자 엘프리데 옐리네크 | 이병애 옮김
15 1984 조지 오웰 | 김기혁 옮김
16 벤야멘타 하인학교 - 야콥 폰 군텐 이야기 로베르트 발저 | 홍길표 옮김
17, 18 적과 흑 스탕달 | 이규식 옮김
19, 20 휴먼 스테인 필립 로스 | 박범수 옮김
21 체스 이야기 · 낯선 여인의 편지 슈테판 츠바이크 | 김연수 옮김
22 왼손잡이 니콜라이 레스코프 | 이상훈 옮김
23 소송 프란츠 카프카 | 권혁준 옮김
24 마크롤 가비에로의 모험 알바로 무티스 | 송병선 옮김
25 파계 시마자키 도손 | 노영희 옮김
26 내 생명 앗아가주오 앙헬레스 마스트레타 | 강성식 옮김
27 여명 시도니가브리엘 콜레트 | 송기정 옮김
28 한때 흑인이었던 남자의 자서전 제임스 웰든 존슨 | 천승걸 옮김
29 슬픈 짐승 모니카 마론 | 김미선 옮김
30 피로 물든 방 앤절라 카터 | 이귀우 옮김
31 숨그네 헤르타 뮐러 | 박경희 옮김
32 우리 시대의 영웅 미하일 레르몬토프 | 김연경 옮김
33, 34 실낙원 존 밀턴 | 조신권 옮김
35 복낙원 존 밀턴 | 조신권 옮김
36 포로기 오오카 쇼헤이 | 허호 옮김
37 동물농장 · 파리와 런던의 따라지 인생 조지 오웰 | 김기혁 옮김
38 루이 랑베르 오노레 드 발자크 | 송기정 옮김
39 코틀로반 안드레이 플라토노프 | 김철균 옮김
40 어두운 상점들의 거리 파트릭 모디아노 | 김화영 옮김
41 순교자 김은국 | 도정일 옮김
42 젊은 베르테르의 슬픔 요한 볼프강 폰 괴테 | 안장혁 옮김
43 더블린 사람들 제임스 조이스 | 진선주 옮김
44 설득 제인 오스틴 | 원영선, 전신화 옮김
45 인공호흡 리카르도 피글리아 | 엄지영 옮김
46 정글북 러디어드 키플링 | 손향숙 옮김
47 외로운 남자 외젠 이오네스코 | 이재룡 옮김
48 에피 브리스트 테오도어 폰타네 | 한미희 옮김
49 둔황 이노우에 야스시 | 임용택 옮김
50 미크로메가스 · 캉디드 혹은 낙관주의 볼테르 | 이병애 옮김

51, 52 염소의 축제 마리오 바르가스 요사 | 송병선 옮김
53 고야산 스님·초롱불 노래 이즈미 교카 | 임태균 옮김
54 다니엘서 E. L. 닥터로 | 정상준 옮김
55 이날을 위한 우산 빌헬름 게나치노 | 박교진 옮김
56 톰 소여의 모험 마크 트웨인 | 강미경 옮김
57 카사노바의 귀향 · 꿈의 노벨레 아르투어 슈니츨러 | 모명숙 옮김
58 바보들을 위한 학교 사샤 소콜로프 | 권정임 옮김
59 어느 어릿광대의 견해 하인리히 뵐 | 신동도 옮김
60 웃는 늑대 쓰시마 유코 | 김훈아 옮김
61 팔코너 존 치버 | 박영원 옮김
62 한눈팔기 나쓰메 소세키 | 조영석 옮김
63, 64 톰 아저씨의 오두막 해리엇 비처 스토 | 이종인 옮김
65 아버지와 아들 이반 투르게네프 | 이항재 옮 s김
66 베니스의 상인 윌리엄 셰익스피어 | 이경식 옮김
67 해부학자 페데리코 안다아시 | 조구호 옮김
68 긴 이별을 위한 짧은 편지 페터 한트케 | 안장혁 옮김
69 호텔 뒤락 애니타 브루크너 | 김정 옮김
70 잔해 쥘리앵 그린 | 김종우 옮김
71 절망 블라디미르 나보코프 | 최종술 옮김
72 더버빌가의 테스 토머스 하디 | 유명숙 옮김
73 감상소설 미하일 조셴코 | 백용식 옮김
74 빙하와 어둠의 공포 크리스토프 란스마이어 | 진일상 옮김
75 쓰가루·석별·옛날이야기 다자이 오사무 | 서재곤 옮김
76 이인 알베르 카뮈 | 이기언 옮김
77 달려라, 토끼 존 업다이크 | 정영목 옮김
78 몰락하는 자 토마스 베른하르트 | 박인원 옮김
79, 80 한밤의 아이들 살만 루슈디 | 김진준 옮김
81 죽은 군대의 장군 이스마일 카다레 | 이창실 옮김
82 페레이라가 주장하다 안토니오 타부키 | 이승수 옮김
83, 84 목로주점 에밀 졸라 | 박명숙 옮김
85 아베 일족 모리 오가이 | 권태민 옮김
86 폭풍의 언덕 에밀리 브론테 | 김정아 옮김
87, 88 늦여름 아달베르트 슈티프터 | 박종대 옮김
89 클레브 공작부인 라파예트 부인 | 류재화 옮김
90 P세대 빅토르 펠레빈 | 박혜경 옮김
91 노인과 바다 어니스트 헤밍웨이 | 이인규 옮김
92 물방울 메도루마 슌 | 유은경 옮김
93 도깨비불 피에르 드리외라로셸 | 이재룡 옮김
94 프랑켄슈타인 메리 셸리 | 김선형 옮김
95 래그타임 E. L. 닥터로 | 최용준 옮김
96 캔터빌의 유령 오스카 와일드 | 김미나 옮김
97 만(卍) · 시게모토 소장의 어머니 다니자키 준이치로 | 김춘미, 이호철 옮김
98 맨해튼 트랜스퍼 존 더스패서스 | 박경희 옮김
99 단순한 열정 아니 에르노 | 최정수 옮김

100 열세 걸음 모옌 | 임홍빈 옮김
101 데미안 헤르만 헤세 | 안인희 옮김
102 수레바퀴 아래서 헤르만 헤세 | 한미희 옮김
103 소리와 분노 윌리엄 포크너 | 공진호 옮김
104 곰 윌리엄 포크너 | 민은영 옮김
105 롤리타 블라디미르 나보코프 | 김진준 옮김
106, 107 부활 레프 톨스토이 | 백승무 옮김
108, 109 모래그릇 마쓰모토 세이초 | 이병진 옮김
110 은둔자 막심 고리키 | 이강은 옮김
111 불타버린 지도 아베 고보 | 이영미 옮김
112 말라볼리아가의 사람들 조반니 베르가 | 김운찬 옮김
113 디어 라이프 앨리스 먼로 | 정연희 옮김
114 돈 카를로스 프리드리히 실러 | 안인희 옮김
115 인간 짐승 에밀 졸라 | 이철의 옮김
116 빌러비드 토니 모리슨 | 최인자 옮김
117, 118 미국의 목가 필립 로스 | 정영목 옮김
119 대성당 레이먼드 카버 | 김연수 옮김
120 나나 에밀 졸라 | 김치수 옮김
121, 122 제르미날 에밀 졸라 | 박명숙 옮김
123 현기증. 감정들 W. G. 제발트 | 배수아 옮김
124 강 동쪽의 기담 나가이 가후 | 정병호 옮김
125 붉은 밤의 도시들 윌리엄 버로스 | 박인찬 옮김
126 수고양이 무어의 인생관 E. T. A. 호프만 | 박은경 옮김
127 맘브루 R. H. 모레노 두란 | 송병선 옮김
128 익사 오에 겐자부로 | 박유하 옮김
129 땅의 혜택 크누트 함순 | 안미란 옮김
130 불안의 책 페르난두 페소아 | 오진영 옮김
131, 132 사랑과 어둠의 이야기 아모스 오즈 | 최창모 옮김
133 페스트 알베르 카뮈 | 유호식 옮김
134 다마세누 몬테이루의 잃어버린 머리 안토니오 타부키 | 이현경 옮김
135 작은 것들의 신 아룬다티 로이 | 박찬원 옮김
136 시스터 캐리 시어도어 드라이저 | 송은주 옮김
137 고독한 산책자의 몽상 장자크 루소 | 문경자 옮김
138 용의자의 야간열차 다와다 요코 | 이영미 옮김
139 세기아의 고백 알프레드 드 뮈세 | 김미성 옮김
140 햄릿 윌리엄 셰익스피어 | 이경식 옮김
141 카산드라 크리스타 볼프 | 한미희 옮김
142 이 글을 읽는 사람에게 영원한 저주를 마누엘 푸익 | 송병선 옮김
143 마음 나쓰메 소세키 | 유은경 옮김
144 바다 존 밴빌 | 정영목 옮김
145, 146, 147, 148 전쟁과 평화 레프 톨스토이 | 박형규 옮김
149 세 가지 이야기 귀스타브 플로베르 | 고봉만 옮김
150 제5도살장 커트 보니것 | 정영목 옮김
151 알렉시 · 은총의 일격 마르그리트 유르스나르 | 윤진 옮김

152 말라 온다 알베르토 푸겟 | 엄지영 옮김
153 아르세니예프의 인생 이반 부닌 | 이항재 옮김
154 오만과 편견 제인 오스틴 | 류경희 옮김
155 돈 에밀 졸라 | 유기환 옮김
156 젊은 예술가의 초상 제임스 조이스 | 진선주 옮김
157, 158, 159 카라마조프가의 형제들 표도르 도스토옙스키 | 김희숙 옮김
160 진 브로디 선생의 전성기 뮤리얼 스파크 | 서정은 옮김
161 13인당 이야기 오노레 드 발자크 | 송기정 옮김
162 하지 무라트 레프 톨스토이 | 박형규 옮김
163 희망 앙드레 말로 | 김웅권 옮김
164 임멘 호수 · 백마의 기사 · 프시케 테오도어 슈토름 | 배정희 옮김
165 밤은 부드러워라 F. 스콧 피츠제럴드 | 정영목 옮김
166 야간비행 앙투안 드 생텍쥐페리 | 용경식 옮김
167 나이트우드 주나 반스 | 이예원 옮김
168 소년들 앙리 드 몽테를랑 | 유정애 옮김
169, 170 독립기념일 리처드 포드 | 박영원 옮김
171, 172 닥터 지바고 보리스 파스테르나크 | 박형규 옮김
173 싯다르타 헤르만 헤세 | 권혁준 옮김
174 야만인을 기다리며 J. M. 쿳시 | 왕은철 옮김
175 철학편지 볼테르 | 이봉지 옮김
176 거지 소녀 앨리스 먼로 | 민은영 옮김
177 창백한 불꽃 블라디미르 나보코프 | 김윤하 옮김
178 슈틸러 막스 프리슈 | 김인순 옮김
179 시핑 뉴스 애니 프루 | 민승남 옮김
180 이 세상의 왕국 알레호 카르펜티에르 | 조구호 옮김
181 철의 시대 J. M. 쿳시 | 왕은철 옮김
182 카시지 조이스 캐럴 오츠 | 공경희 옮김
183, 184 모비 딕 허먼 멜빌 | 황유원 옮김
185 솔로몬의 노래 토니 모리슨 | 김선형 옮김
186 무기여 잘 있거라 어니스트 헤밍웨이 | 권진아 옮김
187 컬러 퍼플 앨리스 워커 | 고정아 옮김
188, 189 죄와 벌 표도르 도스토옙스키 | 이문영 옮김
190 사랑 광기 그리고 죽음의 이야기 오라시오 키로가 | 엄지영 옮김
191 빅 슬립 레이먼드 챈들러 | 김진준 옮김
192 시간은 밤 류드밀라 페트루솁스카야 | 김혜란 옮김
193 타타르인의 사막 디노 부차티 | 한리나 옮김
194 고양이와 쥐 귄터 그라스 | 박경희 옮김
195 펠리시아의 여정 윌리엄 트레버 | 박찬원 옮김
196 마이클 K의 삶과 시대 J. M. 쿳시 | 왕은철 옮김
197, 198 오스카와 루신다 피터 케리 | 김시현 옮김
199 패싱 넬라 라슨 | 박경희 옮김
200 마담 보바리 귀스타브 플로베르 | 김남주 옮김
201 패주 에밀 졸라 | 유기환 옮김
202 도시와 개들 마리오 바르가스 요사 | 송병선 옮김

203 루시 저메이카 킨케이드 | 정소영 옮김

204 대지 에밀 졸라 | 조성애 옮김

205, 206 백치 표도르 도스토옙스키 | 김희숙 옮김

207 백야 표도르 도스토옙스키 | 박은정 옮김

208 순수의 시대 이디스 워턴 | 손영미 옮김

209 단순한 이야기 엘리자베스 인치볼드 | 이혜수 옮김

210 바닷가에서 압둘라자크 구르나 | 황유원 옮김

211 낙원 압둘라자크 구르나 | 왕은철 옮김

212 피라미드 이스마일 카다레 | 이창실 옮김

213 애니 존 저메이카 킨케이드 | 정소영 옮김

● 문학동네 세계문학전집은 계속 출간됩니다